缘分的天空

李国生 著

黑龙江教育出版社

图书在版编目（CIP）数据

缘分的天空 / 李国生著. -- 哈尔滨： 黑龙江教育出版社，2022.3
ISBN 978-7-5709-2968-9

Ⅰ.①缘… Ⅱ.①李… Ⅲ.①长篇小说—中国—当代 Ⅳ.①I247.5

中国版本图书馆CIP数据核字(2022)第046294号

缘分的天空
YUANFEN DE TIANKONG

李国生 著

责任编辑：周汉飞
责任校对：安　畅
装帧设计：和衷文化
内文排版：大奥文化

出版发行	黑龙江教育出版社
地址邮编	哈尔滨市道里区群力第六大道1305号（150070）
印　　刷	北京建宏印刷有限公司
开　　本	710mm×1230mm 1/16
字　　数	276千字
印　　张	19.25
版　　次	2022年3月第1版
印　　次	2022年6月第1次印刷
标准书号	ISBN 978-7-5709-2968-9
定　　价	78.00元

版权所有　侵权必究

黑龙江教育出版社网址：www.hljep.com.cn
如有印装质量问题，请与印刷厂联系。联系电话：010-65850880
如发现盗版图书，请向我社举报。举报电话：0451-82533087

"张掖作家提高班学员作品"总序

文章千古事　得失寸心知
——首届"讲好张掖（甘州）故事"作家提高班学员作品综述

文/陈玉福

　　文学创作著书立说，是传之千古的宏大事业，而其中甘苦相信每一位创作者都有自己的理解与体悟。正因为志趣爱好在于此，苦便不觉得苦了，或者说苦也苦得甘之如饴。这就是作家。

　　二〇二〇年三月，我接受了张掖市和甘州区两级党委的聘请，以特殊人才身份被张掖引进从事专业文学创作，随后成立了"张掖市文联陈玉福专家工作室"和"甘州区陈玉福专家工作室"。花甲之龄更增干劲，我在张掖落地生根了。

　　在随后将近半年的时间里，我在创作系列长篇小说《八声甘州》的过程中，接受了来自张掖本地作家，以及诸多文学爱好者的造访，他们都无一例外的拿着作品来请我"指教""斧正"。在这之前的几次讲座中，已经有不少文学爱好者提出要到工作室交流、学习的愿望。与作家和文学爱好者们面对面交流的过程中，我发现张掖的人文环境非常适合滋养文学，这片热土以自己深厚丰富的历史底蕴，与旷达雄浑的文化氛围，正在蕴育着一大批喜欢文学创作，矢志成为作家的追梦者。只是，这些数量可观、未来可期的准作家，缺少系统性理论指导和具体的创作实践，使得他们明明满腹才华却找不到正确的方向。因此，我萌生了在张掖成立一个纯公益性质的"作家提高班"的想法，主旨只为指导和教授学员写作，让他们在家门口就能实现作家梦。很快，张掖市文联批复同意举办作家提高班。

"讲好张掖故事作家提高班"就这样成立了，九月底正式开班，初期只招收十位学员，因为我亦有创作任务，怕学员多了没有精力去逐一辅导。然而，开班不久，陆陆续续又来了不少有志于此的文学发烧友要求加入学习，还有领导也推荐文学爱好者。我是一个不善于拒绝别人的人。在这些来自四面八方的文学爱好者中，我最终又选收了五名候补学员。作为十五名学员的专业导师，我的时间和精力一下子紧张起来，每天凌晨四点起床工作，完成当天创作任务之后，才能腾出更多时间去辅导学员，一对一指导他们的文学创作。传道授业解惑，本是分内责任，但有时候也是疲于招架……

知我者谓我心忧，不知我者谓我何求。一度时期，我的家人和相熟的朋友们都劝我停班休息，同时也有来自社会层面的一部分负面言论，说陈玉福领了一群乌合之众在胡闹，认为作家是天生的，不可能培养……面对种种内部和外部压力，我和我的学员们都或多或少受到了影响。时至今日，在本届作家提高班顺利结业，并产出七部长篇小说按计划交付出版之际，回想过去一年当中的风雨兼程，我尤为喜悦并感到自豪，因为我们面对风风雨雨，没有放弃、没有退缩，坚定不移地走到了最后，实现了学员们的作家梦。

本次作家提高班完结出版的长篇小说有七部。

第一，说说学员李国生的长篇小说《缘分的天空》。这是一部讲述教育战线人民教师喜怒哀乐故事的长篇小说。作者李国生长期从事教育工作，积累了大量的素材，此文以时间为序列、以人物为主线、非常详细全面地反映了陇原师范大学、祁裕县等地近三十年来社会生活变迁中各种角色的价值关系，作者用大量的笔墨赞美了主人公纯洁的爱情，作品也鞭笞了一些人性之私劣，最大程度地还原了现实生活场景，处处散发着浓郁的西部人文气息。纵观全书，《缘分的天空》有以下几个特点：

一是对奋斗者的礼赞，提升了作品的思想高度。作品男主人公杜曼·亚科尔面对大城市的优厚待遇，选择了留在他的家乡祁裕县，将自己的才华无私地奉献给了家乡的教育事业；女主人公方欣雅放弃了优越的工作环境，为了爱情和热爱的教育事业，把自己的芳华留给了那段艰苦的岁月；还有音乐天才黄天宇为了追寻艺术的真谛放弃了灯火辉煌的舞台，致力于乐理论研究；牧民杜曼·道尔吉恪守本分，紧随国家的惠民政策，一年年走上了脱贫致富的崭新道路。

二是小说始终把握文学的艺术标准，朴而不俗、直而不拙。不难看出作者在小说中用娴熟的写作手法，清晰地表达出了自己想表达的东西，让读者一目了然，达到了"辞达而已"的效果；令人称道的是小说巧妙地穿插了凝练含蓄、直击心灵的现代诗，使小说的情节在读者的思考和憧憬中娓娓道来，增强了文章的美感和可读性，让读者和故事产生共鸣，提升了文学作品的艺术性。

三是小说结构缜密、立意新颖。小说应用线状结构，故事情节组成部分按时间的先后顺序、事件的因果关系顺序连接起来，呈线状延展，由始而终一步步向前发展。文中也会出现倒叙、插叙和补叙，但并不改变整体情节的线式格局。小说按照不同人物、时间和地点分主次交叉展开，使读者在阅读中领略到影视画面般的视觉效果。小说在人物情感的变化和冲突中展开叙述，带着读者的困惑和好奇将人物的情感经历刻画的生动形象，进一步加深了读者的情感体验。

文学之美贵在启迪。习近平总书记在文艺工作座谈会上的讲话中指出，伟大中国梦的复兴、民族腾飞的历程都需要作家们热情讴歌，离开了时代和人民的作品只能是无根之水，很快将会枯竭。只有讴歌时代奋进步伐的作品、赞美时代人民大众的作品才会有不朽的生命。《缘分的天空》正是一部着眼基层、讴歌时代具有鲜明民族特色的精品力作。

第二，说说铁彬的长篇小说《石窝分兵——西路军在祁连山中的艰苦岁月》。 祁连山中的红石窝，石头并非红色，而是一九三七年三月中旬，处于生死存亡关头的西路军在这里召开了一次重要的军事会议，当地的裕固族群众为了纪念红军而改名红石窝，此次会议之后，西路军一直处于被动挨打的状态，这个红字，是鲜血的颜色。

河西走廊南山，祁连山脉北麓，皑皑的雪峰直插云霄，东西绵延数千里，海拔三千米以上常年积雪，生于斯长于斯的人们，很难想象，在朔风呼号、冰天雪地中，在人烟稀少的苍茫大山之中，在滴水成冰的三月，在祁连山最寒冷的季节，曾经走过一群铮铮铁骨的军人，没有粮食，没有棉衣、棉鞋，缺医少药，没有枪弹补给，面对着数倍于己的敌人的围追堵截，成功的走出了大山，走向了胜利。期间经历过多少想不到的磨难、艰险、困苦、绝望和希望，牺牲了数不清的优秀战士，这些经历了二万五千里长征都没有倒下的铁血战士，在这苍茫的祁连山中，为信仰、为红色中国献出了年轻的生命。

《石窝分兵——西路军在祁连山中的艰苦岁月》一书，真实还原了在那段艰苦的岁月里发生在祁连山中可歌可泣的战斗历程，红军指战员优秀的军政素养、铁一般的革命意志和战斗作风，令强敌胆寒、受百姓爱戴，将革命的火种播种在了蛮荒之地……

西北军阀马步芳对红军围追堵截，意图将红军消灭殆尽，将俘虏的红军残忍杀害，丧心病狂，毫无人性，所做的恶行罄竹难书。小说中所写的只是冰山一角，但窥一斑而知全豹，这足以说明马匪对红军的残忍暴行！

作者用较多的笔墨书写了祁连山中生活的尧熬尔（今裕固族）、藏、蒙等少数民族对红军的救助，甚至为救助红军献出了宝贵的生命，在救助红军时有的慷慨解囊，送上肉食、马匹，有的尽心尽力为红军当向导，带领红军经历了一个又一个艰难险阻，躲避追敌，绕开天险，为红军保存有生力量献计献策，还有的历经千辛万苦护送红军将领去延安。事实上，救治、收留流落红军的故事还有很多，无不充满了传奇色彩……

作者在采访中听到，当年亲眼见到战斗过后场景的老人讲述：战场尸横遍野，还有挂着枪站着死去的红军战士，场面十分血腥惨烈，就连野狼都被强烈的杀气震慑不敢向前，这也是为什么后来有三位从西路军中走出的元帅、将军在百年之后要将自己的部分骨灰撒入祁连山中，陪伴牺牲的战友，这足以想象当年战斗之惨烈，牺牲之巨大！

如今，祖国发展日新月异，昔日的苦寒之地，西路军战斗遗址都被开发成为红色旅游景区，站在西路军战士们曾经浴血拼杀的战场遗址上，看着往来游人轻言笑语，思绪穿梭于两个时空，不禁感慨：如今好生活真的是来之不易啊！

第三，说说广承子的《肃南传》，这是一部长篇传记文学。刚开始我感觉广承子创作这样一部大部头会面临不少困难，能不能完成它，我心里没有底。但是，收到《肃南传》前几章的时候，彻底颠覆了我对他的认知。在广承子细腻优美的笔触之下，肃南这座小城便不再只是一个地名，而成为了具有独特意蕴的世外桃源。一座小县城与一个特殊民族的传奇过往，随着笔墨的勾勒，在宏阔壮美的祁连山下如画卷一样徐徐展开，带我们走进别样肃南的前世今生。

通过阅读《肃南传》我们可以得知，肃南这片地域，是指丝绸之路上河西四郡之肃州南山和甘州南山的总称，即祁连山北麓一带之甘肃省的部分版图。祁连山孕育了河西绿洲的生命之源——黑河水系、疏勒河水系、石羊河水系，肃南就横跨在这三大水系之源头，肃南位于河西走廊中段，是丝绸之路中的重要地带。没有祁连山，就没有这泻玉流翠的三大水系，就没有碧云天、黄花地，葱茏富饶的河西绿洲，就没有联通欧亚大陆的丝绸之路。千年以来，围绕丝绸之路，历史在河西走廊上演了一幕幕惊天大剧。如果说河西走廊是这一幕幕惊天大剧的前台，那么祁连山就是这历史舞台的后台。多少影响历史进程的大剧，都在祁连山的崇山峻岭里酝酿和排演。即便是明清以来的五百多年间，从俺答汗到葛尔丹，从固始汗到罗布藏丹津，从左宗棠收复新疆到西路军血战河西，每一幕历史，都与肃州之南、甘州之南的祁连山有着千丝万缕的关联。

在肃南这片崇山峻岭的热土上，生活着一个古老而年轻的民族——裕固族。说她古老是因为她源于一千多年前蒙古高原上的回纥汗国；说她年轻是因为直至到新中国成立后的一九五四年肃南裕固族自治县成立时，她才有一个正式的族名——裕固族。这个古老的民族在一千多年的历史发展演变中，从强大的回纥汗国演变成新中国成立前夕只有两千多人的一个弱小民族。这个民族曾有过金戈铁马的征战史、支离破碎的东迁史，也有过饱受其他民族和军阀奴役的苦难史，这些都一一诉说着这个民族在解放前长达千年的悲壮历程。这个年轻的民族自从她有了正式的族名——裕固族后，涅槃重生，已经发展成为一个美丽、富裕、文明的肃南裕固族自治县；成为了中华五十六个民族大家庭中的一员。裕固族本身的人口也由一九五四年自治县成立时的三千四百九十九人，发展到现在的一万八千多人。现在，自治县各民族的总人口达到三万八千多人。

作者用翔实的历史资料，用蘸满情感的笔墨，书写了在肃南这片热土上生活的裕固族从遥远的西至哈至东迁入关后，五百年间在祁连山中生活、繁衍、演变的历史过程。从一个古老民族由盛到衰、再由衰到盛的演变史，完全证明了中国共产党制定的民族政策和民族区域自治法是何等的英明伟大！使裕固族这样的人口较少民族能够涅槃重生，茁壮成长，这不能不说是人类发展史上的一个奇迹！肃南地区各民族的历史演变，也正是中华民族的演变。今天，裕固族人民和全县各族人民，正踏着新时代的节拍，阔步走向未来！

第四，说说郭华的长篇小说《马蹄声里的红牡丹》。这部小说采用剧中剧的形式，描述了现代女性自强不息、艰苦创业的感人故事。同时，作者采用大胆新颖的创作方式，发挥极强的想象力穿插描述了一对古代男女曲折而甜美的爱情故事。借古喻今，展现出作者对当代女性生活、事业的深层次思考，赋予主人公丰满性格的同时，讴歌了大时代中的创业者，尤其是女性创业者独立坚韧的精神风貌和新时代女性对婚姻感情生活的高层次追求。

作者在小说中分别对现实生活中婚姻家庭、企业的创办和经营过程中的不同境遇展开了描述，通过故事的铺垫阐述了自己对人性的认知和观点，整部作品散发和传递了满满的正能量。书中分别以两位女性面对家暴时的认知与处理方式，带读者展开思考和反观，发出女性究竟该怎么活、走什么样的一条人生道路等一系列问题。通过对主人公笔调饱满的刻画、塑造，呼吁女性面对生活时要选择独立，选择自强不息，旨在给予现实生活中所有女性一个成功的示范，让失去自我的女性学会独立思考人生、独立面对社会。

作者在小说中以张掖作为大背景，大量本地地名及风土人情描写，为宣传张掖起到了积极有效的作用，让小说更加贴近生活、更接地气。在故事设定和矛盾设置方面，作者以自己多年工作经验的积累与沉淀，借以小说中讲述的张掖当地不同类型的几名企业主创业守业的经历，客观生动地剖析了现实生活中大多数私营业主在创业中渐行渐远以至于走向失败的内在原因，巧妙的穿插了企业管理以及现代经济发展的新观念。从而将作品的精神内涵上升到了更高的层面，提出创业应该是一种社会责任和公众责任，而创业和做事业如果能够升华到社会责任层面上来，那么事业便会循序渐进、不断发展的观点。

在小说中，作者兼顾到了底层的普通老百姓，在面对婚姻家庭以及孩子教育的真实反映。对当下最让人棘手的亲子教育问题也有深刻反思，提醒父母要重视孩子，要真正看到孩子的存在和成长。

郭华的小说以女主人公张舒枫对美好生活的向往为主线，刻画了她在创业过程中经历的风风雨雨，在极端艰难的境遇下依然不忘初心的形象。并且通过女主人公的视角反映了很多社会现象，读后令人深思，让人启发。

第五，说说王月明的长篇小说《红西路军转战甘州》。这部小说讲述一九三六年十二月——一九三七年三月，红军西路军在甘州与军阀马步芳浴血奋战的故事。西路军转战到甘州境内后，当地村民起初不了解红军，对红军有戒心，通过对红军的观察和交往，熟悉并认可红军，开始支持红军的革命斗争。

西路军每到一处要建立苏维埃政权，分地主的浮财，平分田地，人人平等。这些做法得到了窑工们的大力支持。煤窑窑户池元瑜、会计孟学儒等人支持红军义举，支持社会变革。池窑户儿子池登云思想进步，在兰州上学时主动到陕北延安参加红军，池窑户受到儿子进步思想的感染，三次捐钱捐物支持红军。

红军西路军的主张和做法无疑是一场极大的社会变革，贫苦人民拥护，地主阶级要保护个人利益，极力反对。统治青海省、甘肃省甘州、肃州等地的国民党西北长官公署长官马步芳认为红军要抢夺、赤化他的地盘，联合统治凉州的马步青共同派出重兵围剿红军。红军到达山丹县后，西安事变爆发。西路军在山丹、高台等地驻留五十余天，有利的配合了东部红军，促成了西安事变和平解决和抗日民族统一战线的形成。但自身为了东路红军的安全，失去了突围的良机，遭到敌人调来的重兵围堵，处于困境。三个多月内战事不断，高台、临泽县城相继失守。

主人公红军连长赵宝堂到甘州后，宣传红军政策，做好群众工作，经历了龙渠、倪家营子、临泽、三道柳沟、梨园口、高台、西洞堡等战役。赵连长和广大的西路军将士不顾个人安危浴血奋战，但不能扭转敌强我弱的局面，多数战斗失败，红军大部壮烈牺牲。最终，红军因为孤立无援、缺粮食少弹药，没有群众基础而导致失败。

窑工贺志坚因订婚妻子杨菊花遭到马匪营长抢婚威胁，怒而参加红军对抗马匪的压迫，堂弟贺志勇随哥哥一同参加红军，两人在艰苦的战斗岁月中历练成熟。石窝山分兵后西路军流散各处，生存艰难。赵宝堂等五位红军流落到大野口煤窑上时受到池窑户、孟学儒等人热心救助。孟学儒为阻止马匪搜捕藏身在煤窑内的红军而牺牲，赵营长等五位红军在池窑户等人的帮助下成功返回兰州八路军办事处。

小说成功塑造了赵宝堂、池窑户、孟学儒、贺志勇等人物形象。史料丰富翔实，人物形象生动，故事情节曲折感人。读后可感受到革命者的坚强意志和视死如归的英雄主义精神，感受到马匪的残忍与甘州人民群众的善良和对正义的帮扶。是当下讲好党史故事、讲好红军故事、讲好西路军故事的好教材。

第六，说说杨生伟的长篇小说《盛开的金露梅》。小说围绕爱情故事叙写了一个退伍军人的人生浮沉。主人公李小刚在武警部队服役时期，所在支队协助地方维持社会治安，和一些不法分子展开不屈不挠的斗争。夏华集团是一个带有黑社会性质的商业机构，夏华集团董事长邹应龙，利用权钱交易获得某些贪腐官员的庇护，欺行霸市，投机钻营，形成了一股邪恶势力，扰乱了当地正常的经济秩序，给社会治安造成了严重的影响。后来事情败露，李小刚在抓捕邹应龙的行动中，邹应龙亡命逃跑坠楼身亡。邹应龙背后的恶势力借此想置其于死地，李小刚被迫退伍。但乌云终久遮盖不了阳光，当正义之剑刺穿了阴霾，那些危害社会的跳梁小丑，终于受到了正义的制裁。

李小刚退伍后又经历了与少数民族姑娘的爱情和婚姻的波折。在坎坷曲折的人生路上，主人公坚韧不拔，面对一次次打击并没有沉沦，以坚不可摧的勇气和磊落的胸怀谱写出一曲奋进篇章。在脱贫攻坚的主旋律中，他大胆创新、锐意进取，在事业取得成功之际，还带动身边的人们一齐致富奔小康，为脱贫攻坚、乡村振兴奏响了新时代的壮丽凯歌。

在这一届作家提高班里，所有的学员都有作品。武和庆与何海萍的《国家公园里的人们》《霍去病征战河西》，都是介于二十万至四十万字的长篇小说。而蒋振锋的《戒尺》，也是一部反映当下教育问题的作品，呼吁"把教鞭还给老师"，让教育回归正途。韩新文的电视剧剧本，还有侯金华、邵丰年的长篇小说，以及王绪武、董霞的电影剧本也正处于紧锣密鼓的创作阶段，不日也将完稿，或出版，或发表。因为篇幅所限，在这里我就不一一展开评说了。

过去的一年，是苦累中拼搏奋斗的一年，亦是初心不改收获喜悦的一年。从基层文学爱好者成长为能够独立完成长篇创作，拥有首部长篇处女作的作家，我从他们身上看到了三十多年前的自己，更看到了锲而不舍的精神光华与中国文学传承的希望。

我很庆幸，在身体与外力的双重考验下，与我的学员们并肩而行，坚持到了最后。我很感动，据说今年为六十年一遇的最严寒冬季，在大雪纷飞的时刻，学员们不畏艰险，从八十多公里外驱车赶来听讲，每周一次的授课从未缺席；我很骄傲，把一群原本只会写诗歌自娱自乐的文学爱好者，培养成了独立驾驭长篇小说的作家；我亦坚信，通过开展培训和学习，作家是可以培养的，而"作家提高班"的实践结果证明，这种模式适用于基层作家的培养育成，是值得被推广和发扬光大的。

　　当然了这样的结论并不是我下的。著名评论家，中国作家协会党组成员、书记处书记，中国作家协会副主席李敬泽先生今年初在北京大学的一次会议上说，作家是可以培养的。他早就发现"中国写作者从来不缺乏高远的志向和自以为天赋神授的天才，缺少的是严格的专业训练"，一些大作家"在技术层面上甚至是不合格的"。这实在与高校中文系历来"不培养作家"的价值取向脱不了关系。我们张掖作家提高班的创办证明，李敬泽先生的话是对的：作家是可以培养的。

　　首届"讲好张掖故事作家提高班"十名正式学员，加上五名候补学员，于今年十月份顺利结业，他们用自己对文学的满腔热爱之情，和坚持不懈的创作精神交上了各自实力与才华并举的优秀答卷，开创了地方基层作家在家门口免费接受专业学习，成就个人梦想的崭新途径。

　　对此，我深感欣慰！也倍感自豪！祝愿大家在未来的文学道路上，创作出更加精彩、更加壮丽的优秀诗篇！为祖国的文学百花园增添绚丽的色彩！

　　（陈玉福，作家提高班导师，张掖市文联名誉主席，兰州文理学院驻校专家、文学教授，甘肃省作家协会副主席，中国延安文艺学会副会长。）

目 录

第一章 初次邂逅 …………1

第二章 花样年华 …………9

第三章 相思成灾 …………18

第四章 人在旅途 …………38

第五章 考研风波 …………47

第六章 崭露头角 …………59

第七章 冰雪融化 …………76

第八章 再起端倪 …………85

第九章 风华正茂 …………99

第十章 移花接木 …………115

第十一章 擦肩而过 …………133

第十二章 迷雾重重 …………144

第十三章 各奔东西 …………157

第十四章 前程似锦 …………171

第十五章 爱人归来 …………181

第十六章 投桃报李 …………194

第十七章 双宿双飞 …………214

第十八章 大展宏图 …………230

第十九章 山重水复 …………250

第二十章 初心不变 …………273

第一章　初次邂逅

　　一九九四年七月初,一个雨天的午后,陇原师范大学操场边的跑道上有一位撑着黑色雨伞的年轻人在漫无目的地走着。

　　陇原师范大学地处北方某省省会城市,是一座有着近百年历史的西部重点师范大学。

　　雨一直在下,撑着黑雨伞的年轻人还在不停地走着。

　　远处的文化长廊里一位女孩正在默默地看着他,眼里满是痛楚。

　　原来,撑黑雨伞的年轻人名叫杜曼·亚科尔,来自西北祁连山腹地的一座少数民族小县城——祁裕县。杜曼·亚科尔在陇原师范大学就读四年级,再过几天就要本科毕业了。

　　可是在这临近毕业的几天里,有一件事让他夜不能寐,不知该怎么办才好呢。他不知道,对于他挚爱的人,不久后是分道扬镳还是漫长的三年等待。在这人生的十字路口,他的心里隐藏了多大的苦啊!这一次,对他来说是人生中第一次艰难抉择,说好的要天长地久,情感的天空也许即将坍塌……

　　此时,学校广播里正在播放那首黄天宇的歌曲《往昔年少》:

　　　　明天要各奔东西
　　　　怎能忍心别离
　　　　你曾说

喜欢我傻傻的样子
只是触摸不到青春的容颜
看着你远去的背影
那年的歌声
还在风中响起
……

在雨中，歌声断断续续，正如杜曼·亚科尔那颗潮湿的心迷迷离离……

文化长廊里的女孩名叫方欣雅，她是省城当地人。

实际上，方欣雅和杜曼·亚科尔既不是一个系的也不是同班同学，欣雅学的是音乐学，亚科尔学的是汉语言文学。就是这样看似毫无交集点的两个人怎么联系在了一起，还真是说来话长……

那是亚科尔来到陇原师大不久的一次运动会上。

亚科尔和他的同学分别代表文学院篮球队和音乐学院的篮球队打比赛。因为是代表两个学院的篮球队，两队间的水平之高不言而喻。

眼看那场比赛文学院就要赢了，在篮球场上为音乐学院助威加油的拉拉队队员方欣雅看着自己学院的篮球队无望取胜，索性一生气直接下场，打算回宿舍。正要离去的时候，她的好朋友也是室友兰小菊把她拦了下来，嬉皮笑脸地告诉她："先别走嘛，输就输了，你没发现文学院队有一位大帅哥吗？不但人帅，篮球打得也好，不如等球赛结束了过去碰个面，扫扫咱们的坏心情，反正胜败乃兵家常事，谁赢都一样嘛！"听着小菊的劝说又看看比赛场上那个英姿矫健、长着一头卷发的大男孩，欣雅偷偷地笑了，小菊也不由自主地笑了。

说来真是巧合，亚科尔一个扣篮下来，篮球刚好弹到了欣雅的面前，欣雅赶紧捡起篮球送到了亚科尔的手中，近距离的接触中，欣雅细细端详了亚科尔一眼：略微弯曲的一头浓发下一双眼睛竟然如湖水般清澈。亚科尔也看了欣雅一眼，眼前的姑娘眉目含情、风姿绰约似是画中人，就那么短暂的一瞥，亚科尔瞬间若雕塑一般呆呆地拿着篮球忘记了自己正在比赛，队友的喊声打破了这短暂的宁静，他赶紧起身对眼前的女孩道谢，匆匆回到了球场。

亚科尔凭借着自己强健的体魄和娴熟的篮球技术，在这场比赛中一个人就获得了投篮28分的好成绩。

这场篮球赛文学院赢了。

正是这场篮球赛，让刚刚进入大学不久、青春懵懂的欣雅心中珍藏了一份向往爱情的美好憧憬。

一九九〇年，诗人华月清冷的第一部诗集《诗人的眼睛》出版发行，曾在中华大地风靡一时，短短的几句诗行如此打动人心：

  诗人的眼睛
  喜欢看着飘起的青烟
  那是燃烧的浪漫

  诗人的眼睛
  喜欢看着少女的双眼
  那是忧伤的泉源

  诗人的眼睛
  不会大笑
  那里面装满
  深沉的香甜

这首诗不知俘获了多少年轻人的心！

欣雅专修的是钢琴，在钢琴系学习，除了音乐她也喜欢文学，毕竟文学是所有学科的基础。闲暇时间她喜欢在自己的笔记本上摘抄几首小诗或者一段流行歌词。那时候没有电脑更没有智能手机，但大学生活同样丰富多彩，至少每个同学都有一本剪贴笔记本和一本记事日记本，大多数同学在日记本上记录着自己的喜怒哀乐和成长经历。

自从那次球赛后，欣雅的日记写得比以前多起来了。她还在日记本的扉页上郑重地写了一段话：一个女孩的心事，请别将它打开！欣雅的这些变化可瞒不过细心的小菊，小菊好几次佯装打开欣雅的日记本，都被欣雅的娇嗔唬住了。这两姐妹平时好得不得了，可是女孩的秘密难以向别人有丝毫的透露，即使是最好的姐妹。

时间是一匹永不倦怠的快马，它在世间所有的角落奔驰，时间总能遗忘些什么，它更能使人对未来充满期盼，所以这人间过往都是一段美好的心路历程。

转眼已是一九九一年的六月，在北方这是一年中最舒心惬意的季节。

欣雅一如既往地在校园里学习和生活，从六岁开始练习弹琴至今，她的钢琴等级考核早已过了十级，到了大学以后，对于老师指定的钢琴练习曲目欣雅也是得心应手，常常得到老师在班里的公开表扬并且赢得了同学们惊羡的目光。

谁让她出身于一个书香门第呢！

原来，她的父母都是本省高校的教授，家里就她一个女儿，父母亲一辈子都在做大学理论研究，妈妈很迫切地希望女儿能在音乐上有一番成就来圆自己曾经的梦想，所以夫妻俩在女儿六岁的时候就给她选择了人们普遍认为的"百琴之王"的钢琴。欣雅虽然生在条件优越的家庭但也很争气，从小学到高中一直没有放弃学习钢琴，在大学同班同学里她是属于专业水准高的那一类。

二十世纪九十年代，崔健的摇滚乐经久不息，港台流行音乐和理查德·克莱德曼的钢琴演奏曲已在大学校园里蔓延开来，部分教授极力地反对，但是一种新生文化的出现并有它自己的市场，这不能不说它总是有可取之处的。

细心的人不难发现，大学校园里无论男女生在每个宿舍里都会有一些港台明星的挂图，不能不说在年轻人的心底深处都有一个"明星梦"或是"成功梦"。

欣雅和小菊在课余后已经偷偷地开始练习理查德·克莱德曼的钢琴演奏曲了，从《致爱丽丝》《水边的阿狄丽娜》《秋日私语》《梦中的婚礼》到《命运交响曲》，这些曲子的演奏都已经达到了娴熟的程度。除此之外，她俩还用钢琴伴奏练习演唱崔健的《一无所有》和齐秦的《大约在冬季》。

欣雅和小菊的这些行为都没有瞒住班主任刘建军老师。刘建军在这一点上并没有完全反对，尤其是面对自己的得意学生，他知道孩子们的未来应该是精彩纷呈的，而不仅仅局限于教条式的钢琴演奏曲目和理论修养。

对于这些新生事物，学院的张明理院长曾对刘建军提出过异议，张院长主要研究中国传统音乐，对于二胡和板胡演奏达到了出神入化的地步，对于中国传统音乐的研究，张院长是学院的领军人物。但是张院长对于八九十年代兴起的流行音乐、摇滚音乐是极力反对的，所以对刘建军教授班里的一些学生热衷于流行音乐，而刘建军似乎是睁一眼闭一眼的做法，心里感到很不舒服，于是对刘建军有了一些看法。

六月中旬，音乐学院决定在临近暑期放假前举办一场新生音乐汇报演出。听到这个消息，刘建军第一时间通知了欣雅，要求她参加演出。刘老师给她的建议是演奏肖邦的《辉煌的大圆舞曲》，他认为这是一首高技巧、华丽、辉煌而热烈的经典曲目，适合欣雅演奏，但是欣雅却执意要演奏《罗密欧与朱丽叶》，欣雅的意见是这首曲子具有很强的感染力，更适合在舞台上表演，在几次说服无果后，刘老师只好同意了。

接下来的日子里，欣雅在小菊的陪同下利用课后时间开始刻苦地练习钢琴曲《罗密欧与朱丽叶》。除此之外，两个女孩还约上了同班同学谢小安一块组合了一个三人乐队在练习演唱齐秦的《大约在冬季》。

谢小安本来是学小提琴的，而且也是从小就开始练琴的那种具有音乐天赋的学生，但这孩子却偷偷地喜欢上了流行音乐，并且自学吉他。后来刘建军知道了谢小安在练吉他还找他谈了一次话，总之就是吉他在音乐家看来是不入流之类的意思。谢小安向老师保证了以后再不练习弹吉他，可是课余时间还是忍不住地去拿起吉他，合着那美妙的琴声伴唱一些流行歌曲。

是啊，那个年代无论是大学生，还是年轻的战士，或是务工务农的年轻人，都有一个"吉他梦"，不管会弹的还是不会弹的，只要提起吉他大家都是眉飞色舞。只是，对于这样一个大众化、简单易学的乐器，在好多音乐教授的眼中却是不入流的。

时间过得真快，转眼到了汇报演出的那天。

在那个傍晚，校园里微风荡漾，音乐学院的全体同学还有一部分其他学院的学生陆陆续续来到了学院的音乐大厅等待演出开始。

欣雅当天特意穿了一件粉红色的连衣裙。

自古以来文人对美人的描述各有千秋，美人从不输文字，有时候只能使文字显得呆板。演出前略施粉黛的欣雅姑娘长长的睫毛下一对水汪汪的大眼睛活泼灵动，高挺的鼻子精致玲珑，嘴角旁两个深深的小酒窝，嫣然一笑，无不让人流连于她那种羞涩中略透成熟的美。

在上台表演前的空暇，身旁的同学对欣雅已经是赞不绝口了，还有几位胆大的男同学试着靠近和她搭讪，都被小菊挡在了一边。

这场汇报演出高潮迭起，欣雅的演奏曲目是最后一个。随着钢琴曲《罗密欧与朱丽叶》忧伤婉转的曲调在音乐厅响起，全场瞬间安静，音乐在一阵跌宕起伏后戛然而止，随后响起了激烈的掌声。

是啊，在欣雅的深情演绎下，一段凄美的爱情故事强烈地撞击着在场的每一个人的心扉，对于这群有着敏锐思想的大学生来说，他们的心声最容易被打动。

乐曲刚刚结束，不知是谁在台下大声地喊道："再来一曲！"紧接着好多声音也开始附和着："再来一曲！""再来一曲！"……台下喊声此起彼伏，台上的欣雅只能将目光投向了坐在观众席前排的刘建军老师，刘老师看了看欣雅，向她默默点头示意……

看到老师的默许，欣雅的脸上扬起了更多的自信。

接下来，小菊和谢小安也款款上台。

今天的小菊把自己打扮成另一种风格，头上扎起两个牛角辫，上身穿淡蓝色的小礼服配着大方格的超短裙，看上去古怪精灵又不失学生风采。

谢小安带着一副宽大的眼镜，手里拿一把原木色的民谣吉他，柔顺的长发斜垂在眼镜上，倒真有那么一种朦胧诗人的感觉。

是啊，作为年轻人谁不想拥有一次机会来展示自己的风采呢？前段时间他们已经做好了两手准备。

在台下一片欢呼声中，欣雅按下了琴键，谢小安也合着钢琴的伴奏拨下了琴弦：

轻轻地我将离开你，
请将眼角的泪拭去……

接下来，全场的同学们都跟着唱了起来。

整个音乐厅沸腾了。

不知谁喊了一声"方欣雅"，接下来全场都响起了"方欣雅""方欣雅"的呼喊声和尖叫声，还夹杂着口哨声。

音乐会结束了，欣雅和小菊被笼罩在一片喝彩声中。

两人兴高采烈地走出了音乐厅，在音乐厅不远处的马路上有一位高大帅气的男孩在注视着她俩，等她们走近了，男孩望着欣雅说道："方欣雅，祝贺你表演成功，我见过你，但不知是什么时候！今天看到你在舞台上出色的才艺表演，我想重新认识你！"

当欣雅看到这张英俊的面孔时差点没喊出声，原来他曾是她日记里出现过好多次的那个人！只是后来随着忙碌的学习生活，她不再去那么热烈地憧憬与他相逢，但在心底深处始终挥不去第一次短暂邂逅的情景。

令欣雅想不到的是他怎么说认识自己可又想不起是怎么认识的！欣雅故意装作不认识："哪里来的大帅哥呀，我怎么没见过你呢？"这时，小菊嘿嘿笑了笑，说道："欣雅，你真敢说不认识？谁在篮球场上偷看人家打篮球的？谁又在日记本上写了那么多的卿卿我我？"看着好朋友出卖自己，欣雅脸上一阵发红，娇嗔道："小菊，你这没良心的，你到底是谁的人？"

"我当然是你的人了，但我说的是实话呀！"小菊笑得越发厉害了。

看着两位可爱的女孩，亚科尔原本忐忑不安的心也定了下来，至少自己的唐突没有引起姑娘的反感，他也被自己的大胆折服了。

青春是多么美好的一段时光啊！正是因为青春年少，勇往直前的冲动竟让一位平日里腼腆的大男孩主动去和一位素昧平生的女孩搭讪起来。

也许，是因为那晚的音乐会太热烈，也许是因为那晚的微风令人心醉！总之，在缘分的天空下谁也逃不过谁！

音乐会过后，第二天的院长办公室里，张明理板着脸，没好气地对刘建军说道："刘老师，你班那个叫方欣雅的学生唱的那叫啥歌嘛？你怎么给选的表演曲目啊！钢琴演奏《罗密欧与朱丽叶》先不说了，作为咱们堂堂的音乐学院，有哪个教授会让学生去唱什么流行歌曲呀？"

院长感觉一连串的问话语气也有点重了，便又改变了一下语气："建军啊，你也是咱们学院的老资历了，以后这种事可要注意了，我们不能毁了自己的声誉呀！"

听院长说完，刘建军有点不悦："张院长，以后我会注意的，但是孩子们在业余时间唱唱流行歌曲也未尝不可！"院长听完，用不容置疑的口气回答了他："建军啊，你还是听我劝，这种事可再不能发生了！"院长的言下之意相当明了，刘建军听后推脱有事，离开了院长办公室。

第二章　花样年华

自汇报演出那晚以后，欣雅也慢慢地了解了亚科尔。

一个泛着朦胧月色的晚上，在欣雅宿舍楼前的那棵大槐树下，亚科尔深情地对她说起了他的家乡：那是一片具有浓厚西部民族风情的土地，那片美丽的土地上有茂密的森林、高耸入云的雪山、清澈的河流，还有连片的湖泊，有洁白的天鹅因为留恋丰美的水草而久久驻足，还有老人们至今都念念不忘的古老歌曲。

亚科尔从小就在草原长大，他总是忘不了祁连山中红遍山野的格桑花，他如痴如醉地在姹紫嫣红的花丛中追逐彩蝶，一串笑声被风儿带得很远；他躺在软绵绵的草地上仰望蓝天，云朵对他亲切地微笑。

他把最可爱的一只小羊羔当成要好的朋友，他曾悄悄告诉小羊羔他要长一双坚硬的翅膀，他将来要把家乡建设得更美……

他也说起了家乡淳朴的人们，世代逐水草而居的父辈们的生活渐渐有所改善，条件好的邻居已经有人买了摩托车，牧民们曾经保守的思想也都有了很大的变化，供出去的大学生逐渐多了起来……

他也会忧郁，想起了小时候的玩伴在扎西小学四年级就辍学回家，还有好多初中同学也都没有等到毕业就辍学了。自从来到省城后，他看到了家乡与这里的差距，他能感觉到家乡最缺的是人才！

在亚科尔的面前，欣雅总是像一位小姑娘一样静静地听他讲听他说。

她的生命中多了一份对那片草原的憧憬，她多想去那看一看，去那走一走，有时也会闪过一个大胆的念头：如果可能，等大学毕业把自己的聪明才智奉献给那片土地……

欣雅和亚科尔刚刚认识就被彼此吸引，紧接着迎来了暑假生活。

美好的时光总是那么短暂！

对于大多数同学来说，暑假生活是愉快和丰富多彩的。

农村来的孩子早早计划回家以减轻家长的压力，城市里的孩子也打算帮家长做一些力所能及的事情，总之大多数孩子的想法都让我们欣慰。可是对于一部分情窦初开的年轻人来说，这个假期也是一次不小的折磨，离开心爱的人将近两个月，这段日子肯定又是难熬。

离别前的那个晚上，欣雅和亚科尔相约到了学校的大操场，俩人在宽阔的跑道上漫无目的地走着。亚科尔本来想说的话很多，可是在那个七月的学校操场上的那个美妙的夜晚，他似乎又觉得说什么都是多余，静静地陪着欣雅走着，走着……

还是欣雅打破了两人的沉默世界，她轻轻地唱起了那首熟悉的歌曲：

曾经以为天空很蓝
没有你的日子是否还有灿烂
曾经以为青春无敌
离开你的岁月生命又会沉寂

望着眼前亭亭玉立的欣雅，亚科尔再也控制不住自己的情感，拉起了欣雅的纤纤玉手，将这双弹奏出优美乐曲的双手紧紧地握在自己手中……

翌日，亚科尔乘着西行的列车在心中藏着对一个女孩的思念踏上了回家的归途。

七月的祁连山焕发出了无限的蓬勃生机。

亚科尔家的羊群和牛群已经转场到了夏牧场，夏牧场可以说是牧人理想中的天堂——碧绿的草地和肥硕的牛羊，看着都令人心情愉悦。

亚科尔回到定居点的第二天就去了夏牧场。

在夏牧场他见到了好朋友扎西。

扎西已经是一位健壮的草原汉子了，老朋友见面分外高兴，扎西索性在自家的羊群里宰了一只大羯羊来款待久别的朋友。

傍晚时分，亚科尔一家和附近的牧民都相约到了扎西家的牛毛帐篷里，在这里大家见到外地上学回来的亚科尔都分外高兴，几个年轻人围着他问长问短。

那个夜晚，扎西豪爽地喝酒，他还劝着亚科尔喝酒，亚科尔之前因为上学还从来没喝过酒呢，这次由于扎西不停地劝说，他也喝了几杯青稞酒。

夜已经很深了，牧民们相继都回了家，扎西和亚科尔又到了帐篷外面的草地上坐着，他俩说了好多好多的话，亚科尔借着酒劲告诉扎西他自己已经有了心仪的女孩，并且将临行时欣雅送的照片拿出来让扎西看了看。

望着照片上貌若天仙的欣雅，扎西讪讪地笑着说自己这辈子可能没有这个福分了。

看到扎西失落的样子，亚科尔心中掠过了一丝悲哀。是啊，自己已经在大学读书了，可是扎西却永远走不出这一步了，将来他可能成为一名人民教师，站在讲台上演绎一段春风化雨润物无声的故事，而扎西只能永远在他的牧场面对他的牛羊度过一生。

在夏牧场的这段时间，亚科尔除了帮阿爸照看羊群，闲暇时间就学习带回的《中国古代文学史》。在陇原师大这一年的学习中，他对祖国悠久灿烂的文学有了进一步的认识，从春秋战国百家争鸣时代的诸子散文到东汉末年的建安文学，以及唐诗宋词等有了更深入的了解，随着学习的深入，他感到自己曾经学到的知识远远不够，还得加把劲儿反复学习和深入思考研究，有了这个认识就有了一种持之以恒的劲头，假期里的每一天亚科尔都没有把书本丢下。

亚科尔的阿爸道尔吉看到这一切，总是欣慰地笑笑。他是了解自己儿子的，从小学起亚科尔的学习成绩一直很优秀，亚科尔小的时候在定居点的村小学上学，爷爷和奶奶照顾他，小学五年里每天早上起床从来没有让爷爷奶奶喊过一次，早早起来自己喝开水，吃上阿妈从牧业上带的烧壳子就去学校了。中学后，亚科尔在县城学校住宿，年年考试他的成绩在班里不是第一就是第二，除了这些，亚科尔课后的时间都在篮球场上，在母校祁裕县一中就读时，他的篮球水平可是数一数二的，学校组织的篮球比赛，每次都少不了他。

七月末的一天，乡上的邮递员送来了一封信。

亚科尔匆匆打开信笺后只见一行行清雅秀丽的字迹跳跃在他的眼前：

亚科尔你好：

你还好吗！不知你信不信？这封信是你离开学校的那天就写的，请别嘲笑我，因为，每一刻我都想你！最近你在做什么？是不是还和你的牛羊在一起？千万别忘了学习……

我还会给你写信，即使你收到会有一个漫长的时间过程，但写得多了，时间也许会缩短，每一封信都是我对你的思念……

欣雅

拿着这封信，亚科尔站在帐篷外的草地上向着省城方向望着、望着……

这一切来得太突然了，他都有点不相信自己了，这简直就是童话中才会出现的情节，那样一位出生在省城还特别优秀的女孩钟情于自己，这让他真有点梦幻般的感觉。

但是看着手中的信笺，这一切都是真的！亚科尔知道唯有勤奋和努力才会把梦幻变为现实。

紧接着亚科尔的第一封信也寄出了：

欣雅你好！

收到你的来信是我这个假期最高兴的事了。你可知道你的信笺多像一把利剑，已经将我完全穿透……我来不及想象未来，我只有把握现在，我还是和我的牛羊在一起向你的方向眺望！这个季节太美了，金露梅、银露梅开得正旺，有时候我竟然觉得这草原上开放的每一朵花都是你的容颜……

期待你的第二封来信！

亚科尔

这个暑假亚科尔是寂寞的，又是幸福的，寂寞是因为他在思念欣雅，幸福是因为欣雅也在思念他。

一封封女孩的信笺像天使般来到了他的身边，那些滚烫的话语比七月草原上的晚霞更加绚丽灿烂。

八月份的时候，亚科尔家迎来了一匹雪白的小马驹。

阿爸欢喜得不得了，说是草原上难得有纯白的马匹，执意要让亚科尔给小马驹起个名字。亚科尔看着雪白可爱的小马驹，脱口说道："那就叫飞雪吧！"阿爸有点不解，亚科尔嘿嘿地笑着告诉他："等飞雪长大了您就明白了，接下来还得由您好好调教它呢！"

听到大学生儿子这样说，阿爸也似懂非懂地笑了，连声说道："这名字好！听你的，听你的！"

听到亚科尔家降生了一匹白色的小马驹，扎西和周边的牧民也迫不及待地赶来观望。大家的看法不约而同：这是一匹好马！

扎西也答应跟亚科尔的阿爸一起训练这匹马。

是的，草原上的人们最看重的就是马，马在他们的游牧生活中是多么重要的伙伴啊！

临近开学的日子越来越近了，亚科尔在牧业上更加忙碌了。他帮阿爸照看牛羊的闲暇之余还捡了好多干柴，整整齐齐地码在帐篷外搭建的柴草房里；在一些晴朗的日子里他还跟着阿爸到山顶阴面的灌木丛里挖了一些中药羌活和辫子莲，等晒干清理完泥土拿到收购站也可以赚点他上学的费用。

阿妈赛利娅也为他准备了一些煮熟的风干羊肉和晒干的曲拉，他让儿子带到学校给同学们尝尝。

尤其是奶奶听说亚科尔又回学校了，从叔叔家的牧场上赶到定居点，把自己攒下的十几元钱硬是塞到了孙子的手里。奶奶还不住地叮嘱：到了学校别想家，要吃好，别光顾着省钱。

八月底，亚科尔踏上了返程的列车。

年轻人的心早飞到了大学校园，唯愿列车开得快点、再快点！那里有他可敬的老师和亲爱的同学们，最主要的是他可以见到欣雅了。

九月，陇原师大的校园还是花的海洋。

凤仙花、大丽花、翠菊、竹节海棠、孔雀菊、金盏菊竞相开放。傍晚的花坛边，欣雅一袭白色长裙更显婀娜多姿，身边的小菊蓝白相间的小方领衬衫搭配淡蓝色的牛仔裤，显得前卫时尚，还有谢小安也在，原来，他和小菊已经好上了！年轻人嘛，谁没有经历过那些纯真友爱的年代呢？

他们三人正在等待亚科尔呢。

随亚科尔前来的还有他的室友玉轩，玉轩来自南方的一个城市，文文弱弱的，他和亚科尔交往一年以来，对亚科尔那种草原民族的豪爽佩服得五体投地，两人成了最好的朋友。

本来刚到校的第二天亚科尔就决定去看看欣雅，他又犹豫了，各位可能还不太知道，亚科尔这位大男孩在内心深处是有一点自卑的，尤其刚从牧区来，他的脸庞更加黝黑了，这次出来他就叫上了玉轩。

花坛边的欣雅远远就看见了亚科尔，在同学们的面前，姑娘还是那样落落大方，只是她和亚科尔在一起的时候会有一丝红晕掠过她的脸颊。姑娘也不知说什么好，唐突地问了一句："你的小马驹还好吧，什么时候长大呀？"亚科尔说："已经能在草原上撒欢了，我想，等我毕业了，小马驹就会成长为一匹真正的骏马了，如果有可能，我邀请你去草原骑马。"

"那太好了，你是真的邀请我吗？"欣雅追问着，这时候的气氛多么融洽！

"当然了，我的飞雪将来一定会成为一匹矫健的骏马，带着你像风一样飞驰在祁连山下的大草原上！"亚科尔自豪地说道。姑娘听到这些已经激动不已，那些在电影上见过的片段也许真的有一天会实现，她眼中满是期待。

不远处的小菊和谢小安还有玉轩看着这两位同学欢快的样子，他们索性也攀谈了起来，他们三个人想给欣雅和亚科尔多留点时间。

短暂的相会就要结束了，临走的时候欣雅叮嘱亚科尔要好好学习，到周末有时间的话她会去找他的。亚科尔把他从家乡带来的风干羊肉和曲拉塞到了欣雅的手里说是让她尝尝，说完后和玉轩一起匆匆地离开了。

夜已经很深了，欣雅的宿舍里一群女孩还在叽叽喳喳说着话。女孩们吃着牧区食品，都调侃说欣雅这辈子有口福了，将来别忘了姐妹们！听着舍友们的调侃，欣雅觉得有一股温暖的气息荡漾在自己的心间。是啊，她和亚科尔虽然认识时间不长，见面也才那么几次，可是聪明的姑娘能感觉到亚科尔也许是她从童年时起就幻想将来要去寻找的"白马王子"。

大学二年级，亚科尔的课业加重了。他的班主任兼汉语言文学导师李鑫教授是一位年过半百温文尔雅的"老三届"毕业生，李老师专攻唐宋文学，尤其是对宋词研究达到了炉火纯青的程度。李老师上课从来不翻讲义，整个课堂上除了他的讲课声音，再就是同学们记笔记沙沙的声音。

通过一年的学习，李老师发现了亚科尔是一位勤奋好学的学生，只是他的普通话表达能力还有点薄弱，而且发音也不准确。针对这种情况，李老师私下里找亚科尔谈过几次，还把自己的一本《汉语言基础》送给他，期望他在课后抓紧练习，尽快提高语文素养。

针对李老师的建议，亚科尔利用课余时间进行了大量的发音练习和语言基础知识的积累，对于口语表述发音不准的问题还时不时地请教班里普通话发音标准的同学。

转眼间又到了周末。

周五的晚上亚科尔计划好周六早上复习功课，下午和同学们去打篮球，打完篮球再去找欣雅，想请她一起到校外的一家水饺馆吃水饺，周日的全天时间他还要到图书馆去读书和做笔记呢。

也许，每个人一旦对所追求的事业有了翔实的计划和热烈的期盼，无论任何艰难的事情都会迎刃而解。亚科尔就是这样的人，他从小在牧区那么艰苦的环境下生长和学习，骨子里已经形成了一种坚韧不拔的气质。虽然入校不久的他在学习方面和有些同学相比有差距，但在平时的为人处世方面和在同学们之间的号召力方面，他有着绝对的领导优势，大家也乐意听他的。

下午打完篮球，亚科尔穿着干干净净的衣服来到了女生公寓楼前等欣雅。望着三三两两的女生从宿舍楼门进进出出，亚科尔只好去了公寓楼前马路对面的那棵大槐树下等她。

过了不久，欣雅和小菊从楼门口出来了，正当亚科尔正打算走过去时，谢小安和一位皮肤白净的男孩走到了欣雅和小菊的面前，看上去那位男孩和欣雅很熟悉。这时欣雅也看到了大槐树下的亚科尔，她远远地向他微微一笑并招了招手。

过了不久，那位男孩好像有点灰心地离开了，谢小安和小菊也离开了，欣雅赶紧来到了亚科尔的跟前。

吃饭的时候，亚科尔不经意地问道："刚才和你说话的是你同班同学吧？你们看上去很熟啊！"欣雅毫无避讳地说道："不是同班同学，他是我的师兄黄天宇，现在已经大三了，我刚入校的时候就认识了，他一直对我很好，他很有才华，已经创作了好几首歌曲，还自己填词呢！他希望和我组合乐队，让我当主唱，他当键盘手呢！"听到欣雅这些话的时候，亚科尔表面装作无所谓，可心底深处还是有一点怪怪的酸楚。

那天吃完饭回到宿舍后，他想了好多，他莫名地感到也许他和欣雅就是两个世界的人，欣雅有优越的家庭条件和同龄女孩无可企及的相貌，而自己很多时候还在为学费和生活费发愁。虽然自二十世纪八十年代末以来牧民的生活条件和经济收入有了一定的改观，但要供一个大学生那还是很艰难的一件大事，他也知道为了让自己上大学，阿爸和阿妈已经是倾其所有。这样想的时候，他又有了一种冲动，把之前和欣雅的交往归结为自己的无知和幼稚的冲动。

那个夜晚听着舍友们此起彼伏的呼声，他久久不能入眠……

星期天早餐后，亚科尔就早早去了图书馆。

本来那天吃饭的时候欣雅告诉他，星期天还想找时间陪他一起练习普通话发音呢。但是，周日整天他都在图书馆里读书和做笔记，虽然满脑子净是欣雅的影子，但他就是没去找她。

　　这之后的日子他的心情倒平静了很多，一如既往地学习和生活。

　　接下来的几周，他也没去找欣雅，但奇怪的是欣雅也没再出现过。

　　有时，他会闪过这样的念头：难道，欣雅也知道了自己的想法而瞧不起他？或者，欣雅和他之间只是对他好奇而一时兴起的一次短暂的交往罢了！越是这样想的时候他也越苦恼，他认为自己见到的她只是表面的，她的心里也许根本没有他，而是另一个男孩。

　　在几周后的一次学术报告会上，他见到了小菊和谢小安。小菊告诉他欣雅生病了，病得还不轻，欣雅的妈妈给她请假回家治疗。小菊还当着很多同学的面不客气地把他数落了一顿。当听到这一切，亚科尔又为自己的小心眼愧疚起来，他恨不得马上见见欣雅，在她的面前谴责自己的无知和浅薄。

　　又见欣雅是两周后的事了。姑娘因为生病失去了往日活泼可爱的神采，一副娇弱令人怜惜的样子。看到这些，亚科尔内疚地说："唉！我想错了，生病了咋不告诉我一声？"欣雅虽然病未痊愈，但还是强装笑颜告诉他："是流行性感冒引起的肺部感染，病得突然，没来得及通知你就回家了，然后在医院里一住就是一个月，这段时间你还好吧，学习怎么样了？"

　　多么善解人意的姑娘！听着欣雅体贴地关心自己，亚科尔从心底深处不由地涌出了一股暖流，他真想大喊一声："欣雅，我爱你！"

第三章　相思成灾

　　时光的车轮转眼间驶进了一九九二年的春天。
　　在文学院李鑫教授的办公室里，亚科尔正和他热烈地讨论着诗词在文学表现力上哪个艺术性更强的问题。李鑫老师重点研究的课题是"词"。看得出来，亚科尔这一年的进步很大，他竟然能用标准流利的普通话朗诵起《将进酒》中的"君不见，黄河之水天上来，奔流到海不复回。君不见，高堂明镜悲白发，朝如青丝暮成雪……"这几句千古名言来反驳老师的观点。
　　真是初生牛犊不怕虎啊，老师看着这位来自偏远牧区的学生大胆反驳自己预设的观点，而且有理有据，心中自是欢喜。
　　大学本科学业已经过半，老师计划着下一步该是给亚科尔好好规划未来人生的时候了。
　　在音乐学院，欣雅和天宇还在教室里紧张地排练一首名叫《青春的你》的歌曲，这首歌曲是天宇自己作词作曲的：

　　　月光如水斜入窗，
　　　你还在弹奏着那年的肖邦，
　　　谁能与你徜徉，
　　　是谁为你做嫁妆
　　　……

当这首歌第一次被天宇清唱的时候，欣雅就感觉到这是为自己写的一首歌，她是多么感激天宇，也曾被天宇的才华折服，可是，姑娘知道，她的心中对爱朦胧的含义绝对定格在了亚科尔身上。

这大半年来，亚科尔早已和天宇成了好朋友，就因为那次对欣雅的误会，这个草原小伙子懊恼了好久。自那以后他常常告诫自己：草原男儿的心要比大海更广阔！好几次欣雅问亚科尔："我和师兄在一起，你会不会不理我？"亚科尔坚定地摇摇头回答："不会的，你的未来肯定有一个很大很大的舞台，我会一直支持你，天宇是一个出色的音乐天才，你跟着他学习会有很大的长进！难道你忘了吗？你曾经说过你要去草原，我的飞雪已经长成一匹健壮的小马了，它在一直等你呢！你难道不想去看看它？"听到亚科尔的话，欣雅笑得好开心。

一来二往，不只是他，还有小菊、谢小安、玉轩和天宇都成了要好的朋友。

在那所通往人生辉煌的大学校园里，留给了他们太多的美好记忆！

天宇的那首歌已经在陇原师大传唱开了，天宇和欣雅在同学们的眼中真若两颗大学校园里耀眼的星辰。

刘建军老师看到欣雅小有成就，态度是肯定的，但是考虑到欣雅如果把精力都用在了演唱流行歌曲上，还是有点儿担心。

作为二十世纪九十年代受过正统教育的音乐教授，虽然张院长因为那次音乐会的事告诫过刘建军，他不以为然，但他的骨子里还是有一点排斥流行歌曲的。他希望欣雅在深入学习提高钢琴演奏技巧的同时，能严格按照音乐学的课程设置，不断融入音乐理论的提高和音乐素养的积淀上来。

刘建军的这一想法不无道理，可是在那个张扬个性的年代，年轻人做到这一点谈何容易啊！

为此，刘建军单独找欣雅聊了几次。

刘建军理想中的欣雅未来应该是像自己一样站在讲台上，为祖国培养更多的音乐人才，但姑娘的心早已飞出了大学校园，她的梦想不只是做一名教师那么简单。欣雅知道，自从第一次音乐汇报演出到这一次唱天宇的歌在校园里受到同学们的追捧，她的前景应该更加光明。

在规划自己未来的时候，她也想到了亚科尔的未来，她多么希望亚科尔一直陪着她，永远不要离开她。

天宇和欣雅在一起时间久了，早已在心里默默地喜欢上欣雅，因为亚科尔的存在，他只是没有向欣雅表达罢了，他只能更加努力地作词作曲，希望在某一天丘比特能向他抛来那支金箭。

欣雅已经像一朵花盛开在他的心间，这么优秀的一个人断然回绝了好多女孩的追求，这人世间的事也真让人难以琢磨。

对于这些，欣雅不是不知道。

有一次，欣雅和天宇两人在讨论创作一首新曲子的时候，欣雅故意问起天宇："师兄，啥时候能见到未来的师姐？"听到欣雅的话，他若有所思地说道："这辈子非小师妹不娶。"说完后哈哈大笑了起来。欣雅也半开玩笑地说："小师妹早都名花有主了，你不怕令狐冲的独孤九剑要了你的性命？"说完后也是哈哈大笑。

天宇知道这个夏天过去他就要实习了，他可能不会一直陪在欣雅身边了。按学校常规要求，实习生需要在省会的一些重点中学或者回到家乡的重点中学实习。这样才能为师大的学生打好未来从事教学工作的第一步基础，第一步很重要，因为良好的开端也是成功的开始。

在对未来的规划上，天宇出奇地与欣雅一致，他从来没有考虑未来会在讲台上度过，早就计划在实习的时候到南方去，为他的未来还有灿烂的梦想去打拼。

他也曾告诉欣雅，也许等欣雅毕业以后，他会在南方的某个城市做一名流浪歌手，如果欣雅见到他可千万别装作不认识。

又到了七月，又是分别的季节。

不过这次分别的不是欣雅和亚科尔，而是他俩和天宇。

欣雅打算和亚科尔一起去他的家乡看看，天宇要去深圳，他说他想看看外面的世界。

听说女儿要和男同学去一个偏远的地方，欣雅的妈妈周雯说啥也不同意，女儿长这么大还是一个人第一次出远门，她怎么能放下心来？爸爸方啸天倒是含糊其词，他没有明确地反对或是同意女儿的要求，他的意见是孩子大了，主意由女儿自己定，做父母的还是少掺和。

为这，周雯和方啸天还吵了一架。

父母最终还是拗不过女儿，但他们要求必须见见欣雅的这位男同学。

欣雅欢快地像一只出笼的小鸟。在临行前的那个下午陪着亚科尔去了一趟商场，在商场里她给亚科尔和自己分别买了一件夹克衫和一条牛仔裤，穿着一新后带着亚科尔回到了自己的家中。

在客厅里，亚科尔小心翼翼地和欣雅的爸爸方啸天交谈着学校里和学习上的事情。欣雅的爸爸也是一位大学中文教授，听到亚科尔对学习的一些见解和对未来的打算，方啸天很是开心，他能感觉到这个孩子是个善良的孩子。方啸天也向亚科尔了解了他的家乡，当听到亚科尔来自祁连山腹地的祁裕县时，他说道："我曾去过你的家乡，那是十年前的事了，当时陪同省教委的同志去那儿做过调查研究，那时的教育现状还真的令人担忧啊！"

欣雅和妈妈在厨房准备晚饭。做饭之余周雯站在厨房门口不时地打量着亚科尔，当看到亚科尔谦逊有礼的举止和真诚执着的谈吐，也不由地喜欢起来。

何况，周雯觉得这孩子高大英俊的模样还真是不多见呢！

在饭桌上，欣雅不停地劝亚科尔多吃点，还给亚科尔夹菜。周雯揶揄道："我们家的欣雅会关心人了，从小到大都是我们给你夹菜，好像还没见你给我们夹过菜。"方啸天听后对周雯说："你这人啊，姑娘长大了会关心人是好事啊，你这当妈的难道还吃姑娘的醋？"

方啸天说完后自己被自己逗笑了，周雯瞪了他一眼没好气地说："谁吃姑娘的醋了？你是整天大咧咧的，还学会挖苦人了，本事大了以后自己做饭洗衣服！"听到周雯有点愠怒的话，方啸天赶忙赔着不是："是我说错话了，掌柜的！这个家里少了你能行吗？"说完后笑呵呵地望着周雯。

当看到这一切，亚科尔也差点被逗笑，只好低下头悄悄地吃饭。欣雅看着亚科尔的样子说道："我爸妈经常这样，我都习惯了，你别见怪啊！"

"怎么会见怪呢！叔叔阿姨说话没把我当外人，在你家里我一点都不拘束。"亚科尔虽然嘴上说着不拘束，周雯看着他拘谨的样子忍不住笑出声来，赶紧给他夹了一块肉，说道："孩子，多吃点，来过一次就都熟悉了，以后常来呀！"亚科尔恭敬地点点头说道："谢谢阿姨，我会常来看你们的。"

饭后，亚科尔要回学校了，当他出门的时候，方啸天硬是将一沓钞票塞到了他的手里。亚科尔执意不要，方啸天似乎是命令式地说道："孩子，拿着吧！会用得着的，回去的时候给你爸妈买点东西，牧区的生活还不宽裕啊！另外就是这次和欣雅一块去了牧区后请你一定照顾好她，因为你是个男子汉，叔叔相信你！"

欣雅和亚科尔离开的那天，天宇也乘坐南下的列车去了深圳。

天宇第一次踏上深圳这座极具现代气息的城市，就被这里的一切震撼了。摩天大楼鳞次栉比，各种高档小轿车穿梭来往。这一切以前只是在电视和电影上见过，这一次，身临其境，那种感觉是电视和电影上从来没有过的。尤其到了夜晚的罗湖区，这儿又是一个五彩斑斓的世界，霓虹灯彻夜不眠，衣着华丽的人们操着不同的口音，出入在各个酒店和楼馆之间。

在深圳，天宇没有熟人，只能先找个地方住下来，问了好多家宾馆，一个晚上的住宿费基本上是他爸爸半个月的工资。天宇的家在陇原师大邻省的一所地级城市，他爸妈都在工厂里上班，家里还有一个上初中的妹妹。在他没上大学那会，家里的条件还不赖，起码生活无忧，自从他上大学以来，家里的负担重了。这一切，天宇心里清清楚楚，在大学三年时间里他一直都很节俭。

这一次，由于自己的冲动，只身来到深圳，面临的困境可怎么办呢？

来到深圳的第一个夜晚，天宇一直在繁华的街道上溜达着，也许真应了他曾经说给欣雅的那些话：如果有一天，我在南方的街头做一个流浪歌手，你可别假装不认识我……

在草原上，欣雅快乐地就像一个小仙女。亚科尔的阿爸阿妈把她当作自己的宝贝女儿一样看待，奶奶更是把她疼得不得了，说实话，亚科尔长这么大在家还真没享受过这待遇。

尤其是扎西，以前他的确见过城里来的女孩，可没见过这么漂亮的女孩。

扎西为了献殷勤，第一天就围着亚科尔和欣雅自我吹嘘他调训的飞雪有多么的神奇和与众不同。

这让城里来的欣雅对他好一阵钦佩。

飞雪整整一岁了，好一匹雪白的骏马。

对一岁左右的小马来说正是快速长身体的时候，还不能骑上训练，牧人们骑马的时候把它带到身边，跟着大马奔驰，奔驰的过程中小马也能揣摩大马的步伐，这样训练后若能长期保持整齐的步伐，对于这样的马，牧人们称之为走马。

据扎西说，再过大半年能骑的时候给它好好加料和奔跑训练，飞雪将来会是这片草原上独一无二的走马。

在草原上，欣雅和亚科尔有时追逐着小牛犊，有时仰天躺在草丛中看着碧蓝的天空中游动的浮云，有时各自寻找着草原上最美的花朵，有时欣雅也学着亚科尔的样子在寻找荆棘丛中的野蘑菇……

不止一次地品尝了野蘑菇的美味后，欣雅写了一首题为《野蘑菇》的小诗：

气质高雅的精灵

终日在荆棘的呵护下

望着嬉戏的蝴蝶

理想般地猜想浮过天际的云朵

长着小鸟的翼翅

拍打世俗的繁华

偶尔有甲壳虫在她的身边游走

轻轻呼唤她的乳名
　　她毫不吝啬
　　散发处女才有的幽香
　　还有格桑花
　　还有野丁香
　　还有野玫瑰
　　寸步不离
　　悄悄耳语她与众不同的美

　　在草原上欣雅还参加了一次裕固族姑娘的出阁之喜。

　　清晨，阿爸牵来了两匹枣红马，一匹马是给亚科尔准备的，另一匹马是给欣雅准备的。欣雅哪敢骑马呀！没办法，她只能和亚科尔同骑一匹马去参加婚礼了。

　　欣雅不但是第一次骑马，更让她激动不已的是和心爱的人骑在一匹马上。欣雅的脸颊略微泛红，心跳得厉害，尤其是在骏马奔驰的时候，风声在耳边呼啸，欣雅吓得几乎是倒在了亚科尔的怀里。

　　去新娘出嫁的夏营地，他们整整走了一上午，快到中午时分，他们到达了新娘的家。

　　新娘子是亚科尔舅舅的女儿，名叫安江吉斯，十九岁，比亚科尔整整小了两岁。当听到这一切，欣雅的心中有了一丝惋惜：大多数同龄的女孩儿还在上学，可是安江吉斯就要出嫁了，到明天她就是别人的新娘了，也预示着她的青春将渐渐远去。

　　第二天，迎亲的马队把安江吉斯带到了山那一边的牧场，欣雅和亚科尔也随着女方家的亲人们一道去送别新娘。

　　在男方家的牛毛帐篷里摆了一大圈的小方桌，桌子上用很大的木盘盛着手抓羊肉和羊肠等肉食。除了肉食，桌子上还摆放着金灿灿的酥油和白花花的新鲜曲拉。在男方总东家的热情招呼下，娘家人喝着酥油炒面茶，用刀削着肥美的手抓羊肉慢慢享用。等吃饱喝足后，娘家一位德高望重的

长辈开始"交人"了,只见这位长辈口中念念有词:

> 姑娘是阿妈的心头肉,
> 第一次离家还不懂事。
> 柜子高来桌子低,
> 婆家的亲戚多担待。
> 三岁子骏马当陪嫁,
> 二十头牦牛你收下,
> 一群绵羊似雪花,
> 娘家的心意没落下。
> 千里的山,万里的水,
> 一对新人结良缘,
> 这辈子谁都不能离开了谁……

此时的新娘,半掩蓝色面纱,泪眼婆娑地站在人群中间,娘家的亲人们依次给她送去了最深情的祝福!

婆家人都是满脸笑意,一点也不敢怠慢送亲的客人们,一杯杯青稞酒早已端在了他们的手中,年轻的小伙姑娘唱起了热情的祝酒歌,此时无论是娘家人还是婆家人都亲如一家,因为这种古老而又朴素的情感是草原人民与生俱来的!

回来的时候已是黄昏,亚科尔和欣雅牵着马走在金色的草地上。

欣雅天真地问亚科尔:"将来我出嫁的时候,你会不会送我?"亚科尔嘿嘿地笑着说道:"你出嫁的时候我骑着我的飞雪去接你!"姑娘听了含羞娇嗔道:"你想得美啊,飞雪是我的,我要问问它同不同意。"说完后咯咯地笑了起来,亚科尔也跟着笑了起来。

夕阳的余晖里一串笑声飘得很远很远……

天宇来到深圳已经快一周了,他终于找到了一家没有营业执照的小旅馆住了下来。这一周的时间里他坐着公交车几乎把深圳的一半地方都走完了，他已经计划近期回家，因为身上的钱已经花去了大半。

　　准备回家的前一天晚上，天宇又来到了罗湖区最繁华的那条大街。对于这座城市他期盼了许久，即使离开，也要再看一眼吧！当看着大街上人来人往，行色匆匆，天宇猛然间心颤了一下，此时，他觉得自己是多么渺小啊！

　　夜已经很深了，天宇还在街上溜达着。

　　当走到一家歌厅门口的时候，他停下了脚步。歌厅里正在演唱刘德华的《谢谢你的爱》。他在歌厅一个偏僻的角落坐下要了一杯啤酒，把目光投向歌厅的舞台。舞台上一个留着"中分"发型的年轻人在深情地演绎刘德华的那首经典歌曲。

　　歌厅里其他人都是三五成群在一起说说笑笑，可是他却孤零零地一个人坐在那个小角落里喝啤酒。就这样过了很久，有一位高挑时尚的女孩来到了他的身边问道："帅哥，怎么一个人啊？能请我喝杯酒吗？"看着眼前大方开朗的女孩，天宇不好推辞："行啊，请问你喝什么酒？"那位女孩看到他诚实的学生样哈哈笑了起来说道："来一杯八二年的拉菲行吗？"天宇说："行！"忙招手喊着不远处的服务员。服务员看着天宇身边的女孩，抿嘴一笑说道："先生，一杯一九八二年的拉菲两千八百八十八元，您看，还要吗？"天宇听后，简直傻眼了。身旁的女孩看着他的傻样，给服务员使了个眼色说道："服务员，来一杯，这杯酒我付钱！"

　　这种场景除了在电影电视上，在现实生活里天宇还是第一次见。他偷偷看了一眼身边的女孩，女孩也在侧着脸看他，还给他做鬼脸，接着又问道："我问你的话，你还没有回答我呢！"天宇忙收回了眼神，嗯嗯了几声回答："我是第一次来深圳，明天要回家，今天路过这儿就一个人进来了，你怎么也是一个人？"女孩听后说道："原来如此，你应该是一个大学生吧？我可不是一个人！"天宇听后很奇怪地问："你怎么知道我是学生？"女孩哈哈大笑起来："看你那傻样，不是学生是什么呀？"

　　天宇听女孩说他傻样，没好气地回应道："学生怎么了？你不也没多大嘛！"女孩调皮地说："我可是你姐！"

两个人就这样你来我往地打口水战。

调侃了一会儿，女孩开始郑重地伸出手说道："我叫赵子怡，你愿意和我做朋友吗？"天宇伸出了手握住了赵子怡的手说："你好！我叫黄天宇，谢谢你和我做朋友！"

说话间，赵子怡要的八二年的拉菲送来了。看着这一小杯淡黄色的液体竟然那么贵，天宇有些不解。看着天宇吃惊的样子，赵子怡笑了笑说："是不是觉得贵啊？如果我说这个歌厅是我的，你信吗？"

天宇更吃惊了，差点"啊"出声来。

赵子怡接着说："我刚才不是说了我不是一个人嘛，因为歌厅里来的大多数人我都认识，唯独不认识你，还可怜吧唧地一个人坐着，所以过来看看你，看到你觉得你也不错，还是个帅哥呢！"说完又哈哈地笑了起来。

看着赵子怡没心没肺的样子，天宇舒展了眉头，这几天的压抑心情荡然无存，还和赵子怡说了好多话。

当听到天宇在学校里自己作词作曲演唱歌曲时，子怡执意要让天宇到舞台上去表演一下自己的才艺。

于是天宇抱着一把深蓝色的民谣吉他唱起了那首熟悉的歌曲：

> 月光如水斜入窗，
> 你还在弹奏着那年的肖邦，
> 谁能与你徜徉，
> 是谁为你做嫁妆
> ……

还没等天宇把歌唱完，台下已经是掌声雷鸣。听惯了港台歌曲的年轻人听到这首具有清新校园风且略带忧伤的歌曲时，大家除了掌声还投来了异样的目光。

子怡是第一个走上舞台的，她把一大束鲜花捧到了天宇的怀里，然后牵着手和天宇一块走下台来。

不知不觉间，欣雅来牧区已经十余天了。她告诉亚科尔自己要回去了，不然爸妈会不高兴的，毕竟自己还是学生，妈妈答应她外出已经很不错了，她不想让爸妈为自己操太多心。另外她也想在假期里陪陪爸妈，给他们做做饭，洗洗衣服，尽到做女儿的孝心，谁家的女儿不是爸妈的小棉袄呢！

和欣雅在草原上的这些日子，亚科尔简直就是年轻人眼中的白马王子，让人羡慕得不得了。

附近草原上的小伙子都找个借口来接近亚科尔，实际上这些年轻人也是来一睹欣雅的芳姿。

不管是谁来，欣雅都会热情地打着招呼，她美丽动人的容颜和朴素大方的举止引得草原上牧民的交口称赞——不愧是城里来的姑娘！尤其是亚科尔的阿爸道尔吉和阿妈赛利娅整天乐滋滋的，常常在亚科尔的面前嘀咕着：如果将来亚科尔能娶到欣雅那该是他多少辈子修来的福分！

还有爷爷和奶奶真不想让欣雅走，劝说着让她再玩几天。看着爷爷奶奶那真诚的目光，欣雅动情地说道："爷爷、奶奶，我还会回来的，也许下次回来我就不走了，我陪着您二老，还有亚科尔！"

姑娘的这些话是多么深情啊！可是生活并不是人们预想的那样，如果真是那样，这人间怎会有悲欢离合？

欣雅走了，亚科尔的心里又空了。

在假期里剩下的日子，他不但看书学习，帮阿爸打理牛羊和挖中药，还跟着扎西训练飞雪。因为欣雅的那句话：飞雪是她的。自此，他也真的认为飞雪就是欣雅的，他和飞雪相处的每一个日子里都精心照料它，生怕这个不说话的小家伙有什么差池。

作为一个在牧区长大的孩子，他再没有什么能拿得出手，唯有这通灵性的飞雪，权当是他和欣雅爱的见证吧！

俗话说，好马比君子。亚科尔和飞雪在一起相处的时间久了，飞雪便和他熟了起来，有时会用嘴去蹭蹭他的脸颊，有时在他面前的草地上调皮地撒欢，嘶鸣……看着眼前的飞雪，他多么期望在不久的将来欣雅身着盛装和他骑着雪白的骏马走过祁连山的东西南北，马蹄踏过，处处鸟语花香；马蹄踏过，阵阵欢声笑语……

在深圳，因为天宇自那天认识赵子怡并且初露身手，让子怡欢喜得不得了，子怡让他留下来在自己的歌厅唱歌。子怡还答应除了负责天宇的食宿问题，每月还给他两千元的工资。

在天宇看来，只要在深圳有吃有住，暂且生存下来那都是求之不得的，子怡还要给他工资，让他回绝了。当然，在薪酬这个问题上，子怡还是保留了自己的意见。她对天宇说："没看出来你还挺清高的，如果真不要工资的话，那我给你保管起来，作为一个大学生，迟早会用得着的。"

天宇在子怡的歌厅待了一段时间，他俩渐渐熟络了起来。这期间子怡毫不保留地讲了自己的身世：子怡的爸爸赵家瑞是深圳家瑞集团的董事长，因为子怡上小学的时候，赵家瑞把主要的精力用在了公司的发展上，对女儿疏于管教，子怡的学习成绩一直跟不上。到了初三最后一学期，子怡经不住升学的压力，死活不去学校了。

赵家瑞两口子无奈，只能让子怡在家里待着。这样一待就是两年，女儿已经十八岁了，一直嚷嚷着要出去找工作。赵家瑞无奈就给她买了一栋小楼办起了歌厅，刚开始的时候公司里派了几个人协助子怡打理歌厅的生意。过了两年多，赵家瑞看着女儿办事也像那么回事，就果断地把歌厅交给了子怡一个人管理。

赵家瑞膝下无子，他常常这样想：将来的一大片家业不都是女儿的？何况一个小小的歌厅，不早点放手是不行的。

听完子怡的经历，天宇也有点佩服这个女孩了。但是子怡好几次邀请他去吃饭，都被他回绝了，他也能看得出来姑娘是喜欢他了，但是他的心里可装着另外一个人。

假期里的一天，亚科尔收到了一个包裹。他一想就是欣雅寄来的，除此之外，没有第二种可能。打开包裹，又是一层牛皮纸外包装，将这层牛皮纸打开之后，发现原来是路遥先生的一套三本简装的《平凡的世界》。

亚科尔打开第一本书，只见在书里还夹着一封信，又看到了那清秀熟悉的字迹：

  亲爱的亚科尔：你还好吗？
    我已经回来好几天了，自离开你之后总觉得心里丢不下你。我的心已经告诉我，我是真的爱上了你。妈妈总是说我魂不守舍、丢三落四，我有时都觉得自己很可笑。每天帮爸妈做点家务，其余的时间除了弹钢琴就是想你，不知道你想我了没有？
    记得你曾告诉我放假的时候你没有顾上去图书馆里借《平凡的世界》，我给你寄去，希望你能好好阅读！
    多么希望假期早些结束，那样你就可以出现在我的面前了！
想你的欣雅！

  亚科尔看完信，把它捧在胸口喃喃自语：欣雅，我怎么能不想你？在你回家的那一刻，我的心似乎也随你而去了！

  对于亚科尔来说，白天是根本没时间看书的。他看书基本上是在晚上，点上一支蜡烛，一看就是几个小时，有时候竟然看到了天亮。

  自打开《平凡的世界》从第一行字开始，几天来，亚科尔的心情久久不能平静。想一想书中孙少平的艰难岁月，又联系到自己的生活状况，虽然生在牧区，家庭相对有点困难，但是比起孙少平，他觉得自己简直太幸运了。尤其是孙少平和田晓霞的生活和家庭背景有着天壤之别，但是并没有隔断两个人纯真的爱情，为此亚科尔对自己还是很满意的。

  一本书只有启发了别人的心灵，才能算得上一本好书。《平凡的世界》能称得上是一本好书。在平凡的世界里，人们不平凡地生活和工作，就是这样一本书，为亚科尔今后的人生种下了一颗奋斗不息的种子。

  在看书的过程中，亚克尔不忘做笔记和写日记。在摘抄的笔记中他写下了自己对人生的思考，在日记本上他在给心爱的人分享自己对爱情的美好向往。

  他想，也许有一天，他可以打开日记本，让自己的爱人去触摸他曾经的一切。

天宇来到子怡的歌厅已经一个月了。

他渐渐喜欢上了这儿，晚上唱歌，白天创作歌曲，有时他也去大街上转转，想多看看这个繁华的城市，他希望有一天能够留在这里。

八月底，开学的时间临近了，天宇告诉子怡要先回到学校去看看安排他到哪儿实习，等实习完了还要做毕业论文，等等。

子怡听后建议天宇到深圳实习，除了实习，周末还可以到歌厅来唱歌，他在实习期间的生活费全部由子怡负担。

子怡说这话更多的是怕天宇走后再也见不到他，这一个月来，姑娘打心眼里喜欢上了天宇，即使天宇暂时无动于衷，姑娘想总有一天她会等到他的。

离开深圳的那天，天宇透过车窗看到站台上子怡手里拿着一个信封不断地向他挥手……

在学校里，天宇向他的老师李亚兰教授汇报了这个假期在深圳歌厅唱歌的事还有他实习的打算。李老师首先是对他在歌厅唱歌的做法表示坚决反对，她认为天宇很有音乐天赋，加上他刻苦努力，将来会大有作为，而不是仅仅去唱唱歌那么简单；其次李老师觉得他在深圳实习也不现实，她多么希望天宇能在省城的重点中学实习，实习期间表现好的话还有望留在实习学校工作，这可是多少毕业生梦寐以求的事啊！

李老师真可谓是苦口婆心，劝了半天，看上去天宇像是铁了心似的站在老师的面前不吭气。李老师不知这孩子中了哪门子邪，劝了半天就是听不进去，她只好把这件事告诉了张明理院长。

张院长一听更是气不打一处来，说音乐学院还没出过他这样的学生，说是按学院的规定，只有在省重点中学实习或是家乡的重点中学实习合格后，凭实习鉴定书到学院才能开始写毕业论文。

从院长办公室出来后，李老师把天宇叫到自己的办公室又是一番语重心长的开导，开导完之后，她把学校已经开好的实习接洽函交给了天宇，天宇被安排到陇原师大附属中学实习。

天宇想到暂时不能去深圳了，心里有了一点失落，但是转而一想在陇原师大附中实习还能见到欣雅，他又有点开心起来了。

一九九二年秋天，一个周末的早上，欣雅和亚科尔如约来到了学校图书馆。亚科尔把《平凡的世界》读完之后，就开始写读后感，读后感已经写完修改了两三次。趁周末空闲时间他让欣雅再看看有没有需要改动的地方，他想把自己写的这篇《平凡的世界 不平凡的人生》发在学校的内部刊物《大学生园地》上。

在图书馆里，欣雅和亚科尔面对面地坐着，欣雅在认真地读亚科尔的稿子。欣雅看稿子的时候，亚科尔又打开了路遥先生的《人生》读了起来。

读完《平凡的世界 不平凡的人生》后，欣雅用赞许的眼光望着亚科尔说道："士别三日当刮目相看啊！你的进步真大，未来的大作家！"听到欣雅这样说，亚科尔有点不好意思地说："还是欣雅同学的功劳嘛，没有你寄给我的《平凡的世界》，我能写出来这篇读后感吗？读这本书你不知道我有多么感动，我为孙少平的艰难之路心酸，我为田晓霞的英年早逝感到惋惜，但更多的是我从他们俩身上读到了一种对生活的坚韧和对爱情的忠贞纯洁！"说到这儿的时候，亚科尔刻意地望了一眼欣雅，欣雅正在静静地听他说呢！尤其是当他说到田晓霞忠贞的爱情时，欣雅的脸颊略微红了一下说："孙少平和田晓霞的爱情是纯洁的爱情，我和你算不算？"说完后她又觉得太直白了，忍不住"扑哧"笑出了声。

亚科尔却带点淡淡的忧伤说："我怎么感觉到我有点像孙少平呢，他出身农家，我出身牧区，他心爱的田晓霞是大领导的女儿，而你是大教授的宝贝！大学毕业以后，我们还能像现在这样好吗？"

看着亚科尔那双清澈动人的大眼睛流出的一丝忧伤，欣雅无不怜惜地说："胡说啥呢，人家心疼你都来不及，哪会离开呢！看样子你把这本书读透了，才写出了那么好的文字，我为你骄傲！"她说完后又紧紧地握住了亚科尔的双手。

亚科尔写的《平凡的世界 不平凡的人生》不但发到了学校的内刊上，还被李鑫教授推荐刊发到了本省的一个文学刊物上，他也收到了这一生中的第一笔稿费。

亚科尔第一时间把这个好消息告诉了欣雅。为了庆祝亚科尔的第一篇稿子正式发表，欣雅决定约上小菊、谢小安和玉轩一起订一桌饭好好庆祝一下。

真是巧合，在周六下午的时候，天宇也来到了学校。

在那个庆祝会上，大家不但祝贺了亚科尔，也对天宇深圳之行的经历夸奖了一番，同学们听着天宇对深圳的描述，大家都蠢蠢欲动，也希望有一天去深圳看看。

尤其是谢小安听说天宇在歌厅唱歌还遇见了一位挥金如土的年轻女老板，真是羡慕得不得了，不停地问："那位女老板是不是对你有意思啊？下次去的时候带上我，我也去歌厅唱歌！"看到谢小安那急不可耐的样子，小菊狠狠地瞪了他一眼说："好你个没良心的谢小安，翅膀还没长硬，就想飞啊？"看着小菊有点生气的样子他再也不敢插嘴了，而是静静地吃饭喝啤酒。

在天宇眼里，亚科尔一直是那么沉稳，尤其是他乌黑的卷发下那双清澈的眼睛似乎能看穿他的一切，作为朋友亚科尔无可挑剔，也正是因为亚科尔，欣雅只是把他当成非常信任的师兄。

也许，他对欣雅的感情这辈子都只能深埋在心底了。

在饭桌上，其他人都高兴地说着话，只有天宇那双空洞的眼里流露着一丝无奈，一个人自顾自地喝了好多酒。就要在大家离开的时候，他突然拉着欣雅的手不放，还不停地说着："欣雅，我喜欢你，我爱你……"

当亚科尔看到这一幕，在酒精的刺激下"嚯"地站了起来，上去对天宇就是一拳。瞬间天宇的嘴角流血了，当亚科尔的拳头收回的时候他怔了一下，对自己的冲动又懊恼起来。这时，欣雅用一种异样的眼光看着他，低声啜泣起来，然后头也不回地跑了出去……

第二天，亚科尔早早来到了欣雅的公寓楼门口等她，他想先给欣雅说声对不起，然后和欣雅抽空一块去给天宇道歉。

不久，欣雅一个人从楼门口出来了，看到亚科尔时撅着小嘴自顾自地走开了。亚科尔赶紧追了上去说道:"欣雅,对不起,昨晚我……我太冲动了,请你原谅我好吗?"欣雅边走边说:"你咋能动手打人,你的行为让我感到很失望!"

"无论你怎么想,我都诚恳地向你道歉,因为我不想失去你,我对自己的行为感到很后悔!"亚科尔边追边说。

欣雅的脚步慢了下来,看着亚科尔满是悔恨的眼神,她刚刚还愤怒的眼神又温柔了起来。何况,天宇是不是真的醉了暂且不说,他那样说话换作其他男孩也会忍不住动手的。看到欣雅的态度转变了,亚科尔有点委屈地说道:"我不希望别人对你好,就算是你的师兄!我怕你离开我!"

看着亚科尔的样子,欣雅说道:"傻瓜,难道你还不知道我的心思吗?他是他,我是我,我的心里除了你不会有别人!"

亚科尔自第一篇稿子正式刊发后,他写作的欲望越来越强烈,思想也渐渐饱满起来。学校的《大学生园地》每期都有他的稿子刊发,一些见解独到、文笔优美的稿子也在省城的文学刊物上发表了。

在班里和文学院,亚科尔已经是小有名气,本来他在篮球场上挥洒自如的矫健身影早就给同学们留下过很深的印象。

李鑫老师看着亚科尔正在不断地努力和进步,心里一直是很满意的。他把亚科尔这两年的考试成绩和在校表现还有家庭情况都做了详细的统计和说明,让亚科尔填写了《高等学校奖学金申请表》分别汇报给了学院的学生科和办公室,终于为亚科尔争取了一笔五百元的奖学金。亚科尔把奖学金一分不少地汇给了家里,他想让阿爸和阿妈也高兴一下,这五百元钱可足够他一年的生活费。

亚科尔在大学两年多的学习和生活中,不知得到了李鑫老师多少的帮助和鼓励,很多时候亚科尔已经把老师当作了亲人。亚科尔知道:唯有努力与坚持不懈地奋斗才不会辜负老师的谆谆教导和学校的辛勤培育!

班里的几名多情的女同学都知道亚科尔和音乐学院的一位女孩在谈恋爱,可还是想极力讨好他,变着法地去追求他。

显然,亚科尔的心里再也装不下别人了!

天宇自那次离开后对自己酒后的行为也是感到后悔万分，亚科尔专门给他道歉的时候，他觉得做错的是自己！他甚至认为亚科尔那一拳应该来得更猛烈点，他就算是暗暗喜欢欣雅，怎么能在朋友们面前说呀！

他多想和欣雅还像以前一样在一起唱歌练琴，可就是因为自己这一次的冲动，不知欣雅会怎么想。他和欣雅在一起练习他的歌曲这么久了，竟然没能正式合作演出一次，哪怕是一个小小的舞台。

欣雅的心里也是一直有一个舞台梦。

随着年龄和阅历的增长，欣雅已经不甘心自己将来做一名老师，她对自己的未来摇摆不定。在那次聚会上听到天宇说起在深圳的经历的时候，她也曾幻想有一天自己能勇敢地走出去，她知道她的未来不一定是去当老师，但她的未来一定要有钢琴和音乐，她从小到大那么多的付出都是为了未来有一个鲜花般灿烂的前程。

在学校里，她和亚科尔彼此吸引、彼此喜欢，但她不知道爱的真正含义是什么。

因为，那段青葱岁月是人这一生中最纯真的回忆。无论将来如何，那段时光值得每个人珍惜，并在今后的漫漫旅途细细品尝和回味。

一个月后，天宇又来到了学校，他告诉欣雅，市里有一个文艺演出，他实习的陇原师大附属中学把他推荐上了，他想请欣雅一起参加演出。

又一次见到天宇，欣雅不知如何是好。她多么期望能参加这次演出，但她不知道亚科尔会怎么想。看着犹豫不定的欣雅，天宇知道这都是自己冲动造成的后果。来之前他已经做了思想准备，他认为欣雅参加的可能性很小很小，可是他觉得不来邀请欣雅也许以后自己会更后悔，他是鼓足极大的勇气来的。

一阵沉默之后，欣雅答应了。她调整了自己刚才那种闷闷不乐的表情，转而愉快地问道："这次演出是不是有你创作的新歌曲？"看到欣雅答应了，天宇才嘿嘿地笑出声来说："是啊，这次演出我还要请小菊和谢小安参加呢。我打算和谢小安表演吉他二重奏，你主唱，小菊弹钢琴。这次机会很难得，因为是市级层面的演出，参加的人很多，我们要早点开始练习。"

末了天宇又补充了一句:"演出的时候,我还要请亚科尔和玉轩给我们捧场,不知他会去吗?"

"会去的!"欣雅毫不犹豫地说道。

看到欣雅爽快的样子,天宇从包里取出了一张手写的曲谱,欣雅赶紧看了起来,歌名是《谁拨动了你的琴弦》。

欣雅不由地跟着谱子哼了起来:

谁拨动了你的琴弦
打开这蓝色的海洋
一群飞鸟迎风歌唱
惊醒了梦中的忧伤

是谁在暗夜里彷徨
秀发遮不住你的目光
思念的河浩浩荡荡
马路边一地月光
……

望着天宇,欣雅满是惊喜,眼前这位略带腼腆的男孩竟然写出了这样优美的歌曲。她也在心里暗暗加油:一定要唱好这首歌。

接下来的日子里,几名年轻人又约在了一起,当然还有亚科尔和玉轩。亚科尔看到这首歌词的时候也是连连称赞,他带着这首歌词请教了李鑫老师,李老师告诉他,文学和音乐是相通的,如果文学是于有形中酝无形,而音乐恰恰是于无形中酿有形。

听着老师的话,亚科尔更是一脸迷茫,想问又不好再问,只能自己思索。

这一次,亚科尔跃跃欲试也要唱这首歌,欣雅看着他天真的样子愈发高兴。亚科尔来自能歌善舞的草原民族,天生的好嗓子,只是他的所有精力都花费在了文学理论的学习和语文教学素养的提高上了,基本上很少涉足音乐。而这一次，看着心爱的人，他也要搏一搏，他相信只有奋斗者才会有精彩的明天，而幻想只是幻想家的天堂！

爱情的力量真的伟大，短短几天时间里，亚科尔就已经学会用简单的吉他和弦伴唱《谁拨动了你的琴弦》。

欣雅别提有多高兴了，看着亚科尔抱着吉他认真唱歌的样子，她真想用一支笔勾勒出这一刻的画面，让它定格为永远。

再见到天宇的时候，欣雅告诉他，乐队已经有了两位主唱，一位是她，一位是亚科尔。

在演出的那天晚上，天宇调好了吉他琴弦，就要上场的时候他却告诉欣雅他感觉有点不舒服，怕上场后会影响整体效果，所以他不上去了，最后他祝愿欣雅他们演出成功。

不出所料，演出很成功。

这一次，欣雅和亚科尔站在舞台中央，他们又成了那晚最亮的星。当歌声停下来时，欣雅向台下望去，观众席上刘建军教授还在使劲鼓掌。

不远处，天宇也在向他们挥手致意。

夜幕落下，天宇一个人走在回宿舍的路上，十一月末的冷风吹来，令人有了丝丝寒意，不知是谁家的店里传来了一首熟悉的歌曲《离开你的那一刻》：

　　　　曾经以为天空很蓝
　　　　没有你的日子是否还有灿烂，
　　　　曾经以为青春无敌
　　　　离开你的岁月生命又会沉寂
　　　　……

第四章 人在旅途

校园里一如既往地平静。

冬天的第一场雪飘然而至,那场雪后,文学院的同学们在报纸上看到了当代文学大师路遥先生去世的消息。亚科尔的心里一颤,一股难言的悲伤久久不能挥去。是啊,在那个时代不知有多少年轻人以孙少平作为奋斗的标杆,孙少平只是路遥先生笔下寄托的一种理想,而每一位心细的读者都知道,路遥先生的人生才是一部真正艰难困苦的奋斗史。

临近寒假的时候,亚科尔给家里寄了一封信,他告诉阿爸,这个寒假他不回家了,想留在学校。他的同班还有留下来的同学,他们大多数是来自农村的,大家已经联系好了学校附近的一家酒店去打工。孩子们都知道家里的情况不是太乐观,希望通过自己的双手赚生活费。

放假前一天,亚科尔收到了家里的来信。阿爸同意了亚科尔的要求,告诉他无论在什么地方打工一定要诚实做人,还要照顾好自己。就算赚不到钱也不要紧,空闲的时间还是要多读书,学习才是最要紧的事。

欣雅对亚科尔打工的想法也给予了热情的支持。

放假第二天一大早,亚科尔和玉轩还有班里的其他三位同学一块来到了离学校不远处的盛天大酒店,前台的服务员把他们带到了后堂的办公室。

办公室里坐着一位年纪二十七八岁的女子,她就是后堂徐敏敏经理,负责酒店的餐饮保障工作。看到这几位大学生,徐经理简单询问了几句就开始给大家分活了。分完活,她又加了一句:每人每天工资四元,管中午下午两顿饭，上午十点上班，中午不休息，晚上八点下班。

等徐经理说完，亚科尔又问了一句："工资什么时候付？"徐经理答道："大家不着急用钱的话等你们干完再付，如果有人急用钱可以先借点，但最多不能超过二十元。"

听完徐经理的话，几位同学相互看了看，觉得这样也挺好的，于是大家开始按照分工各自去干活了。

亚科尔和玉轩还有一位同学被安排到后堂帮厨师择菜，中午和下午就餐高峰期帮助服务员上菜。其他两人被安排做后堂的保洁。

盛天大酒店是本市五星级酒店，酒店档次高，业务繁忙。光是后堂就有三层楼房，一楼是副食加工间，二楼是主食和面点加工间，三楼是员工休息间。

后堂的一位胖胖的厨师看到来了几位年轻人，知道是打工的大学生，他先做了自我介绍，原来这位胖师傅是厨师长，姓王。他知道刚来的大学生不懂这里的一些规矩，便先给他们详细讲解了一番：怎么择菜、洗菜的流程，还有端盘子的姿势，等等。讲解完，胖师傅让一位年轻点的小厨师给他们找来了几件工作服，大家根据自己的身材选好工作服就开始干活了。

十一点半的时候，择菜和洗菜的活都干完了，来了一个看上去岁数不大的女孩喊他们去更衣室。女孩让他们在更衣室里换上了一套礼服，亚科尔一连试了三件，衣服都显小。女孩看着高大的亚科尔穿着根本不合比例的衣服，忍不住笑了起来。她只能把这个情况告诉了徐经理，徐经理说如果衣服不合适先不让他上菜了，另外找一个同学顶上。

其他三位同学在女孩的带领下开始端盘子上菜。女孩边端盘子边看着身边的三个大男孩，嘴里不停地喊着，这个盘子端斜了，那个把汤洒出来了……女孩的表情也是瞬息万变，一会儿怒目圆睁，一会儿又是雨过天晴。

临近中午一点，紧张繁忙的工作结束了，厨师长王师傅笑呵呵地招呼大家去吃饭。在后堂的一间餐厅里，纵向摆着三张圆桌，每张桌子上放着两大盆菜，一荤一素，桌子上还放着一大盆米饭。等员工们坐齐了，大家开始吃饭。

吃饭的时候，员工们有说有笑，尤其是那位女孩，看着这几位大学生叽叽喳喳说个不停。

一顿饭下来，大家的距离似乎拉近了。亚科尔知道了那位女孩叫王小雨，是省技工学校的学生，今年也在上大三。王厨师长是她的爸爸，她利用寒暑假的时间在这个酒店打工已经好几次了，她不但熟悉这儿的一切，还勤快能干，这儿的员工也都喜欢她。

午饭后，大家在餐厅里就地休息一小时，又开始了下午的工作，下午的工作实际上就是早晨工作的重复。

晚上七点半，后堂的工作基本结束，大家才开始吃饭。吃晚饭的时候，徐经理也来了，晚饭是稀饭花卷，除了一荤一素两个菜，还上了一条鱼。徐经理说，这是特意为新来的五个大学生做的，算是一顿入伙饭。

回校的路上，同学们都觉得打工的生活挺累的，尤其是玉轩长这么大这还是第一次。亚科尔听着同学们的议论，只是微微一笑，管吃管住一天赚四块钱他还是很满足的，因为生活本来就是这样的，除了学习就得工作。他在想，拿这些和孙少平的经历比起来只能算是小儿科了。

第二天早晨六点半，其他同学还在熟睡中，亚科尔已经起来了，他简单地洗漱完毕就拿着篮球去球场上锻炼了，八点整回到宿舍，看同学们都准备好了，大家一块儿去上班。

十一点多的时候，王小雨把亚科尔喊到了更衣室，拿出了一套新衣服让他试试。王小雨看着亚科尔穿着礼服的样子，忍不住说道："真帅气！"说完后她觉得不妥，补了一句："我说的是衣服，你可别自以为是啊！这件衣服还是徐经理交代我昨天晚上去服装店取的，你可要好好谢谢我！"亚科尔这是第一次穿礼服，他也觉得自己穿上礼服比平时帅多了。

望着眼前精干的小雨，他说："谢谢你，小雨！以后我帮你干活，行吗？"

"谁让你帮我干活？说不定只能是我帮你干活了，你们刚来的人端菜和摆台都不熟练，等干熟练又走人了！"听到亚科尔客客气气地说话，小雨撅起了嘴巴嘟囔着。

"那怎么办呢？"亚科尔真的不知道怎么谢谢小雨，茫然地问了这么一句。

"请我吃饭呀！你是装傻还是真傻？"

听小雨这样说，亚科尔说："等发工资了请你，这好办呀！"

"说话算话，一百年不许变！"说着小雨调皮地笑了。是啊，情窦初开的女孩见到阳光帅气的男孩都这样，谁让他们是年轻人呢！

不知不觉间，中午上菜的时间到了，大家又开始紧张地忙碌了。

下午三点多的时候，欣雅找到了亚科尔，进了后堂远远看着亚科尔埋头择菜的样子，偷偷地笑了。

她悄悄地来到亚科尔的面前大声说道："亚科尔师傅，辛苦了！"看着眼前可爱又可亲的人，亚科尔乐滋滋的，连连说道："不辛苦，不辛苦，谢谢欣雅同学关照！"说完，呵呵地笑了起来。

不远处忙碌的小雨看到一位亭亭玉立的女孩来到了亚科尔身旁，赶紧走了过来好奇地问道："你们认识啊？她是谁？"没等亚科尔张嘴，欣雅说道："我是亚科尔的大学同学，也是他的女朋友。"说到这儿欣雅的眼里闪过一丝羞涩。

"原来如此啊！"小雨说完，白了亚科尔一眼，头也不回地走了。

当看到这一幕，欣雅好像察觉到了一点什么，女孩的心思她们怎能不懂呢！

欣雅这次来一是看看亚科尔打工的环境怎么样，再就是约他有空的时候去她家，她想给亚科尔做一顿饭。

欣雅给亚科尔交代完去她家的事之后，又问了他一句："刚才那姑娘是谁啊？她好像对你有意思，你不会喜欢上她了吧？低头不见抬头见的！"

亚科尔听完赶紧说道："哪来的事，才刚认识，一块打工的，她叫王小雨，是我们厨师长的女儿。"

小雨虽然头也不回地走了，但却没了干活的心思，而是不时地偷偷看着欣雅他们。欣雅早发现了小雨的举动，所以她与亚科尔挨得更近了，还帮着亚科尔择菜。

欣雅在后堂里就这样和亚科尔说说笑笑地待了很久，如果不是亚科尔催她回家，她也许一直等到下午才回呢。

等欣雅回去以后，小雨赶忙问亚科尔："刚才那女孩真是你的女朋友？""是啊！"亚科尔告诉她。"为什么不早说？"小雨又嘟起了小嘴巴，说完还不忘给了亚科尔一个大大的白眼。

在盛天大酒店干了五六天之后，亚科尔已经完全适应了这儿的工作，这期间还被徐经理夸奖了一番。可是除了玉轩留下来了，其他三位同学因为觉得工作累而没有坚持下来回家了。本来玉轩也是打算要回去的，但是他觉得同学们都走了的话，就只剩亚科尔一个人了，所以他勉强留下来了。

这期间，欣雅又来了一次，想让亚科尔和玉轩到她家去吃饭，因为是假期，酒店的生意太忙了，亚科尔他俩真出不去，所以只能作罢，等酒店放假，他们也就自由了。

有时候，因为忙碌，时间都会变得如白驹过隙，一九九二年的春节即将到来了。

农历腊月二十八，酒店放假了。因为要过年，徐经理把亚科尔和玉轩的工资全结了，每人八十元，还给他俩一人一个红包，每个红包装着十元人民币。徐经理告诉他俩，大年初五酒店又要营业了，他们如果想来，酒店随时欢迎他们。

下班后走到大街上，两个大男孩欢乐地哼着歌，即使夜晚寒风习习，但他俩一点也没感觉到冷。

回到宿舍后他俩开始各自给家里写信了。亚科尔写完将信装入信封，又在信封里装了三十元钱，然后满意地睡下了。

年三十早上，欣雅穿着一新衣服来到了学校，欣雅说她是受爸爸妈妈的委托专门来请亚科尔和玉轩到她家过年的，她希望他俩不要推辞。

欣雅说完就走了，她说家里还有一大堆事在等着她，临出门时又不忘交代了一句：下午一定要来。

年三十的大街上到处张灯结彩，一片喜气洋洋的景象。下午的时候亚科尔和玉轩在副食店里买了点心和水果来到了欣雅的家里。

欣雅的爸妈对亚科尔和玉轩的到来表示了热情的欢迎。

方啸天说道："今天，你们就把这当作你们的家，叔叔知道你们是因为打工没有回家，叔叔很佩服你们！你们是当代大学生优秀的代表，叔叔相信将来你们定会大有可为的！"

因为亚科尔和玉轩要来做客，周雯从中午就开始和女儿准备这顿年夜饭，今年比往年要丰盛多了：不但有饺子，还有鸡鸭鱼，满满一桌子菜应该不下十道。

看着心爱的欣雅不停地给自己夹菜，亚科尔又想起了家乡的大年三十——在冬牧场的窝子里，附近的牧民都汇聚在一起，除了吃肉还要喝酒，酒喝到兴处，大家唱歌跳舞，那欢乐的场景犹如昨天……

欣雅看到亚科尔那双清澈的大眼睛若有所思，知道亚科尔想家了。姑娘想说的话太多了，只是没能说出口，只有深情地看着亚科尔……

年夜饭吃过了，亚科尔和玉轩要准备回宿舍了，周雯把事先准备好的两个红包硬是塞到了他们的手中。

走在年三十夜晚的大街上，不时有烟花在天空中绽放。亚科尔回味着方爸爸说的话和方妈妈给红包时关爱的话语，眼里有点湿润了，他索性仰起头，他看到年三十的夜空竟是如此璀璨……

春节的几天里，亚科尔一点也没放松自己。早晨还是按时起床，打完篮球回到宿舍就开始读书了。这几天，校园里更加安静了，除了宿舍管理员，其他大多数人回家过年了，学校在假期里开放的一个私人食堂也关门了。亚科尔和玉轩只好买了一些副食凑合，两个年轻人打算好大年初五继续回到盛天大酒店打工，这样不但赚钱连吃饭问题也解决了。

年初三的一大早，欣雅又来到了学校。她给亚科尔和玉轩带来了一大包食品。

这一次，玉轩找了个借口出去了，他想把这美好的时光留给他俩。

玉轩出门后欣雅先开口了："自从大年三十你离开后，我总觉得这几天空落落的，大家都在开心地过年，可是我却一点儿也开心不起来，真想和你一起过年!"

"咱们现在不是在一起吗?开心点好吗?"亚科尔劝道。

欣雅噘起了粉嘟嘟的小嘴:"我看不到你就不开心,我想和你一刻都不分开!"

亚科尔听完笑了笑说:"小美人,人世间哪有那么美好的事啊,我觉得只要你不离开我,像现在时不时能见一面,就是最高兴的事了。尤其是年三十晚上在你家吃饭,我都感动得差点哭了!"亚科尔说完还不忘做了个鬼脸。

听着亚科尔颇有道理的话,欣雅的脸上才绽开了笑容。

当听到亚科尔还要去盛天大酒店打工时,欣雅有点反对,她觉得大年初五还正在过年,亚科尔就要去打工,她心里有点舍不得,可是亚科尔已经和玉轩商量好了,欣雅拗不过亚科尔,只能听他的了。

欣雅一边和亚科尔说话,一遍帮他整理起宿舍内务和床铺了。欣雅虽然生在一个富足的家庭,但从来没有那种娇小姐的习惯,一向都很勤快。从这一点上看,她和亚科尔极其相似。

亚科尔又提起了他的家乡和阿爸阿妈,他告诉欣雅自己长这么大第一次没有在家里过年,不知阿爸阿妈想他了没。欣雅听后说道:"谁家的爸妈不想自己的孩子呀?阿姨和叔叔那么好的人,他们不但想你,肯定还想我了!"说完后,欣雅满脸的幸福。她接着又说道:"你虽然没有回家,我爸妈不是对你也挺好嘛!尤其是我,你就安安心心地待着吧!想家的时候我给你做好吃的,乖孩子!"欣雅说完哈哈地笑了起来。

亚科尔佯装一副生气的样子说道:"谁是你的乖孩子,女孩子家家的不知羞!"欣雅笑得更厉害了,她竟然双手捧着亚科尔的脸说道:"乖孩子,听话,让我看看你还想不想家了。"

亚科尔的脸被欣雅柔弱绵软的双手捧着,这位大小伙子一下子就脸红了,他也用手轻轻摸了一下欣雅的脸,然后一下子把欣雅拥入了自己的怀抱。

这一刻,似乎在这间小小的宿舍里一股年的温馨才渐渐地蔓延开来。

临近中午的时候，欣雅和亚科尔还没见玉轩回来，两人先吃起了欣雅带来的饭菜，当然，好吃的他们也给玉轩留着呢。

可怜的玉轩早上就没吃饭，大街上溜达了好久，就是没有一家饭馆开着，他想回到宿舍，但不知道欣雅走了没有，所以就这样一直在大街上溜达着，已经是下午两点多了他才回来。亚科尔看着玉轩垂头丧气的样子忍不住哈哈大笑起来，赶紧拿出欣雅带来的饭菜让他吃。

成人之美固然重要，但也不能饿着肚子——好兄弟也许是这一生中最大的财富！

年初五，亚科尔和玉轩一如既往地来到了盛天大酒店。

工作依旧，忙碌依旧。

在后堂里他俩又见到了小雨，小雨满面笑容，似乎还沉浸在过年的快乐中。这姑娘生在农村，从小就乖巧。他妈妈因为觉得那时家里条件不好，在她还不到三岁的时候就跟同村的一个男人出外打工了，从此再也没有回来，是爸爸和爷爷奶奶带大她的。后来他爸爸不甘心一辈子在村里种地，到城里学了厨师，一路走来靠着勤奋和忠厚也做到了厨师长这一步，可以说真是极其坎坷。

虽然现在家里条件好了，爷爷奶奶也被接到城里了，但是小雨知道爸爸这前半生不容易，她也开始打工，她把打工赚的钱交给爸爸，平时用钱的话再让爸爸给她。

小雨的长相虽称不上闭月羞花，但也出落得如出水芙蓉，清新秀丽。在技校她也是小伙子们追逐的对象，但是至今还没有哪一位男孩让她中意呢！自第一眼看到亚科尔，让她身不由己地喜欢靠近他。姑娘的心儿还没热上两天就知道了亚科尔有女朋友，当看到欣雅的那一刻就若一盆凉水浇在了她的头上。她忍不住地想：为什么遇到的好男孩不能属于自己呢？

即使这样，小雨还是喜欢亲近亚科尔，在工作稍稍闲暇的时候，她就走到亚科尔身边帮他择菜、洗菜。她也问问亚科尔最近都做了些什么，吃得好不好等诸如此类的问题。

一段打工生涯随着一九九三年新学期的到来结束了。

就在酒店的最后一次晚餐后,亚科尔和玉轩走出酒店大门的时候,小雨追了上来,她拉住了亚科尔的手,眼角有泪珠不停地滴落。她告诉亚科尔,以后还要打工的话就来这儿,因为她一直在这里。说完后她把一双"回力"球鞋塞到了亚科尔的手中,头也不回地消失在夜色中了。

茫茫人海,这一别,也许会是咫尺天涯。

第五章　考研风波

开学的第一天，天宇出现在了校园，一学期的实习期已经结束，他又回来了。

寒假里，他本来打算再去趟深圳，但是被爸妈以过年的借口劝住了。整个假期他都窝在家里没出门，除了看书就是写歌词谱曲。不知写了多少歌词，一个假期过去了他觉得没有一首歌令他满意，也许他对音乐的领悟更深了。据说台湾音乐教父罗大佑写那首经典的《童年》整整酝酿了六年时间。

欣雅和亚科尔再见到他的时候，他似乎比以前话更少了。亚科尔想请大家聚在一起吃一顿饭，也被天宇回绝了，他匆匆说了几句后就离开了，他说他很忙。

欣雅明白，天宇为了她，竟把自己爱的心房关闭了。

她觉得有机会要和天宇好好谈谈。

天宇在实习学校的口碑很好，深得音乐学科组老师们和他带的班级学生的喜爱。音乐学科组组长张小敏老师很看重他。张老师也是陇原师范大学的校友，她知道强将手下无弱兵，特别是天宇在音乐上的天赋和平时的勤奋都让她很欣赏，有一次她在和天宇的谈话中流露出了希望天宇毕业后能到他们学校来工作的想法。

天宇知道作为省重点中学的门槛肯定不低，但是他并没有这些想法，他对音乐的追求也许远不止这些。

李亚兰老师也曾给他好几次提醒，希望他不要沉迷于流行音乐，作为一个音乐人追求的应该是大学教授们指定的学习篇目。天宇知道老师们指定的学习篇目固然重要，但也不能完全否定新生事物，为此他和李老师观点上的分歧越来越大，在实习期间，他去学校见到李老师说的话也明显更少了，李亚兰似乎对他已经失去了信心。

　　关于这个话题也真是伯仲难分。君可知，二十世纪八九十年代无论是流行歌曲还是通俗歌曲，像一股飙风席卷了祖国的大江南北，这些音乐不知让多少人痴迷和留恋，人们在歌曲中欢乐着、悲伤着、沉浮着，他们憧憬着明天，度过了那段青春年月。

　　实际上对于人们易于接受和喜爱的东西，我们真不能一味地拒之门外。

　　五月底，连着下了几场雨，校园的玫瑰花和牡丹花开了，天宇望着这些娇艳的花，眼里又浮现出了欣雅的笑脸，他便在自己的日记本上写下了几行小诗：

　　　　三两日雨打风吹
　　　　沙枣花依旧香艳
　　　　可知
　　　　玫瑰牡丹
　　　　一地花瓣
　　　　伤痛了心扉

　　　　斜风细雨
　　　　你的秀发
　　　　飘摇不定
　　　　只留得
　　　　一街纸伞
　　　　错过了年华

缘起缘灭

春秋轮回

捧一段真情

低吟浅唱

今夜里

忘记了忧伤

　　夜晚的宿舍里，天宇抱着吉他拨动了琴弦，他很想给这首小诗谱个曲子，他还想有机会把这首歌送给欣雅，让她唱，但他不知道欣雅能否喜欢上这首歌。

　　毕竟他知道，他的大学生活即将结束。未来是什么样他还有点模糊，但他清晰地知道，未来见到欣雅的机会可能少之又少。

　　在这个夏天里，方啸天专门来学校找刘建军老师谈女儿考研的事情。刘建军赞同方啸天的看法，认为欣雅必须得考研，而且还要读博。刘建军告诉方啸天，他对欣雅的学习情况了如指掌，只要这孩子好好复习一下，考研不会有问题。方啸天听着刘老师的话，心里别提有多高兴。是啊，他自己是研究生，欣雅的妈妈是大学本科，至少女儿应该要比他们强。

　　方啸天就要回去的时候，刘建军告诉他趁欣雅周末回家，他们最好和欣雅商量一下，考研的是女儿，至少得给女儿通知一声吧。

　　与此同时，文学院这边，李鑫老师也和亚科尔在办公室里探讨他的得意门生考研的事。只是关于考研这事，亚科尔想都没想，亚科尔告诉老师他不想考研。李老师问道："为什么不考研？有些同学想考还考不上呢，老师觉得咱们班你考上的可能性最大，你可要好好想想，千万别因为一时冲动而耽误了大好前程，你如果读研，将来就不一定回家乡去了，到省城大学当老师的可能性很大，你的爸妈会为你感到骄傲！"老师说得没错，可是亚科尔知道自己的家境，能供自己读完大学那都是了不起的事了，再读研究生，他想都不敢想。另外，他也想早点回去，能顺利地参加工作就可以减轻家庭负担了。

看着眼前懂事的亚科尔，李鑫老师的心微微颤了一下。他教学的这二十多年来，这样的情况遇到已经不是第一次了，好多优秀的学生都是懂事的孩子，迫于家庭贫困都不敢向家里提起考研的事，而是本科毕业后默默地离开学校走入社会参加工作。

李老师的想法并不是本科生不好，他认为像这类出类拔萃的学生应该通过读研提高学历和专业能力，来实现更高的价值，将来为国家培养更多的人才。

李老师接下来和亚科尔又谈了几次，谈话的结果只有一个，亚科尔不想参加考研！

周末的时候，方啸天把他和刘老师商量好关于考研的事告诉了欣雅。欣雅对考研也是没有任何思想准备，听到爸爸这样说，她第一刻想到的就是不知道亚科尔考不考研，所以她没有明确表态，而是说再考虑考虑。

回到学校第一时间她就找到了亚科尔，把考研的事告诉了他。当欣雅听说李鑫老师也找亚科尔谈了这事，迫不及待地问道："你是怎么打算的？考不考研？"亚科尔说道："我已经告诉了老师，不考研了！"欣雅追问着："为什么？"亚科尔无奈地说："阿爸阿妈供我上学这么多年已经不容易了，我不想再拖累他们，我想等本科毕业就工作，赚钱让他们过上好日子！"看着亚科尔义无反顾的态度，欣雅说道："那我也不考研了，和你一块儿参加工作。"

看着欣雅天真的样子，亚科尔既高兴又惆怅。高兴的是欣雅面对这么重要的事都能考虑到他，惆怅的是以欣雅聪慧的资质和优越的家庭条件她无论如何也不能放弃考研，如果是因为他让欣雅放弃了考研，那该是多么不应该啊！

此时，亚科尔沉默了。他内心在激烈地挣扎，是自己留下来考研还是让欣雅放弃考研？这两个问题都是那么现实地摆在自己面前，让他一个还没有任何社会经验的年轻人陷入无尽的折磨中。

欣雅真没想到这件事对亚科尔的冲击竟然这么大。她也沉默了，看样子唯一能做到的就是说服爸妈同意自己不考研，只有这样才能和亚科尔永远在一起！

说服自己的爸妈，那也肯定又是一次极大的挑战！

班里考研申请书该交的同学已经交了，可是欣雅的却迟迟没有交上来。为此，刘建军专门找欣雅谈了这件事，结果是欣雅不想考研。

刘建军只能给欣雅的爸爸打电话让家里给她做工作了。

方啸天接到刘建军的电话，真不相信女儿没有填写考研申请书。

为这事他又专门来了一趟学校，这次他是冲女儿来的。

校园的马路上，父女二人边走边聊。方啸天首先开口了："欣雅，听刘老师说你不打算考研？我和你妈的意见是等明年本科毕业了你继续深造，爸妈支持你，现在首要的是你赶紧把名报上！"

欣雅望着爸爸，真的不忍心说个"不"字，自小到大她没有一次不听爸爸妈妈的话，可是这一次她却沉默了，久久没有回答爸爸的话。

"你想说什么就说出来，让爸爸听听。"看着女儿默不作声，方啸天追问道。

欣雅只好说道："我想先工作，等以后再考研。"这显然不是个好借口，但姑娘不可能一下子就说为了亚科尔放弃考研去工作。

方啸天在女儿的心目中一向是随和的，可是听到欣雅的话，他的脸色沉了下来，有点怒气冲冲了，"我真不明白你想什么，但是我要明确地告诉你，考研这件事你必须听我和你妈的，稍后我再找找刘老师，你赶紧把申请书填了，不能再等了，前途要紧啊！"

方啸天说完向学校办公室走去。

趁这点时间欣雅赶紧跑到了文学院，她找到亚科尔把这件事告诉了他。

"你应该听叔叔的话，赶紧把申请书填好交上！"亚科尔的表情看上去很痛苦，但说话的时候却是镇定的。这几天他不知道想了多少个结果，无论怎样，欣雅考研这事没有第二个结果。

听到亚科尔这样说，欣雅的心理防线彻底崩溃了，眼泪瞬间唰地流了下来，她头也不回地走了……

自那以后亚科尔再没见到欣雅，一直到暑假。

放假的前一天，亚科尔又来到了女生公寓楼下的那棵大槐树下。公寓楼门口的女孩们进进出出，就是看不到欣雅的影子。亚科尔大概待了一个多小时还是没见到欣雅，然后他又走到了钢琴室。还没到钢琴室远远地就听到了一阵熟悉的琴声《罗密欧与朱丽叶》。此时，亚科尔听到竟然觉得一股凄凉如冬天里倾斜而下的月光将他浑身都浸透了。

　　他知道，琴室里弹琴的人就是欣雅。他赶紧走到门口，看到了那个熟悉的身影正背对着他弹琴。他刚想走过去的时候又怔住了，呆呆地站在门口听从欣雅指尖流出的忧伤的音乐，不觉间在他的眼前浮现出了这三年来的一幕幕……

　　不知什么时候琴声停了，欣雅转身时看到了他的那一瞬，先是有一点吃惊，紧接着就是一张冷若冰霜的脸对着他。

　　多日不见，欣雅瘦了好多，看着心爱的人那没有一丝表情的脸庞，亚科尔多想走过去握住她的手对她说说自己的思念之情，可是看着欣雅那一脸冷漠的表情，他竟然没有说出一句话。

　　他还站在门口，欣雅旁若无人地从他身边地过去了，走了几步又停下来说了一句："也许你说得对，我应该考研，已经报名了，这下大家都满意了！"说完就要走。

　　亚科尔追了上去说道："这些我都懂！明天我要回家了，今天过来看看你。"

　　听着亚科尔那低沉的声音，看到他那双清澈的大眼睛此时却如此暗淡，欣雅的心都碎了，这到底是怎么了？是老天爷不开眼还是命运捉弄人，为什么在不久的一年后要与心爱的人分离？姑娘的心里打了一个结，她一时之间还不能解开，任凭泪水在脸颊肆意流淌，就是走不出这一步！她何尝不想过去拥抱亲爱的人，静静地听他说，可是，在这个短暂分离的时刻她却无动于衷，冷冷地说道："以后别来找我，我也不会再去找你……"

　　欣雅说完后又一次头也不回地走了，那个夜里姑娘用被子盖着头哭了好久，小菊一直陪着她，任凭怎么劝说，她就是不说一句话……

　　第二天，亚科尔乘着西行的列车离开了这座城市，这一次他是带着对欣雅无限的留恋离开的。

亚科尔离开的这天，欣雅也回到了家里。周雯看着女儿红肿的眼睛心疼得不得了，她知道女儿有心事便小心翼翼地和她说话，希望她能开心起来。是啊，天下做父母的哪个不是把孩子当宝贝呢？

在妈妈的面前，欣雅又一次哭了起来，说出了自己的心事。周雯听后说道："傻孩子，你和亚科尔的感情爸妈知道，亚科尔确实是个好孩子，只是不能考研可惜了，我们要理解他的处境，你就听他的吧。至于你呢，要继续深造学习，你也知道，爸妈的心思全在你身上啊！"接着她又说道："至于你和亚科尔之间的事，看缘分吧，现在你们还小，没有真正理解爱情的含义，将来有一天你们都会明白的，好孩子，现在可不能瞎折磨自己啊！"

妈妈的话不是没有道理，可是倔强的欣雅一句也没听进去。

在那个暑假，天宇毕业了。他已经决定去深圳，去追寻他心中的梦想。

在临走前，他还是想再看看欣雅，于是他托人打听到了欣雅家的地址。

那是一个午后，阳光明媚，他和欣雅两人毫无目的地走在大街上。

这个生活和奋斗了四年的城市他是那么熟悉，再过几天他就要离开这儿了。在这里他从一个青葱少年成长为踌躇满志的青年，在这里有他可敬的老师和同学们，只是，在他的心里这个城市唯有小师妹欣雅让他牵挂。

还是欣雅先开口了："你真的已经打算好去深圳了吗？""是的，我想过去再看看能不能在那边找到工作，如果工作稳定了，我就不回来了。"天宇的语气很坚定，没有一丝犹豫。

"既然已经决定好了，那就去吧，到了那边，一定要注意多保重！"眼前这位曾真诚帮助和鼓励过自己无数次的大男孩就要离开了，欣雅的心里多少还是有些失落，她的眼里流露出了女孩特有的那种温柔和体贴。

欣雅告诉了天宇她和亚科尔之间的事情，说是亚科尔走的时候她都没有去送。她不知道她和亚科尔之间怎么办，想听听师兄的意见。

听到欣雅这样说，天宇很想说他会等着她的，可是他怎么能说得出口？之前发生的那些事，欣雅已经明确地表明了自己的态度，他如果唐突地说这些话，简直就是乘人之危，何况欣雅和亚科尔只是在"考研"这件事上发生了分歧，他知道，欣雅的心里只有亚科尔。

他只能安慰欣雅:"别想那么多,事情总会好起来的,就算是亚科尔去工作了,他会等着你,等你毕业了,你们会在一起的。"

"如果是你,你会等吗?"听完师兄的话,欣雅追问道。"我会等,可是我等的人却不会等我!"天宇说这话的时候嘴角露出了一丝苦笑。

欣雅最明白不过这句话了,她不能这样一直藏着掖着,索性就说开了:"难道你在等我吗?你还不明白吗?我们之间不可能,因为我喜欢的人是亚科尔,你是我最好的朋友,不,最好的哥哥!你就把我当作你的妹妹吧,到了深圳别忘了我!"

姑娘的话都说到这个份上了,天宇的心里有一股酸涩如潮水般涌来……

见过欣雅的第二天,天宇也离开了这个城市。

七月的祁连山又一次焕发了巨大的生机,近处绿草茵茵,远处的群山松柏苍劲,祁连山顶的积雪依旧银光闪闪。

在这个水草丰美的季节,飞雪已经成为一匹真正的骏马。

亚科尔回家的第二天清晨,扎西就从马群里把飞雪牵了回来。这匹灵性的马远远看见亚科尔就欢腾起来了,哒哒哒地向他跑过来。一年不见,飞雪更加高大威武了,一身雪白的皮毛油光闪亮,不时地仰起头向着远山的方向嘶鸣。

扎西让亚科尔骑着飞雪在草原上奔跑一圈,可是亚科尔觉得自己好久都没骑马了,他不知道能不能驾驭得住飞雪。扎西肯定地说道:"你就放心骑吧,飞雪的走姿在草原上是独一无二的,它不会把你摔下来的!"

是啊,作为马背上的民族,不骑马怎么算得上男子汉。亚科尔牵过飞雪纵身一跃稳稳地骑在了马背上,然后他左手抓紧马缰绳,右手轻轻一拍马背,飞雪便仰起头大踏步向着远方奔去。扎西说的没错,飞雪奔驰的时候后蹄紧扣前蹄,无论是上坡下坡还是纵身越过沟壑,始终保持着平稳优美的走姿,骑在上面没有一点颠簸的感觉。

他骑着飞雪到达一条小溪边停了下来,翻身下马,一年前他和欣雅也曾来过这里。他牵着马,思绪又回到了大学校园,他又向着省城的方向望去：不知道将来欣雅还会不会再来草原……

是啊，他俩曾经说过的话多么亲切啊！飞雪应该属于欣雅，只是飞雪能不能再见到它的主人了？

在假期里亚科尔已经联系了祁裕县一中他曾经的班主任安江达娃老师，他告诉老师想在县一中实习。对于他的想法，安江老师别提有多高兴了，因为亚科尔是安江老师带教过的最出色的学生。

没过几天，安江老师就给他捎信了，说是学校领导已经同意了他实习的请求，学校里还给他安排了一间宿舍。亚科尔把这个消息告诉了阿爸，阿爸听后连连说道："到县一中实习好啊，等明年毕业了咱就去一中当老师，给爸妈长脸！"亚科尔告诉阿爸："阿爸，你和阿妈放心好了，我会好好实习，让您二老满意的！"看到孩子越来越懂事，阿爸满心喜悦。

亚科尔赶紧给班主任李鑫老师写了一封信，在信上他征求老师的意见，看能不能在开学的时候不去学校报到，直接在县一中实习。

还没到开学的时候，亚科尔收到了老师的来信，李鑫同意他在祁裕县一中实习，并且还寄来了实习介绍函和实习鉴定书，在信中交代他一定要好好实习，等实习结束后让县一中把实习鉴定填好带回学校，希望他将来的实习鉴定书上能见到实习学校的好评。

收到老师的来信后，亚科尔又给欣雅写了一封信：

亲爱的欣雅：

我不知道你最近是否还想起我，但我对你的思念一点也没减少。你的飞雪已经成长为一匹真正的骏马了，这次回来第一眼见到我，它竟然还记得我，整个假期它和我形影不离，让我失落的心有了一丝依靠。

那天走的时候你说你不愿意再见到我，我想那肯定不是你的心里话，我为自己不能和你一起继续学习感到伤心，可是我该怎么办才好啊？看到你哭着离去，我的心都碎了……

另外要告诉你的是，我已经联系好到咱们的县一中实习，这样的话将来我就很有可能到这儿教学了，你会为我感到高兴吗？

　　随信寄出的还有阿爸风干的羊肉和阿妈晒干的野蘑菇，阿爸和阿妈都说很想念你，他们一直念叨着你什么时候来草原呢。

　　这一次开学我就到县一中实习了，暂时不能见到你，希望你好好学习，一定要考上研究生！

思念你的亚科尔

　　开学的前一天，欣雅收到了亚科尔的来信。姑娘之前隐约感觉到了亚科尔这学期会到他家乡的学校实习，看到来信尘埃落定，欣雅的眼泪又止不住地流了下来，泪眼蒙眬中她仿佛看到了亚科尔牵着飞雪，在他家的牧场上孤零零地走着，她的心也跟着痛了起来，她恨不得长上一双翅膀，飞到草原上紧紧地拥抱心爱的人，告诉他谁都没有错，错的也许是山高路远……

　　姑娘又一次向自己发问：这到底是怎么了？为什么在放假前一天给亚科尔说那么决绝的话？本来心里有他，却要互相折磨。欣雅明白终究亚科尔是不会考研的，他早已为自己做好了打算，他是一个有孝心的孩子，他宁愿负了自己，但不能辜负父母。

　　那一整天，欣雅拿着亚科尔的信笺，一直在纠结。她想赶紧给亚科尔写信告诉他自己的迷茫和对心上人的思念，但一次次拿起笔又一次次地放下了……

　　开学后不久，欣雅班里大多数同学都去实习了，准备考研的那一批同学被学校安排重新编入一个班级，继续学习，学习任务比以前重多了。欣雅在忙忙碌碌中倒也渐渐地放下了这件事。

　　只是，她似乎欠亚科尔一封回信！

　　县一中开学的前一天，父亲道尔吉就把亚科尔送到了学校，安顿好儿子他就匆匆返回到牧业上了，再过几天就要从夏牧场赶着牲畜转场到秋牧场了，家里的事还挺多的，他一天都不能耽搁。

　　在亚科尔高三毕业离开县一中的第二年，学校新建了一幢教学楼，这可是全县唯一的一幢教学楼。教学楼能容纳全校十八个班级的学生。像宿舍、食堂和一些实验室等，都还是以前的平房。

亚科尔收拾好自己的宿舍，来到了教学楼前细细端详：这栋楼房主体建筑四层，墙面上装饰了米黄和白色相间的墙砖，看上去时尚大气，亚科尔又想起了当年上课的教室——六十年代建成的一长排土木结构的瓦房破败不堪的样子，看着眼前的这栋教学楼，他的心里美滋滋的。

第二天一大早，老校长刘文青和安江达娃老师来到了宿舍专门来看望这位从一中走出去的高才生。站在刘校长面前的小伙子英俊魁梧、谈吐文雅，老校长满意地笑了，握住亚科尔的手久久没有松开。

安江达娃老师又问起了他大学的学习情况，亚科尔也向老师一一回答了，当听到亚科尔在大学期间一直在坚持文学创作并在省级刊物上有作品发表，老师连连称赞：亚科尔已经不是当年那个腼腆的小男孩了，他已经像祁连山的雄鹰一样矫健了！

当年的校长，当年的老师，一切都那么亲切……

天宇在深圳已经一个多月了，他还是去了赵子怡的歌厅。

当天宇又一次走进熟悉的歌厅时，子怡喜忧参半。喜的是一年前自己中意的人又来到了身边，忧的是这一年来没有天宇的消息，她又开始了一段恋情。

子怡对天宇的到来表示了最热烈的欢迎。

天宇创作的《伤别离》在歌厅里第一次演唱就非常火爆。

那股带着校园风的淡淡忧伤又一次打动了歌厅里好多年轻人的心：

看人间几多过往
谁的脚步匆匆忙忙
青春在指尖流淌
你的眼神暗淡无光

再见了校园时光
请别在我的故事里惆怅

> 风啊藏不住你的泪光
> 有一天我要去远方流浪
>
> 夜莺请别再啼唱
> 动人的故事早已落地成伤
> ……

《伤离别》首先在子怡的歌厅里唱红了，紧接着因为这首歌天宇应邀参加了深圳一九九三年度"新人杯"歌手大奖赛，斩获桂冠。

除了子怡，天宇在深圳的朋友也越来越多，尤其是有几家唱片公司看好天宇的发展前景，专门组织音乐制作团队希望与他签约，正式发行他的个人专辑。

面对第一次巨大成功带来的变化，天宇都没来得及整理好自己的心情。子怡知道天宇的成功并不是偶然的，而是用他的天赋和勤奋换来的，为此子怡对天宇佩服得五体投地，与他更是形影不离，俨然是天宇的经纪人。

子怡坚持要让天宇出歌曲专辑，然后走上歌星之路。之前天宇也幻想着有一天走上一个更大的舞台，只是这一切来得太突然，没有容他去细细想想。

深圳的几家唱片公司轮流找他签约，甚至还有香港的公司。这些唱片公司答应给他的薪酬越来越高，都怕与他失之交臂。

后来天宇还是与唱片公司签约了，当签约的那一天他拿着一张二十万元支票的时候，他真的有点眩晕，除此之外，公司给他在酒店定了一套四居室的客房，还专门配了一名保安和秘书。

天宇离开歌厅的那天，子怡依依不舍，告诉他将来大红大紫时别忘了她。天宇知道，作为改革开放成功的沿海城市富庶家庭的孩子，子怡虽然和当时的一部分年轻人在外来文化的影响下走在了时尚的前沿，学会了抽烟喝酒，有时还挥金如土，但她的内心是善良的。

天宇离开了子怡，告诉子怡他会常来看她的。

天宇除了参加演唱会，其他时间还是在创作歌曲。

第六章　崭露头角

亚科尔来到县一中已经好几天了，除了近几年新参加工作的几位老师，其他的老师他都很熟悉。按学校惯例，给实习老师安排的基本上都是听课和参加教研组的评课活动，每周适当安排几节副课锻炼讲台上的适应能力。

老校长刘文青考虑到亚科尔在陇原师大的优异表现，觉得应该给亚科尔压点担子。刘校长征询了安江老师的意见，安江老师的想法和他不谋而合，所以亚科尔除了每周听够十二课节外，还被安排带高一（3）班的语文课，学校要求在亚科尔代课的同时，这个班的任课老师要全程跟进指导和协助。

高一（3）班的语文任课教师是央珍老师。央珍毕业于一所师范专科学校，参加工作刚刚三年，她是一名年轻的藏族教师，带着高一两个班的语文课，压力还是挺大的。这次学校虽然安排亚科尔带她一个班的语文课，央珍老师还要指导他的教学工作，好多教学细节方面的事情都还得操心，她也没有闲下来。

当高一（3）班的孩子们听说学校里来了位新老师，还带这个班的课时，大家都很好奇，早就在打问老师的情况了，亚科尔还没上课，有几个学生就找到他问长问短。央珍看到这一切时，告诉亚科尔对于学生千万不能给好脸色，否则今后的管理就麻烦多了。

亚科尔上的第一堂课一直是板着脸讲下来的，央珍老师和班主任屈红老师一块儿听他的课。

高一语文第一册的第一课是央珍老师上的示范课，目的是让亚科尔听课。亚科尔讲的是第二课——刘白羽的《长江三峡》。

由于是新老师的缘故，同学们在课堂上表现得特别好，尤其是孩子们对于老师的提问都在争先恐后地回答，生怕给讲台上这位英俊潇洒的老师留下不好的影响。

平时听课的时候总感觉时间很长，自己上了讲台却感觉时间不够用，该讲的都还没有讲完就下课了，尤其是自己还板个脸，亚科尔想想都觉得可笑。

课后短短的十分钟时间，央珍老师和屈老师给亚科尔简要地进行了评课。两位老师的意见是亚科尔基本功扎实，语言表达能力强，需要改进的是在课堂授课环节上要把握重难点，要掌握讲课技巧，把时间节点处理好。听着两位老师的评价，亚科尔连连点头。

接下来的日子，亚科尔除了上课，几乎把学校所有老师的课都听了一遍。刘校长一直在观察亚科尔在课堂上的表现，总是会在学校其他领导跟前夸奖他一番，几位校领导的想法基本一致，就是等亚科尔毕业了一定要把他招聘回来，肥水可不能流到外人田里。

只要有点空闲时间，亚科尔还给一些学生教起了吉他。

在陇原师大，欣雅也在紧张地学习，如果不是考研，她说不定也在哪个学校开始实习了，正是因为考研，也许她将来的人生又会划出另外一个轨迹。

一天忙碌的学习结束后，只有在深夜里，她又会想起和亚科尔的美好时光。她想亚科尔会不会想她呢？会不会因为那次她说的话和没有回信而怨恨她呢？她越是这样想，心里的痛越深。不知多少次她都拿起笔要给亚科尔写信，但是每次打开信笺，她总是写不出一个字，她不知道未来会是怎样的。甚至，曾经开朗的姑娘变得郁郁寡欢，好几次妈妈问起她到底是怎么了，她只是胡乱地应付着。看着她魂不守舍的样子，妈妈只能摇摇头轻轻叹息。

周雯把这个情况告诉了丈夫，两人合计让欣雅周末回家一趟。

周末欣雅回到家中，爸妈已经给她准备了她最爱吃的宫保鸡丁和三鲜水饺。

饭桌上，方啸天问了欣雅的学习情况，欣雅有一句没一句地回答着爸爸的问话。

欣雅回家的时候顺带把亚科尔寄来的风干羊肉和干蘑菇也带来了，说是让爸妈试着做做。

看着亚科尔带来的家乡特产，周雯又想起了那个目光清澈的孩子。周雯觉得如果当初亚科尔和欣雅一块考研，将来还在一起学习，那该多好啊！可是这人世间的事哪有那么称心如意呢！在这件事上他们做家长的也是有口难言，说什么都不好。如果让女儿死了那条心，那可是昧着良心说话呀，孩子们都没有错；如果劝欣雅能体谅和理解亚科尔的处境，将来一起到祁裕县去工作，可这多么不现实啊！她和方啸天在省城工作和生活多年，怎么能看着女儿去一个小县城？如果说是像支教、援疆那种待个三五年的情况，他们也能接受，欣雅和亚科尔将来在一起的话，那可是一辈子啊！别人家的父母盼着儿女高飞，可是自己呢，在这件事上怎么也拿不定主意。

方啸天的想法和周雯大致一样。但他多是鼓励女儿要好好学习之类的，他认为女儿还小，等考上研究生再上几年学，女儿会更成熟，考虑问题就会更周到了；至于她和亚科尔的关系也许过了这个热恋期会冷静的，他想就让这两个孩子顺其自然，一切看天地造化和缘分吧！

本来是一个温馨的周末家庭团圆，可是因为姑娘的心事，爸爸妈妈说话都是小心翼翼，生怕在哪个环节上出点差错。

回到学校以后，欣雅又开始迷恋起了苏联歌曲，诸如《红莓花儿开》《山楂树》《小路》，等等。欣雅和同学们的交往越来越少了，一天除了学习就是一个人躲在钢琴室不停地弹奏这些曲子。由于苏联歌曲更适合用手风琴伴着和弦演奏，欣雅又在学院里借了一架手风琴，开始练习起了手风琴演奏。那个年代，虽没有MP3和智能手机，但有吉他、手风琴和萨克斯，那是一个张扬个性的蓬勃年代，那也是一个多愁善感的时代！

欣雅在自己的世界里竟也慢慢地心若止水，渐渐地抛弃了爱情里的浮浮沉沉和恩恩怨怨……

难道她已经把亚科尔忘了吗？没有，绝对没有！

深秋的某一天她还在自己的日记本上写下了短短的几行字：

当风再起时
吹落了枫树林的枫叶
沿着那条细长的小路
我要捡到一片火红的叶子
我要把它寄给
远方的爱人

在亚科尔实习期间，曾经的几位高中同学找到了他，和他协商重组篮球队的事情。当年篮球队的十几位同学有考上大学的，还有应征入伍的，剩下的几位同学除了回到牧区的，还有在县城就业的。听说亚科尔回来了，他们还想重圆当年的"篮球梦"，并且一致认为亚科尔还是当篮球队长。亚科尔同意了大家的想法，只是觉得时间不够用，每天下班后他除了上晚自习，还要备课、批作业，总之一天下来不到晚上十点几乎没个闲时间。

不过，亚科尔考虑每天用晚饭后的半个多小时和周末两天里各抽出两个小时打篮球还是可以的，毕竟都是二十出头的小伙子，可不能因为自己拗了大家的信心。

学校还有几位年轻老师也加入他们的篮球队了。

也许，每个大男孩的青春岁月都是这样度过的。

这样，亚科尔越来越忙了，只有在夜晚躺在床上的时候才会想起欣雅。

这么久过去了，他一直没收到欣雅的来信，他有时会想是不是欣雅没有收到他的信？那也不会的，随信寄出的还有包裹，就算收不到也就退回来了，但至今杳无音信；或许是欣雅真的对他失望了？亚科尔打算再给欣雅去一封信。

时令已经快到冬至了，这可是一年里最冷的一段时间。祁连山下的祁裕县城早已是白雪皑皑，天空中不时地飘起了雪花。看着雪花飞舞，亚科尔轻轻地念起了雪莱的《西风颂》里的那两句诗词：

冬天来了，
　春天还会远吗

是啊！迷茫的人在冬天里看到了绝望，而睿智的人在冬天里看到了春天！

在省城，雪下得并不大。欣雅收到亚科尔的来信已经十多天了。姑娘又一次沉默了，亚科尔的信笺就压在她的枕头底下，每天晚上她都会拿出来看看：

亲爱的欣雅：
　　不知不觉离开你已经好几个月了，时间过得真快啊！
　　我已经完全适应了县一中的实习生活，校长还让我带了一个班的语文课，我觉得自己上课还不错。这帮孩子也真是可爱又淘气，竟然有人问我有没有女朋友！
　　因为忙，这么久了都没有回到牧业上一次，阿爸不让我回去，他说家里的事不让我分心，要我好好实习。阿爸还告诉我咱们的飞雪在一次牧民组织的赛马会上跑了第一名，他一高兴给飞雪披上了一条大红绸缎。阿爸还说等你下次回来，也许能在咱们县五十周年大庆活动上看到飞雪在赛场上一展雄姿了……
　　上次去信，一直等你回信也没等到，我有点担心，我怕你已经不喜欢我了，你能不能告诉我是不是真的？
　　天气越来越冷了，真想给你买一件厚厚的衣服，只是暂时咱们还不能相见。我想冬天很快就过去了，下学期我就回到学校了，不知再见到你我该会多么高兴啊！
　　只是，我一直担心——再见到你，你还会像以前那样对我好吗？

顺祝叔叔阿姨身体健康，生活愉快！

想念你的亚科尔

　　是啊，往事如风，欣雅和亚科尔曾经有过多么美好的回忆。有时翻开亚科尔的信，她又会想起亚科尔曾给她讲过的孙少平和田晓霞的故事，有时候她觉得她也要像田晓霞一样坚强，实际上，她的内心还没有那么坚强，不然的话怎么能因为对亚科尔劝她考研这件事一直耿耿于怀呢！

　　姑娘也许还没有明白爱情真正的含义——不经历痛苦折磨，哪来的风和日丽？

　　亚科尔的信笺又被压在了枕头底下，姑娘的心房还是无法打开……

　　小菊和谢小安已经在省城的一所中学实习了，一个周末他俩趁着空闲时间又到学校看望欣雅了。

　　欣雅对小菊和谢小安能来看她表示很感激，三个人走出宿舍在校园里溜达着，两个女孩把谢小安丢在一边不搭理，她俩说起了私密话。小菊问起了亚科尔实习的事情，欣雅冷漠地说："他在他家乡的第一中学实习，还带起了语文课，反正一切都很好吧！"小菊听后说道："我是问你俩的事呢？"欣雅说："我俩还有什么事呢？你又不是不知道，我考研之后还得至少学习三年才毕业，亚科尔明年就参加工作了，不知道三年之后他会是怎么样了。"欣雅说完眼里又掠过了一丝忧伤。

　　听完欣雅的话，小菊沉默了一会儿说道："以我的观察，亚科尔会等你的，只是不知道将来等你硕士研究生毕业了，你去哪呢？""如果亚科尔真的会等我，那我将来也去牧区参加工作，只是我怕爸妈不同意，那该怎么办呢？如果不参加考研多好啊！那样的话我和亚科尔明年就都毕业了，可是狠心的亚科尔也让我参加考研，难道不是把我拒之千里之外吗？这也是我一直想不通的原因！"欣雅望着小菊说道。

　　小菊紧接着说道："亚科尔不是那种人，这一点你可别再纠结了，既然你俩闹别扭后亚科尔都已经给你写了两封信，你还不给人家回信？我觉得心狠的人是你！"

听最好的朋友都抱怨自己了，欣雅也在反问自己：是不是真的太心狠了？至少亚科尔已经来了两封信，自己却无动于衷，不知亚科尔会怎么想。

小菊在临走的时候悄悄告诉欣雅，她和谢小安已经同居了。听到小菊的话，欣雅大吃一惊，她想劝劝小菊现在还不能这样，可是，该发生的已经发生了，现在劝还有什么意义？

望着小菊离去的背影，她的心里真不是个滋味，是该祝福小菊呢，还是……听着小菊劝她的话，她本来刚刚还计划赶紧给亚科尔写信呢，这一刻，她又茫然了，不知这封信该不该写？

天宇真的如子怡所料，短短半年时间已经在深圳大红大紫了。只要是子怡约他，他就会准时回到子怡的歌厅里唱歌。他知道，如果不是子怡帮他，他第一次离开深圳也许就再不会到这个城市了，他也更加深刻地体会到子怡真的是一位善良的女孩。

自从天宇第二次来到深圳以后，子怡和新认识的男朋友也越来越疏远了，在子怡的心里没人可以代替天宇，她觉得自己对天宇就是一见钟情。她一直想找机会向天宇表白，但自从天宇和唱片公司签约以后她俩见面的机会越来越少了。

十二月末的一天，子怡打电话约天宇到歌厅来，天宇爽快地答应了。

那晚的歌厅座无虚席，尤其是子怡的爸妈和一些亲朋好友也都来了，好多人在电视上和录音机里听过天宇唱歌，但是近距离听他唱歌的人还是不多的。

天宇穿着时尚的夹克衫，戴着一副宽边的眼镜，还是像曾经那样长发半掩的眼里总是挥不去那一丝淡淡的忧伤！天宇刚登上舞台就引起了一阵又一阵的掌声，台下一片尖叫声，有些女孩甚至激动地低声啜泣。

这次他带来了一首新歌《理想的天空》：

为什么还在叹息
理想天空有你一席之地
擦干眼角的泪滴

你是大地之子

　　不管这年华易逝
　　明天是你的必经之地
　　乘着银色的翼翅
　　奔向蔚蓝的天际
　　……

　　子怡更是在这首歌里如痴如醉,歌声刚刚结束,她赶紧走上舞台把一大簇玫瑰花献给了天宇,还紧紧拥抱了一下天宇。

　　那天晚上,整个歌厅欢声雷动,天宇把自己创作的全部歌曲都演唱了一遍。

　　夜已深,子怡邀请天宇来到了一家咖啡厅。

　　看着风度翩翩的天宇,子怡抿嘴一笑,她又想起了天宇第一次到她歌厅时的情景。听子怡回忆往事,天宇也哈哈大笑着说:"那时的你真调皮,故意让我买八二年的拉菲,我一点都不知道一杯酒那么贵,还傻傻地答应你!"子怡也呵呵地笑着说:"你不是答应请我喝酒吗?所以人家就点了呀!最后不还是我出的钱。那时候我就知道有一天你会成功的,这一天真的到来了,不过,你可不能忘恩负义啊!"子怡说完痴痴地望着天宇,脸颊稍微有点泛红。

　　看着眼前楚楚动人的子怡,天宇说道:"怎么会呢,那次去你的歌厅真的很偶然,车票都已经买好了,打算那晚再看看深圳就要回去了,如果那次回去可能就再也不回来了,没有你也许就没有我的今天!不过……"天宇还没有说完,他停下了,他的眼角又浮起了一丝迷茫……

　　"不过什么啊?"子怡追问着。

　　过了好久,天宇才开始说道:"在别人的眼中我可能成功了,但我却感觉自己多么虚伪啊,有时站在舞台上我已经觉得那不是我自己!也许,李老师说的话是对的……"天宇说完后似乎又陷入了沉思中。

子怡听后有点吃惊地问："你说的什么呀？你不知道吗？有多少人做梦都想成功，当你站在舞台的中央，很多人都在欢欣鼓掌，他们觉得你与众不同，即使没有华丽的衣饰装扮，你的舞台展现能力也无可挑剔！我真的不明白你到底是怎么了？"子怡说完依旧双目含情地注视着天宇。

此时，咖啡厅里传来了一首熟悉的歌曲：

> 月光如水斜入窗，
> 你还在弹奏着那年的肖邦，
> 谁能与你徜徉，
> 是谁为你做嫁妆
> ……

这本来就是子怡提前安排好的，她想在咖啡厅里播放这首天宇第一次在深圳唱的歌，没想到的是这首歌淡淡的忧伤恰如此时的情景。

"我想有一天我要去更远的远方！"天宇若有所思地说。"你说的远方是哪儿？"子怡好奇地问道。"我也不知道是哪儿，但是有一天我会走的，就好像曾经来到深圳一样！"此时的子怡仰起那张好看的脸，似乎她的心也飘向了远方，她说："如果真有那么一天我也去，和你去你的远方，你会带着我吗？"

天宇沉默了许久，像是对子怡说又像是自言自语："如果有缘，我们会在一起，一起找寻理想的天空！"就因为这么一句话，子怡已经很感动了，她拉起了天宇的手，一瞬间她感觉的一股暖流迅速在身体里蔓延直到完全沁入心扉。

自那以后，子怡和天宇来往得多了起来，在外人的眼里他们真是郎才女貌天生的一对。

一九九四年的元旦不知不觉到来了。祁裕县一中组织了一场盛大的文艺演出，亚科尔和央珍老师是主持人。那场演出亚科尔穿了一身白底装饰蓝色花纹带有金边的裕固族服装，戴着狐皮帽子，这一身衣饰是他的小姨阿依吉斯做的，他小姨在县民族工艺厂上班，是一位心灵手巧的裕固族年轻妇女，实际上阿依吉斯只比亚科尔大五岁，小时候两人在一起还打打闹闹的，不知道的人还以为他们是姐弟呢！

央珍老师穿着一身红底嵌花的藏饰长袍，头上梳了许多小辫，把小辫又梳成了一个大辫，辫稍用红布扎了一个辫套，辫套上装饰着蚌壳和珊瑚等各种饰品。

两个年轻人站在学校简陋的舞台上，竟也光彩照人、靓丽夺目。

亚科尔除了做节目主持人，还弹着吉他演唱了那首《离开你的那一刻》：

曾经以为天空很蓝
没有你的日子是否还有灿烂，
曾经以为青春无敌
离开你的岁月生命又会沉寂
……

音乐响起，好多学生已经跟着唱起来了，台下一片沸腾……

那一场节目和亚科尔一学期的实习表现都给县一中的老师和同学们留下了一段难忘的记忆。

元旦过后不久，学校要放假了，也预示着亚科尔的实习即将结束。

还没到放假，刘校长就拿着早已填好的实习鉴定书交给了亚科尔，看着鉴定书上那一个大大的"优"字和刘校长的亲笔签名，亚科尔高兴地笑了。刘校长紧紧握住他的手说道："小伙子，你是我们学校的骄傲，等毕业了一定要回来，我亲自去接你！"

听着老校长的话，亚科尔心潮澎湃，不住地点头说道："会的，我一定会回来！"

放假的前一天，高一（3）班班主任屈红和央珍老师还有孩子们，给亚科尔举办了一场简短的欢送仪式。

央珍老师给他送了两本书，一本是《雪莱诗集》，另一本是三毛的《梦里花落知多少》。孩子们有给他送明信片的，也有给他送信的，还有几位女孩给他送了自己绣的鞋垫。

在那场简短的欢送会上，好多孩子都拉着他的手哭了。是啊，虽然只做了短短一个学期实习老师，亚科尔在大家的眼里还是一个大男孩，他的善良和宽容都给这群孩子带来了那么美好的向往，当然，还有屈红老师和央珍老师。

回到冬牧场之前，亚科尔又给欣雅写了一封信：

亲爱的欣雅：

　　我想你应该也放假了吧，这段时间不知道你过得怎么样。我多么期望能收到你的来信，哪怕是片言只语，可是这一切只能是我的一厢情愿！

　　要告诉你的是，我的实习已经顺利结束了，学校给我的评价是"优"，我想，你听到这个消息也一定会为我高兴吧！放假的前一天学生给我送了明信片和为我写的信，看着那一行行真挚的发自心灵的语句，我真的不想离开这群可爱的孩子！

　　过不了多久就要过春节了，想起去年年三十在你家得到了叔叔阿姨和你的盛情款待，现在都觉得还是那么幸福！

　　明天我要回冬牧场了，暂时不能和你联系了，我会在冬牧场和飞雪一起祝福你永远快乐幸福！

亚科尔

亚科尔把信叠得整整齐齐，然后在信封上写清楚邮寄地址，确认无误后才亲自送到邮局交给了邮递员。

亚科尔家的冬牧场位于夏牧场六十公里之外的群山之中。这儿属于典型的半荒漠化草原带，牧区从八十年代包产到户以来的十年间，牧民们生产的积极性提高了，家家户户养的牛羊多了，但是草原沙化更严重了。尤其是每年的春天青黄不接的时候，这片草原上尘土飞扬、遮天蔽日，一部分体乏的牲畜是挨不过去的，牧民们也只能眼睁睁地看着多年的心血付之东流。

亚科尔回到冬牧场又开始了一段艰苦的岁月。

阿爸阿妈心疼他，不让他干重活，他们觉得儿子很快就是正式老师了，不能再吃苦了。可是亚科尔哪里顾得上这些，他的想法是父母亲一天天岁数大了，有他在的时候尽量要让阿爸阿妈轻松点。

亚科尔家的冬牧场大致分成了三块，一块高山地带草质比较粗劣的草场放牧体格健壮的羯羊，另一块夹在高山地带和平缓草场中间的山腰地带放牧母羊和上一年的羊羔，还有一块距冬窝子不远处平缓的草场是完全留了下来的，等来年三四月份接羔的时候放牧母羊。

亚科尔家的牛群在冬季里依然留在夏牧场，道尔吉基本上半个月骑马去看一次牛群，清点完后就回来了。

亚科尔不在冬牧场的时候由道尔吉去高山地带放牧羯羊，赛利娅在山腰地带放牧母羊和小羊羔。道尔吉每天天不亮就起来到一公里之外的水井驮水，赛利娅在冬窝子里烧好茶，吃过烧壳子两人就出门了。出门前还要在水壶里装满茶水，带些烧壳子在中午的时候充饥，一直到下午太阳快要落山时才从牧场上赶着羊群回来。

尤其是赛利娅放牧回来还要做饭，洗衣服和操持家务。

亚科尔回来以后，道尔吉夫妇轻松了好多。亚科尔接过阿爸的活每天赶着羊群去高山上，道尔吉又接过了赛利娅的活，赛利娅可以留在冬窝子了，给他们父子做饭、取水，反正家里的活再不用他们父子操心了。

亚科尔在放牧的时候总是带着一两本书，趁羊群安稳的时候，他就开始读书了，一个假期的放牧生活让他读了好几本书。每天晚上吃过饭，在低矮的冬窝子里，他点着蜡烛或者煤油灯读书，一直到深夜。

在冬季里因为气候寒冷，飞雪看上去没有夏牧场时那么健壮了。亚科尔心疼它，每天都要给它喂点青稞或者玉米，这可是阿爸留着在春天接羔的时候喂母羊的。道尔吉虽然看到过好几次，但没有抱怨儿子，他知道儿子已经把答应飞雪给了欣雅，儿子照顾飞雪也是对欣雅的一种念想。

一想到欣雅，道尔吉和赛利娅总是念叨个不停，在他们的心里，欣雅是一位善良又漂亮的好姑娘。

只是，他们不知道，亚科尔和欣雅将来能不能在一起，毕竟人家是省城的姑娘啊！

亚科尔放牧快半个月的时候，道尔吉和赛利娅商量着让他去一趟省城，一方面是让儿子去看看欣雅，另一方面是牧区太煎熬人了，他们想让儿子出去散散心，多帅的一个小伙子，可不能总是灰头土脸啊！

亚科尔何尝不想出去，但是一想到自己离开了牧区，阿爸阿妈的负担更重了，就坚决地摇摇头，说是到了新学期就可以去省城了，没必要花那闲钱，以此来推脱敷衍掉父母的好意。

看着儿子这么懂事，道尔吉的眼前似乎又浮现出了亚科尔上小学时候的样子：在春季里每到星期五下午放学后，亚科尔就背着奶奶给买好的一点青菜从定居点上来看他们，从定居点到冬牧场要整整走两个小时，直到天黑才能到达。周末两天时间亚科尔帮他们赶羊或者照看小羊羔样样在行，星期天下午他又一个人孤零零地回定居点了……

道尔吉想着这些往事的时候总觉得有点对不起儿子，但有时候他也觉得这样很好，孩子小时候吃点苦长大才有出息。

道尔吉和赛利娅认为再劝儿子去省城也是白劝，那就听儿子的话等新学期到了再去吧。他们私下里已经计划好准备了一点钱让儿子这次回去给欣雅买一件衣服，以前欣雅也给亚科尔买过衣服嘛，就算自家条件不太好，总不能让儿子也跟着寒酸吧！

临近过年的时候，亚科尔家的羊全部赶到附近的草场上来了。听阿爸说，一方面是过年前后几天家里事多，把羊赶到附近没有放牧过的草场上来就不会四处乱跑了，家里人都忙忙别的事，另外是让这些不说话的牲畜在节日里也好好享受享受丰美的头茬草。

腊月二十八，道尔吉宰了一只大羯羊，把羊肉按部位分好，把羊下水都洗净装上肉肠，又去定居点上买了些蔬菜。赛利娅也是忙前忙后，除了烧壳子，还炸了两大盆油果子和油饼子。

道尔吉和赛利娅打算过年把爷爷和奶奶请到自己的冬窝子，一大家子人团团圆圆在一起过年。

大年三十早上，道尔吉牵着飞雪和另一匹大青马把爷爷和奶奶接到了自家的冬窝子。爷爷见到亚科尔乐滋滋的，抚摸着他的头不住地说："亚科尔已经长大了，孩子，是雄鹰就要飞翔在蓝天，亚科尔是我们家的男子汉，将来要做一个好老师！"奶奶更是拉着孙子的手问这问那的。

夜幕降临了，道尔吉端来了热气腾腾的手抓肉，把羊背子上最鲜嫩的肉用小刀削好双手捧给了爷爷和奶奶，赛利娅双手端着酥油奶茶依次献给了两位老人，亚科尔端来了油果子和油饼子，等两位老人吃完手里的肉，道尔吉才给妻子和儿子各削了一块羊背子上的肥肉。

道尔吉又拿来了一瓶青稞酒，给爷爷敬上后，又给亚科尔也端了一杯，奶奶心疼孙子不让喝酒，但是爷爷说："草原上的麻雀都能喝三两酒，我们家的亚科尔已经是大人了，该喝的时候就喝点，爷爷支持你！"

随后，亚科尔还给一家人弹起吉他唱起了歌，在这间冬窝子里，年三十的晚上竟也温暖如春。

欣雅收到亚科尔来信的第二天就去了北京。

原来，欣雅的叔叔方啸林在北京一家律师事务所工作，因为工作忙，好几年没见过哥嫂一家人了，今年他邀请哥嫂一家去他家过年。

欣雅的爷爷在十几年前就去世了，奶奶和叔叔婶婶一家生活在一起。

欣雅是第一次来北京。

坐上公交车行驶在长安街上，她被这座既古老又现代的都市震撼了，在她的潜意识里认为省城就是一座大城市了，这一次到了北京她才真正领略到了首都的宏伟和神圣。

叔叔和婶婶对他们的到来早就做好了准备，专门在王府井大街的全聚德订了烤鸭来为他们一家接风。

也许是见到了久别的儿子、儿媳和孙女的缘故，在饭桌上奶奶看上去精神奕奕，奶奶先和儿子儿媳寒暄了几句，然后看着欣雅说道："咱家欣雅可长大了，活脱脱的一个林黛玉！"听奶奶这么一说，方啸天说道："妈，您说错了，咱家的欣雅可不是林黛玉，她是个有主见的人呢！"奶奶听完后爽朗地笑了起来。

叔叔上小学的儿子兴国也说道："姐姐真漂亮，以后要多来我们家玩！"听儿子这么说，叔叔和婶婶也是不住地夸奖起欣雅来。

欣雅倒觉得有点不好意思了。

晚上回到叔叔家，欣雅才知道叔叔还专门给她准备了一间书房，叔叔知道她在考研，想让她有空多学习学习。

在叔叔家，欣雅被亲情包围着，想起远在牧区的亚科尔她的心里也还是有点痛。从亚科尔的信里，她知道他去了冬牧场，所以这整个假期，亚科尔几乎与世隔绝。而她现在来到车水马龙、人潮如织的京城，她想亚科尔什么时候才能到这里看上一看呢？

在北京，叔叔和婶婶陪他们一家去了故宫博物馆、八达岭长城和北海公园，反正去的地方还真不少。几天下来她就喜欢上了这里，她想如果有一天能在这里生活和工作该多好呀！但她也知道，她的前途也许和亚科尔已经联系在了一起，她可万万不能有这种想法，如果是这样，那她离亚科尔岂不是越来越远了？

有一次吃饭的时候，叔叔说道："等咱们的欣雅上完了研究生干脆来北京工作吧，叔叔给你联系工作，你来了奶奶也有个陪着说话的人了，以后等哥嫂退休了也过来，我们一大家人就在一起了。"听着小叔子这样说，周雯看了一眼欣雅给他努了努嘴——意思是还不知道女儿同意不同意。方啸林知道了嫂子想要说什么，笑着说道："是不是咱家的欣雅已经有了男朋友？如果是那样将来留在省城也行！"听着弟弟的话，方啸天不知道怎么说才好，只好打个圆场："啸林说的是啊，我们也早就开始打算欣雅的未来了，上研究生还得三年嘛，再过两年考虑也不迟呀！"

听叔叔和爸爸的谈话，欣雅一直沉默着。她曾那么热烈地喜欢亚科尔，那时她所有的想法都是将来无论如何都要和亚科尔在一起，因为考研的事也许是她第一次真正面对人生，在现实面前她觉得自己是那样的无力……

欣雅知道过了不久就会迎来新学期，在新学期她就能见到亚科尔了，但是她不知道见了亚科尔该说些什么或者是做些什么。从那次钢琴室门口她说过那几句决绝的话之后，她再没跟亚科尔说过一句话，亚科尔的来信她全部放在自己的书桌抽屉里，她竟然没有回一封信，不知道亚科尔该是多么伤心。

在过年的前几天她再也受不住内心的煎熬，便给亚科尔写了一封信。她知道这封信从北京辗转寄出去到达牧区可能会到年后，而且即使信寄到亚科尔家的定居点，亚科尔收到的话也许又得一段时间。

欣雅在信中写道：

亚科尔，你好：

你的三封来信我都已收到！你能原谅我没有给你写信吗？

这个假期我和爸爸妈妈在北京的叔叔家，刚到的那天我就被这座城市震撼了，我想你如果站在北京的大街上也会如此，我希望以后你也能来一趟。

得知你的实习鉴定是"优"，我怎么能不高兴呢？尤其是你说你带的班里的孩子们很喜欢你，我也为你感到骄傲！

过不了多久就能见到你了，这是多么令人向往的一件事啊，只是以前对你说过的话让我不止一次地惭愧，我不知道再次见到你时，我该如何面对？

想说的话真的太多了，我期待开学的那天早点到来，我想把要说的话全部留在见到你的那一天！

代我问候爷爷奶奶，还有叔叔阿姨！

欣雅

信写好寄出去了。那天，欣雅觉得自己轻松了好多，回来的时候她走在大街上，感到那天的阳光格外明媚。

接下来的几天，周雯发现女儿渐渐有了变化，在饭桌上话也多了起来，尤其是那双水灵灵的大眼睛又有了往日的风采。这大半年了，周雯好像没见过欣雅开心过一次，她知道女儿心里一直惦记着亚科尔。

看着欣雅的脸上终于舒展开来了，周雯试探着问女儿："是不是想和亚科尔和好了，还是有什么其他高兴事？妈妈看到你最近心情不错啊！"欣雅听妈妈这样问，回答说："还没有想好呢，不过我给他写信了，不知道他什么时候才能收到！他之前的信我一直没有回，我这次去信向他道歉！"妈妈说："你这样做是对的，年轻人哪有那么大的心结呢？难道你再没说啥？"欣雅含羞说道："妈，还能有啥呢？你不知道吗，我都不理他了！"妈妈知道女儿说的不是心里话，笑了笑，语重心长地说："孩子，无论如何不能伤了亚科尔的心，以前你们小，现在你们可都懂事了，至于将来能不能和亚科尔在一起，爸妈不掺和，所以啊，你们自己好好把握，妈妈相信你会处理好的！"

自从半年前那次周末和女儿谈话后，得知女儿和亚科尔为"考研"这事有了隔阂，方啸天和周雯没少花心思。

他们也慎重地考虑了女儿的未来，作为大学教授，他们是万万不能强行把女儿和亚科尔分开的，他们当年也是自由恋爱的，这个道理他们比任何人都明白。唯一能做到的是让女儿继续读书，让亚科尔先工作，依靠他们的关系把亚科尔的工作联系到省城，这点他们应该能做到，况且亚科尔一表人才那是没说的。

他俩有点担心的就是之前听欣雅说过，亚科尔打算将来回牧区工作，对于这一点他们觉得也不是什么大事，等亚科尔实习完回来大家好好劝劝他，他应该会同意到省城工作的。

这样想的时候，方啸天和周雯心里的一块石头似乎落地了，只是这个计划他们没有告诉欣雅，年轻人嘛，再考验考验他们的感情基础并不是坏事。

在北京的一个服装店里，欣雅给亚科尔买了一件当时流行的米黄色毛呢大衣，看着这件衣服，欣雅仿佛又看到了亚科尔穿着它那种帅帅的感觉，姑娘的心房又打开了，她又在憧憬着和亚科尔的美好未来了……

第七章　冰雪融化

草原上的冬天很漫长，已经是二月底了，亚科尔家的冬牧场依旧被寒冷笼罩着，在这个季节牧人们进入了最艰难的一段时间。

道尔吉家放牧羯羊的高山草地带已经没有多少草了，羊群成天往山下的那块草场跑，这些不说话的牲畜也知道只有那块草场还有好草，但是那块草场必须留到三月中旬才能开牧，而且是留给母羊的，只有母羊进入那块草场后，羯羊就可以到山腰地带了，山腰地带的草也还是可以维持一段时间的。在这一段时间里，道尔吉只能整天跟上羊群把羯羊挡在山上。

就是在这最艰难的时候，亚科尔要回学校了。他舍不得阿爸阿妈吃苦，可这又有啥办法呢？亚科尔知道只有自己更加勤奋学习，尽快工作才能改变这个家庭的现状，如果他参加工作了，至少阿爸阿妈可以少放点羊，减轻一些生活的压力。

亚科尔回到定居点的那天，邮递员给他送来了一封信，邮递员说前段时间信就到了，因为没有去牧业上的人，他没有把信带出去，后来又忘了，今天见亚科尔到了定居点他才把信送来，当然，邮递员说自己很抱歉。

亚科尔没有顾上这些，拿起信封的那一刻，他高兴地对邮递员一连说了好几个"谢谢"！

晚上他一直捧着欣雅的信，想到两三天后就能见到欣雅了，他的那颗激动的心早已飞到了省城……

第二天一大早，亚科尔站在定居点的沙子路旁等待那辆一天只往返县城一趟的班车，他远远望见一个骑马的人正风尘仆仆地从远处赶来，一道扬起的黄土弥漫在远处的牧道上。等来人近了一看，原来是扎西。

到了亚科尔的面前，马还没有停稳，扎西一骨碌跳下马来，喘着粗气告诉亚科尔他的阿爸道尔吉昨天下午摔下了山。

事情是这样的，昨天下午亚科尔家的羊群一直到晚上还是没有回来，亚科尔的阿妈着急了，赶紧找邻居帮忙，大半夜才把他的阿爸找到，连夜从山上抬到了冬窝子，看样子摔得不轻，扎西现在来找定居点卫生室的张医生，让张医生带上药和担架，想办法把道尔吉从冬窝子送到定居点上，然后再送到县医院。

听到这个突如其来的消息，亚科尔吓得惊出了一身冷汗，他顾不上等车便和扎西一块儿到了卫生室，扎西把详细情况给张医生说了一遍，张医生听完，匆匆检查完急救箱，提起折叠担架就出门了，出门后张医生到邻居家牵出了两匹马，一匹马交给亚科尔，然后翻身一跃快马加鞭向着亚科尔家的冬牧场疾驰而去……

在冬窝子，道尔吉躺在炕上不能动，他虽然脸色苍白，但是看见亚科尔来了说道："阿爸没事的，你别操心，赶下午到了定居点，你阿妈给你找辆摩托车，今晚一定要赶到县城，别耽误了明天去祁北的班车！"听着阿爸的话，亚科尔眼睛红红地说："阿爸，您都这样了，我还走啥，我留下来照顾您！"看着自己受伤的丈夫和懂事的儿子，赛利娅一直在抹眼泪。

张医生通过一番检查后初步确定道尔吉的左小腿骨折，还有至少三根肋骨也断了，不过所幸的是并没有生命危险。张医生的建议是赶紧动身用担架把道尔吉送到定居点，然后乘坐第二天的班车到县医院住院接受手术治疗。

就在正要出门的时候，亚科尔的叔叔桑杰和婶婶兰倩吉斯也骑着马匆匆赶到了。

亚科尔和亲戚邻居们轮流抬着担架直到下午三点多才把道尔吉抬到了定居点。

刚到定居点，道尔吉就催促妻子赶紧托人把亚科尔先送到县城去，亚科尔听后坚决表示说啥也不走，他要留下来照顾阿爸，等阿爸病情稳定了他再走。

道尔吉听儿子都说到这个份上了他就没再坚持自己的意见。

在定居点上，桑杰和邻居们协商了一下，让扎西回去把亚科尔家的羊群照看上，其他邻居也都回去，第二天由桑杰夫妻和赛利娅母子四人送道尔吉去县医院做手术。

道尔吉住进县医院的第三天就做了手术，手术倒很成功，只是听医生说，按道尔吉的病情，完全恢复好至少要在医院住三个月。

一周后，道尔吉在别人的搀扶下能下床了，叔叔和婶婶也回去了。赛利娅担心自家的羊群也提出要去牧业上看一趟，亚科尔觉得他去看羊比较合适，所以赛利娅让他第二天去一趟牧业上看看，如果没啥问题，赛利娅的意思是亚科尔从牧业上回来也该去学校了，学习要紧。

但是亚科尔怎么能忍心扔下阿爸不管呢，他已经给李老师写了一封信寄出去了，他把家里的情况详细地告诉了李老师，希望能请三个月的假，只要阿爸的病完全好了，他立刻赶回学校，如果这学期不能毕业，他想复读一年都行。

三月，陇原师大已经略微带了点春的气息，校园里迎面而来的风不再那么刺骨地冷，一个假期没见面的同学们或三五成群或两人聚在一起侃侃而谈，大家都是兴高采烈，毕竟一两个月不见面了嘛，尤其是大四的学生因为一学期外出实习，同学们已经大半年没见面了！

欣雅的心情似乎比别人还要激动，她到学校后先匆匆忙忙把宿舍收拾了一番，然后就来到了亚科尔的公寓楼。

在亚科尔的宿舍里，其他同学都已经到齐了，却不见亚科尔，欣雅问了问玉轩，可是玉轩也不知道。

就要回去的时候，欣雅交代玉轩等亚科尔来了让他来找她。

欣雅觉得亚科尔那么慎重的人不可能迟到的，除非是家里有事或者是没赶上火车。

一连三天过去了，还是没有一点消息，欣雅又来到了亚科尔的宿舍，玉轩说班主任李老师也正为这事着急呢！

一周过去了，还是没有亚科尔的消息。

情急之下，欣雅想到了打电话问问祁裕县一中，她费了好大的劲才查到了祁裕县一中唯一的一个电话号码。电话接通了，电话那头传来的消息是亚科尔自实习结束后再也没有和学校联系过，那头接电话的老师听说是亚科尔大学同学来的电话，当得知亚科尔已经好几天了没去陇原师大报到，他也很着急，答应赶紧联系亚科尔，一旦有消息就给欣雅去电话，他会把电话打到音乐学院的办公室座机上。

第二天一大早，班里的同学接到通知转告欣雅去一趟学院办公室。办公室张主任告诉欣雅，祁裕一中来电话了，说是亚科尔的阿爸从山上摔下来了正在医院治疗，亚科尔好像回牧业上了，祁裕县一中的刘文青校长交代欣雅把这个消息转达给亚科尔的班主任和学院领导，希望学院能给亚科尔一段时间的假。

当听到这个消息，姑娘的心里猛然间一阵疼痛，她不知道亚科尔的阿爸到底伤得重不重？她也不知道亚科尔什么时候才能回到校园……

欣雅回到教室后一整天都没有一点心思学习，她满脑子都是亚科尔，原本打算开学后和亚科尔要好好谈谈，告诉他自己之前不理他并不是不喜欢他了，而是怕再一次长久的分别，她不止一次地想：如果考研的事亚科尔也态度坚决地持反对意见，她的态度也就会更坚决了，但是亚科尔的观点和自己的爸妈是一样的，所以她一直想不通……

等到她解开了心中的那个结，期待着再次与亚科尔重逢，偏偏又发生了这件事，她认为命运真的会捉弄人。

李鑫教授在接到办公室通知后的第三天，也收到了亚科尔的来信和请假条，他拿着亚科尔的信和请假条把亚科尔请假的原因汇报给了学院领导，学院领导临时开了个会，通过商议后同意了亚科尔的假，并且通过李老师转达给亚科尔学院的意见，学院让他在请假期间抽空自学大四最后两门课程，毕业考试成绩合格的话，他可以毕业。

接下来，李鑫教授把这两门课的课本和一些复习资料都整理好，然后写了一封信给亚科尔寄去了，李老师了解亚科尔好学的那股韧劲，他不想让亚科尔因为请假而耽误毕业，他在信里已经交代得很清楚了。

自古以来，相思总被相思累，相思是一条激流，冲撞着生命之源；相思是一盏明灯，照亮彼此的心田！

欣雅产生了一个大胆的念头，就是要去一趟祁裕县，她不想让年轻的亚科尔一个人承担生活之重，她觉得她去了至少可以给亚科尔鼓鼓劲，并且她也要当着亚科尔的面向他道歉，还要告诉他自己的相思之苦。

小菊听了欣雅的想法后表示极力支持，她认为这个世界上最伟大的事情莫过于爱情，为了爱情可以赴汤蹈火。因为小菊和谢小安已经是难分难舍了，她明白为了一个自己喜欢的人可以不顾一切去付出这个道理。

这一回，欣雅没有把这个决定告诉爸妈，她想自己做一次主。

在祁裕县，亚科尔一直在牧业上忙碌着，赛利娅在医院里陪护着道尔吉。

因为安江吉斯家在县城，赛利娅在每天早上十点多趁妹妹一家不在的时候就给道尔吉做点饭送到医院，算作早饭又当午饭，晚饭基本上随便凑合点吃。

亚科尔的叔叔桑杰把爷爷奶奶送到他家的冬窝子了，桑杰说爷爷奶奶虽然干不动重活，但也能给亚科尔操个心做个主，至少还可以给他煮酥油、炒面茶。

三月中旬，亚科尔收到了李鑫老师的信和寄来的课本，当得知老师和学院同意了他的请假要求，他才舒了一口气。

白天牧业上的活太多了。虽然这一段时间扎西已经把亚科尔家的羯羊赶到自家的羊群里放牧了，但是亚科尔家的母羊开始产羔了。

亚科尔每天早上六点就起来了，先牵着飞雪去驮水，他把水取回来的时候爷爷已经煮好了酥油茶，喝完早茶，他就赶着母羊去牧场上了。在牧场上时时有小羊羔出生，他还得细心留意，一不留意刚出生的小羊羔就会被鹰或者狐狸叼走。

到了临近中午的时候他匆匆赶回冬窝子开始做饭，吃过午饭又急急忙忙赶回牧场照看羊群。到了下午五点多的时候,他用褡裢背起牧场上出生的小羊羔把羊群赶回到水井旁,开始一桶一桶地提水倒进水槽给羊饮水,等羊群饮完水后,又将它们赶到羊圈里开始给母羊喂料,这些活干完时,天也基本上快黑了。

亚科尔进了冬窝子又开始在羊粪炉子上炒菜煮饭,奶奶也能给他打个下手,看着孙子勤快的样子,奶奶常常转动经筒念叨:无上的天神请降临草原,赐给亚科尔力量吧,让他能永远幸福平安!

每天到了晚上十点以后,亚科尔打开老师带来的课本开始专心致志地学习了。每过半个小时他还得到羊圈里转一圈,看看有没有小羊羔出生,如果有,就得抱回冬窝子放到地上铺开的羊皮上,这样小羊羔就不会受冻了。一晚上来来回回得去羊圈查看四五趟,亚科尔觉得这样还挺不错,可以给他提精神。

亚科尔就这样日复一日地忙碌着,他家的小羊羔也越来越多了。看着这些活蹦乱跳的小生命,亚科尔不知道有多高兴,他想阿爸如果看见自家的羊群越来越多,肯定会更加欣慰的。

四月初的一天临近中午时分,亚科尔又匆匆忙忙从牧场上赶回冬窝子,翻过冬窝子前面的一座小山梁,远远看见冬窝子门口拴着两匹马,他想可能是家里来亲戚了。

快到门口的时候他听见了阿妈说话的声音,另外还有一个熟悉的声音——是欣雅。

亚科尔三步并作两步进了门,刚一进门看到了梦中常常出现的那个人。望着欣雅他竟然无语了,怔怔地站在了门口。欣雅看见了亚科尔灰头土脸的样子竟忍不住掉下了眼泪,但是聪明的姑娘很快止住了泪水转而扬起眼角的笑容说道:"终于见到你了,你还好吗?"

此时亚科尔才回过神来,赶紧走到欣雅身边说道:"我一切都好,你怎么来了呀?"

"你家里出了这么大的事,我能不来吗?"欣雅似是抱怨又像是安慰地说道。接着她又说:"你也不给我来封信,我还是通过给祁裕县一中打电话才知道的,后来玉轩告诉我李老师已经给你请假了,还给你寄来了课本,听阿姨说牧业上很忙,你有时间学习吗?"

"每天晚上十点以后就可以学习了,一直到凌晨一两点,白天几乎没时间。"亚科尔说道。

奶奶看见欣雅掉眼泪的时候也抹着眼睛跟着掉泪,这回看着两个年轻人说话她也跟着高兴起来了,不停地抚摸着欣雅的手说道:"多好的姑娘啊,怎么就到了我们牧民的冬窝子来了?这真是我们家前世修来的福分呀!"

坐在炕沿上的爷爷一直乐呵着,催促着赛利娅赶紧给欣雅做饭。

原来,欣雅昨天下午到达县城的,她先来到了医院打听到了道尔吉的病房。

看着从天而降的欣雅,道尔吉两口子也是吃了一惊,万万没有想到欣雅会来。欣雅看到道尔吉的病情稳定了,她说她想去牧业上看看,起初赛利娅不同意欣雅去牧业上,说是冬牧场条件很艰苦,怕欣雅受罪,可欣雅哪管这些一定要去。赛利娅明白姑娘的心思,急急忙忙去县工艺厂把妹妹阿依吉斯找见,交代让妹夫照看道尔吉两天,她就和欣雅乘坐下午的班车赶回了定居点上。

第二天一大早借了邻居的两匹马和欣雅一起赶回了冬牧场。

中午吃过饭,亚科尔急着去牧场照看羊群,欣雅说她也去呢。

亚科尔牵来飞雪和欣雅一起走向了牧场。

一路上飞雪见了欣雅也亲热起来,跟在她的身后不时地用嘴蹭蹭她的后背,欣雅也会转过身去用手摸摸飞雪的额头。

走了不远,亚科尔问道:"欣雅,你的胆子也太大了吧,一个人来牧区,向叔叔和阿姨说了没?"

"没有告诉他们,爸妈如果知道我一个人来牧区肯定不答应,所以偷偷出来了,人家还不是为了你!"说完,欣雅嘟起了小嘴,给亚科尔调皮地翻了翻白眼。

亚科尔拉起欣雅的手说道："这些我懂，但是我觉得可能有点不妥，你能来看我，我真的是太感动了！"亚科尔说完，深情地望着欣雅。

是啊！爱情的力量到底有多大，可能会让你意想不到，但它能让一个人义无反顾。

在牧场上，一群小羊羔看见来人了就都围了上来，亚科尔把自己的一根手指伸出来，一只小羊羔跑上来用嘴含住他的手指吸吮了起来，欣雅好奇也把自己的手指伸了出去，很快另一只小羊羔含住了她的手指开始吸吮，她的手指痒痒的，弄得她咯咯地笑了起来。

这种经历她还是第一次尝试，看着小羊羔可爱的样子她索性把它抱了起来。这时亚科尔拿起奶瓶挨个给小羊羔喂奶，看着他娴熟的样子，欣雅调侃道："你还是个出色的奶爸，将来有个孩子饿不着！"说完哈哈地笑起来了。

亚科尔也开玩笑说："如果让你当妈，说不定会把孩子饿坏，笨妈妈！"亚科尔本来有口无心的话让欣雅听后脸红了一下，说道："我才不当妈呢，如果是我当妈，不知道爸爸在哪里？"

"爸爸在这里！"亚科尔说完也哈哈大笑起来，欣雅站起来用小手去打亚科尔，亚科尔扔下手里的奶瓶跑了起来，欣雅边追边喊："你给我站住，你这个坏爸爸，坏爸爸……"

他们身后一群小羊羔也追了上来……

晚饭后，亚科尔的爷爷奶奶和阿妈还有欣雅坐在一起聊了起来。欣雅给爷爷和奶奶讲了北京城有多大多大，讲了天安门广场还有八达岭长城，爷爷奶奶听得津津有味，不时地问这问那。

奶奶看着眼前貌若天仙的欣雅还有这么大的学问，就不停地夸奖她，奶奶还说要让欣雅多住几天。

听了奶奶的话，亚科尔说："奶奶，欣雅明天就得回去，她还在上学，可千万不能耽误学习！"奶奶好像听明白了孙子的话，就再没有说挽留欣雅的话，但是整个晚上都拉着欣雅的手不放，后来奶奶还把自己胸前的一串红珊瑚珠子戴在了欣雅的颈项上，说道："孩子，奶奶没啥好东西送给你，这是我的祖母留给我的，你不嫌弃的话奶奶送给你留个纪念！"欣雅听奶奶要给自己送珊瑚项链就赶紧说："奶奶，您这么贵重的珠子我不能要，您留着吧！"这时爷爷说道："好孩子，别推辞了，裕固人把尊贵的客人当亲人呢！奶奶给你你就戴着，你戴着我们心里高兴！"

这时，赛利娅也打开了一个小红匣子拿出了一叠钱塞到了欣雅的手里说道："孩子，这本来是我和他阿爸等亚科尔去学校的时候给你买衣服的钱，既然你来了，今天阿姨就给你，回到省城了买件衣服，请你别嫌少！"欣雅想要推辞，可怎么也说不出口，任凭泪水又一次像断线的珠子一样滴落……

翌日清晨，亚科尔骑着阿爸的大青马牵着邻居的两匹马，欣雅骑上了飞雪从冬牧场上又要回去了，她望着渐渐远去的冬窝子，依依不舍地离开了这片让她牵肠挂肚的土地。

傍晚，在县医院道尔吉的病床前，欣雅和亚科尔正在听阿爸交代："明天一早你和欣雅一起回学校，我的病你就不管了，这两天有你姨夫呢，过两天你阿妈来了我想和她商量一下实在不行就把羊卖了，我们家不是还有牛吧，靠这几十头牛我和你阿妈生活还是没问题的！"听阿爸这样说，亚科尔说啥也不同意，这群羊可是阿爸的命根子，怎么能说卖就卖了呢？

他只能劝父亲："阿爸，还是我留下来放羊，阿妈来陪护您，等您的病完全好了我再走，李老师也说了只要我把大四的两门课考试合格就能毕业了，这次您就听我的吧！"

父子两人还在不停地争执，欣雅说道："叔叔，我觉得亚科尔说的也对呢，他留下来吧，我相信亚科尔能把这两门课考好的，您就放心吧！"听欣雅这样说，道尔吉就不再坚持自己的意见了，只是不住地摇头说道："亚科尔自小就命苦，这次又让孩子遭罪了，我对不起这孩子啊！"听阿爸这样说，亚科尔满怀深情地说道："阿爸您这说的哪里的话呀，您和阿妈才受苦了，我这才放了几天羊，您不能这样说！"

听着父子两人互相谦让，欣雅的心里不知有多难受，她真正了解到牧民们的难处了。

第八章　再起端倪

在陇原师大音乐学院，方啸天和欣雅在马路上边走边聊。那天刘建军听欣雅说是去看望一位同学，他给欣雅请了五天假，等欣雅已经走了，刘老师觉得有必要给家长说一声，所以打电话告知了方啸天。

这天早上得知欣雅回校了，方啸天也过来想和女儿谈谈。

方啸天对欣雅这次没有给家长打招呼独自做主去祁裕县的做法有点不理解，当然还有欣雅的妈妈也很生气。他们并不是反对欣雅去牧区看望亚科尔，他们生气的是女儿这还是第一次自己做主出远门，万一有个三长两短那还不是天就塌下来了，他们可是只有这么一个宝贝女儿。

听爸爸这样唠叨着，欣雅说道："爸爸，这一次请你们原谅我，我当时也很着急，所以就决定一个人走了，我怕告诉你们，你们会不答应……"还没说完，欣雅低下了头，能感觉到姑娘的语气带了点哭腔。

方啸天看着女儿委屈的样子心就软了下来，拉起女儿的手像是安慰又像是命令似的说："孩子，我和你妈理解你，可是有些事你得征求一下我俩的意见，毕竟你还是个学生啊！"方啸天说完又加了一句："孩子，记住了，以后可千万不能这样了！"

晚上回到宿舍，欣雅草草洗漱了一下就睡了，这几天的奔波，确实累了，躺在床上很快就睡着了。

不知睡到什么时候，欣雅梦见自己又回到了草原上，亚科尔穿着她在北京买的那件黄色大衣，骑着飞雪向她奔来，她看见亚科尔满面笑容地翻身下马,快要走到她身边的时候又突然不见了,只剩下飞雪在草原上东张西望……

她找不见亚科尔,一个人在茫茫无际空荡荡的草原上着急地大声哭喊……

猛然间,她被自己的哭声惊醒了,原来是一场梦,醒来后才发现自己满脸泪水。她望望窗外,一片漆黑,想想刚才的梦仿佛真的一样,她才想起那天急急忙忙去牧区竟忘了把北京买的衣服给亚科尔带上。

梦醒之后,欣雅再也没有睡意,眼前反复映显着那个风沙弥漫的冬牧场和灰头土脸的亚科尔……

深圳市中心的天籁音乐广场上霓虹闪烁、灯光璀璨,这里正在举办一场盛大的文艺演出。

来自两岸三地明星当红歌星轮番上场,台下成千上万的观众欢呼雀跃,激情澎湃的人们随着音乐的节奏挥舞着手中的荧光棒,声浪一波接着一波。

最后一位站在舞台中央的是天宇,随着前奏音乐响起,一首伤感低沉的歌曲荡漾在了天籁音乐广场上空:

> 有一天我会远离
> 对你的爱深埋心底
> 他是你的白马王子
> 我的世界只有冬季
>
> 看天边映出一缕晨曦
> 你说那是最美的回忆
> 关于往事你只有叹息
> 谁的眼睛在黑夜里哭泣
>
> 当风再起时

能否掀起你的日记

梦中的婚礼

在远方等你

……

歌声缓缓而止，天宇向着台下的观众深深三鞠躬，轻轻抬起头用那富有磁性的声音说道："亲爱的朋友，在这个晚上我要说的是，我即将要离开这个深爱的舞台……"他的话还没有说完，台下已是一片尖叫，好多女孩的声音此起彼伏："天宇我爱你！""天宇你别走！""天宇我们爱你！"

……

他又断断续续说道："我知道我不应该离开你们，但是远方有一个声音在呼唤我……此时我才知道自己多么幼稚，我只能说对不起你们，亲爱的朋友，后会无期……"

说最后一句话的时候，天宇的声音有些哽咽。

台下不远处，子怡已经是泪眼滂沱……

子怡自那次和天宇在咖啡厅谈话后，觉得迟早会有这么一天，但她不明白的是这一天竟然来得这么早！

晚上，还是在那家咖啡厅，天宇告诉子怡他先去趟陇原师大看看老师和同学们，然后他就去非洲。

实际上天宇的同学在一年前就都离开了母校，他这次去主要还是看看欣雅，因为他知道这一别不知何年何月才能再见到欣雅。

又是一个五月，陇原师大校园里的丁香花依旧传来阵阵淡雅的香味，玫瑰和牡丹含苞待放，一簇簇虞美人开得正艳，那一圈红色花蕾多像妙龄女子风中展开的裙摆……

李亚兰老师得知天宇来看她不禁喜出望外。不久前李老师在一份音乐周刊上看到过对天宇的报道，知道天宇在深圳发展得很不错，她想通过深圳的老同学联系一下天宇，只是近段时间以来忙着做课题研究把这事给放下了，没想到天宇来看她，她自然是对这位得意门生高看一眼了。

李老师没有忘记曾和天宇有些观点不同的往事，但这根本算不上什么了，天宇已经出名了，这是谁都挡不住的事实，她的脸上该有多大的光彩啊！

在交谈中李老师发现天宇还是原来的那个不爱说话的大男孩，根本没看出他有一点儿明星的架子。

在谈话即将结束的时候，天宇站直了身体向着李老师深深鞠了一躬，说道："老师，现在我明白了，你当时说得对，我已经厌倦了舞台上的灯光，想静下心来继续学习。当然，不光是音乐，该学的很多很多，我也许要远行，望您多多保重！"

李老师听天宇这样一说还真有点转不过弯来了，但是看着天宇坚定的眼神，李老师相信他说的是真的，这个孩子一直让她琢磨不透……

校园大操场的跑道上，欣雅和天宇并排走着。

天宇把这一年来的经历给欣雅说了一遍，欣雅并不感到惊奇，在之前她就知道天宇有这么一天。

让欣雅惊奇的是天宇要说去远方，但并没有说这个远方是哪里。

欣雅知道天宇的性格，没有再去细问。

天宇又问起了亚科尔，欣雅把亚科尔和她之间的事大致告诉了天宇。

天宇听后沉默了好久，他的内心又一次激烈地挣扎，他还想向欣雅表白，看着眼前像桃子般成熟的欣雅他真想不顾一切地拥抱、亲吻，甚至……

但他看着欣雅那一脸的纯真无邪，他一千次想说出口的话又一千次地收了回来！

这人世间还真有如此折磨人的爱情故事！

这一刻，一切都戛然而止。

……

五月初的牧区乍暖还寒，阳坡上的小草初露头角，羊群已经开始追逐这些春天里最鲜活的生命了。

亚科尔在这个时节里稍微松了一口气，小羊羔已经断奶了，成天跟着羊妈妈啃食青草。

　　这两天，道尔吉已经能挂着拐杖自个儿走到医院的大门口了，他好几次在医生面前嚷嚷着要出院，但是医生一直没有答应，让他一定住够三个月才能出院。

　　道尔吉这个草原上多少年来在任何困难面前从不低头的汉子，在医院里被几位穿白大褂的医生左右他感到实在是煎熬，更让他着急的是儿子已经耽误了两个月的学习时间，他越想心里越难受。

　　实在没办法他只能和妻子商量，让妻子回牧业上，他自己的吃饭问题先别管，实在不行可以让医院旁边的那个小餐馆送，花钱就花钱吧，只要儿子早点回到学校，其他的事情都不是个事！

　　这一次亚科尔同意了阿爸的建议，阿妈回到冬窝子的那天他就开始准备着回校的东西了。李老师带来的那两本课本他已经完全学完了，资料除了个别几处，大部分都翻了几遍，学懂、学透了。

　　短短的一个多月时间欣雅来的三封信被他叠得平平整整压在日记本里，这已经是他的习惯了，这几年凡是收到的欣雅的来信都会珍藏在他的日记本里，他走到哪带到哪。

　　亚科尔回到学校的那一天也正好是天宇离开的同一天。

　　关于天宇的传奇故事还有天宇来找她的事，欣雅一五一十地都告诉了亚科尔。

　　是啊，心底无私才能坦坦荡荡！

　　亚科尔身边的一群同学在即将毕业前的这一个多月时间里除了忙碌地学习，其他时间都为自己的前途做着打算。同学们有的欢乐，有的忧郁，多少两情相悦的人在这人生的第一个十字路口不知该何去何从。

　　关于离别，在这校园最后的时光里，亚科尔没敢提起，欣雅也没有说过，他们知道说再多的话也是多余，他们早已做好了打算，就算三年漫长的时间他们也会相守爱的承诺，三年后他们依旧要相聚相爱走入一段唯美的年华。

　　但是他们不知道的是，在欣雅的家里已经酝酿了一个堪称完美的计划。

六月末的一个下午，欣雅兴高采烈地告诉了亚科尔一个消息，说是她的爸妈请亚科尔周末去家里吃饭。

对于欣雅带来的这个消息，亚科尔下意识觉得怪怪的，在他和欣雅爸妈的几次交往中，他能感觉到方叔叔和周阿姨都是好人，但他也明显地感觉到欣雅的爸妈对女儿的期待很高很高，在临近毕业的这个时间去，亚科尔真不知是喜还是悲。

周六傍晚，欣雅家。

亚科尔端端正正地坐在餐桌前，方啸天和他正谈论着一些无关紧要的事，周雯和欣雅还在厨房里准备饭菜，没过多久她们娘俩轮流端着饭菜往餐桌上摆着，等菜全部上完了，摆了满满一大桌。

方啸天和周雯热情地张罗亚科尔吃饭，他们不时地给亚科尔夹菜，欣雅看在眼里喜在心上。

方啸天还问起亚科尔爸爸的病情和他家里的一些情况，亚科尔都一一作了回答。

周雯也乐呵呵地看着亚科尔吃饭，这倒让他有点不自然了，一顿饭下来，小伙子满头大汗。

吃完饭，方啸天拿出了一瓶茅台酒放在餐桌上，对于茅台酒，亚科尔这还是第一次见，更不用说喝了。

方啸天斟满酒端起酒杯说道："首先我欢迎亚科尔到我们家来做客，其次呢，叔叔知道你快要毕业了，我和你阿姨对你表示祝贺！来，咱们干了这杯酒！"

亚科尔仰起头一滴不剩地喝完了这杯酒，他猛然间觉得一团火从口中迅速向身体里蔓延开来。

方啸天接着又端起了第二杯酒说道："这杯酒是要告诉你一个好消息，这件事就连欣雅也不知道呢！"说完这句话他顿了一下，望了望两个年轻人，还没等他开口，欣雅便迫不及待地问："啥好消息？爸爸你快说，神神秘秘的！"

方啸天开始郑重地说了："亚科尔，你的工作叔叔已经给你联系好了，你说这是不是个好消息？"此时，亚科尔一头雾水，端着酒杯不知说什么好。

这真是个难以回答的问题，因为之前亚科尔想了好几个今天来吃饭的话题，但方啸天给他联系工作这一点他还真没想，他只能谦恭地说："谢谢叔叔！"至于方啸天说的好不好，他没有直接回答。

接下来周雯也说道："亚科尔，你叔把你的工作联系到了陇原师大附属中学，那儿正好招聘应届大学生，你叔和附属中学的王校长是上大学时的校友，王校长这两天可能要你去一趟，详细了解你的情况，等你毕业了，先去报到，秋学期开始就上班。"

这从天而降的消息，不但让亚科尔惊诧，欣雅也是愣住了。紧接着欣雅问道："爸爸，你咋之前一直没有说过？亚科尔打算毕业回自己的家乡呢！"

看着女儿追问，方啸天笑了笑说："爸想给你们个惊喜，留在今天说不是更好嘛！今天爸还有件事呢，亚科尔留在省城最好不过了，你读你的研究生，亚科尔先工作，等你毕业了你和亚科尔就在一起了，我和你妈给你们已经计划好了！"周雯也说道："你爸说得对，你那点小心思妈懂，亚科尔在附属中学上班，你在师大读书，不是就能经常见面了吗？"说完她还特意看了一眼还没回过神来的亚科尔。

这时，欣雅也看着亚科尔，一家人的目光都聚拢在了他的脸上。

过了半天亚科尔才说道："叔叔阿姨，你们给我联系工作，我真的要好好谢谢你们，可是实习完的时候我答应了我们县一中的刘校长要到县一中去教学呢，另外我走了我阿爸阿妈谁照顾呢？"

听亚科尔这样说，方啸天还是呵呵地笑着："亚科尔真是个好孩子啊，你的顾虑叔叔明白，我之前和你阿姨也商量过这事，你先来省城工作，你爸妈这几年暂且在牧业上干着，等过几年干不动了，你把他们也接到省城来，到时候我们两家来往也方便多了！至于你说的去县一中的事也好办，回去给刘校长好好解释一下，我想刘校长他能理解的！"

亚科尔明白，方啸天和周雯说的不无道理，他们两人为了女儿也是费尽心思，这不能不说父母的心真是在儿女身上呢！

听着方啸天和周雯苦口婆心的劝说，亚科尔的眼前又浮现出了实习结束临走前刘文青校长那满怀期待的眼神和自家冬牧场阿爸阿妈忙碌的身影。他只能深深地叹了一口气说道："叔叔阿姨，我想我得回去！"

此时，一阵失望的表情拂过了方啸天的眉梢，他不知还该怎么说，只能轻叹一声说道："孩子，这可是人生大事，你还得慎重考虑啊！"

欣雅也拉着妈妈的手说："爸妈，亚科尔既然想回去就让他回去吧，等我毕业了，我也去！"

这下子，方啸天和周雯真的是无话可说了，这一刻这间屋里的空气似乎都凝固了。

过了好久，方啸天只淡淡地说了句："你走了我和你妈咋办？如果你真的要走，那我们也没你这个女儿了！"说完独自一人进了书房，周雯也端起餐桌上的盘子默默地进了厨房。

欣雅赶紧冲进厨房拉起妈妈的手近乎是祈求地说："妈妈，既然亚科尔要回县城当老师，我们也不能太强求了，就让他去吧，至于三年后的事我们以后再说，好吗？将来我不会离开你和爸爸的！"周雯听后无可奈何地说道："傻孩子，如果将来你也去了县城，那不是离开我们了吗？当初你爸让你考研是想让你有个更好的前途，没想到你却打算去偏远的小山城，这以后让我和你爸咋跟亲戚们说呀！再说了，我们就你一个女儿，将来离开我们去那里受苦，我们心里也难受呀！"周雯说到这里也禁不住流起泪来。

欣雅也跟着妈妈流起了眼泪。

本来是多么愉快的一次聚会，此情此景却让人感觉到好像离别的那一刻真的到来了！

此时，亚科尔手中还端着方啸天让给他的第二杯酒站在餐桌旁呢！

欣雅和周雯在厨房里，亚科尔不知道是走还是留下。

他还想跟方啸天再聊聊，想跟他说如果欣雅将来到了牧区他会好好照顾她，可是方啸天已经把话说得不留余地了，该怎么劝他呢？

他又想如果自己答应留下来，肯定是皆大欢喜，但是为了个人的前途而放弃了日夜思念的家乡和亲人，他怎么也做不出来，他已经是二十多的大小伙子了，他还是能把握住自己的。

一想到心爱的欣雅他又心疼不止，以前欣雅也曾告诉他想去他的家乡，那时他觉得欣雅只是随便说说，可这一次欣雅郑重地说了出来，他该是多么感动和幸福啊！

左思右想想不出一个合理的结果，亚科尔认为还是先离开欣雅家。

在他临出门的时候，周雯和欣雅从厨房里出来了。欣雅看见亚科尔还站在那里，赶紧让他先坐下，周雯也在餐桌旁坐了下来。

亚科尔望着周雯说："阿姨，我刚才的话让您和叔叔不高兴了，我想对您说一声对不起！"

看着眼前的亚科尔，周雯喜忧参半，虽然见的次数不多，但这孩子一直都很谦恭，如果女儿和他在一起，他们肯定很放心，但是这孩子就是有一股犟劲，她和方啸天给亚科尔联系工作的时候也想过亚科尔不一定完全同意留在省城，当时他们没有多考虑这个问题，没想到，从今天亚科尔说的话能看出他对一定要回到他的家乡这件事已经拿定了主意。

她想再劝劝亚科尔觉得已经没有必要了，况且方啸天这会儿也在气头上，她想以后再考虑这件事。

周雯只好对亚科尔说道："孩子，没有什么对不起，请你理解你的方叔叔，我们家就欣雅一个女儿，我们的全部心思都在她身上啊……"说到这儿的时候，周雯又控制不住自己的情绪落泪了，她的话也停了下来。

欣雅拿起一张手纸递给了周雯后说道："妈，您别哭了，好像生离死别一样，真这样的话我不去总行了吧，一直留在你们身边，就让我这辈子别嫁出去了！"欣雅说完也跟着周雯哭了起来。

亚科尔更加不安起来，说也不是不说也不是，该咋办呢？

他只能深深地自责起来，他想如果没有他，这一家人还是欢欢乐乐的，都是他的缘故才让欣雅如此伤悲。

想到这里的时候，他竟然说了这样一句话："阿姨，你和欣雅都别伤心了，都是我不好，我走……"

唉！糊涂的亚科尔真是不会说话！

听着心爱的人又一次与自己背道而驰，欣雅的心都碎了，亚科尔的话还没有说完，她猛的一下推开亚科尔冲进了自己的卧室。

亚科尔听到"砰"的一声，脑袋嗡嗡作响，竟然忘了给周雯打招呼，默默地离开了这个原本温馨的房间。

一连几天，欣雅躲着不见他，眼看着毕业的日子就到了，这可如何是好？

又是一个下雨的周末，亚科尔无心待在宿舍，一个人拿起一把雨伞向着学校操场走去……

故事又回到了开头的一幕。

在这个爱恨交织的毕业季，难道聪明的欣雅也难逃厄运？

这次在学校里她并不像前一次躲在宿舍里哭泣，她已经在亚科尔去他家的那个晚上哭够了，她真正不明白亚科尔是真傻还是装傻，竟然说出那样的话来，一想起亚科尔说的话，欣雅的心里顿时感到了前所未有的失望和疼痛。

难道只有她和亚科尔分开了才能成全所有的人？

她也知道亚科尔一直在找她，她就是心里难受，说什么都行但怎么能说出那样肤浅的话，难道一个"走"就能解决问题？她是了解亚科尔的，这几天她知道亚科尔一直在找她，但是她就是不想理他，谁让他说那种话呢！

尤其是那天下雨的时候，她躲在文化长廊里看着亚科尔一个人在雨中独行，她的眼前又浮现出了亚科尔在他家冬牧场的寒风里一个人孤零零地走着、走着……

她恨不得跑过去把他紧紧拥抱，但她没有这样做。

她想找个合适的机会和亚科尔要好好谈一谈，当然她还有个秘密，这个得永远留在心底……

毕业的那一天如期而至，音乐学院在音乐大厅里、文学院在学校礼堂同时举办了隆重的毕业典礼。

在音乐学院的毕业典礼上，张明理院长对音乐学院一九九四届毕业生顺利毕业表示了最衷心的祝贺，他对这届毕业生的未来充满了期望，他还希望同学们要常回到母校看看。

在毕业典礼上，音乐学院的刘副院长宣读了考上研究生的一批学生名单。

当欣雅听到宣读的名单里自己的名字时热泪盈眶，心里更是悲喜交集。一年前为了考研究生，她曾和亚科尔彼此冷落了好久！而现在终于尘埃落定，看着身边的同学因为考上研究生喜极而泣，可是她此时的心情格外复杂，她又想起前几天家里发生的事，到底是亚科尔伤害了她，还是她这几天不理不睬伤害了亚科尔？她不想弄清这些道理，她唯一想要的就是去看看亚科尔。

在毕业典礼结束后，音乐学院还举办了一场简短的演唱会，演唱会上谢小安伴着吉他弹唱了那首曾在学校流传了很久的《青春的你》：

> 月光如水斜入窗，
> 你还在弹奏着那年的肖邦，
> 谁能与你徜徉，
> 是谁为你做嫁妆
> ……

泪水伴着欢笑，台下早已唱成了一片。

歌声刚停，小菊捧着一大捧玫瑰花扑倒在谢小安的怀中。

毕业典礼结束了，欣雅急匆匆地走出了音乐厅。

音乐厅门口不远处，亚科尔正在向着她走来的方向张望。

这一次欣雅再也没有躲开亚科尔，而是向他跑来紧紧地拥抱在了一起……

亚科尔刚想说什么，她用手指按住了亚科尔的双唇，就这样在同学们众目睽睽之下一直拥抱着。

傍晚时分，毕业的学生都以班为单位出去聚餐了，这可是他们学生时代最后一次相聚，即使以后还会重逢，但这一次聚会的纯真情感或许在未来是难以找回的。

在盛天大酒店，滴酒不沾的同学们开怀畅饮了，大家都在说着"离别"这一个相同的话题。在这个时候，同学们无论是曾经有过隔阂的还是互不往来的都已经释然了，大家亲如兄弟姐妹般拉着手说着永远也说不完的话……

再见了，大学时代！

亚科尔早早就出来了，因为他和欣雅还有个约会呢！

在离盛天大酒店不远的一家咖啡屋。

咖啡屋里灯光幽柔，播放的音乐缠缠绵绵。

亚科尔到来的时候欣雅已经在等他了。

欣雅今天穿了一件白底粉色小碎花抹胸长裙，脚穿一双纯白的半高跟皮鞋，这身打扮把她的青春靓丽衬托得完美无瑕，尤其是她把之前梳起来的两条长辫散落成一袭长发顺肩披了下来，更显妩媚动人，亚科尔看着欣雅，被姑娘的美又一次惊呆了，她那成熟的气质似乎已经把他淹没……

见亚科尔傻傻地望着自己，欣雅笑了笑说："赶紧坐下，是不是不认识我了，我今天这身打扮怎么样？"

"太美了，我真不知怎样形容你？我在你面前都有点不自在了！"尤其是在这个洋溢着浪漫情怀的咖啡屋，亚科尔真的有点拘谨。

这种地方亚科尔还是第一次来，欣雅也是第一次。

欣雅已经点了一瓶红酒。

酒杯端起的时候欣雅又一次深情地看着亚科尔说道："那天你说的是气话，我心里很清楚，只是以后再不能那样说了，你不知道，为这又让我伤心了好久！"

接着她又说道："一切都过去了，你也顺利毕业了，我也考上了研究生，无论如何，今天我和你得好好庆祝一下，来，咱们干了这杯酒！"

欣雅说完仰起头一口气喝完了半杯红酒，看着亚科尔还在端着酒杯望着自己，她又说："你也喝呀，咱们今天痛痛快快地喝！"

亚科尔端起酒杯一饮而尽。

一连三五杯酒喝下去了，欣雅的脸颊已经微微泛红。她继续说："爸爸那天说的话也太重了，我能理解他，谁让他只有我一个女儿，想想如果我还有一个或两个哥哥姐姐或者弟弟妹妹，那该多好啊！爸爸不至于这么狠心地说话，当然了，我现在不是还要上学吗？我还和爸爸妈妈在一起。罢了我好好劝劝爸爸，让他同意将来让我去找你，和你一块儿工作，你说，好不好？"

欣雅是第一次喝酒，而且喝得有点猛了，所以说话已经有点断断续续，但她说的句句在理。听欣雅这样说，亚科尔又一次自卑起来，他想，这一生遇到欣雅就算是见一面都是可遇而不可求的，何况姑娘对自己一直不离不弃、心心相印，这一刻他认为只有在今后更加努力和勤奋，才能不辜负欣雅真挚的爱情！

亚科尔也是微带醉意地拉起欣雅的手，放在自己的胸口，然后看着她的眼睛说道："都是因为我，如果那天答应了叔叔的话留下来，叔叔和阿姨肯定高兴，但是，我伤害了他们，他们的一片好心让我感动，以后你可要好好听他们的话，至于你说的劝你爸让他听你的，先别急，等他心情平复了再劝也不迟，今后，我可得努力干出点成绩，这样我才会不至于在你的面前总感到自卑！"

这一次，欣雅又用手轻轻按住了亚科尔的嘴唇，娇嗔道："以后别说自卑的话，你难道不明白吗，我的心中除了你再没有别人，今后也是一样！"

说完后她搂住亚科尔的脖子，一双眼睛含情脉脉地望着他，然后闭起眼，让娇嫩的唇慢慢贴近亚科尔的面颊，亚科尔感觉浑身血液在迅速地偾张，脸上热辣辣地近乎有点痛，看着欣雅娇艳欲滴的容颜，他再也控制不住自己……

这一刻，时间已经凝固，这世界完全是他们的！就让一对年轻人在爱河里荡漾，荡漾……

学校已经放假，欣雅本来是打算要和亚科尔一块去牧区的，但是方啸天这十多天来一直不声不响的，任凭欣雅和周雯劝他，他就是想不通亚科尔怎么能把那么好的机会放弃掉。难道是这孩子缺心眼？还是？这还不算，让他更生气的是自己的女儿竟然说出那种话,人家亚科尔的爸爸妈妈重要,难道你欣雅是石头里蹦出来的?

周雯劝他说亚科尔回去也不是什么坏事,孩子眷恋家乡心疼爸爸妈妈,那都是无可厚非的,至于女儿的事也可以慢慢考虑,何必这个时候大家耿耿于怀伤了和气呢!

当妈妈的自然是心疼女儿,周雯有时也想,如果女儿将来真要去牧区,那也得听女儿的,自己只有认命了。

她这样想的时候心情变得不那么坏了,甚至她也为自己的让步而感到欣慰呢!是啊,人一旦放低了自己的期待,有些事办起来倒简单了!

方啸天还是不肯原谅欣雅。

所以,欣雅只能老老实实待在家里,毕竟爸爸的心里也是一直为女儿着想的,欣雅不想再伤了爸爸的心。

一九九四年七月十六日清晨,亚科尔背着行李,在陇原师大门口站了半晌,然后,慢慢地离开了。

再见了母校,再见了青春!

第九章　风华正茂

八月中旬，亚科尔收到祁裕县教委通知，他已被祁裕县一中正式录用。

这个消息像风一样在亚科尔家乡的草原上传开了，在道尔吉家的夏牧场上每天都有前来祝贺的亲戚朋友。

道尔吉和妻子请寺院里的阿克选了一个吉祥的日子，让亚科尔去把爷爷奶奶接来，又把所有的亲朋好友和附近的牧民都请到他家来做客。

一大早，亚科尔的叔叔桑杰和婶婶兰倩吉斯早早就到了，桑杰帮哥哥道尔吉宰羊，兰倩吉斯帮嫂子赛利娅和面、择菜，准备中午的饭。

亚科尔一大早就骑着飞雪把羊群赶到了半山腰，还没九点的时候他就回来了。可以说，夏牧场的这段时间是牧人一年中最幸福的时光，每天只要把羊群赶上山，下午羊群自己就回来了。

这个季节也是牧民居住比较集中的一段时间，远点的亲戚来一趟半天也就到了，所以这一两个月牧民们紧着时间把家中的诸如嫁娶、小孩剃头等事情都办了，到了冬牧场大家离得远了，来往也就不太方便了。

十一点不到，客人陆陆续续地来了，道尔吉把长辈们和尊贵的客人请到了帐篷里，亚科尔把年轻人让在了帐篷外草地上的毯子上，他们围坐在临时铺上的毯子四周，毯子中间放上小方桌，小方桌上摆着糖果瓜子之类的零食。

当每一位客人坐下后，赛利娅就赶紧给客人端上酥油炒面茶，客气地让着烧壳子，岁数大的客人们端着奶茶，把烧壳子在奶茶里蘸上酥油，一边喝茶一边吃烧壳子，外边上学的很多年轻人已经不习惯喝酥油炒面茶了，他们简单地吃上几口烧壳子就开始聚在一起谈天说地了。

喝过奶茶不久，道尔吉端上了鲜嫩肥美的手抓肉，桑杰端着一盘羊肥肠，亚科尔端上了一盘羊血肠。

道尔吉双手把蒙古刀刀刃向内让给了德高望重的长辈，长辈把羊肠子一刀一刀切断，给坐在自己身边的老人们依次让去，等老人们开始吃了，他再给自己也切上一段。

道尔吉拿起一把刀子把羊血肠切断一一让给每位客人。

吃过肉肠，客人们开始吃手抓肉，道尔吉把羊肋骨上肥瘦相间的肉按块切好，左手拿肉，右手用小刀背把肉从骨头上分离开，依次让给每一位客人。

坐在草地上的年轻人并没有那么讲究，他们自个儿拿起小刀把肉肠切断后就开始吃了，吃肉也是如此，谁吃谁自己拿，并不像他们的长辈那样按辈分按客人尊卑等让来让去。

肉还没吃完，赛利娅和兰倩吉斯开始端饭了，妯娌俩把一碗碗新鲜羊肉揪面片端给了每一位客人。

等客人把羊肉面片吃完，道尔吉和赛利娅端起银碗斟满酒，道尔吉用无名指在酒碗里蘸了一下后举过头顶弹了下手指，又用手指蘸了一下酒碗后弹向地面，接着自己连喝了三碗酒后弓着身子从尊贵的长辈开始敬酒，一圈下来一瓶酒已经见底。

道尔吉和赛利娅给帐篷里的客人敬完酒后又到帐篷外给年轻人敬酒，好几个年轻人不喝酒，能喝酒的年轻人都站起身恭敬地端起酒碗一饮而尽。

道尔吉敬酒完毕，亚科尔接过酒碗，扎西给他倒酒，又开始按照他阿爸敬酒的次序给客人敬酒。给长辈敬酒的时候，老人们都会摸摸他的头给他送上祝福，给年轻人敬酒的时候，会和他握握手，也给他送去了美好的祝愿。

酒过三巡，大家谈话的劲头更大了，趁着大家的兴致，赛利娅和兰倩吉斯又端起银碗唱起了敬酒歌：

金杯银杯斟满酒，
双手举过头，
酥油奶茶手抓肉，
请你喝个够。
……

还有几位姑娘和小伙子边唱歌边跳起了欢快的裕固族舞蹈。

这场欢乐的聚会一直持续到下午五六点才结束，半醉的牧人们互相拥抱后各自回家。

客人们陆陆续续地都离开了，爷爷和奶奶留了下来，他们打算在亚科尔家住上几天再回。

等把帐篷里外收拾停当，赛利娅开始把一条羊腿上的肉切成长条，她说要把这些肉晾干寄给欣雅呢！

一提起欣雅，亚科尔不由地向着东边的方向张望。

假期里，欣雅也放松了下来。她本来是打算去亚科尔家的，可是因为爸爸的气还没消，她又不敢离开家，只能待在家里看看书，每天坚持弹两个小时钢琴，除此之外好像再没有她做的事了。

方啸天不但对欣雅不理不睬的，对周雯也是有一句没一句的，母女俩看方啸天心情不好，也都没敢去招惹他，每一天都小心翼翼的。

这段时间方啸天也放假在家，欣雅毕业考上研究生的事他也装作没多大的兴趣，实际上他的心里可乐呵着呢！他不理睬欣雅是想冷落一段时间女儿，不然的话，今后万一有个大事，他这当爸爸的还有没有说话的份了？

就这样，方啸天和母女二人僵持了十几天之后，他觉得很无聊了，便先和周雯搭讪起来了，在妻子的面前他还是恢复了以前那种随随和和的样子，周雯看到方啸天心情变好了，便鼓动他和女儿也要多交流交流，否则，父女间慢慢就会产生隔阂。

周雯也告诉女儿在合适的机会和爸爸沟通沟通，无论如何，爸爸的心一直都是向着女儿的！

八月初的一天中午，方啸天告诉周雯他在一家酒店订了一桌饭，晚上一家人在外面吃饭。

在饭桌上，起先方啸天有点不好意思地说："这段时间一家人在一起都怪怪的，也是我这个当父亲的做得不够好，该过去的就让它过去吧，我们不能总是纠结在一些事情里，往前看，这才是人生的真理，欣雅考上研究生的事不用你们说我都知道，我的女儿如果考不上，那还有谁能考上！"这句话刚说完，他觉得有点张扬了，吭了两声接着又说道："欣雅，今天爸爸妈妈在这里点了你喜欢吃的饭菜，我们一家人聚在一起就是为了给你庆祝，祝贺我们家的欣雅考上研究生！"

方啸天说完，欣雅的眼睛湿湿的，她轻轻地说道："谢谢爸爸！"说完后又看了看周雯说："谢谢妈妈！"

一家人又一次温馨地团聚在了一起。

看着爸爸对自己又像以前那样关爱，欣雅这段时间以来的忧郁完全烟消云散，她也知道，不知三年之后又会是怎样。无论如何，一切都向好的地方看吧，向前看，毕竟心中有了明天才会激励自己勇敢向前去冲！

想着未来的时候，欣雅的心里就出现了亚科尔。

亚科尔离开欣雅已经快二十天了，欣雅也没有收到亚科尔的来信，她知道亚科尔肯定在夏牧场，来一封信也不方便，但她知道亚科尔一定在思念着她。

欣雅不由地又想起了那天咖啡屋里的场景，每次想起来她都会心跳加快，那可是她的初吻，她毫不犹豫地给了亚科尔，在别人眼里她一个二十二岁的漂亮姑娘，也许早已是别人的人了，但是她的骨子里有一种矜持，也许是从小在书香门第长大的缘故吧！实际上那天晚上一阵激烈的亲吻后，在亚科尔的面前她已经忘乎所以了，她甚至幻想和亚科尔突破最后的壁垒，但亚科尔没有那样做，在最后一刻，亚科尔似乎是酒醒了，慢慢冷静下来了，然后把她送回了宿舍。

那次音乐会上天宇宣布退出歌坛后，他在深圳自己租了一间小屋又开始过上平淡无奇的生活。

有时候他走在大街上时不时会听到沿街的店里传出自己的歌声,听到的时候他会淡淡一笑后静静地离开。

赵子怡还是像以前一样对他不离不弃的。

好多次,子怡认为这都是一场梦。

从歌坛上走下来的天宇还像两年前在歌厅里见到的那个天宇,唯一不一样的是他成熟了很多,一张脸更加冷峻有型,而且腮边多了好多浓密的胡须,那副宽边眼镜总是遮不住那双略带迷茫的双眼。

天宇一直说要去非洲,子怡从来没有反对,因为她知道天宇的心里一直有一个"远方",子怡也不明白非洲是不是他说的"远方";但子怡明白的一点是她一定要陪着他,否则她的这一生会留下难以弥补的遗憾。

八月底,天宇和子怡办好了护照及出国签证等手续后,转机西班牙踏上了遥远的摩洛哥之旅。

天宇和子怡的英语表达能力虽然谈不上好,基本的一些购物、简单的询问还是完全没有问题,他们在出国前了解到摩洛哥通用货币是摩洛哥法郎,美元在摩洛哥也是可以使用的,所以基本上带的是美元,还兑换了不多的摩洛哥法郎。

走在摩洛哥首都拉巴特狭窄幽深的大街上,天宇和子怡领略了北非浓郁的阿拉伯风格,在这座城市既有欧式风格的现代建筑,又有阿拉伯风格的传统民居。

这是一个完全陌生的城市,大多数人都操着阿拉伯语和法语还有西班牙语,在酒店和超市也有讲英语的人,但是很少,转了几家酒店后,天宇和子怡住进了一家吧台服务员是英国人的法国人开的酒店里。

在酒店里,子怡觉得天宇会和她住一间客房,登记的时候,天宇要了两间房,子怡嘟起了小嘴说道:"你就不怕我被阿拉伯人抢走,让一个女孩子住在一间房里,一点都不会关心人!"看着子怡委屈快要哭的样子,天宇改变了自己的主意,又重新登记了一套两居室客房。

这下子子怡高兴得像个小姑娘般笑着跳着,还拉着天宇的手,亲热得不得了。

夜已经很深了，天宇还坐在客厅里在自己的笔记本上写着记着，子怡已经催了好几遍，天宇只能听子怡的话赶紧睡觉。

子怡已经在一间房的双人床上铺好了被子，可是天宇却走向了另一间房屋，进门后就把门关上了。

看着天宇关门的背影，一股心酸和失落刹那间涌上子怡的心头……

在拉巴特一个晴朗的午后，天宇和子怡乘坐一辆出租车去了摩洛哥哈桑清真寺，哈桑清真寺建于九百年前，据说曾经是北非最大的清真寺。走近才发现，哈桑清真寺残存了两排高低不等的石柱，唯有耸立于寺正面的哈桑塔完整无损，用玫瑰色石块砌成的高塔还是特别引人注目。

在拉巴特，天宇和子怡还去了海边，子怡穿起了泳装硬是拉着天宇下水，望了一眼女孩丰满的身体，这个来自北方的大男孩真的有点羞涩，再没敢看一眼她，静静地坐在沙滩上向海平面的方向眺望。

天宇和子怡在拉巴特待了一周之后，坐上火车沿着漫长的大西洋海岸线一直向南，经过三天的长途跋涉，他们到达了一个叫阿尤恩的小城。

亚科尔在县一中担任高一（1）班班主任，并带高一（1）班和高一（2）班语文课。

央珍老师带的班已经是高二了，她把自己曾写的厚厚两本高一的语文课教案送给了亚科尔，希望他可以借鉴。她在课余时间经常和亚科尔一起交流带班的一些经验和上课的体会等。

亚科尔来到一中报到后，学校领导班子会上特意研究了对他的工作安排，刘文青校长从两方面提议：一是亚科尔必须带班，二是亚科尔最好能承担两个班的语文课教学任务。对于刘校长的提议，主管教学的副校长贺才让觉得这样安排亚科尔的工作量有点大了，学校也并不是缺少语文老师；教导主任徐进才也有点担心，怕是亚科尔刚参加工作缺乏经验带班主任的决定有点仓促，他希望这事等学校考察上一学期或是一年之后再定。

刘校长听后还是坚持了自己的观点，他认为他是从以下这些方面考虑给亚科尔安排工作的：一是亚科尔已经在学校实习了一学期，而且破例让带了一个班的语文课，期末考试全班的平均成绩略高于同年级平均水平；二是刘校长认为对年轻人就得狠一些，只有在年轻人工作的第一步压实担子打好基础，今后才能培养出个好苗子。

由于讨论意见不能统一，在刘校长的提议下班子成员举手表决，最终班子七人中有四人同意刘校长的提议，按照少数服从多数原则，亚科尔的工作就按刘校长的意见定了下来。

俗话说，初生牛犊不怕虎。亚科尔在一次学科教研组活动上提出了素质教育理念，建议在语文教学中要抓好学生日常知识的积累和提高学生综合能力培养，不能完全靠考试成绩评定学生语文能力等级，不料却遭到了其他语文老师的反对，尤其是他的同事张明月对他的观点直接予以否定。张明月老师的意见是教学就是看学生的考试成绩，如果考试成绩上不去，素质教育只是一种空想！

语文学科组组长安江达娃老师一时也难以理解，她从教二十多年了，对一个学生的评价不靠成绩靠啥呢？况且，高考说穿了就是考成绩，从没听说哪一个学生素质好了而考试成绩低还能被大学录取的事了。

听着同事们议论纷纷，亚科尔只能暂时作罢，事实来讲他提倡的素质教育并不是完全否定学生考试成绩的素质教育，他提出所谓素质教育是通过学生综合素质的提升促进学生学业成绩的提高。

即使语文学科组否定了亚科尔的建议，他在语文课堂上和课后一如既往地为提高学生的综合素质而下定决心、不懈努力。

在县一中，亚科尔的语言表达能力可以说是数一数二的，他利用自己的这一优势下功夫纠正学生语言能力不过关的问题；他通过讲课文引申相关文学知识拓宽学生视野，激发学生阅读欲望；每天他还利用一点有限的课外活动时间带领学生到运动场上打篮球、打排球，和学生紧密地融为一体……

这一切都被刘校长和贺副校长看在了眼里，贺副校长对于刘校长当初的决定是越来越佩服。

慢慢地，安江达娃老师对亚科尔的这些做法也认可了，对于自己曾经的学生，她之前给亚科尔的意见是得按部就班教学，千万不能因为年轻气盛由着性子胡来，但从亚科尔实施素质教育的实践来看，说明他还真有一套，安江达娃老师也渐渐放心了。

对于央珍来说，她认为亚科尔说的和做的都是对的，那天学科组研讨会上她本来站出来支持亚科尔，但是没有一个人赞同，她又没敢说。亚科尔实习期间和她搭档，她早已了解了亚科尔，甚至她在心底里已经喜欢上了亚科尔，实习结束亚科尔要回去了，她还送了亚科尔两本书。亚科尔走了以后她怕亚科尔可能不回来了，直到县教委的分配文件下来，她打听到亚科尔分到一中的消息，心里才踏实了，而且她不止一次地幻想过未来她和亚科尔的好多好多……

这一切也没能瞒住张明月的眼睛。自央珍参加工作来到县一中，张明月就暗暗喜欢央珍，他也对央珍表白了好几次，但央珍一直没有答应，张明月为这事苦恼了好久，眼看着自己快三十了，生命中的另一半还是个未知数。他越是气恼就越着急，但央珍似乎一直对他没有发出过任何信息，现在倒好了，来了个亚科尔，央珍索性再也不理他了。

他甚至有点怨恨亚科尔了，所以凡是亚科尔的观点无论对错。张明月一律反驳。

对于这一切亚科尔似乎也有所察觉，作为同事，亚科尔尽量忍让张明月的无理取闹，尤其是在央珍和他走得越来越近这事上，他也从来没有过多地去想，他只把央珍当作一个可亲的大姐姐。

欣雅在十几个人的研究生班里算是最漂亮的一位。

欣雅的班导是刚刚从中央音乐学院毕业不久的博士研究生田磊。

在研究生阶段，欣雅梳理了主要的课程都有音乐文献学、美声史话、钢琴艺术史、音乐心理学、音乐社会学、音乐人类学等。欣雅更侧重的是钢琴艺术史，这也符合她从小到大的梦想，她把她的想法告诉了田磊老师，老师也认可了她的意向。

田磊老师也是陇原师大毕业的，所以他毅然决然来到了自己的母校任教。作为一个三十不到的年轻人，他第一次和自己辅导的一群学生在一起的时候还有些惶恐不安，是啊，作为一名音乐高才生，他在音乐学习上一直凭借着极高的天赋和勤奋努力走到这一步已经让很多人望其项背了，尤其是在中央音乐学院学习期间，基本上处在理论研究和论文撰写阶段了，对于音乐教学他关注得并不多。

田磊在大学本科期间学的也是钢琴专业，他还兼修了小提琴和二胡，在乐器演奏方面都是独树一帜，只是到了中央音乐学院后他把侧重点放到了音乐理论研究上了。他不但深入研究我国民族音乐的起源和发展，还对西洋音乐也倾注了大量的心血，他觉得无论是我国传统的优秀民族音乐还是国外主流音乐都是无国界的，只要是能启迪人们心灵的东西都是值得去研究的。

没过多久，田磊就开始关注欣雅了，他觉得欣雅不但音乐理论功底扎实，在钢琴演奏方面就更令他惊叹了，认为自己单纯从钢琴的表现力方面也许不一定优于欣雅。

每次进教室田磊都是第一眼先看看欣雅，然后再拿起讲义开始了课程研究和探讨。班里的其他人早已看在眼中，只是大家碍于师生这层特殊的关系，都没有说破。

欣雅也感觉到了田磊对自己的关注有点怪怪的，她并没有多想，反正都是年轻人嘛，曾经天宇还向她表白呢，她的心里只有亚科尔！

等学习上的事都理顺了，欣雅迫不及待地给亚科尔写信了。之前她还想往祁裕县一中唯一的那台座机上打电话，想了半天觉得一方面那是学校的办公电话，打私人电话不合适，另一方面在电话里短短的几分钟时间也说不上个啥，所以她决定还是写信。

她在信中详细地告诉亚科尔她的学习情况，还有她对亚科尔的思念之情，在信中她也叮嘱亚科尔要好好工作、常回牧业上看看等等内容，最后她还故意告诉亚科尔她的班导是个年轻人，好像对自己有意思，希望亚科尔要常给她写信，不然的话别人可在虎视眈眈了。

看着自己写的信，欣雅都觉得好笑，但她还是发出去了，她就想让亚科尔也要时刻惦记自己,给他点刺激,谁让他这么久了连封信都没有呢!

没过几天亚科尔就收到了欣雅的信。

看着欣雅的信,他也觉得自己因为工作上的事忽视了心上人,尤其是看到欣雅说起的班导,他虽然觉得欣雅在和他开玩笑,但还是有了压力,收到信的那天晚上赶紧给欣雅写了一封长信。

在信中他把自己这段时间的工作情况详详细细地告诉了欣雅,他也对自己这么久没有给欣雅写信表示抱歉,最后他还希望欣雅把心思全用在学习上,别去理睬什么年轻的班导。

在信封里亚科尔还装上了一百元钱,他说这是他第一个月的工资,除了自己的伙食费和零用钱,他给家里给了一部分,给欣雅也留了一份。

欣雅收到亚科尔的信能看出他的一些醋意,她得意地笑了,想想自己这一招还真管用,亚科尔收到信后就给自己来信了,他不是说工作忙吗?这回怎么一下子就来信了,说明时间还是能挤出来,爱情就若花朵,时间久了你不去陪护,它也会慢慢失色的。

拿起亚科尔寄来的钱,欣雅有一点感动,亚科尔已经把她当成了他家的一分子。

田磊对欣雅越来越痴迷了,他有时候在课堂上会情不自禁地走到欣雅的身边呆呆地站上好久,时不时会引起班里其他同学一阵偷笑,对这田磊似乎没有察觉到或是察觉到了也不以为然,也许面对自己喜欢的人时谁都会那样的,爱情有时候真的令人欲罢不能,竟然让一个受过高等教育的老师也身陷囹圄!

欣雅觉得越来越不对劲了,不能再这样下去了!

一个合适的机会,欣雅向田磊表明了自己的态度,她告诉田磊她已经有了意中人,起初田磊不相信,欣雅把自己大学本科三年多和亚科尔的爱情故事大致给田磊说了一遍,田磊才勉强答应以后再不会对她有非分之想了。

即使这样,田磊在很长一段时间里对欣雅还是念念不忘!

通过一学期的教学实践,亚科尔的素质教育实践取得了一点成果,身边的老师们渐渐地对他的教学能力有了一定的认可。除此之外，一学期下来，亚科尔还参与和组织了学校的各种活动，像全县中学生篮球运动会、校园金秋文艺汇演和经典诗歌朗诵等都举办得很成功。

由于学校团支部书记已调任团县委副书记，这一职务空缺的现状，再加上亚科尔出色的组织能力，在年底的一次学校行政会上刘校长提议让亚科尔担任学校团支部书记。

对刘校长的这个建议，副校长贺才让表示同意，但是学校支部书记陈文海持反对意见。陈书记的意见是学校已经培养张明月作为团支部书记的候选人，如果直接提拔亚科尔，张老师的思想上会有波动，还是慎重考虑为妙。

张明月毕业于西南一所师范专科院校，六年前也是学校专门聘任的语文老师，张明月工作这几年来在学校年轻人里属于出类拔萃的那种，他的教学业绩一直很好，年纪轻轻的就得到了学校好几次表彰，还得到过县级教学先进个人奖呢！

对于张明月老师，刘校长是比较清楚的，这个年轻人教学方面没说的，要说是在思想境界方面还是有待提高，一下子干团支部书记进学校行政班子，这样的话可能有点草率。

在会上大家的争执不断，最后只能举手表决，但表决的结果是班子成员支持亚科尔和支持张明月各三人，一人弃权。

这事只能先放下来了。

张明月听到了这个结果后真的有点不服气了，他想自己已经工作了六年，理应是学校团支部书记的不二人选，亚科尔工作才一个学期，他何德何能这么顺利就可以当学校团支部书记？

张明月知道这都是刘校长更加青睐亚科尔的结果，他考虑亚科尔可能有什么深厚的背景还是他和刘校长有着什么渊源？为此张明月对亚科尔有了更深的误会，认为亚科尔是为了某种目的不择手段，他只能找学校支部书记陈文海诉苦。

陈文海在会上反对亚科尔是因为他想提拔张明月，张明月老家在临山县。临山县和祁裕县同属于祁北地区，临山县依靠祁连山的雪水河滋养，是一个传统的农业县，距祁裕县一百余里。

陈文海是了解张明月的，他知道张明月出生在一个贫困的农民家庭，当年义无反顾地来到了高海拔地区的祁裕县，虽然祁裕县有民族照顾政策，工资要比临山县高，坚持下来也是挺不容易的，尤其是张明月在陈文海的眼中是一个特别勤快的小伙子，只要是他交代的事无论急缓，张明月会在第一时间给他办好。

在书记办公室里，陈文海正在耐心地开导张明月："小张啊，你的情况我都知道，这次会上的事你也听说了，我可是做了很大的努力，你也知道学校的重大决定不是一两个人说了算的，虽然这次你没有顺利当选团支部书记，但是机会还有，你要好好表现，这个职位迟早会是你的！"

听到书记都这样说了，张明月只有连声道谢，再没有多说什么就赶紧离开了陈文海的办公室。

在课余时间张明月见到亚科尔就气不打一处来，不是亚科尔，他可能就稳稳地干上了团支部书记这个年轻人眼中未来学校领导的"接班人"了，可是在关键时候半路里杀出个程咬金，挡了他的道，这只是其一；还有一件事就是他追求央珍未果，也把这事算到了亚科尔身上，就是因为亚科尔的出现让之前对他不温不火的央珍直接对他是不理不睬了。

张明月听了陈书记的话，在学校里表现更好了，就这样过了一个多星期可是一点儿动静也没有，他有点着急了，想问问陈书记也不好问。

这段时间里他和央珍的距离也越来越远了，他刻意地躲避她，除了非要和她面对面地说公事外，他再也没有和她私下里说过话。

央珍发现了这段时间张明月的变化，认为他已经对自己没信心了，所以她也就毫不顾忌地亲近亚科尔。

在央珍的心里，亚科尔就是她一直寻找的那个人。央珍参加工作这几年来，除了张明月一直追求她，县城里其他单位的几个小伙子也有对她有意的，无论托人的还是自己主动约她的都被她拒绝了，她曾在大学上学时遇到过一个称心如意的人，但就是毕业后因为工作天各一方而分手了，也许是初恋失意的缘故，央珍似乎对男女之间的那种情冷了下来，但自从见到亚科尔之后，她的心里又燃起了对爱情的美好向往。

央珍在和亚科尔的交谈中也得知亚科尔有一位大学时期的女朋友，但在央珍看来那都是靠不住的，她认为那种校园恋分手只是迟早的事，既然对亚科尔一见钟情，那就勇敢点，这一次说啥也不能把幸福从自己手里丢失。

可是，央珍哪里知道亚科尔和欣雅的爱情并不是像她曾经的初恋那样如玻璃般易碎，也许央珍真应了那句话：在爱情面前女人的智商为零。

央珍完全失去了往日的冷漠和矜持，她成天围着亚科尔，这一切身边的同事有目共睹。

亚科尔好几次都给央珍暗示自己对她无意，可央珍哪管这些呢！

一个周六晚上，不知央珍在哪里喝醉了酒来到了亚科尔的宿舍，她哭哭啼啼地给亚科尔诉说了自己不幸的初恋，还一次次拉着亚科尔的手，希望亚科尔能答应她的求爱。

亚科尔使尽浑身解数劝说央珍，可是央珍就是不听，一直不停地哭，她说如果亚科尔不答应她的要求她就不走，这可难住了这个涉世未深的大小伙子，只能眼巴巴地看着央珍哭闹。

已经很晚了，央珍斜躺在亚科尔的床上睡着了，亚科尔只能到小姨家住了一晚。

周日早上亚科尔回到宿舍，宿舍已经被央珍收拾了一番，床铺得平平展展、书桌上的书都摆得整整齐齐。

亚科尔觉得应该和她好好谈一次了。

周一早上第二节课刚下，亚科尔被陈文海叫到了书记办公室。陈文海沉着脸说道："亚科尔老师，你怎么能做出那种事？"亚科尔听后真是莫名其妙，不知道自己做了什么事，小心翼翼地问："陈书记，您说的什么，我有点不明白，除了工作，我没有做其他什么事啊！""亚科尔，自己做的事就得承担，学校会根据你的态度来处理这件事，我希望你还是自己说清楚！"陈文海郑重其事地说。

听陈文海这样一说，亚科尔觉得事情比较严重了，他浑身战栗了一下突然想到：是不是周六晚上央珍老师喝酒的事？接下来他把那天晚上的情况原原本本地告诉了陈文海。

陈文海听完亚科尔的叙述后说道："我说的就是那件事，但事情的真相并不是你说的那样，据其他宿舍的老师说，那天晚上你和央珍住在了一起，这成何体统！"亚科尔一脸不知所措地说："陈书记，您搞错了，晚上我去了亲戚家，您不相信的话可以去问我小姨！"

听亚科尔这样说，陈文海顿了一下想：难道是张明月说错了还是亚科尔在撒谎？这样想的时候他的语气稍微软了点说道："就算是你去了亲戚家，怎么能和央珍大晚上的待在你的宿舍里，你不会把她送到其他女老师的宿舍里？年轻人，你应该明白我们这是学校，是教书育人的地方，一男一女在宿舍里那可是授受不亲啊！"

陈文海的一番话下来，亚科尔竟然难以应对，只能委屈地告诉陈文海自己绝对没有非分之想，更不用说是做什么了！

从书记办公室出来后，亚科尔的脑袋嗡嗡作响，尤其是回到文科办公室后好多同事都用异样的眼光看他，他又向央珍办公桌的地方望去，央珍低着头好像在阅作业。

那天央珍在亚科尔的宿舍睡醒的时候已经是凌晨三点多了，她看着陌生的房间一下子从床上坐了起来，她也断断续续想起了前半夜的事情：下午的时候和一个闺蜜聊天，那个闺蜜告诉央珍她失恋了，央珍也向闺蜜倾诉了自己对亚科尔的依恋，但亚科尔一直是冷若冰霜。

她俩说着说着竟然来到了一家小酒店喝起了烈性的青稞酒，一瓶酒喝完后又打开了一瓶，喝醉以后两个似是天涯沦落人的女人抱头痛哭，至于是怎么到了亚科尔的宿舍，她一点都记不起来了，她只记得亚科尔和自己在一起。

完全醒了之后央珍羞愧难当，恨不得找个地缝钻进去，不光是她自己还有亚科尔怎么去面对同事和学生呢！她这样越想越难受，赶紧起床打算回家，可是这大半夜的怎么个回法呢？

她只能坐在床上哭，哭得也没意思了，她就开始收拾起亚科尔的宿舍了，早晨天还没亮赶紧回家了。

星期天她在家里睡了一天没有起床，星期一的时候她还是没有起来，她的阿妈说是去学校给她请假，被她的阿爸训了一顿她才起来匆匆忙忙洗漱完去上班了。

亚科尔刚想叫上央珍一块去给陈文海解释，又接到了去校长办公室的通知。

刘校长背着手在办公室里踱来踱去，看见亚科尔进来了，让他先坐下后说："亚科尔，周六晚上发生的事情陈书记已经告诉我了，以我的观察你不是那种人，这到底是怎么了？"亚科尔看着和蔼可亲的刘校长差点没忍住掉下泪来，他一五一十地把那天晚上的情节又给刘校长说了一遍。

刘校长说道："亚科尔，你的话我完全相信，只是人言可畏啊，以后遇到这种事情可一定要注意了，不一定是你的错，有时候摊上了还真是有口难辩，陈书记的意思是要处理你和央珍，我的意思是再问问央珍，但是人家一个女同志，这种事也不好问，我想不能因为一件小事引起更多的麻烦，处理就处理吧，你别往心里去，早点有个心理准备吧！"

听刘校长这样说，亚科尔点了点头，默默地走出了校长办公室。

在下午的学校行政会上，陈文海提出了处理亚科尔和央珍的议题，刘校长建议班子成员发表各自的意见，贺副校长先发表了观点，他认为这件事上亚科尔没有错，错就错在央珍喝醉酒去亚科尔的宿舍，就算给处分也只能给央珍；陈书记的意见是亚科尔当时处理事情也不冷静，也有责任；其他班子成员基本上同意贺副校长的意见，最后刘校长表态：这件事情并不是什么大事，央珍老师在周末喝酒后去亚科尔的宿舍这属于私事，学校本不应该插手，但是考虑到这种事情在学校还是有些不良影响，综合考虑班子成员的意见，建议给央珍老师记一次工作失误，对亚科尔由政教主任诫勉谈话。

最后刘校长建议，对这件事的处理班子成员不能外传，一方面处理老师是为了更加注重教师形象，另一方面也要保护好自己的老师。

会上，陈书记又提议团支部书记的人选问题，介于亚科尔在这件事情上的牵扯，陈书记提议由张明月担任，班子成员勉强同意，刘校长最后表态同意陈书记的提议，待学校以正式文件向团县委上报批复后委任。

　　对这件事的处理结束了，央珍虽然对亚科尔表达了深深的愧疚之意，但她对亚科尔的爱慕之情却越来越深了，她感觉自己已经不能自拔了。

　　她不能原谅自己的是，那天晚上酒后冲动不知给亚科尔带来了多大的委屈，她还是想找机会给亚科尔表白自己内心的想法，她并不是心存恶意，而是对他爱得太深了！

　　这人世间的爱有时又令人利令智昏和伤痕累累！

第十章　移花接木

快要放假了，欣雅正计划去祁裕县的时候收到了一封来信，信封上的地址写着祁裕县一中，可是看字迹却不是亚科尔的，欣雅有点纳闷了，赶紧拆开信封，原来是一个陌生人写的。

看完信，欣雅的脸上难过了起来，原来这是一封匿名信，能看出来写这封信的是亚科尔的同事，在信里告诉她亚科尔已经和学校的一位叫央珍的老师好上了，为这事学校还处理了亚科尔，告诉她的目的是希望她能劝劝亚科尔别再和央珍来往了，央珍有自己的男朋友。

欣雅看完信第一感觉是亚科尔不会和别人好上的，但她又不能完全被自己说服，心痛了好久。

是啊，纯真的爱情容不得一丝亵渎！

本来计划等放假去祁裕县，可是拿着那封匿名信，欣雅一刻都等不住了，她向学校请了假，回到家把情况大概给爸爸说了一下就要出发，方啸天起初有点不同意，但欣雅告诉他也许这次去过之后她再也不会去了，看着女儿凝重的表情，方啸天只好作罢。

就要出门的时候她忽然记起来一年前给亚科尔买的那件大衣还在家里，她带上大衣匆匆出门了。

下午的时候在祁裕县一中，欣雅遇见的第一个人竟然是央珍。她礼貌地向央珍老师打听起了亚科尔，央珍明白了，原来这就是亚科尔的大学女朋友。

看到眼前时尚漂亮的欣雅,央珍的心里真不是个滋味儿,她刚要打算把欣雅领上去找亚科尔的时候又愣住了,难道自己的幸福就这样拱手相让?她不甘心,想到不甘心的时候她淡淡地说道:"你来的真不是时候,亚科尔已经提前回牧业了,牧业点很远,你还是回去吧!"欣雅看到学校里还没放假,追问道:"亚科尔怎么提前回牧业了?学校还没放假呢!"央珍听后补充了一句:"听说他家有事,我也不知道具体情况,你还是回去吧!"

从祁裕一中出来后,欣雅茫然地走在街道上,她很想再去学校问问,甚至想把那封信交给校长看看,但左思右想后不能那样做,如果那是没有的事不是把亚科尔往火里推吗?还有那位叫央珍的老师也跟着不清不白,这样考虑的时候她决定还是去一趟牧业上亲自问问亚科尔,还有就是去看看爷爷奶奶和亚科尔的阿爸阿妈,她也想他们了。

欣雅赶紧到了汽车站,可是那趟一天只往返一趟的班车已经开走两小时了,欣雅急得差点哭出来,汽车站的工作人员看着她那着急的样子,只能劝她先在汽车站旅馆里住下来,等到明天下午坐那趟车去定居点了。

第二天下午的时候,欣雅乘坐班车到了定居点,上次她和赛利娅回牧业是骑马去的,这次人生地不熟的怎么办呢?她只有步行回去了。

在牧区一月里的寒风中,欣雅沿着那条只走过一次的牧道蹒跚而行,幸运的是天快黑的时候她看见了亚科尔家的冬窝子。

当欣雅跟跟跄跄一脚踏进冬窝子的时候,道尔吉和赛利娅惊呆了,不知发生了什么事,尤其是赛利娅看着欣雅的脸都冻红了,心疼得不得了,把她紧紧地搂在怀里。

道尔吉听了欣雅说起匿名信的事后暴跳如雷,他一刻都不留地要骑上马去县城亲自问问亚科尔到底是怎么回事。

"天都已经黑了,明天再去吧!"赛利娅哭着劝说自己的老公,欣雅也跟着劝道尔吉,明天去也不迟。

亚科尔根本就没有回来。

欣雅一晚上又发起了高烧,吃过两片药后,赛利娅又用毛巾蘸上青稞酒给欣雅擦拭额头和脸颊,折腾了一晚上,到了凌晨四五点的时候欣雅的烧才退去，她沉沉地睡着了。

早上十点多她醒来的时候，赛利娅坐在她的身边慈祥地看着她抹泪呢！

道尔吉在天没亮的时候已经骑马去了县城。

欣雅想要起来，可是一点儿力气都没有，赛利娅也不让她起来，赶紧给她端上了一碗热腾腾的肉汤。

道尔吉赶到定居点的时候，班车已经开走了，他又骑马直接去了县城，下午五点多才到县城，到学校后亚科尔还在考场里监考，他只好先把马拴到路边的一棵小树上，然后到儿子的宿舍等着。

六点多钟的时候，亚科尔急匆匆地赶来了，他以为家里出了啥大事，结果刚一进宿舍的门就被道尔吉劈头盖脸一顿骂。

骂完了，道尔吉才说出了事情的原委。

当听到欣雅已经到了牧业上而且发起了高烧，亚科尔的心紧紧地收了一下，眼泪忍不住掉了下来，他在心里呼喊着：这到底是怎么了？

看着儿子伤心的样子，道尔吉的心也软了下来。

本来道尔吉还想去找校长，被亚科尔拦住了，亚科尔说他会处理好的！

道尔吉只好去阿依吉斯家住了一晚，第二天天不亮又骑马回牧业上了。

在牧业上，欣雅的烧退了以后又咳嗽个不停，赛利娅给找了点药吃上后还是不管用，看着欣雅不停地咳嗽，赛利娅想找人把欣雅送到定居点的卫生室看看，实在不行就去县城里看，但她又怕欣雅在路途上受风寒，只能等道尔吉来了再说。

道尔吉还没来，爷爷和奶奶赶来了，他们听说欣雅来了就让小儿子桑杰把他俩送过来了。

当奶奶看见欣雅躺在炕上病得不轻的样子，忍不住掉起了眼泪说道："可怜的孩子受委屈了，一个人咋就跑到牧业上来了，亚科尔不知是让啥蒙了心，他怎么这么糊涂啊！"

爷爷也是唉声叹气地直摇头。

听说大儿子家没啥药，爷爷让赛利娅准备了一些酥油、冰糖、艾草和荆芥，他又去冬窝子对面的山坡上刮来了一些黄柏刺的皮，然后用酥油炒化冰糖，加水后把艾草、荆芥和黄柏刺皮放进去煮，过了半个多小时把汤煮浓的时候让欣雅喝了一小碗。

过了两个小时，爷爷让欣雅又喝了一小碗，欣雅的咳嗽慢慢缓了下来。

下午六点多道尔吉回来了，他把在亚科尔那里了解到的情况告诉了大家人，爷爷奶奶和赛利娅听后才放下心来。

奶奶又开始嘀咕开了，说是那个央珍不像个草原上的姑娘。

这两天来，欣雅不知受了多少的委屈，那天从定居点往牧业上一路走来她还是很坚强的，即使那么冷她都坚持了下来，但是一进门听到亚科尔没有回来时她的精神一下子垮了，她不明白这到底是怎么了。在祁裕一中见到的那位女老师为什么说是亚科尔已经回来了，为什么要骗她？难道那封信说的都是真的？

这一连串的问题时刻萦绕在欣雅的心里，加上发烧生病，使她身心俱疲，两天了起都起不来，她几乎也没有说一句话。

当听到道尔吉说发生的这一切都不是亚科尔的错，欣雅理所当然地想到是那位女老师骗了她，但她为什么骗她？这难道与亚科尔一点关系都没有？

这些问题还是不停地折磨着她。

道尔吉回来的第二天中午，亚科尔也回来了。

前一天晚上他把班里的放假通知书全部填好，还有布置的寒假作业也都用小纸条写好，交给了安江老师让她第二天给学生发下去，这些事情办好已经凌晨三点了，他也没有了睡意，又把宿舍整理好，装了几本书，天还没亮找到县皮毛厂上班的高中同学索吉，让索吉骑摩托车把他送到了定居点后就急着往冬窝子赶。

离开学校的时候他都没顾上去请假。

不到中午的时候亚科尔已经风尘仆仆地赶到了冬窝子。

在冬窝子里欣雅蜷缩在被子里，那双哀怨的眼睛看着亚科尔无声地流泪，亚科尔赶紧走了上去紧紧握住欣雅的双手，他看到心爱的人满脸憔悴再也忍不住自己的情绪跟着欣雅流泪，奶奶和赛利娅也跟着流泪。

欣雅还是不说一句话，亚科尔先开口了："欣雅，我对不起你，让你受折磨了！"说完后低下了头，一路上回来的时候他本来想好了给欣雅解释的一大堆话，可是此时却一句话都没有说出来。

欣雅慢慢地从亚科尔的手里把自己的手抽了回来，冷冷地问道："你们学校那位女老师为什么说你回来了？她为什么骗我？"欣雅说完后委屈地低声啜泣。

"她是我们学校的央珍老师，这一切都是误会！"亚科尔痛苦地看着欣雅说，欣雅连头都没抬一下接着说："原来，她就是央珍！信上说的就是她，那就是说你们好上了，还受到学校处分了！"

亚科尔更加委屈地说："不是你想的那样，这都是央珍老师喝酒惹下的麻烦，学校给我诫勉谈话，但我并没有做错什么啊！"亚科尔接着又把事情的经过完完整整说给了欣雅，但善良的他自始至终没有说央珍追求他的事，因为这些话一方面让他难以启齿，另一方面他怕伤害了央珍老师，所以自始至终避而不谈，正是因为亚科尔遗漏了这个最关键的环节，欣雅的心里反倒起了许多疑虑，等他说完，欣雅说自己累了，然后用被子蒙住头，再也不理他了。

傍晚，道尔吉放牧回来，看到亚科尔也回来了，就没好气地把他又当着欣雅的面教训了一顿："你如果和那个央珍老师还有来往，我们就不认你这个儿子，草原上的男人说一不二！"亚科尔听完阿爸的话又一次委屈地说："阿爸，你怎么骂我都行，本来就是没有的事，我知道以后该怎么做了，你们放心吧！"

欣雅听着道尔吉训斥亚科尔，还是一声不吭，她太理解这个家庭了，本来是多么善良淳朴的一家人啊，怎么突然就冒出个央珍老师，难道这是自己无法越过的一道坎吗？就算亚科尔没有一点错，难道是央珍无缘无故地生出那么多事？这世间哪有那么多的无缘无故？

这些事奶奶都看在了眼里，这两天奶奶一直坐在欣雅的身边开导她，奶奶知道她受了委屈：一个省城的姑娘因为亚科尔冒着寒冷来到了偏远的冬窝子，害得她生病又加上身体虚弱，以前那个活泼开朗的欣雅咋就变成这样了啊!"

几天后的一个晚上,欣雅告诉奶奶她要回去了,奶奶说啥也不让她走,看着她虚弱的身子后奶奶说:"我的好闺女,你这样走了,奶奶的心里难受啊,亚科尔是个好孩子,你可千万不要误会他了,草原上的雄鹰要想飞上蓝天,就得一次次跌倒再爬起来,善良的亚科尔心里有苦说不出口!"

欣雅又取下了奶奶曾给她的那串珊瑚项链说是要还给奶奶,奶奶连声劝阻:"我的孩子,这可万万使不得,奶奶把它已经送给你了,草原上的人心比大海还要宽广,你是亚科尔这辈子遇见的贵人,你走了会把他的心带走,奶奶给你的珊瑚项链你留着吧,想奶奶的时候你就拿出来看一看!"

这次欣雅真的要走了,她把那件从北京带来的大衣悄悄放下后离开了这间给她带来过欢声笑语也带来过痛苦心酸的冬窝子。

在祁裕县汽车站,亚科尔执意要把欣雅送到祁北火车站,被她拒绝了,上车的时候她连头都没有回一下。

在阿尤恩,天宇告诉子怡他想在这儿住一段时间。

阿尤恩是一个完全被沙漠包围的城市,城市不远处一条宽阔的河流缓缓流过,这座被称为西撒哈拉最大的城市实际上只有十几万人口,街道狭窄,建筑物基本上都是三四层高的办公楼和民居,建筑物外墙颜色橘红色居多,还有白色,看上去并无奇异之处。

在这座城市,随处可见规模并不宏大的圆顶清真寺。

在子怡的眼里除了沙漠,这就是一座普通的北非小城,她不知道天宇为什么要在这里留下来。

住在阿尤恩帕拉多酒店的那天下午,天宇和子怡就在这家旅馆的餐厅用餐。这家餐厅天蓝色的屋顶,地面是六角形的咖啡色和灰色的地砖,这种地砖看上去有一种很古老的感觉。

餐厅里整齐摆放着大大小小的方形餐桌,在天宇的眼中依旧是"刀叉擦得雪亮,桌布烫得笔挺",只是没有了曾经故事里缓缓流淌的音乐。

餐厅里吃饭的人很多,大多数都是当地的西撒哈拉人,还有摩洛哥人,也有西班牙人。这里准备的饭菜都是自助式，从餐厅门口进来，每个人手里拿上一个大盘子，然后排好队站在一长排桌子前面慢慢挑选自己中意的菜品，上面摆满了当地的各种特色菜、调味料以及好几样汤。

尤其是大厅中间还放着各式各样的果盘，香蕉、橙子、西瓜等一应俱全，让人丝毫感觉不出这里是沙漠。

天宇选了两盘烤鱼、两盘炸鸡腿和一盘各样的水果，问子怡合不合口味，子怡呵呵地笑着说："只要是你选择的，我都喜欢！"

吃饭的时候，子怡不经意地问起："天宇，你曾经对我说的远方就是这儿吗？"

"是的，就是这儿！"天宇点点头。

"可是这儿并没有什么奇特的地方，你为什么说这是你的'远方'？"子怡不解地问。

"这里有沙漠、有骆驼、有大海，也有一个美丽的故事！"天宇好像在对子怡说，又好像是说给他自己。

"还有一个美丽的故事？"子怡睁大了眼睛看着天宇问，她的眼里满是期盼。

"那你讲给我听！"

天宇呵呵笑了一下说："我才不讲给你，你自己去寻找吧！"

"我就知道你的心里没有我，人家为了你啥都不要了，陪着你来这么远的地方，没良心！"子怡噘起小嘴有点委屈地说。

天宇看着子怡的样子又开始怜惜起来了，扶了扶他那副宽边眼镜说："傻丫头，你那点小心思我还不懂吗？陪我来这么远我感动着呢，那个故事你慢慢去体会吧，你会得到意想不到的惊奇！"

天宇知道，子怡曾是深圳那个城市里多么前卫时尚的一个姑娘，自从认识他以后不知给了他多少帮助，甚至也跟着他改变了自己活泼开朗的性格，对于这些他怎么能不知道呢！只是，他的心还没有完全从欣雅的世界里离开，也许有一天，他的生命里只会留下子怡。

子怡听到天宇说她傻丫头，心里不免又高兴起来，从天宇的话里她能感觉到天宇还是关心她的,无论是天宇当红的时候还是现在她对他都是不离不弃,她一直认为有一天她会走进天宇那颗打不开的心扉的。

来到阿尤恩的第二天,天宇和子怡来到了金河大道四十四号居民楼。这是一栋两层民居,一楼是橘黄色,二楼却是玫瑰红,一扇铁门锈迹斑斑,铁门两侧的墙面大部分已经脱落,门上方用白漆写着大大的两个阿拉伯手写体数字"44",门的右侧有一块灰色的牌子,上面用规整的印刷体印着"2171"几个阿拉伯数字,不知是谁在数字的上方写了"三毛"两个汉字。

看到这一切,子怡好像明白了点什么,她脱口而出:"三毛,这个牌子上写着三毛!"

接着她若有所思地说:"天宇,你说的故事,是不是和三毛有关?我知道三毛的那首《橄榄树》,我还会唱呢!"她说完后就开始唱了起来:

> 不要问我从哪里来,
> 我的故乡在远方,
> 为什么流浪,
> 流浪远方,
> 流浪,
> ……

跟着子怡天宇也唱了起来。

唱着唱着,天宇竟然把子怡拥入怀中。

因为一首歌和一段美丽的故事,在阿尤恩金河大道四十四号的门口,天宇和子怡紧紧地拥抱在了一起。

子怡好奇地问:"原来,你说的故事和三毛有关,三毛是不是也曾来过这里?"

"三毛不但来过这里,在这里她遇到了她的真爱荷西,但是最终三毛却伤心地离开了这里……"说到这些,天宇的眼中掠过一丝悲哀停了下来。

子怡没有再问下去,她好像豁然开朗又似乎一片迷茫,但是这段凄美的故事她真的闻所未闻，带着诧异和渴望她想她一定要知道这段故事。

令她想不到的是快三年了，天宇第一次和她拥抱了，她的面颊烧得发烫，好久了还陶醉在刚才的那激动时刻。

这时天宇拉起她的手说要进去看看，他敲了敲门。不久，门吱呀一响，从门口走出一个脸色微黑的年轻的撒哈拉威妇女，睁大好奇的眼睛看着他俩。

天宇做出了一个要进去的手势，那个妇女连连摇头，然后赶紧关起门把他俩拒之门外。

离开金河大道四十四号的时候，天宇说："下次再来吧，看样子我们得学习学习西班牙语或者阿拉伯语了！"

回到帕拉多酒店门口的时候，天宇告诉子怡这个酒店以前叫国家旅馆。

那个晚上，子怡恨不得马上能买到一本三毛的书看看，可是在这遥远的沙漠城市里，要买一本三毛的书那可是多么困难的事，子怡只能后悔前两年在歌厅里毫无意义地荒费了宝贵时光，她那时候看的书真的不多。

欣雅回到家已经是深夜了，周雯看到女儿回家了刚想责怪她这次为什么急匆匆地去祁裕县这么久才回来，可是看到的欣雅好像变了个人似的一声不吭地扔下背包，就打算走进卧室。周雯把刚想责备的话先放下了，赶紧过来柔声问道："欣雅，你这是怎么了？"

因为欣雅走得急，当时啥也没说，就丢下那一句：也许将来再也不去了！欣雅走了之后，周雯和方啸天也没弄明白到底是怎么了。

看着妈妈问她，欣雅淡淡地回了一句："没什么，我累了，想睡觉！"

越想越不对劲，但是欣雅又不说，这可急坏了周雯。

听到欣雅回来了，方啸天也赶紧起床了，他到客厅时欣雅已经回她的卧室了。

第二天十点多了欣雅还没起床，周雯有点着急，只能轻轻敲了敲欣雅的卧室门，不一会儿卧室门打开了，欣雅又一声不吭地躺在床上了，周雯走了上去拉着女儿的手问道："到底是怎么了，给妈妈也不说说吗？"

"妈，你别问了，没什么好说的！"欣雅不耐烦地说。

"是不是和亚科尔发生矛盾了，不然怎么成了这个样子啊？"周雯看着女儿无精打采的样子问。

"以后别提他了，我再也不想见到他！"欣雅恨恨地说。

既然女儿都说到这个份上了，周雯觉得再没有必要问了。

坐在客厅沙发上看报纸的方啸天听见了她们母女的对话，放下手中的报纸，把周雯喊了过来，示意她别再说了。

周雯从卧室出来后顺手把欣雅卧室的门带上，也坐到了沙发上方啸天旁边。

这时方啸天说："孩子走的时候不是扔下了一句也许以后就不去的话了吗？我看，这孩子和亚科尔这次的矛盾不一般，孩子大了，无论如何我们都不能插手，就让这件事顺其自然吧，也许，欣雅和亚科尔的缘分就这么长了！"

听着方啸天的话，周雯心里也不是个滋味，她知道欣雅为了亚科尔不知付出了多少感情，她也常常担心欣雅的未来，但是这几年来欣雅都是死心塌地，容不得谁去阻碍或者干涉，为这她和方啸天最终也做出了让步由着女儿，她曾经考虑如果欣雅真去了亚科尔的家乡，她也认了，但没想到的是在这个时候欣雅和亚科尔也许要分道扬镳了，所以这一次她真不明白女儿到底是怎么了。这样想的时候，她因为心疼女儿也掉起泪来了。

方啸天只能安慰周雯："你先别伤心了，事情迟早会弄清楚的，欣雅既然不和我们说，我想还是让她自己先冷静一下，等她的心情平复了，我们再问也不迟。"

方啸天说完后催促周雯开始给女儿去做她喜欢的饭菜了。

十一点的时候欣雅起来了，洗完澡刚好饭也做好了。

在饭桌上，看到爸妈为她做上了喜欢的菜，她的眼睛红红的，终于哭出来了，周雯劝她先吃饭，吃完了慢慢说，但是欣雅端起饭碗又放下了，哭泣着说："那天就是因为我收到了一封匿名信说是亚科尔和一个女老师好上了，让我去劝劝，所以我就急着去了，在祁裕县一中碰见了一个女老师说是亚科尔回到了牧业上,我又去了一趟牧业,一个人在寒风里我感觉差点被冻死……"说到这儿的时候她哽咽住了,停了下来。

周雯听到女儿竟然一个人去了山大沟深的牧业上,也跟着流泪说道:"你是中了哪门子邪?一个人去牧业上,万一有个三长两短,你让我和你爸咋办啊!"

欣雅又断断续续地说:"我到牧业上才知道亚科尔还没回去,是那个女老师骗了我,那个女老师就是信上说的和亚科尔好上的人,亚科尔虽然说他和那个女老师啥关系都没有,但是那个女老师为什么骗我?明明亚科尔就在学校,我觉得他们肯定有什么不能告人的秘密!在牧业上我又发高烧、咳嗽,幸亏是亚科尔的爷爷给我煮了汤药,才把咳嗽止住,病好以后我就回来了,我再也不去了!"

欣雅说完后又哭了一阵子才止住。

方啸天给欣雅和周雯各递了一张手纸后说道:"都先吃饭吧,女儿早上没吃饭,肯定饿了,有啥事吃完再说。"

方啸天说完把筷子递给欣雅,一家人开始吃饭了,在饭桌上都再没说话。

吃完饭欣雅又去了卧室,然后把门也带上了。

这时方啸天再也无法克制自己的情绪,对周雯说:"是我们看错人了,可惜了当初的一番好意,亚科尔竟然背叛了女儿,这次就算欣雅不死心,我方啸天坚决反对!从今以后亚科尔与我们方家再没一丁点儿的关系!"

亚科尔送走了欣雅后一个人站在汽车站一片茫然。

站了好久之后,他本打算去找央珍问问她为什么要骗欣雅,走到央珍家的那个巷道踌躇了半天始终没有进去。

他又回到了学校,校园里空荡荡的,只有看门房的值班老师,他回到宿舍取了几件衣服后来到值班室向值班老师打问到了刘校长的家就走了。

刘校长的家在一个小院里,是砖木混合的三间平房。

刘校长看到亚科尔来了热情地把他让进门,赶紧让他坐下又给他倒了一杯水。

看着亚科尔神色恍惚，刘校长不知亚科尔来他家是为什么。

没等刘校长开口，亚科尔先说了："刘校长，那天我家里有事，把放假的事交代给安江老师后还没到早上上班时间就离开学校了，我做的不对，今天来县城特向您请假来了。"

"哦，原来是那件事啊，我知道，安江老师给你已经请假了，请假条我都见了呢。"刘校长听亚科尔这么一说呵呵笑了笑说。

此刻，亚科尔一下子就明白了，他的心里是多么感激安江老师，他的心目中安江老师就是一位好老师。

刘校长给倒的水都没喝一口亚科尔就急着要出门了，刘校长让他先坐了下来说："今天回不去牧业上了吧，你先别急，留下来在我家里吃饭，咱们也好好谈谈。"听校长这样说了，亚科尔只好坐了下来。

刘校长接着说："上次的事已经结束了，你没放进心里吧？唉，本来你应该干团委书记，我和贺副校长私下里观察你有这个能力，如果不是央珍那档子事，班子会上迟早会通过的，不干就不干吧，年轻人嘛，只要工作干好了哪里都能出成绩！"

刘校长说完后顿了一下好像又想起什么了接着说："我差点忘了个事，你可能还不知道吧，教导处徐进才主任给我汇报了这次期末考试学生的成绩，你带的那两个班平均分比去年提高了三分呢，干得好，我欣赏你！"

本来，作为一名教师听到学生成绩上去了，尤其是得到校长表扬该是多么激励人心的一件大事，但此刻亚科尔仍旧面无表情，只是礼貌地对刘校长说了声："谢谢！"

对亚科尔的这些变化，刘校长觉得不对劲，如果是因为上次诫勉谈话，那也不是多大的事啊，这个小伙子到底怎么了？

刘校长又紧紧追问，但亚科尔就是不说。

无奈，刘校长只好和他谈了谈牧业上的事。

不多久，刘校长家的饭也做好了，亚科尔匆匆忙忙吃完饭说是有事就离开了他家。

从刘校长家出来后，他径直去了小姨家，他想在小姨家住一晚，明天如果能搭辆顺风车的话就早点回牧业，如果没有顺风车就只能坐下午的班车回去了。

幸运的是第二天小姨给他介绍了一辆顺风车回到了定居点上。

从定居点到牧业点那段路他也是走回去的，一路上他的脑海中一直是欣雅的影子，似乎欣雅和他一起在走。

在路上他甚至想寻找欣雅留下的足迹，就这样一直走着，天上飘起了雪花，他的心里又开始痛了，他想欣雅在不久前是怎样顺着这条路回到了牧业点上的，如果当时他在就算背也要把欣雅背回去，想到这里的时候他是多么心疼欣雅又是多么地恨央珍啊，央珍为什么要给欣雅写信，为什么骗欣雅？当一串串问题浮现在他的脑海里时，他想也许他美妙的爱情已经烟消云散了！

在寒假里，亚科尔除了参加祁北地区组织的一期短暂的新教师培训，其他时间全在牧业上放羊。

从他回去的那天晚上开始一直计划给欣雅写信，可是一个假期过去了也没有写出一封信！

在假期里他还是没有放下书本，除了读一些之前没有读过的书，他又把《平凡的世界》读了一遍。

在《平凡的世界》里世事无常，在他的生活中何尝不是浮浮沉沉呢？

过年的时候道尔吉把奶奶又接到了自己的冬窝子里，奶奶第一眼看到亚科尔时就心疼地说："我善良的亚科尔，你的心里埋下了好多苦啊，奶奶都知道，欣雅是个好姑娘，你们两个都是好孩子，赶开学前你去一趟省城，看看欣雅，好好向欣雅说说自己的心里话，欣雅会原谅你的！"

看着慈祥的奶奶，亚科尔不知道说啥好，只能说："奶奶，欣雅走的时候都没有回一下头，欣雅对我的误解太深了，我去欣雅肯定不待见，我们还是死了这条心吧！"

听完亚科尔的话，奶奶生气地说："糊涂的亚科尔，是我们亏了姑娘的心，我们先得把自己的诚心拿出来，姑娘能不能回心转意，全靠你有没有诚意!"

爸爸也附和着说:"还是奶奶的话有道理,等过完三天年,你准备一下去看看欣雅,牧业上的事你就别操心了,我和你阿妈能顾得上来。"听完阿爸的话亚科尔还是说不去,道尔吉生气地说道:"白天鹅能飞到草原是因为水草丰美,欣雅能来到我们裕固人家,是因为姑娘看重你诚实善良,这次你如果不去,人家恐怕再也不会来到裕固家乡了!"

亚科尔还是一言不发,一家人看着他只能摇头叹息。

天宇和子怡来到阿尤恩已经快半年了。

在这期间,天宇和子怡跟着酒店的服务员学了一些阿拉伯语和西班牙语,基本上能和当地人交流了。

后来他们又去了金河大道四十四号。

这一次开门的依旧是那个年轻的撒哈拉威妇女,见到他们就要关门的时候天宇用一句阿拉伯语和她打招呼:"您好!您能不能让我们进去看看!"那位女子听明白了他的话,告诉他自己的丈夫不在不允许陌生人进到家里,天宇也了解了当地的习俗,正要准备离开的时候,那位女子又说可以让子怡进去。

子怡顺着长圆形的拱门进入这个房间,房间里的布局和摆设与其他任何一家阿尤恩的普通民居并无两样。

子怡试探地问了问撒哈拉威女子听说过三毛没有。从这个女子的口中子怡断断续续听明白了一点就是她知道三毛,只是她来到这间房子也没有多久,听以前的住户说曾经也有很多中国人来过这里。

子怡出门的时候这个女子拿出来一本书让她看看,子怡接过来一看,原来是三毛的《撒哈拉的故事》,在这本书的扉页上还有空白的地方已经有人密密麻麻地用汉字写了好多字,基本上都是怀念三毛的一些话。

刚来的时候子怡还为在这座沙漠之城找不到三毛的书而懊恼,没想到在这里竟然看到了三毛的书,她问撒哈拉威女子能不能借她看看,那个女子摇了摇头。

子怡只好遗憾地走出了那个拱形圆门。

这一次离开金河大道四十四号的时候，天宇把一个鲜红的中国结挂在了门口的牌子上。

在阿尤恩的日子里他们还去了一趟邮局，虽说是邮局，实际上和普通民居并无两样，也是一栋三层建筑，一楼是邮局，三楼是法院，据说当年三毛和荷西就是在这个法院里结的婚。

在这个邮局里，天宇和子怡把他们各自写给家里的信寄了出去。

有一天天宇告诉子怡，他想在阿尤恩找工作来养活她。子怡听到天宇这样说感动了好久，从天宇的这句话里她能感觉到天宇已经不把她当外人了。

是啊，出来这么久了，除了那次拥抱，天宇在子怡的面前一直是规规矩矩的，在恩帕拉多酒店的单人房间里子怡不知有多少次在夜里希望天宇能来到她的房间，可是这都只是一种奢求，时间久了子怡也习惯了，在子怡看来她和天宇只能是这样了，虽近在咫尺，却无法交集。

这一次天宇说出这样的话来，子怡除了感动再就是满满的幸福！

只是她没有答应天宇找工作的要求。她舍不得天宇去工作，如果是为了生活，她家的资产不说是这一生，就是下辈子都花不完，之前她曾想也许过不了多久天宇依恋家乡就会回去，但这次听天宇的口气是不是还打算在这里长期住下来？

天宇听子怡不同意，告诉她："如果你不同意的话，你先回去，我还想在这里住上一段时间，在这里虽然没有亲朋好友，但这里也无牵无挂，等父母老了，我自然会回去尽孝！"

子怡听了天宇这样说还是耐心劝他："你的远方也来过了，你所谓的那段故事我都耳熟能详了，我们还是回去吧，回去我们就结婚，我帮爸爸打理生意，你愿意做什么都行。"

见子怡把话都说到这个份上了，天宇笑了笑说："真是个傻丫头，谁又说和你结婚了？"

子怡娇嗔道："是我说的和你结婚，我一天都不想等了，你难道一个人过一辈子？"

她又接着说道："你还说养活我，哪有无缘无故去养活别人的，这不是已经表明我就是你的另一半了吗？"

天宇听子怡说完，满眼温情地说："你说得对，自从来到阿尤恩以后，我已经放下了曾经，除了你还能有谁？"

天宇的话刚说完，子怡一下子就搂住了天宇的脖子，那张不知期待了多久的娇唇已经完全覆盖了他的双唇。

不知过了多久才停了下来，子怡已经泪流满面。

新学期开学不久的一个下午，亚科尔在回宿舍的路上碰见了央珍，央珍给他手里塞了一张纸条就急匆匆地走了。

亚科尔打开纸条上面写着：周六下午我请你吃个饭，有话对你说。

上学期发生的那件事虽然学校尽量压了下来，但是在老师们之间还是有一些传言，当然，传来传去已经是面目全非。

和央珍同时参加工作的女老师贺依丝娜私下里已经告诉央珍，说是有人说她和亚科尔真的已经好上了，还有人说央珍耍手段把亚科尔已经掌控在自己手心了，等等。

央珍听到这些谣传，首先是羞愧，还有不安，实际上一切都因她而起，她真的对不起亚科尔！

自开学以来央珍没有和亚科尔说一句话，她总觉得身边有好多双眼睛在看着她，好像大家都在指责她。

她给亚科尔写纸条也是经过慎重考虑过的，首先，她想诚恳地给亚科尔道歉，尤其她迫切希望能给欣雅道歉，她说谎支走欣雅的事至今成了压在她心里的一块石头，让她无法原谅自己，她希望能通过亚科尔转达她对欣雅深深的歉意；其次，她也想探探亚科尔的口气，不知那件事以后他和他的女朋友还有没有希望，如果没有，她还想等亚科尔……

央珍为了爱情也真是铁了心了。

央珍不提便罢，这样一提，亚科尔一股怨气从心底不由地冒了起来，三两下撕碎了纸条回宿舍了。

在学校的职工灶上吃完饭，亚科尔直接去了办公室，他还有几本作文没有阅完，他想趁着这点时间把作文阅完，然后七点整又要开始上晚自习了。

在办公室里，央珍也在阅作业，因为再没有其他人，她刚要说话，亚科尔已经先开口了："央珍老师，谢谢你以前关心我，我想以后我们最好不要有任何来往了，至于你说的周六的事，我没有时间，我也没有那个心情，拜托你以后真的不要再打扰我……"说到这儿的时候，亚科尔几乎是声嘶力竭。

央珍呆呆地看着亚科尔，泪水瞬间从她的脸颊流了下来。

她只有痛苦地一遍遍说着："都是我的错，请你原谅我！"

看着央珍泪流不止，亚科尔压了压自己的火气说道："无论如何，你不应该说谎，你随口的几句谎言，让欣雅一个女孩子跑到牧业上，还病了好久，你的一次谎言，让她已经不再相信我了……你现在说对与错已经无所谓了……"

亚科尔还说了一句："我真的看错人了，你竟然能把信写到省城！"

听到这句话，央珍止住了哭声说："你说的什么信，我没有写！"

听央珍这样说，亚科尔并没理会，径直走出了办公室，央珍一直没有抬头还在哭着，因为她的心里装了一个假期的愧疚，在这一刻又来赤裸裸地折磨她自己。

只是她不明白亚科尔说的写信的事与她有何关系。

新学期伊始，张明月更加意气风发了，除了学校安排的教学工作，他的另一个重心就是团支部工作。

俗话说，新官上任三把火。学校团支部工作在他的领导下也是风生水起，热热闹闹。

自开学以来，张明月也发现了央珍的变化，她没有像以前那样粘着亚科尔了，亚科尔见了央珍好像也是避之不及。

这一切，张明月看在眼里喜在心头，他认为这样下去，自己和央珍的可能性又大了，不过他认为这一次不能再着急，先观察观察看事态发展再说，只要亚科尔和央珍不来往，他的心里就踏实了。

开学以后，学校的老师们都知道了亚科尔带的那两班语文课期末成绩考得很理想，老师们私下里都认为亚科尔就是教学的一把好手，按以往的惯例，新参加工作的老师要出点成绩，至少也在一两年以后，这一次亚科尔刚刚带了一学期的课，成绩就出来了，这不能不令其他老师刮目相看。

在学科组研讨会上，个别老师也渐渐认可了亚科尔关于素质教育的理念，不但课余时间找他问这问那，有时候也主动去听亚科尔的课。

只是张明月对于亚科尔取得的教学成绩不以为然，他一直单纯地认为是亚科尔运气好，碰上的学生本来就底子好。

对于张明月的这一套，亚科尔已经不去计较了，也懒得理他，他还是一如既往地在干好自己的工作。

除了工作，亚科尔的课余时间就在篮球场上，他实习那会儿和他一起打篮球的老同学还时不时联系他和其他单位组织的篮球队打比赛呢，在祁裕县篮球场上他还是很有知名度的。

学校里，他既是教师篮球队的队长，又是学生篮球队的教练。

五月份，全县教育系统组织的教职工运动会上县一中篮球队荣膺第一名的好成绩，颁奖的时候刘校长让亚科尔代表球队走上了领奖台，那一刻，亚科尔笑得很灿烂。

是啊，亚科尔的人生之路才刚刚起步，他取得了成绩，也遇到过挫折，但他坚持下来了，这么久了，看到亚科尔终于笑了，刘校长也会心地笑了。

第十一章　擦肩而过

欣雅自那次从祁裕县回去之后在家人面前再没有提起过亚科尔。尤其是爸爸说的那些话更像是一把利剑刺进了她的心房，使她第一次感觉到了灰心和无助，曾经那么多美好的片段也似是老相片一般，时间久了也就是那么一回事了。

刚回到家的那几天她终日以泪洗面，让周雯很是无奈，周雯看来，女儿的第一段爱情已经宣告结束。

周雯时时回忆欣雅小时候，她本来是一个活泼开朗的姑娘，虽然在七八十年代，大多数人家的孩子连饭都吃不饱，穿的衣服一年里基本上就是一两套，但她和方啸天就算再苦也从来没让欣雅受过委屈，欣雅小的时候就有各种漂亮衣服，周雯记得欣雅那时候最爱笑，笑起来一对小酒窝让人看着都心动。

周雯又想起一年前在北京的时候奶奶说欣雅是活脱脱的"林黛玉"，奶奶说完周雯就反驳了，在她心目中，欣雅和"林黛玉"一点边都不沾。

殊不知在这一次，欣雅除了紧蹙眉头，就是暗自落泪，周雯就想难道这世上还真有"还泪"一说吗？

方啸天一直也觉得自己那次在饭桌上说得有点过分了，他对亚科尔的了解虽然不算多，但从一个年轻人的言谈中也能了解个八九不离十，他认为亚科尔就算有其他的不足，但是从诚实这一点上看绝对不会出问题，就是这样一个人怎么能在短短的几个月时间里抛弃欣雅呢？何况，就拿欣雅现在的条件，亚科尔应该是更加珍惜才对。

可是从女儿的口中得知，事实已经说明了一切，方啸天只能认了，所以他觉得自己说的话过分了，但就事论理，他是站得住脚的。

他还是那个想法，一切都顺其自然吧！

这样的日子持续到过年的时候突然来了个一百八十度的大转弯。

一天早上八点多的时候，方啸天正坐在沙发上看报纸，欣雅突然对周雯说了这样一句话："妈妈，我的事情已经想清楚了，以后再也不让你们担心我了！"周雯听后紧追着问："想清楚了什么？给妈妈说说！"

"我想，以后还是要做一个快乐的人，就让以前的事随风而去吧！"

周雯听明白了女儿的话，方啸天也赶紧放下了报纸。

欣雅接着说："这段时间我终于想明白了，我这是不是瞎折腾？未来的路还很长很长，我要坚强起来，除了学习，我还要在课余时间做点工作，把自己充实起来。这才是最好的人生！"

周雯刚开始算是听明白了，这会听到女儿一番豪言壮语，她又觉得有点蒙，这几句话都没问题，但是欣雅在这个时候说出来感觉还是有点怪怪的。

方啸天听欣雅这样说的时候站了起来连声说"好，好，好，欣雅真的长大了，爸爸的心终于放了下来！"

周雯还是不放心又轻声问了句："那亚科尔呢？"

欣雅拉起了周雯的手说道："妈妈，我会把亚科尔忘了，我也不怪他，以后就让我陪你和爸爸一辈子吧！"

周雯又后悔起来，真不该问，女儿的最后一句话又像一把匕首刺进了她的心里！

天宇和子怡已经计划回国了。

子怡真的想家了，这么久了就算是最浪漫的爱情也经不住思乡的煎熬。

那次天宇说过他已经放下了"曾经"之后，他的心情也开朗了起来，子怡一直小鸟依人般陪在他身边。

他们去了一趟沙漠。阿尤恩附近是湿地，过了湿地沙漠中依稀可见低矮的蒿草，再往深处走去，完全是黄沙。

子怡穿了一身撒哈拉威长袍，头上裹着丝绸纱巾，在广袤的沙漠里唱着跳着，她还想如果运气好也许能捡到一根骆驼骨头，就当是留个纪念，可是除了黄沙还是黄沙。

也许，三毛只是一个美丽的传说！

不过这段美丽的故事成全了她和天宇的爱情，子怡觉得三毛又是一位幸运女神，她想在她今后的日子里一定好好读三毛的书，也做一个踏遍万水千山的女子。

在沙漠里，天宇告诉子怡他第一次听到《橄榄树》还是他上高中的时候，那时候被这首歌优美凄婉的旋律完全打动了，因为一首歌他了解了一个人，那个人就是三毛。

从高中到大学他一直读三毛的书。

从《撒哈拉的故事》《稻草人手记》《哭泣的骆驼》到《梦里花落知多少》和《走遍万水千山》，他都读完了，他读书并不是简单地看热闹，而是深深地在思考，就这样他一直陷在三毛的故事中不能自拔，他一直都想着走出去看看外面的世界，但同时他还喜欢上了一个女孩，只是那个女孩对他从来没有动过心，哪怕一次，所以他去了深圳。

他说他之前写的所有的歌都是写给那位女孩的。

无数次的幻想，无数次的破灭，让他已经下定决心要走出去。

所以他选择了三毛曾经去过的地方。

没想到的是子怡一直对他不离不弃，所以他已经把那位女孩放下了。

原来"远方"竟然在自己的心里。

……

子怡第一次听天宇讲得这么认真，她又一次被他感动了，又一次落下了幸福的泪珠。

在沙漠里他俩互诉衷肠一直待到了黄昏。

离开阿尤恩前一天早上，他们又去了一趟金河大道四十四号的三毛故居。开门的依旧是那位年轻的撒哈拉威女子，当听说子怡他们要回去了，那位女子把子怡叫了进去，过了不久子怡拿着一本书兴高采烈地出了门，原来那位女子把那本写满了字的《撒哈拉的故事》送给了子怡。

子怡告诉天宇，那位女子名叫阿法芙，她说她也喜欢中国人，希望子怡以后还能来。

阿法芙这次没有立刻关门，而是用那双深邃漂亮的大眼睛看着他俩，子怡又向着门口走了回去把自己手上的一个翡翠镯子送给了阿法芙，阿法芙说啥都不要，子怡用不太娴熟的阿拉伯语告诉她："你的岁数比我大，就当我的姐姐吧，这个镯子你一定收下，按我们中国人的礼仪，妹妹拿了姐姐的礼物，也得给姐姐还回一个礼物！"

离开金河大道四十四号，他们又到了帕拉多酒店，也就是以前的国家旅馆餐厅。

在餐厅里，天宇点了一份阿拉伯烤羊排、一盘洋葱大饼和一份阿拉伯沙拉，他还点了一个大大的蛋糕，看到天宇点的蛋糕，子怡有点惊奇地问道："今天不是我的生日，好像也不是你的生日，为什么点蛋糕？"看着子怡吃惊的样子天宇笑了笑说："小傻瓜，难道只有过生日才能吃蛋糕吗？"

子怡还是有点不明白，呆呆地看着天宇。

接下来天宇点上了蛋糕上的蜡烛，让子怡把眼睛闭起来，子怡乖乖地把眼睛闭上了。

餐厅里响起了那段动人的歌曲：

不要问我从哪里来

我的故乡在远方

为什么流浪

流浪远方

……

为了天空飞翔的小鸟

为了山间轻流的小溪

为了宽阔的草原 流浪远方

流浪

还有还有

为了梦中的橄榄树

橄榄树

等子怡睁开眼睛，天宇双手捧着一颗戒指正在深情地看着她……

那个晚上他们住在了一起。

第二天清晨，天宇和子怡从阿尤恩机场出发，转机到西班牙回国。

还没有开学的时候，小菊突然来到了欣雅家。

两个好姐妹见面后没顾得坐下就拉着手不停地笑，笑着笑着又哭了起来。

看到家里来了女儿的同学，方啸天和周雯出门遛弯去了。

等小菊坐下来两个人才开始交谈了起来。

小菊先开口了："这么久了也不给我来封信，你真是见色忘义！"

"见色忘义的是你吧！你不也没给我来信吗？"欣雅赌气地说。

听欣雅这样说，小菊又哭着说开了："我和谢小安的事你都知道的，毕业后我到我们北原县的一所高中参加了工作，小安也回到了他的家乡，本来他也可以到县城的高中教学，但是他家里给他托关系到了县政府当了文书，他刚参加工作那会隔三岔五给我写信，有时候也打电话，他打电话很方便，但是我们学校领导说我接电话影响工作，所以有时候不能接电话，小安嫌写信麻烦，我给他写好几封信他才给我回一封。"

小菊顿了顿又开始说："这都不算啥，他给我来的最后一封信竟然是说和我分手，我当时就请假去了他的单位，结果连人都没见到，他的同事告诉我，他陪领导出差得好几天，让我别等了，他的同事听了我们的事情后说谢小安已经和他们单位的一个女孩谈恋爱了，而且那个女孩的爸爸是县里的副县长。"

说完这些，小菊抱着欣雅又开始委屈地哭了起来。

这会儿欣雅没有哭,她劝小菊:"既然谢小安抛弃了你,你要坚强起来,哭有什么用,自己的路还得靠自己走,你不是已经在县城的高中参加工作了吗?那多好啊,不要光留恋过去,振作起来,向前看!"

等欣雅说完,小菊翻了翻眼睛说:"你是有亚科尔呢,所以说啥都有底气,在大学里谢小安对我多好啊,你又不是不知道,如果是你,说不定早伤心死了!"小菊说完又低声啜泣起来了。

听着小菊的这些话,欣雅也是心如刀绞,她何尝不伤心呢?只是,她把所有的心事都压了下来,她不止一次地和亚科尔分分合合,在她看来哭已经是很简单的事了,伤心也许只是生活的调味品了,在那次离开祁裕县后,她已经哭够了,她眼前只有忘掉所有的往事才能安安静静度过每一天,否则她的明天将是一片黑夜。

如果这次不是小菊提起来,她已经把亚科尔和往事都压在了心底深处,就如把一颗发芽的种子猛然间放入没有阳光和空气的地方,一切悄然而止。

欣雅好久都没说话,小菊这会稍微冷静了一点就问起她和亚科尔的事来了。

欣雅只好把自学校毕业后她和亚科尔之间的所有事都说给了小菊。

小菊听后还是有点不理解,她的心目中亚科尔不会抛弃欣雅的,她问欣雅:"你怎么就认为亚科尔和别人好上了?至少亚科尔没有亲口告诉你他和你分手,也许亚科尔被你冤枉了!"

小菊接着又说:"你也不想想,以你的条件,亚科尔会抛弃你吗?我觉得你还是要和亚科尔联系一下,你们真的有很多的误会!"

听着小菊的话,欣雅冷冷地说:"谁对谁错已经不重要了,现在我只想安静地生活和学习,就让往事留在昨天吧!你也是!"

欣雅都这样说了,小菊只好不再提这事,她想请欣雅一起去外面吃饭,毕竟大学四年的姐妹,她失去了爱情,但同学情依旧是那么纯洁。

欣雅说是这顿饭应该由她来请,被小菊制止了,小菊说她已经有了工资,欣雅还在上学,这顿饭她不请心里过意不去。

事情说开了,两姐妹的脸上又出现了笑容。是啊,除了伤心事,生活中还有值得女孩们快乐的事呢，欣雅让小菊把脸上的泪痕洗净，两个人手拉着手走出了欣雅家。

五月底的时候，祁北地区教育系统要举办一次高中优质课评选活动。

接到县教委通知后，祁裕县一中开始紧锣密鼓地安排了，如果能在市里的优质课评选得奖，对学校来说是极大的荣誉，对老师个人来说那可是直接和评优晋级挂钩的，所以对于这次活动不但学校重视，老师们积极性很高，报名的人远远超过了限定的名额，鉴于此，学校召开了行政会议研究后决定先在学校内部进行选拔讲课。

学校邀请了县教委教研室主任、副主任和学校几位副高级职称的教师当评委。

亚科尔在刘校长的鼓励下也参加了学校的选拔讲课。

安江老师帮助他精心准备设计了一节应用文写作课。

在课堂上，亚科尔除了按教材的环节进行了课堂指导和练习，他还着重结合《平凡的世界》中孙少安人物个性特点展开分析，给学生进行了拓展教学，那堂课很成功。

他的那一堂课得到了县教委教研室主任郎吉斯珂的认可，自然他被选拔上了。

那堂课后，好多学生都向他借《平凡的世界》，他只能告诉学生他只有一套三本，大家可以轮流看。

当拿起那三本《平凡的世界》时，他的眼前又浮现了欣雅的身影，是啊，那套书还是欣雅寄给他的。

这么久了，没有欣雅的一点消息，虽然一直压抑着对欣雅的深深思恋，可是，人非草木孰能无情，情感不是游戏，情感会因为思念而焦灼的伤痛。

亚科尔知道今后的岁月里也许再也不可能有欣雅的消息。

即使这样，往事时不时还会像潮水般一次又一次澎湃在他的心间……

这次选拔讲课，央珍和张明月也都被选上了。

自那次办公室里央珍被亚科尔抱怨了一顿以后，她再也没有和亚科尔说过一句话，她知道亚科尔心里一直恨她，她只有远远地躲着亚科尔。

她一直不明白的是亚科尔所谓的"写信"到底是咋回事。当然，她又不敢问。

张明月认为央珍和亚科尔已经完全没有可能了，他还是利用工作的借口想方设法地走近央珍，央珍也不像以前对他那样十分反感了，实际上央珍对他不反感并不是她接受了他，而是央珍认为已经没有必要较真了，她为不能得到亚科尔的爱懊恼不已，她认为张明月只不过是生活中的一个过客而已。

正好这次去祁北地区讲课，张明月觉得这又是一次亲近央珍的好机会，这次他得好好把握住了。

学校一共派了五名教师参加祁北地区教育系统高中优质课评选活动，这次全地区共有八县区的一百多名教师共同在讲台上角逐，尤其是语文组有三十六人之多，竞争之激烈可想而知。

亚科尔参加的是语文优质课评选，祁裕县一中派出的五人里有三人都参加的是语文优质课评选，这次评选活动学校还派出安江达娃老师跟进指导。

考虑亚科尔讲台上的把控能力还是稍微有点欠缺，尤其是考虑地区比赛授课班额大的特点，安江老师在评选活动的前一天托地区的老同学安排了一个班让亚科尔试讲了一堂课，还专门请了几位地区的语文老师听课，亚科尔试讲完后，安江老师的老同学组织听课的老师又给亚科尔评析了一番。

第二天优质课结束后不久评选结果就出来了，亚科尔获得了一等奖的好成绩，张明月和央珍分获三等奖。

来的时候张明月信心十足，他认为就算拿不上一等奖至少能保住二等奖，他还给陈文海书记做过保证，可是结果出来却不尽如人意，他虽然也得奖了，但是亚科尔却是一等奖，他成了三等奖，亚科尔获得的名次远远在他之上，他考虑的第一件事就是在央珍的面前怎么好意思呢，第二就是回去同事们会怎样看他。

本来他想趁着晚上回不去，请央珍吃一顿饭，顺便再给央珍买件衣服，可是不知道这个样子央珍还答应不。

等颁奖仪式结束已经下午六点了，回祁裕县的班车早都开走了，安江老师只好征求大家的意见：一起吃饭还是各吃各的？因为一同参赛的五位老师都获奖了，除了张明月，其他人的意见是AA制好好庆祝一下，看着其他人都同意了，张明月只好也随大家一起来到了一家名为"李大嫂"的餐厅。

老师们知道祁北地区的特色小吃那是没问题的。

祁北地区地处河西走廊中部，南依祁连山，北邻巴丹吉林沙漠，是一块平缓广袤的土地，尤其是被祁连山四五十条河流的雪水浇灌，这片土地向来很富庶。

大家在"李大嫂"餐厅里点上了祁北名吃搓鱼面、鱼香肉丝、胡椒羊蹄、李氏卷子鸡和东街卤肉，大家吃着可口的饭菜，兴致勃勃地谈论着这次优质课评选的情况，尤其是老师们在餐桌上一致祝贺亚科尔，大家说他参加工作一年就取得了这么骄人的成绩，定会前途无量。

听着这些夸奖亚科尔的话让张明月羞愧不已，亚科尔来之前，在祁裕一中他可是大家公认的年轻才俊，可是短短一年，所有的风头都让亚科尔抢了，虽然自己勉强被委任校团支部书记，但是他知道，如果不是央珍的事，或许他还挨不上，尤其这次全地区的优质课评选，可是真金白银，这次得上一等奖就可稳稳妥妥光耀几年，只是他却没能获得这样的好成绩，更让他纠结的是亚科尔竟然荣摘桂冠，他越想越是懊恼不已，但当着大家的面还不能有丝毫表现，那一顿饭张明月吃得极其难堪。

祁北地区参加优质课评选的老师们回到学校以后，学校邀请县教委主任安江才让同志参加了总结表彰大会。

安江才让主任在全校教职工大会上对这次去地区参加优质课评选的老师们取得的成绩给予了充分肯定，尤其是侧重表扬了亚科尔老师，安江才让在会上说：亚科尔老师是祁裕县重点引进的人才，学校要重视对年轻老师的培养，进一步提高他们的政治思想水平和业务工作能力，通过学校不断培养，使年轻教师更好更快地成长，尽快成为学校的骨干和教育系统的骨干。

总结表彰结束后，安江才让与受表彰的老师们一一握手，他走到亚科尔跟前紧紧握住他的手说道："亚科尔老师你好！不愧是陇原师大的高才生，你是我们祁裕县年轻教师的杰出代表，希望你在今后更加努力工作，期待下一次看到你更加丰硕的成果！"

听着教委主任热情激昂的赞美，亚科尔心潮澎湃，这一刻他的脸上溢满了幸福的笑容。

陇原师大又迎来了一个五月，校园里人来人往，欣雅也漫步其中。

走在校园马路上的欣雅依旧风姿绰约，只是少了曾经那段梦幻般的青春气息，更多的是成熟带来的悠然洒脱。

近一年来欣雅已经完整地学完了钢琴艺术史这门课程的所有篇目，在田磊的指导下，她开始撰写论文《钢琴艺术的发展对我国传统音乐的影响》了。

创作这篇论文时，她的思想也跟着有了一次深刻的升华。

欣雅从一六〇一年明朝末年第一架"七十二弦琴"古钢琴的出现开始阐述，到康熙、乾隆与钢琴结下的不解之缘，一直到北京大学音乐传习所和上海音乐学院等的创建带来的我国音乐的深度发展，以及从一九四九年六月一日创建中国第一家乐器工厂到一九五〇年自主研制了新中国第一架立式钢琴都发表了自己独到的见解，这些理论倾注了她多年来对音乐研究坚持不懈的积累和孜孜不倦的探索。

在她的论文里，对人民音乐家冼星海和聂耳更是用了大量的笔墨深情描述了他们用音乐的形式唤起大众觉醒的心路历程以及对祖国献上的那一颗颗赤子之心。

欣雅写作论文的过程实际上也是她成长的历程！

这年夏天她递交了自己的第一份入党申请书，远在祁裕县的亚科尔也在那次安江主任的鼓励下光荣地加入了中国共产党。

六月底，欣雅的论文《钢琴艺术的发展对我国传统音乐的影响》发表在了陇原师大的音乐期刊《艺术纵横》，这篇论文发表后引起了音乐学院的高度重视，被学校以优秀论文推荐后又发表在了国家某音乐研究核心期刊。

欣雅的成功并不是偶然的，而是她这一路走来勤学苦练的最好见证。

在田磊的眼里，欣雅简直就是与众不同。

她本来有姣美的容颜，这可是一个女子与生俱来的资本，但是欣雅却用自己不懈的奋斗诠释了"腹有诗书气自华"的真正含义。

田磊还是在默默暗恋欣雅，只是对于这份爱恋他在欣雅的面前再也没有表露出来。

这位中央音乐学院毕业的高才生，这位让多少女子可望不可求的年轻教授经常面对欣雅的时候，也会有一种不知所措的感觉，他也幻想过和欣雅能有美好未来，只是幻想终究是幻想，也许剩下的两年时光他终究会被这种没有结果的人生折磨，但是他乐意。

对于这次论文上取得的成绩，欣雅心如止水。如果是以前，她肯定会和亚科尔分享自己的喜悦，可是现在她所有的心思和精力全都用在了学习上，她认为她的世界唯有学习和努力才会熨平自己情感的起起伏伏。

一个人的时候她会取下亚科尔的奶奶送她的珊瑚项链拿在手中摩挲，看着那串橘红色的珊瑚项链，她又会想起奶奶对她说过的话，她的眼前净是亚科尔家的冬牧场寒风凛冽的荒原，还有亚科尔牵着飞雪在不停地走着，每当这时，她的心间又会涌起阵阵波澜，她潜意识里会浮现出亚科尔那双清澈的眼睛时而忧郁、时而迷茫……

她并不是完全放下了，她只是屏蔽了自己爱情的心扉。

第十二章　迷雾重重

即将放假的时候，祁裕一中接到了县教委的文件通知，在暑期有一次省教育学院举办的新课程短期培训班。

教导处徐进才主任推荐亚科尔和央珍参加这次培训，徐进才向贺副校长汇报后，贺副校长也同意他的意见。

放假以后，亚科尔先回到了夏牧场，他把去省里培训的事告诉了阿爸和阿妈。

道尔吉听到这个消息乐滋滋的，前不久他去县城办事的时候已经听亚科尔说了上次优质课评选得奖的事了，这次又被学校派去省城培训，道尔吉的心里就像是盛开了的金露梅般甜蜜。

赛利娅听到这个消息就赶紧给儿子做出行前的准备了，实际上她主要是在准备带给欣雅的土特产。

亚科尔出门的时候赛利娅给他交代：一定要亲手将东西送给欣雅！

阿妈给欣雅准备的东西亚科尔执意不肯拿，被阿爸训了一顿，这回就连一向疼他的阿妈也和阿爸站在了一边对他说："你和欣雅到底咋样我不管，东西你给我带上，欣雅是我和你阿爸见过的最好的姑娘，你不想她我们还想她呢！"

亚科尔只好把东西带上了。

在祁裕县汽车站亚科尔上车后发现央珍已经坐在车上了。

央珍看到亚科尔上车了对他微微一笑，然后把头转向车窗的方向，亚科尔找到自己的座位坐了上去,也没有再和她说话。

经过三个多小时的颠簸后终于到达了祁北汽车站,两个人下车后互相看了一眼,还是央珍先开口了:"我们先找个饭馆吃饭,然后去火车站。"在这个时候亚科尔只能和她一块儿去吃饭了。

在一家卤肉面馆,亚科尔要了一份大碗卤肉拉面,央珍要了一份小碗的,亚科尔还在吃的时候央珍就到柜台上去把饭钱付了,吃完饭两个人又来到车站坐上了去火车站的中巴车。

这回两个人在中巴车里坐到了一排。

不到半个小时的车程到了火车站,刚下车央珍就把自己的行李箱交给了亚科尔,她去售票口买票了,亚科尔赶紧取钱给她,她却说罢了再给,说话间已经走远了,等亚科尔到了车站候客厅,央珍已经把票买好了,亚科尔从上衣口袋掏了四十元钞票给她,她说先不要了,车票也没有那么多钱。

亚科尔硬要给她,她说:"你先拿着,花钱的地方还多呢,这次培训就我和你两个人,算那么清楚干吗呢,来去的路上咱们一起吃饭买车票,我先花,花完了再花你的,行不行?"

听得出来,央珍虽然在问亚科尔,实际上她好像已经拿定主意了,这趟培训她要和亚科尔一块去还要一块回。

亚科尔刚想说还是各买各的,可是转念一想,那样的话自己一个大男人好像也太小家子气了,一块吃就一块吃吧,虽然这次因为培训遇到一块儿了,反正自己并没有原谅她,更不会因为一起外出几天就会发生什么事儿似的。

在通往省城的绿皮火车上,亚科尔和央珍的座位又是在同一排,刚上车不久,央珍就拿出了自己准备的一些零食和汽水让给亚科尔,亚科尔推让着说自己不饿,央珍说:"你给我还客气啥呀,不就是几样零食吗,吃了不会把你玷污了吧!"央珍都这样说了,亚科尔只好接受了。

他们是天快要黑的时候坐上火车的,这辆火车到达省城至少得十个小时。

过晚上十二点以后，央珍昏昏欲睡，她实在是有点困了，坐在火车硬座上晃来晃去一会儿就睡着了，不久央珍的头就靠到了亚科尔的肩上，亚科尔轻轻地把她的头挪向另一边，可是不一会儿又靠到他的肩上了，就这样挪来挪去，一两个小时过去了，央珍的头始终还是靠在了亚科尔的肩上。

本来过了凌晨三点亚科尔的眼睛困得睁不开了，可是央珍靠在他的身上，即使困得要命，他还是强忍住没让自己睡过去。看着沉睡的央珍，他的思绪又回到几年前，在这趟列车上来来往往好多次，竟然总是一个人，欣雅虽然前后来了三次，但在列车上也是孤零零的一个人。曾经在列车上他多么盼望列车开得快点再快点啊，这一次他的心情很复杂，虽然阿妈交代到省城以后一定要把东西亲手交给欣雅，但他不知道欣雅会怎样对他，他怕触碰到欣雅那双幽怨的眼神。

凌晨五点以后亚科尔睡着了，他梦见他又回到了陇原师大的校园里，在马路尽头欣雅正望着他笑呢，他赶紧走了过去，走近了，欣雅却不见了……在梦里他大声喊着欣雅的名字……

不知谁在他的肩头摇了一下，他醒了，原来是央珍正看着他。

天已经完全亮了，车厢里传出那熟悉的声音：各位尊敬的旅客朋友们……

到了省城，亚科尔和央珍赶紧去教育学院报到，根据教育学院的安排，报到以后他们先住进学院附近的一家宾馆，下午也是学员报到，第二天按作息时间正常培训。

回到宾馆以后，亚科尔躺在软绵绵的席梦思床上不一会又睡着了，还在沉睡的时候有人敲门了，他赶紧开门，原来是央珍站在门口喊他一块出去吃饭。

亚科尔推辞说要去陇原师大看看，央珍说："去学校也得先吃饭吧，吃完我陪你去，正好我也没事，不过我的姑姑在这儿，抽空我和你去一趟看看她。"

说完，央珍就拉着亚科尔要走，亚科尔把自己的手抽了回来，跟着她出门了。

吃完饭，央珍还打算和亚科尔去学校呢，亚科尔说先回趟宾馆他还有件事要办，让央珍别管他了，央珍听完问道："不是说去学校吗？还有什么事啊，是不是去看女朋友？"

一听央珍这样说，亚科尔黑着脸说："你还好意思提这件事，就是因为你她已经不理我了，我怎么去看她，她还愿意见我吗？"

看到亚科尔生气了，央珍再也不敢问了，呆呆地站在一边，过了好久才说："那你去见见她吧，去把事情说清楚，她也许会原谅你的，我也想去看看她，当着她的面向她道歉！"

听央珍这样说，亚科尔觉得有理，暂时不责怪她了，自顾自地回宾馆，央珍跟在他的身后。

亚科尔和她一同来到了欣雅家门口。

站在门口亚科尔思绪万千，想到第一次去欣雅家，还有大年三十夜吃团圆饭的情景时眼睛有点湿润，半天了竟没有去敲门，就这样站了好久，突然他把手里的东西递给央珍，自己转身向楼下走去。

央珍不知所措，走还是进去，情急之下她咚咚地敲了几下门，门开了，原来是方啸天，问清之后央珍把东西交给了方啸天说："叔叔你好！这是亚科尔带给你们的东西，请您收下！"方啸天不解地问："姑娘，你是？"欣雅说："叔叔，我是亚科尔的同事，我和亚科尔一块来省城培训，他有点事没来。"

方啸天更不明白了，他想亚科尔既然到省城了，为什么不来一趟家里，既然不来为何还带着东西？

这时周雯也到了家门口说："老方，还不把人让进来？"方啸天连连说："姑娘，快请进吧，屋里说。"

央珍推辞着不进去，站在门口说："叔叔、阿姨，我不进去了，你们把东西收下，我还有事，就不打扰你们了！"

说完后央珍头也不回地走了。

方啸天和周雯有点纳闷，亚科尔没来，却来了个年轻女子，他们不由地想到来的人也许就是女儿曾经说的和亚科尔好上的那个女老师。

周雯又看了看带来的东西，原来东西被装在一个彩色毛线织成的袋子里，袋子里装着酥油、曲拉、奶皮子和干肉，袋子里还有一个首饰盒，盒子里装着一只碧绿的手镯。

看着这些东西，周雯又想起亚科尔到她家里的情景，高高大大的一个帅小伙，一双清澈见底的眼睛，只是不明白他为什么抛弃了欣雅，还要带东西到她家。

此时，欣雅还在午睡，周雯赶紧把她喊醒。

当欣雅看到亚科尔带来的东西和周雯对那位女子的描述，她说："来的人肯定是央珍，我见过她，亚科尔为什么没来？"

周雯说："听那位女老师说亚科尔有事，别管了吧，人家给你带了东西，你看看！"

好久都没有亚科尔的消息，这次却突然见到了亚科尔带来的东西，东西还是央珍带来的，欣雅真是不明白他这到底演的哪一出？

欣雅突然间变得有点急躁："妈妈，你们为啥要把东西留下，为什么不让她带走？"

"孩子，人家大老远带来了，怎么好让再带回去啊，咱们收下吧，你看有一只漂亮的镯子，留下吧，就当是你和亚科尔之间的留念吧！"

周雯说完后唉声叹气地把亚科尔带来的东西收起来了，她把那只镯子放到了欣雅的手里。

欣雅仔细一看，原来是一只碧绿的镯子，镯子看上去很油润，拿在手里冰冰凉凉的。

欣雅又取下了那串珊瑚项链，连同镯子一同放入首饰盒，走进了自己的房间。

周雯看到欣雅在转身的那一刻有泪水从她眼中溢出。

……

央珍下了楼却不见了亚科尔的身影，她只好独自一人回宾馆了。

亚科尔是抹着眼泪从欣雅家的门口跑下楼梯的。

下楼后他到了小区门口，刚好有一辆公交车经过，没有看是几路公交车，他只管坐上车离开了。

等车转了一大圈他才下车，下车后他又在街上溜达了一会，在公交站点等到了一辆开往陇原师大方向的公交车。

熟悉的校园几乎空荡荡没有几个人。亚科尔来到了曾经的教室，然后又去大操场转了一圈，最后他在女生公寓楼下的那棵大槐树下坐了好久。

回到宾馆已经过了饭点，央珍还在等他。

他告诉央珍他不吃饭了，让央珍自己去吃。

他一个人待在房间里，拿出了那本伴随了他好几年的笔记本，开始在上面写着什么。

省教育学院，亚科尔和央珍培训结束的前一天。

在下午培训的最后一节课上，央珍坐到了亚科尔身边的座位上，她悄声对亚科尔说："明天咱们就回去了，今天下午我想和你去看看我的姑姑。"亚科尔听后说："我不去了，还是你去吧！"央珍有点生气地说："不像个男人，又怕我缠着你啊，你不去算了！"

亚科尔只好点了点头。

此时，有一个人已经在培训教室外的窗边站了好久，她就是欣雅。

那天收到亚科尔带来的东西后，她的心潮难以平复，本来生活已经像一湾静静的湖面。猛然间见到了亚科尔的东西，尤其是那只手镯后，她的生活又如在湖面上投掷了一颗石子，荡起了层层波纹。

正好暑期也闲着，她就刻意在省城的几家培训机构打听着近期教育方面的培训情况，过去了好几天，也就是今天她终于打听到在省教育学院举办的是基层教师新课程短期培训班，她想亚科尔肯定是来这儿培训了，她想去看看亚科尔。无论如何那次走的时候她也太绝情了，亚科尔还给她带来了东西，就算曾经如何不堪也已经放下了，人与人之间为什么在没有爱情的时候还去纠结再次的面对面呢！

在那间教室的窗口她一眼就看到了亚科尔，只看到了他的侧身，亚科尔穿着一件淡蓝色的T恤衫，浓密弯曲的头发好像更长了，只是从他的侧脸看他好像瘦多了。

就这样看着亚科尔，欣雅真想过去紧紧拥抱他，甚至亲吻他那双清澈的眼睛。

只是当她看到亚科尔身边坐着的就是她在祁裕县一中见到那位女老师央珍，央珍好像很亲密地对亚科尔说着什么，后来亚科尔还点头了……

看到这一幕她的泪水又一次夺眶而出，她正要离开时已经下课了，她赶紧躲到走廊的另一头把身子侧了过去，培训学员陆陆续续出门了，亚科尔和央珍也出来了，等亚科尔和央珍下楼了，欣雅才从楼上下来，她真想跑过去拉着亚科尔的手说她还爱他，她甚至想上去把央珍狠狠地推到一边，可是她的脚步却无力地站在原地，她看着亚科尔和央珍走进了一家商场，不久两个人手里各提着一件礼盒出来了。

欣雅一直看着他俩坐上了一辆公交车，公交车走远了，她还站在那里，在七月的阳光下，空气如此焦灼……

央珍领着亚科尔来到了一个看上去很高档的小区，小区里随处可见苍松劲柏，他们走进了一栋小高层，顺着电梯上到十四层来到了央珍的姑姑家。

姑姑两年多没见侄女了，见到央珍来看她，她特别高兴，赶紧拉着侄女的手说长说短，央珍的姑父也赶紧把亚科尔让到了沙发上寒暄了起来。

央珍的姑姑和侄女说完话才留意起来亚科尔，看到英俊的亚科尔，她连连夸奖央珍好眼光，央珍红着脸说："姑姑，他是我的同事亚科尔。"姑姑听后呵呵地笑着说："好啊，同事也好，朋友也罢，姑姑懂！"

央珍的姑姑冷木措离开祁裕县已经快二十年了，当年因为工作出色，直接被省民委选拔到了民委人事处工作，现在已经是处长了，冷木措是从祁裕县走出去为数不多的从政级别较高的一位女干部，她的丈夫李羽君也是省厅某处的处长。

冷木措一家刚刚吃过饭，看到央珍来了，她和丈夫商量了一下先给两个年轻人倒上水，说是一会儿带央珍和亚科尔到外面吃饭。

央珍还在推辞着，冷木措说："几年里才来一次，你还把我当外人了，不就一顿饭嘛。"说完，拿起电话好像给谁交代了几句就挂了。

一杯水还没喝完，冷木措让他们下楼了，楼下一辆黑色的小轿车在等着，上车后不一会儿到了一处豪华的酒店门口。

亚科尔和央珍跟着冷木措两口子到了一个能坐下十几个人的包厢，不一会儿一名气质优雅的女服务员来到了他们的桌前恭敬地问道："尊敬的各位先生女士，欢迎来到陇原大酒店，各位有什么需要请看菜单！"说完后她双手捧着一本装帧精美的菜单递给了冷木措的丈夫李羽君，李羽君并没有接菜单而是说道："还是年轻人点吧，喜欢啥点啥！"服务员又把菜单双手捧着拿到了亚科尔面前，亚科尔有点慌乱地说："我从来没进过这种酒店，不会点，还是叔叔阿姨点吧！"

冷木措听后呵呵地笑了笑说："也是啊，咱们祁裕县地方小，也没个像样的酒店，那就干脆我点吧，就是不知合不合你俩的口味。"边说着她拿起服务员递给的笔在菜单上划了起来。

等菜还没上，李羽君交代服务员先上了一壶茶，服务员从李羽君开始依次把茶杯端到了他们的桌前，李羽君说："这是一壶上好的龙井，大家先尝尝。"

亚科尔端起茶杯还没放到嘴边，一股清香淡雅的味道已经沁入口鼻，喝了一口倒没喝出啥滋味儿。

趁大家喝茶的空子，李羽君又让服务员打开了一瓶红酒和一瓶白酒，服务员端来酒杯，李羽君先给央珍端了一杯红酒，给亚科尔端了一杯白酒，然后他和冷木措各自端了白酒和红酒后说道："来，我们为央珍的到来，不，还有亚科尔的到来表示热烈欢迎，大家先干了这杯酒！"在这种场合，亚科尔根本就无法推辞，端起酒杯一饮而尽，央珍也端起红酒喝了一口，李羽君看着他俩把酒喝了，笑着说："不愧是牧区来的，就是有一股豪爽劲儿，央珍可能没印象了，你姑姑年轻的时候能喝一斤白酒呢！你可要学学你姑姑！"

说完，李羽君又示意服务员把酒斟上。

冷木措听后带点责备说："老李，孩子们面前别胡说，你啥时候见我喝了一斤白酒!"李羽君听后哈哈大笑:"喝就喝了嘛,都是自家人,没事!"

听着李羽君这样说,央珍看了一眼亚科尔,眼神中掠过了一丝羞怯,她可还没有忘记那次喝醉酒的事。

接着,冷木措又给大家按家乡的习俗每人敬了三杯酒。

这时候服务员开始上菜了,亚科尔看了看除了一盘精致的黄焖羊肉,其他的什么虾啊蟹的一个都叫不上名字。

冷木措一直招呼着他俩吃菜,还时不时给央珍和亚科尔夹菜,一边夹菜一边给他们说着这些菜品的名字,李羽君和冷木措只是象征性地夹了点素菜,他们说他们已经吃过了,让年轻人别管他们,尽管往好里吃。

看着这么多菜,亚科尔反倒拘谨起来了,冷木措就不停地往他盘子里夹菜,他实在是吃不了那么多,但是又不好推辞。

李羽君看到这情形,就说:"亚科尔可能吃不习惯,你还是让他自己夹菜吧。"说完他从服务员手中接过酒盘给亚科尔端了两杯酒,自己也端了两杯说道:"你们两位女士慢慢吃,我和亚科尔先喝几杯。"

就这样你来我往,一瓶白酒不到半小时就喝完了。

酒兴正浓,李羽君又让服务员打开了一瓶酒。

亚科尔一直在推辞,可是李羽君是一杯接一杯地劝,看着喝得实在是有点多了,冷木措也开始劝丈夫少喝点,这才停下来,第二瓶酒也快见底了。

看着时间不早了,冷木措示意服务员结账,央珍一听这一顿饭和酒花了六百多时,有点吃惊地说:"姑姑,这也花得太多了吧,真是让你和姑父破费了!"冷木措听完说道:"真是个傻丫头,难道我不是你的亲姑姑?我们每次回家,你阿爸阿妈不是宰羊就是宰牛,回来的时候还大包小包的,吃一顿花就花了,姑姑高兴!"说完她又看了看亚科尔压低声音悄悄给央珍说:"你看你的男朋友也在,可不能让人家小瞧我们!"

央珍赶紧说:"姑姑,他真的不是我的男朋友!"

冷木措再没理会央珍的话,她知道双方家长没有正式见面以前年轻人是不会主动承认这事的。

出酒店大厅的时候，冷木措的意思是让央珍和亚科尔他俩去她家住下，亚科尔醉意朦胧地说他不去，让央珍去吧，看到亚科尔喝成这样了，央珍说她得把亚科尔送回去，她也回宾馆住，冷木措还想劝央珍去她家住时，李羽君给她使了个眼色，冷木措好像明白了点什么，再不劝了，而是告诉央珍让自己单位的小车去送他俩，一会儿小车到了酒店后把他俩送到了宾馆。

到了宾馆，亚科尔好像醉得更厉害了。央珍把他送进房间后，先让他躺在床上，然后又帮他把鞋脱了，刚要拿起被子给他盖的时候，亚科尔抓住央珍的手喊着欣雅的名字，央珍想要挣脱亚科尔的手，可是怎么也挣不脱，只能坐在床边等亚科尔睡着。

一会儿工夫，亚科尔睡着了，央珍看着亚科尔那张棱型分明的脸庞因为喝了酒更加红润，她没有急着起来，而是就这样一直看着，央珍知道，亚科尔是一个多么善良的人啊，只是他的心里永远没有她，想着想着她也流起泪来，她用手轻轻摸了摸亚科尔的额头，发现亚科尔已经完全睡着了，央珍用滚烫的唇吻了吻亚科尔的脸颊，起身赶紧离开了这个房间。

欣雅从教育学院回来后把看到的一切都告诉了周雯，周雯这回也算是死心了，她在劝女儿的时候说："这件事已经完全过去了，你还是好好学习，等将来毕业了再考虑婚姻的事吧！你也别再伤心了，既然人家亚科尔无情那我们只好无义了，亚科尔送你的镯子和那条项链抽空给人家寄回去吧！"

那天下午周雯接到了一个电话，说是找欣雅，欣雅一听原来是天宇，天宇在电话里告诉她他要结婚了，请欣雅和亚科尔一定要参加他的婚礼，他知道最近放暑假，欣雅和亚科尔应该能答应他的。

最后天宇还让欣雅把他的电话号码记了下来，原来天宇买了一部移动电话，她告诉欣雅随时都可以给他打电话，移动电话就带在身上呢。

欣雅把这件事告诉了妈妈，周雯想了想说："既然人家邀请，你就去吧，我支持你，另外到深圳去散散心，听说那可是我国发展最好最快的一座城市。"

周雯又和方啸天商量了一会，方啸天也同意让女儿去深圳，一方面参加同学的婚礼，另一方面也可以去放松一下自己，他知道女儿最近心情坏到了极点。

方啸天和周雯商量好之后就打电话联系了机场售票处，给欣雅预订了一张第二天直飞深圳的机票。

那天晚上，亚科尔醉得太厉害了，他好像在睡梦中迷迷糊糊看到了欣雅，欣雅还在他的脸上亲了一下，在梦中欣雅一直在对他笑着，他和欣雅牵着飞雪行走在他家夏牧场铺满鲜花的草原上……

亚科尔就这样在梦中和欣雅若即若离，一直到了后半夜才完全酒醒，酒醒后他满脑子都是欣雅，一想到欣雅他的心就开始痛起来了，在那间屋里，酒醒后他再没有睡着，睁着一双布满血丝的眼睛考虑了好久好久，他下定了很大的决心，无论如何，这一次必须要去看看欣雅！

在夜里，他也做了最坏的打算，就算欣雅不理他甚至骂他都行，他必须得去看看，他决定早上去看欣雅，然后乘坐中午的火车回去。

第二天一大早他就把央珍的房门敲开告诉她自己还有件事办完中午回，让她先回。看着亚科尔，央珍想起晚上亲吻亚科尔的事脸上又是一阵红晕袭来，她说她等亚科尔中午一起回去。

亚科尔在街上匆匆忙忙吃过早饭乘公交车来到了欣雅家，开门的是周雯，当看到亚科尔时让她大吃一惊，她不知道说什么好，先把亚科尔让进了家门。

方啸天坐在沙发上看报纸，看见亚科尔来了也是茫然不知所措，只是淡淡地说了声："你来了，请坐吧！"看着方啸天不冷不热，亚科尔没有坐下，站在那儿说了一声："叔叔好！"

周雯也关上门来到了客厅赶紧让亚科尔坐下。

亚科尔环视了一周房间就是不见欣雅，他问方啸天："叔叔，欣雅呢？""你还好意思问欣雅？你还记得我们家？"方啸天略带怒气地说，他看着亚科尔迫切的目光又说道，"亚科尔，你和欣雅的事我们都知道了，以后请你别来了！"

听到方啸天这样说，亚科尔脸上满是痛苦地说："叔叔，你了解到的并不是真实的，你误会我了！"

这时周雯也说道："亚科尔，以前我们把你当自己人，可是你做了伤害欣雅的事已经不止一次了，你还是别来了，算阿姨求求你！"

亚科尔越听越不明白了，自己究竟做什么伤害欣雅了！他真的不明白，那次央珍说谎确实是伤害了欣雅，他也给欣雅解释了，可是欣雅不相信，他把那次所有的过错都算给了自己，可是周雯说的不止一次又是怎么回事？

他委屈地说道："阿姨，您说的话我一点都不明白，上次学校的央珍老师说谎，让欣雅去我家的冬牧场吃了很多苦，我感到很惭愧，我给欣雅解释，欣雅不相信没有听我的，可是除此之外再没有任何事啊！"

他接着又说道："我也知道我的情况，有时候我真的觉得自己配不上欣雅，可是我喜欢她，除了欣雅我的心里没有别人，这点请你们相信，我这次来就是想看看欣雅，我知道欣雅可能对我还是有误会，我也不祈求她能原谅我，我就是要告诉她，我别无二心，当然，我也来看看你们，谢谢你们以前对我的帮助和支持！"

看着亚科尔憔悴的样子，周雯的心又软了，她还掉起了眼泪，她不知道亚科尔和欣雅到底谁说的才是真的，可是总得相信自己的女儿吧！想到欣雅无数次哭泣的情景，她还是狠了狠心告诉亚科尔："孩子，我们也再不追究你是对是错了，听阿姨的话，以后好好找个姑娘过日子吧，咱们的欣雅已经对你死心了，她去了她的男朋友家。"

当听到这一句，亚科尔有点不相信自己的耳朵，但是这句话千真万确，自那次欣雅在祁裕县汽车站离开，他想到了欣雅也许会和自己成为陌路，但还没想到欣雅这么快会有男朋友。

他又问了一句："欣雅有了男朋友，是不是真的？"

"是的！"周雯没敢看亚科尔的眼睛，而是侧过头去说，说完之后她坐在沙发里再也没有吭声。

方啸天刚要说什么，似乎是话到嘴边又停了下来，他的脸上看上去也很痛苦，但又浮过了一丝不易察觉的欣慰，他也一言不发地坐在沙发上。

此时，在这间曾经多么温馨的小屋里竟然连空气都凝固了，只听到墙上的钟表"滴嗒滴嗒"的声音。

亚科尔知道这次是要真的离开了，他看着沙发上的方啸天和周雯，站在他俩面前恭恭敬敬地鞠了一躬说道："叔叔阿姨，那我走了，请你们保重，欣雅回来后请转告她，我会祝福她的！"

亚科尔说完，默默地离开了，离开的时候他的耳边仿佛又回响着欣雅曾经唱过的那首歌：

> 曾经以为天空很蓝
> 没有你的日子是否还有灿烂
> 曾经以为青春无敌
> 离开你的岁月生命又会沉寂
> ……

实际上，在他出门的那一瞬，他的泪水已经忍不住夺眶而出。

看着亚科尔出门了，周雯好像才回过神来，赶紧站起身来说："孩子，你的东西……"话还没说完，亚科尔已经下楼了。

还不到十点亚科尔又回到了宾馆，央珍感到亚科尔的脸色很不好，就啥都没问，她好像也明白了到底是咋回事。

亚科尔收拾好东西头也不回地离开了这个宾馆，央珍紧跟着也离开了。

第十三章　各奔东西

欣雅是第一次踏上了深圳这片土地。她下了飞机在机场外一家商店里拨通了天宇的移动电话号码,在电话里天宇告诉欣雅,让她就在原地等着,他会过来接她的。

大概半个多小时,一辆红色的敞篷小车停在机场门口的马路上,天宇和一个身材高挑的女孩下了车,欣雅一眼就认出了天宇,天宇也看见了欣雅,赶紧来到她的身边握住了她的手。

寒暄几句后,天宇开始向子怡介绍:"她就是我在陇原师大的师妹欣雅,一位才华出众的女子!"接着他又向欣雅介绍子怡:"我的未婚妻子怡,能和我同甘共苦的女孩!"

天宇介绍完,子怡赶紧和欣雅握了握手说:"欣雅你好!欢迎你来到深圳,欢迎你参加我和天宇的婚礼!"

等子怡说完,天宇有点不解地问欣雅:"欣雅,你怎么没有和亚科尔一块来?我和子怡的婚事时间太紧了,没顾上给亚科尔写信,我想方设法查找他的联系电话,可是他的家乡太偏远了,没有查到任何信息,所以才给你打电话,让你和亚科尔一块来,他是不是还没有接到通知?"

欣雅听后冷冷地说:"他是没有接到通知,他也在省城。"

天宇听完欣雅的话有点不解:"他既然在省城,为什么没有接到通知,难道是你没有告诉他?"

"是啊,我没有告诉他,但我为什么要告诉他?"

欣雅这样说，天宇基本上明白了，但他再不好继续问就说道："亚科尔曾经是我们多么好的朋友，他不来参加我的婚礼，我感到有点遗憾！"

欣雅再也没有说什么，能看得出来她的眼里满是忧郁和怨恨。

子怡也看出来欣雅好像是失恋了，她赶紧说道："天宇，我们还是送欣雅去酒店，坐了好几个小时的飞机，她先好好休息一下，然后我们一起吃饭！"

子怡说完，他们上了车一块儿去了一家金碧辉煌的酒店。

子怡告诉欣雅她和天宇的婚礼就在这家酒店举办。

欣雅虽然是省城长大的，对于这种豪华酒店还是第一次住。欣雅进入房屋，不觉眼前一亮，宽敞的客厅里是浅咖啡色的木地板，客厅正前方摆着一台二十八英寸的大电视，紫罗兰色的沙发舒适典雅，走进卫生间一尘不染，淡淡的百合香水味扑面而来，一间二十多平方米的卧室基本上是米黄色的装饰风格，看上去真有家的味道。

欣雅洗完澡后躺在柔软的沙发上看电视，看了一会儿竟然睡着了。

不知过了多久她听到敲门声才醒来，赶紧打开门原来是天宇和子怡叫她去吃饭。

在这家酒店一间精致的小餐厅里，天宇和子怡给欣雅讲起了他们在阿尤恩的经历，欣雅被他们奇特的经历打动了，尤其是听到子怡为了爱情甘愿陪他去他的"远方"时，欣雅说："子怡，天宇能遇到你也许是上天对他的眷顾，记得大学校园里那么多优秀的女孩追他，他理都不理呢！"

子怡听到欣雅的话望着天宇含情脉脉地问道："天宇，是不是这样？"

天宇嘿嘿笑了笑说道："当然是这样了，我的小傻瓜，这一生遇到你是我最幸福的事了！"

看着眼前这一对即将步入婚姻殿堂的恋人亲密无间，欣雅在心里感慨万千，本来她和亚科尔曾是让多少人羡慕的"金童玉女"，而此时她只是孤零零一人待在这种场面难免尴尬，不过她这么快地离开家也是为了逃避，她想在一个陌生的地方忘记忧伤的过去，她希望回去之后开始另一种新的生活。

子怡看出欣雅满脸的委屈和失落，她尽量想转移话题，就问了欣雅的学习情况，等等。子怡也告诉了欣雅她和天宇回到深圳后，她帮着料理爸爸的生意，天宇到了深圳的南江大学音乐系任教。

子怡还半开玩笑地说："天宇在深圳音乐圈内名气很大，他有好多粉丝呢，说不定哪天会被人抢了去！"欣雅听了子怡的话后说道："天宇不是一个随随便便的人，他在出国前曾告诉我，他已经厌倦了舞台上的霓虹闪烁，我想，他的心底还是很纯净的，我可要祝贺你啊，如果不是你，我都羡慕他呢！"

欣雅说完竟呵呵地笑了起来。

从下飞机到现在欣雅还是第一次露出笑脸，天宇和子怡看她的心情好转，也都开开心心地说起话来。

子怡也呵呵地笑着对欣雅说："我想，在天宇的心中一直放不下的人可能是你，我就知道你是一个会打动别人的女孩，今天一见果不其然，我对你和亚科尔之间的爱情故事很期待，你能不能给我说说？"

这回欣雅再没表现出忧郁和委屈，她把从认识亚科尔到后来去牧区一直到亚科尔参加工作这一段经历都给欣雅说了个大概，不过她没有提亚科尔和央珍的事情，因为在她的心里还留了一点空间，她至今仍然没有完全否定她和亚科尔的爱情。

子怡听欣雅这样说，对亚科尔表示很欣赏，因为子怡从第一眼看到欣雅就觉得她是一个与众不同的女孩，她青睐的男孩该是多么优秀！

天宇听欣雅说了这么多，对她和亚科尔之间的感情问题还是不解，就问了一句："欣雅，你说亚科尔也在省城，难道你们没有联系吗？让我觉得不可思议，你们不会闹了别扭吧？"

"没有闹别扭，我知道他在省城，可是我们连面都没见上！"

天宇越听越不明白了，继续问："你怎么知道他在省城，为什么连面都没有见？"

欣雅这回又收起了刚刚绽放的笑容，压住内心的伤痛故作镇定地说："亚科尔来省城培训，人家可有人陪着呢，我不便打扰啊！"

天宇听欣雅这样说摇了摇头："不会的，亚科尔不会是那样的人，你肯定误会他了！如果有空我一定会去找他，当面向他问清楚事情的原委的！"

天宇和子怡的婚礼是欣雅到来后的第三天举办的。

他俩的婚礼场面并不大，除了两家的亲朋好友，还有天宇大学的几个同学。

大家没想到的是，在他们的婚礼即将开始的时候玉轩和小菊也赶来了，更让大家想不到的是玉轩和小菊已经成了一对甜蜜的恋人，他们的故事也还挺有意思的。

在大学期间，玉轩一直和亚科尔形影不离，作为一个大男孩他不但佩服亚科尔的为人，也羡慕亚科尔和欣雅的爱情，只是他始终没有遇到心仪的女孩，自从亚科尔和欣雅认识之后，他也认识了小菊，但很快小菊就和谢小安在一起了，实际上他也在暗恋小菊，在校园里他只是远远地看着小菊，他对小菊的喜爱一直埋在内心深处。

毕业以后，玉轩在他家乡秀水县的县城当了一名高中语文老师。参加工作以后他的父母就开始催着让他谈对象，父母也托人给他介绍女朋友，但是好长时间了就是没有结果。

在五月的一天他突然收到了一封来信，原来是小菊写给他的，在信里面小菊向他告诉了自己和谢小安失败的感情经历，她还向玉轩表白了她对他的依恋之情。

收到小菊的信，玉轩立刻给小菊回了一封信，在信里面他也告诉了小菊他对她好几年来的倾慕，他还让小菊等着他，一放假他就去看她……

在小菊家，玉轩和小菊收到天宇的邀请后，他俩双双赶到了深圳。

小菊又见欣雅后，两个好姐妹紧紧地拥抱在了一起，玉轩和天宇也是互诉别后同学之情。

玉轩得知亚科尔没有来也感到很遗憾，亚科尔可是他大学时代最好的哥们，他和亚科尔建立的深厚友谊是谁也比不上的。

尤其是听说亚科尔和欣雅的感情出现了危机，他恨不得马上去找亚科尔，问问他到底是为什么。只是这个假期他不但去了小菊家还来到了深圳，剩下的时间他还要回乡下帮家里干农活,所以他计划到了寒假一定去找亚科尔问个明白。

听到天宇和玉轩都这样说,欣雅倒显得很冷静,她不希望他俩去找亚科尔,如果真的有那么一天去找他那也是她自己!

总之,在天宇和子怡的婚礼上,久别重逢的朋友再次聚在一起,大家的心里都很高兴。天宇提议,接下来的日子他除了陪伴子怡,还要和欣雅、小菊、玉轩一起多聚聚,也许下一次聚会可能又到了朋友中谁结婚的时候了……

亚科尔从省城培训回来就去了牧业上。

赛利娅见到儿子第一句话问的就是欣雅,当听到儿子说没见到欣雅,她生气地问道:"你没见到欣雅,那我带给欣雅的东西呢?"亚科尔支支吾吾地说是让央珍给送去的,赛利娅听后更生气了:"亚科尔啊亚科尔,你是真傻还是装傻,大老远去了你怎么没有亲自找欣雅呀?你让央珍送东西,人家欣雅和她的爸妈咋想啊?"

赛利娅说完后不住地唉声叹气,亚科尔把事情的经过都告诉了阿妈后说道:"阿妈,也许我和欣雅没有缘分,我一点都不恨她,也许时间会冲淡一切,也许将来的某一天我们还会相见,即使那一天欣雅成了别人的新娘!"

亚科尔说完顿了顿又说:"我会好好工作的,等你和阿爸干不动了,我养活你们!"

赛利娅听着亚科尔的话还是有点惋惜地说:"你说的也是,就算欣雅将来到了牧区,也还是跟着我们受苦,无论如何都不要忘了她,她是一个好姑娘!阿妈让你带给欣雅的除了一点吃的东西,我还给欣雅把那只镯子带去了,我想她会喜欢的,那只镯子还是用你小时候捡的一块祁连玉做的。你还记得吗?你阿爸一直把那块玉石当个宝,后来他托人把那块石头做成了一个镯子,说是将来送给我们的儿媳妇!"

对于阿妈说起的那块石头,亚科尔记得清清楚楚。

那是他上小学二年级在定居点上的那条小河里捡到的。一个周末他和几个小伙伴在小河边玩耍，在阳光的照耀下他发现河水里有一个闪闪发光的东西，捡起来一看原来是一块石头，这块石头和其他石头不一样，翠绿翠绿的，他就带回家里了。

阿爸发现他捡的这块石头是一块很少见的祁连玉，就放在家里精心保管起来，后来用它做了一只镯子。

亚科尔明白了阿妈的良苦用心，阿妈在他去省城前交代他一定要亲手把东西送给欣雅还是期望他能和欣雅和好，阿妈心目中的儿媳妇就是欣雅。

在亚科尔的心中，欣雅的地位已经无可取代，那天从欣雅家里出来后他认为就算是欣雅负了他，他也绝不会怨恨的，他知道有一天欣雅会相信他的，因为他对欣雅的爱永远没有变过，只不过他不知道这一天到底是何年何月何日，这一天如果到来欣雅又会是怎样呢？如果欣雅真的有了男朋友，他们还能不能会再见面？这么多的想法都时不时地出现在他的脑海，他觉得之前和欣雅的那些美好时光真的恍如梦中。

从省城回到家乡，他又把自己的思绪拉了回来，他考虑更多的就是趁着假期里剩下的时间好好帮家里放牧，还要抽空读书，只有读书他才会感觉到自己充实，也只有忙碌的生活和如饥似渴的读书才会让他把心中燃烧的爱情之火慢慢熄灭。

八月中旬，祁裕县举办了一场隆重的赛马会，在扎西的鼓动下亚科尔和他的飞雪也参加了这次赛马会。

根据扎西的分析，飞雪适合长途竞赛项目，所以选的是走马一万米竞赛，亚科尔心疼飞雪，但是扎西认为是好马就得拉出来遛遛，另外飞雪具有持久的耐力，不参加一万米比赛有点可惜了。

赛马场在祁裕县东北地带距县城七八公里外的一片草原。据老人们说，这个赛马场已经有些年头了，只是大包干前赛马会中断了好多年，近十几年来，牧民的生活条件有了很大的提高，县上也支持，所以每年至少有一次全县性赛马会，对于获得各个竞赛项目前三名的选手和马匹还有奖励，给获奖的马披红挂彩好不威风。

可以说那个年代赛马会是祁裕县一年里最热闹的盛会。

赛马会的前几天牧民们就从四面八方赶来了，大多数人都在县城里有亲戚，所以就住在亲戚家，没有亲戚的住在旅馆里；还有附近县市的一些有条件的人就开车来看看，一般大多数人都是早上坐班车赶来，在赛马场上看个新奇，下午再回去。

这几天县城里的家家户户就好像过年前准备一样繁忙起来了，又是收拾房间，又是准备被褥的，还要提前准备上一些肉食和蔬菜水果等，牧区的亲戚来一趟不容易，来了就得热情招待。

牧业上的人们来的时候也是带了这个带那个，至少得给县城的亲戚拿点肉啊奶制品等自己生产的东西，有些家境殷实的牧民干脆宰一只羊到县城里给亲戚们一人一份。

赛马会开始的前几天赛马场附近也热闹起来了，赛马选手都住在了赛马场附近临时搭建的帐篷里，他们已经开始骑着马在赛马场里练习了；还有就是这几天里精心地看护各自的马匹，除了训练就是给马喂食精饲料，谁都不愿自己的马甘拜下风，想在赛马场上一展雄姿。

来自全县各个乡镇的赛马选手陆续到达了赛马场，县城里的几家饭馆也在赛马场附近搭建了临时帐篷做起了餐饮生意。

亚科尔是和阿爸道尔吉一起来参加这次赛马会的，赛利娅留了下来。赛马会的前三天亚科尔骑着飞雪，道尔吉骑着大青马天不亮就从夏牧场出发了，他们一路上也没急着赶路，黄昏的时候赶到了赛马场。

道尔吉让亚科尔去学校里住下，他自己住在赛马场的帐篷里管护马匹，亚科尔没有去学校，他和阿爸一起住了下来。

亚科尔他们来后的第二天，亚科尔的小姨阿依吉斯托人带信让他们父子下午去她家吃饭。

下午五点多，道尔吉带上了一条羊腿和亚科尔骑马去了县城。

亚科尔的小姨和小姨夫已经做好了饭，他们吃过饭后，道尔吉和亚科尔的小姨夫又开始喝酒了，亚科尔去了一趟学校宿舍，他把宿舍收拾了一番，又带上几本书回到小姨家，看着阿爸有了醉意，亚科尔催着他赶紧回了赛马场。

他们从阿依吉斯家出来的时候天色已经完全黑了,他俩信马由缰地从县城回赛马场。道尔吉借着酒意又和亚科尔聊了好多,说的最多的还是亚科尔怎么在赛马场上把握骑马技巧之类的话。

道尔吉也问起了亚科尔今后的打算,亚科尔说:"我已经想好了,除了好好工作,多陪陪你和阿妈,还有爷爷奶奶!"

道尔吉多年来对儿子的决定一向是挺佩服的,就算这一次他也知道儿子有委屈,他了解自己的儿子,不管有多大的委屈也很少表现出来。亚科尔回来后他也从赛利娅的口中得知亚科尔和欣雅的事也许算是结束了,他也很遗憾,可是遗憾有什么用呢?

他又问自己的儿子:"孩子,如果真和欣雅的关系断了,还得好好考虑一下,你的岁数也不小了,学校里有没有合适的姑娘?"

亚科尔赶紧说道:"阿爸,我的事先不考虑了,以后你们别操心了,我会自己把握的!"

儿子都这样说了,道尔吉只好不再提起这件事了。他还考虑了一件事趁着这个空闲时间也和儿子谈了起来:"你在一中教学也算是安定下来了,我和你阿妈已经商量了,打算给你买一套平房,这样你就方便了,再说了我和你阿妈以后到县城里也就有个去处了。"

对于阿爸的这个建议亚科尔同意了,不过在县城里买一套好点的砖混结构的房子至少得一万多元,亚科尔知道家里一下子拿不出这么多钱,他又发愁了。

道尔吉看出了儿子的心思,说道:"钱的事你别管了,今年秋天把家里的大羯羊卖掉三十只,再卖掉几头牦牛,先把买房子的钱凑够,到了冬天买饲料、家里用的钱我想办法在信用社贷款,明年羊毛卖掉就能缓和一下了。"

听到阿爸这样说,亚科尔又一次被这个家的温馨和默默付出感动了,他一直考虑以后买房子的事再也不让家里负担了,但自己的工资要想买一套房子那是远远不够的,但他可以为这个家分担一部分,所以他说:"阿爸，如果把房子买下来了，先别贷款了，家里的日常开销和买饲料的钱花我的工资吧，我尽量省着！"

听儿子这样说，道尔吉说："你的工资除了交生活费，还有其他用的地方，真能省点的话就存起来，以后会用得着的！这事既然你同意了就定下来，开学了你也打听一下，有合适的房子咱们就买下来！"

不知不觉间亚科尔和道尔吉已经到了赛马场。

道尔吉回来后给马把饲料添好就早早睡了，亚科尔又拿起书借着微弱的灯光看了起来……

在深圳，天宇和子怡的婚礼结束后，欣雅又待了一周。

这一周里她玩得并不是很开心，天宇和子怡除了一些应酬，尽量抽时间过来陪她，但她总觉得心里空落落的。小菊和玉轩每次出门都要喊上她，她也觉得自己好像是多余的，朋友们都能理解她的心情，大家换着法子想让她高兴起来，只是大家也明白，天宇和子怡、小菊和玉轩成双成对，而欣雅是一个人，换谁都会有想法的。

在深圳她领略到了这个城市的繁华和欣欣向荣，她又拿自己的城市和深圳比较，觉得差距不光是经济上的，还有文化和思想创新方面，尤其是她想到了亚科尔的家乡祁裕县还很落后，曾经她天真地答应亚科尔的奶奶说是以后要到祁裕县去，可是现如今她和亚科尔的感情却一波三折……

欣雅回家的前一天，几位好朋友相约而至又来到了一起，那天下午子怡领着大家来到了罗湖东门步行街，给欣雅和小菊挑了好几件时装后她都抢着付了款，欣雅和小菊过意不去硬是不要衣服，子怡说："这次见面以后我们就是最好的姐妹了，都别跟我客气，我现在的条件给你们买几件衣服还是没问题的，只要你们喜欢！"看着子怡那双天真诚恳的眼睛，欣雅和小菊只好接受了。

天宇给玉轩买了一套西服，他告诉玉轩，大家以后也要和亚科尔多联系，因为渐渐地岁数大了，对同学之情也怀念得更深了。

在玉轩试衣服的时候，欣雅端详了好久，她想：如果亚科尔在这儿她可以陪着他试衣服，亚科尔穿上一身西服那该多帅呀！

那个晚上几个好朋友因为离别又聚在了一起，吃过饭他们还喝了酒，带着点酒意大家又唱起了曾经的那首歌：

> 月光如水斜入窗，
> 你还在弹奏着那年的肖邦，
> 谁能与你徜徉，
> 是谁为你做嫁妆
> ……

那个晚上因为喝酒的缘故欣雅和小菊相拥而泣，小菊在欣雅的耳边轻声说道："你还是忘了亚科尔吧，我知道亚科尔肯定还爱着你，但我不忍心你一直这样！"

欣雅一句话都没有说，她端起酒杯一饮而尽索性大声哭了起来，小菊把她拥入怀中抚摸着她的头发任凭她哭泣，子怡也过来拉着她的手不停地劝她。

那天晚上，天宇把他在深圳唱歌走红和去了阿尤恩的故事都告诉了玉轩，他还告诉玉轩他想在今后的日子里认真教书，做一个安安静静的人。

玉轩也给天宇说了自己今后的打算，他想征求家里的意见最好能去小菊的家乡工作，这样他就和小菊永远不分离了，当然他也有忧虑，就是怕将来父母老了他不能在身边尽孝。

当玉轩说起父母的时候天宇也想起了自己的父母，他想以后一定要把父母接到身边，这样他的人生才不会留下遗憾。

一张张年轻的脸，在这个离别的夜晚都充满了忧虑，也许，他们真的长大了！

祁裕县的赛马会在那个天高云淡的日子里如期而至。

第一天早上举行了隆重的开幕仪式，来自全县一镇六乡的七支马队的三百余名选手骑着赛马浩浩荡荡地依次入场。

在开幕式上，祁裕县民族歌舞团举办了一场精彩的文艺演出。

文艺演出结束后先进行了各个赛马竞技项目的预赛。

在预赛中亚科尔的飞雪一马当先成功入围走马一万米决赛，决赛在第二天下午进行。

角逐走马一万米决赛的共有八位选手，随着裁判员一声口令，八匹骏马如离弦之箭在赛马场上飞驰向前。

冲出赛道的时候有几匹马跑在了飞雪前面，飞雪四蹄腾空像一道白色闪电划过了赛马场，观看的人们发出了一片惊呼。

在赛场上飞雪始终踏着稳健的步伐昂首向前，亚科尔身体前倾，随着飞雪奔驰的节奏上下起伏。

这场决赛有惊无险飞雪最终夺得第一。

道尔吉早就来到了赛马场的终点，当飞雪第一个冲出终点时他拿着准备好的红绸缎挂在了飞雪的马鞍上，从儿子手中牵过飞雪爱惜地抚摸它的额头。

扎西也赶来过了，握住亚科尔的手向他祝贺，亚科尔看着扎西说道："飞雪从小就是你和阿爸训练的，这个第一名也有你的一份功劳！"

颁奖典礼上，亚科尔身披金字绶带，飞雪头上绾上了一朵大红花，一人一马看上去英姿飒爽，这时有一位省报的女记者拿起相机定格了这激动人心的一幕，颁奖结束后，那位记者还现场采访了亚科尔，听说亚科尔是一位教师，更令她赞叹不已。

在赛马场上刘校长也目睹了亚科尔赛马的雄姿，赛马会结束后刘校长来到他的身边说道："亚科尔老师真是文武双全，你是裕固族年轻人的骄傲！"听到刘校长的夸奖，亚科尔喜不自禁，连连说着感谢的话。

好多同事也围上来给他祝贺，亚科尔只是呵呵地笑着拍了拍飞雪说："是我的马好所以才得了第一，我也要谢谢我的飞雪！"

在省城，欣雅已经回到了家中。

一天早上，方啸天在看报纸的时候看到了关于祁裕县赛马会的报道，还有亚科尔的照片，他情不自禁地把欣雅喊了过来让她也看看，欣雅拿起报纸看到了亚科尔熟悉的身影和飞雪时，眼前浮现出了曾经的一幕幕，她又想起亚科尔曾说飞雪是她的，让她骑着飞雪奔驰在祁连山广袤的草原上。

周雯也凑了过来看了看报纸上的这篇报道，她的心里有点难受，欣雅回来后她没有告诉亚科尔来家里的事，她这几天一直心存愧疚，本来一切都归于风平云静，她觉得这个报道又像是一股劲风会在这个家里泛起了一阵涟漪。

只是看完这篇报道后，欣雅啥也没说把这张报纸拿回了自己的书房，和以前收到的亚科尔的来信放在了一起。

九月底，亚科尔的同事帮他打听到了一套急需售出的房子，这套房子建起来大概十年了，在县城中心地带，单独一个院落，正面一排三间砖混瓦房，右侧有一间盛放零碎的土木结构的小房子。

因为房主急着出售，这套房子价格在一万五千元左右。

亚科尔赶紧给家里捎信，阿爸匆匆赶来和房主见了面，互相又商议了一番，最后约定一万四千六百元成交，房主的要求必须是现钱，不能拖欠。

和房主商量好的当天，道尔吉在县城找了几个商贩就回到牧业上，卖掉了十五头牛和三十只羊刚好凑够房钱，第二天来就把房钱交给了房主，把房子买了下来。

房主搬家的时候留下了几样简单的家具，同事们知道了亚科尔买房的消息后合计着要给他添置几样家用品。

刘校长和陈书记还有几位学校领导给他买了一张床，安江老师和文科组的老师们给他买了一张书桌。

一些小件的比如锅碗瓢盆，除了家里置办的，还有亲戚们也送了一部分，羊毛被褥和牛绒垫子都是赛利娅提前给儿子准备好的。

亚科尔的房间收拾得差不多的时候，央珍也来看他的房子了，看了看后她把床的尺寸还有窗户的尺寸都量了下来，没过几天县城的一家裁缝店就把做好的床单被套、窗帘都拿来了，央珍帮着裁缝又是铺床单又是挂窗帘，那勤快的样子真像这个家的女主人。

亚科尔执意要给央珍钱，央珍说啥都不要，她说："你买了房子正是用钱的时候，自己留着，看到你终于有了自己的房子，真替你高兴！"央珍一边和亚科尔说话，一边还在收拾屋子，她把亚科尔的被子装好，被套叠得整整齐齐，还把桌子擦了又擦，亚科尔望着央珍不知说什么好，只是站在那儿一个劲地说着："谢谢！"

看着亚科尔那拘谨的样子，央珍呵呵地笑着说："就知道说谢，也不给我倒杯水，站在那儿好像催人家似的，我给你把房间收拾好就回去，你别以为我会赖着不走呢！"

听央珍这样说，亚科尔赶紧倒了一杯水递给她说道："哪里的话，你先喝口水，剩下的活我干。"央珍接过水又放到了桌子上说："还是我收拾吧，谁知道一个男人家还能把家收拾好？"

等央珍把房间都整理好了已是满脸汗水，她端起水杯喝了一口水给亚科尔交代着："以后就按我收拾的标准每天都要拾掇一番，别光顾着工作把房间弄乱了，你家里买这个房子也不容易，一定要记住家里的好，放假了你去放牧，也让你阿爸和阿妈来这个大房子里享享福！"

原来央珍也是个孝顺的女孩，亚科尔听后有点感动地说："谢谢你，我也是这样想的，阿爸把这几年没舍得卖的羊和牛这一次二话不说都卖掉，就是为了给我买房子，今年整个冬天还有明年家里的花费就没有了，我想把我的工资省下来帮贴家用，阿爸还说不要我的工资去贷款呢，但是这次我下定决心了，不能让家里为我再付出了！"

央珍又说："你的想法没问题，只是光靠你的工资也不够补贴家用的，再说了你娶媳妇也得花钱，自己还得留点，不然将来哪个姑娘会跟你？"说到这，央珍的脸又红了起来，她低下了头看着手中的水杯。

亚科尔听央珍这样一说，他不假思索地告诉她："我也再不祈求哪个姑娘喜欢我，已经没有人会走进我的世界了，以后我就和阿爸阿妈过一辈子！"

央珍听完呵呵地笑了笑说："真是个瓜娃子，你家里给你买房子难道就是为了让你一辈子自己过？别傻了，就算你看不上我也得找个漂漂亮亮的女朋友，以后新房就布置在这个房子里，需要我帮忙我很乐意，谁让你一直长不大呢，以后就叫我姐姐吧！"

　　这些话从央珍的口中说出，亚科尔感觉到央珍还真像是一个亲爱的姐姐，以前那么多隔阂瞬间都像风一样无影无踪了，这一刻，亚科尔对央珍有了新的认识，原来央珍并不是那么讨厌。

　　央珍走了以后，亚科尔发现央珍端过的杯子下压着一个鼓鼓的红包。

第十四章　前程似锦

一九九五年的冬天不知不觉来临了，十一月底一场大雪飘然而至，县城里不多的几栋楼房早已通上了暖气，亚科尔也在自己的房子里架起了煤炉子，为了省煤，他白天基本上把炉子的炉口封死，到了晚上下班后才打开炉盖，让火焰窜出来取暖。

周一到周五他都在学校的教工灶上吃饭，到了周末他就在自己家里做饭，虽然是一个人，除了早上喝茶吃点馍馍，中午和下午他自己和面做拉条子，有时候他也炒菜煮米饭，一个人忙碌的生活把他做饭的手艺提高了不少。

有一次单位的几个年轻人周末去看他，他还给大家包了一顿饺子，自那以后，只要周末他在家，同事们也乐意去找他，最主要的是能去他家蹭饭。

这场雪后，道尔吉来了一趟县城，他专门给儿子送羊肉和家里做的奶制品来了，还有赛利娅用羊粪火烧的烧壳子。

道尔吉来之前和妻子合计着这场雪后天气就完全冷下来了，拿来的东西放在没有架炉子的那间小房子里就能够亚科尔吃上一段时间了，其他的像清油、面粉、大米和蔬菜让亚科尔自己在县城里买，这样的话亚科尔的花费也就不大了。

到县城里道尔吉才知道亚科尔自从住进这栋房子之后已经在周末自己做饭吃了，他又一次为自己的儿子感到骄傲。

那天下午放学后,亚科尔在街上买上菜又买了一瓶酒就匆匆赶回了家,他要给阿爸做一顿饭呢。

亚科尔回到家,道尔吉已经把带来的肉都分好放到小房子里了,还在炉子上给儿子煮了一点手抓肉。

亚科尔赶紧给阿爸倒好茶就开始做饭了,他先和面,然后洗菜炒菜,不大一会工夫他就炒了三个菜,菜炒好后他又开始下面,忙碌了一阵子他做的饭也端上了餐桌。

看着亚科尔忙碌的样子,道尔吉也想起了他年轻时候,那时他还是个少年,刚上完小学就跟着他的阿爸放牧了,当时的条件不知比现在差多少倍了,他的父亲是生产队的队长,一年里大多数时间都骑着马在各个牧场上帮助牧民解决困难,父亲离开自家的牧场以后他家的羊群全靠道尔吉放牧,小小年纪就承担起了大人的责任。

最难熬的是冬牧场上,父亲不在的日子里道尔吉就一个人做饭,说是做饭简单得不能再简单了,早上喝上一碗炒面茶吃上点黑面馍馍就算是早餐,出门的时候带上一壶茶,再拿点玉米面窝头中午吃;晚上回来把羊油炼化炒上点土豆片,有时候蒸上些黄米干饭,有时候煮的是青稞珍子饭,就着炒好的土豆片吃饱肚子就是最幸福的事了,那时的牧民虽然都放牧着生产队的羊群,没有特殊情况是不能私自宰羊的,道尔吉记得那时一个月里基本上见不上几次肉,不过小小年纪的他在放牧的时候运气好的话用石头打死只兔子带回冬窝子,就能大快朵颐了,他还把兔子腿都晾干等着阿爸来了吃,或者带给定居点上的阿妈和弟弟。

道尔吉从亚科尔的身上看到了自己当年的影子,只是往事不堪回首,感觉一转眼自己已经步入中年,那时的艰苦岁月只能留在记忆里了,在亚科尔小的时候他常常讲给他听,亚科尔会好奇地问爸爸当年打死了多少只兔子,道尔吉只能嘿嘿地笑着说:自己也记不清楚了。

吃过饭,亚科尔给阿爸斟了满满两杯酒站起来恭恭敬敬地敬给阿爸说道:"阿爸,今年咱们家买了房子花的钱太多了,从去年到现在的工资我已经省下了两千多了,我想留下个零头自己用,两千块你拿上买饲料,您和阿妈为我付出了那么多，总算我也能帮上家里了，这两杯酒是我对您和阿妈表达的敬意，请您喝了！"

道尔吉端起儿子的两杯酒一饮而尽，然后把酒杯放到酒盘里又斟了两杯自己端起一杯，端给亚科尔一杯说："孩子，你做得对，阿爸和阿妈有你这样的儿子算是有福气的人，你的工资先存起来，别净想着给家里，卖饲料的钱和家里今后用的钱我已经在信用社里贷款了，明年就算是羊毛钱不够还，秋天再卖掉头牦牛也就够了，你的心意我们领了，钱还是存起来！"道尔吉说完和儿子又碰了碰酒杯，父子俩一起喝下了酒杯里的酒。

亚科尔还想争辩，但是道尔吉用不容置疑的口气告诉他再别提钱的事。

他俩正在谈话，忽然听到有人在敲门，亚科尔赶紧打开门，原来是刘校长和陈书记两人走了进来。

一进门刘校长就呵呵地笑着说："好香啊，我可是闻香来的！"陈书记也跟着说："亚科尔做啥好吃的了，可惜我和刘校长在外面已经凑合了一顿没这个口福喽！"

亚科尔赶紧把刘校长和陈书记让到了一组简单的沙发上坐下，又给两位领导介绍了自己的阿爸道尔吉。

刘校长赶紧握了握道尔吉的手说："幸会、幸会，我们还是第一次见面，牧业上忙啊，你这也难得来一次县城！"道尔吉又和陈书记握手寒暄后，坐在了沙发旁的一把椅子上。

道尔吉给两位学校领导端上茶后也坐了下来，又招呼着刘校长和陈书记吃肉，两位领导经不住道尔吉的热情招呼，每人削了一块肉开始吃起来，刘校长边吃边说："道尔吉兄弟，你可培养了一个人才啊，亚科尔工作一年多取得的成绩大家有目共睹，不愧是名牌大学的高才生，这样干下去会是学校今后的栋梁之材啊！"

陈书记也随和着刘校长的话夸奖亚科尔，道尔吉听后不住地说："谢谢两位领导对亚科尔的夸奖，亚科尔能取得这些成绩都是学校领导教导有方啊，以后还请你们多操心，多给亚科尔压担子，年轻人嘛，他就得奋斗！"

道尔吉端起了酒杯要给两位领导敬酒，陈书记推辞说不喝，刘校长说道:"老陈啊,恭敬不如从命,喝了这杯酒吧,今后等亚科尔取得更大的成绩我们还要喝酒,我相信亚科尔有这个能力,他会做到的!"

听着阿爸和两位领导的谈话,亚科尔信心满满,他又一次下定决心一定在今后的工作中取得更好的成绩来回报家庭和社会。

是啊,这世间没有从天而降的馅饼,有的是靠努力和拼搏赢来的掌声和鲜花。

经历了一次又一次感情的挫折,亚科尔对人生又多了更多的感悟,当他看着窗外雪花飞舞的时候,他似乎对青春年少又有了些许留恋,他在好多个深夜挥笔疾书,写下了一篇三万多字的小说《花季不再来》,这篇文章的男主人公似乎还没有脱离他自己的影子,也可以说这篇小说是他的自传体小说,小说的女主人公是一位有着欣雅般才华的女子,也许是受他自己心情的影响,整篇故事的男女主人公虽历经千辛万苦,小说的结局是两个相爱的人却没能走到一起……

故事结束了,他却没有走出故事,甚至他被自己的故事又一次折磨得泪流满面……

这篇故事写完后他工工整整地誊写了一遍,把它寄给了李鑫老师。

半个月后他收到了李鑫老师的一封信和自己的稿子,李鑫老师在信中告诉他这篇稿子文笔和故事情节都不错,只是结局还需商榷,他又改了一下稿子的结局,亚科尔如果同意的话,他想发在省级文学刊物《丝路文学》上。李老师修改的结局和亚科尔的截然相反,在李老师的描述中,亚科尔故事中的男女主人公经历了那么多坎坷最终走到了一起,在各自的工作岗位上都大有作为。

亚科尔同意了老师的建议,写了一封信把《花季不再来》随信又一次寄给了老师。

在这个冬天,亚科尔认识了祁裕县一位德高望重的诗人雪剑,雪剑老师也很赏识亚科尔的才华,在周末闲暇时间他们经常在一起探讨诗歌还有文学和艺术,雪剑老师像一位师者又像是一位长辈,对亚科尔的文学创作和成长倾注了大量的心血,可以说雪剑老师是继李鑫老师之后又一位让他特别佩服的老师。

雪剑老师在祁裕文学圈认识的朋友很多，自认识亚科尔之后他就把亚科尔也介绍给了身边的文友，从此亚科尔对文学创作的热情日益高涨，大学时代的"文学梦"在祁裕的这片热土上又一次复活、升华。

后来他也通过读当地文联创办的内部文学双月刊《七色鹿》渐渐地了解了祁裕县的更多本土文学创作者和爱好者，还有从祁裕这片土地上走出去的专家和学者，原来祁裕县算得上是一座文艺之县。

那个冬天他写的好几首诗歌相继发表到了《七色鹿》上了，也是那个冬天在雪剑老师的举荐下，他认识了祁裕县文联主席兼作协主席北峰，北峰主席邀请亚科尔加入了祁裕县作家协会。

北峰多年来致力于挖掘祁裕民族传统文学和民间艺术，他已经公开出版发行了《祁裕民间故事集》和《祁裕文学的前世今生》两本集子，后来亚科尔去县文联开会的时候向北峰主席说明了自己想读读这两本书的意愿，北峰爽快地送给他这两本书，还在书的扉页上写了几句简短的留言，并签上了自己的名字。

一九九六年新学期开学不久，亚科尔收到了省里寄来的两本《丝路文学》月刊，上面刊登了他写的《花季不再来》。

在陇原师大读研究生的欣雅在一次经过报刊亭的时候顺手买了一本《丝路文学》，打开书先看了看目录竟然看到了亚科尔的名字，那天晚上她一口气读完了《花季不再来》，读到感人处潸然泪下，故事读完已经凌晨三四点了，恍恍惚惚中她仿佛看到了亚科尔从故事中走了出来，展开双臂将她紧紧拥入怀中，只是待她冷静下来，她知道故事终归是故事，她想此刻亚科尔也许在那位女老师央珍的身边早已进入了甜蜜的梦乡。

一九九七年的七月，亚科尔带的那一届学生已经高三毕业了，他和其他两位班主任还有高三任课教师都在焦灼地等待学生的录取通知书，对于每一位高中任课老师来说，那段时间真的是度日如年，三年的辛勤付出就要收获了，只是学生的成绩不出来，录取通知书没有拿到手里，每个人的心里还是不踏实。

暑假亚科尔没有回牧业上，他每天都在学校和家之间来回奔波，每收到一份录取通知书他都及时地联系学生和家长，把通知书交到家长的手里，他不但祝贺孩子们顺利考入大学，还给家长叮嘱孩子上大学的一些准备事项。

对于一些没有收到录取通知书的家庭他也给做了耐心细致的安慰，还帮着家长们谋划了孩子的未来。

一直到八月底，高考录取结束了，学校通过统计：这一届高三毕业生大学专科以上录取率高于国家平均录取率一个百分点，亚科尔带的那两个班有三名学生考上了重点大学，这些成绩在祁裕一中来说是历史上没有过的。

在那个祁裕一中收获满满的暑假，央珍和张明月也收获了爱情——他俩结婚了。

这件事对于亚科尔来说认为顺理成章，对于学校的大多数老师来说却觉得不可思议。

老师们都知道央珍一直钟情于亚科尔，虽然他们之间有点像是冰火两重天，大家觉得有了央珍对他那种无微不至的关心，亚科尔就算是块石头终有一天也会被央珍焐热的。

尤其是亚科尔买了房子后，央珍跑前跑后，有些人认为央珍已经在开始给她和亚科尔筑就爱的小巢了。

实际上，这一次可以说是央珍对亚科尔最后孤注一掷了。

作为一名女老师，她虽然被爱情无情地折磨，但她始终是清醒的。自那次喝醉酒之后被学校处理后，她更加注重个人形象了，她在亚科尔新买的房子里帮忙时，当听到亚科尔说他的心里再也进不去别人的那一刻，央珍瞬间释然了，她完全把亚科尔放下了，所以她不假思索地说以后她就是亚科尔的姐姐了。

那次回去以后她又细细梳理了从亚科尔实习到教学这两年来自己暗恋他的情形，她认为亚科尔一直在宽容她，但跟爱情没有一点关系，她放下了那段不堪回首的经历后心里又明朗了起来，她觉得她的世界并不是一条不归路，而是依旧阳光灿烂。

从那以后她和亚科尔的交往越来越多了，不一样的是，她真的像一位姐姐那样出现在亚科尔的生命中了，好多次她向亚科尔问起了欣雅的情况，她还真诚地鼓动亚科尔再一次去追求欣雅，只是亚科尔对于爱情的话题默不作语。

交往多了央珍发现亚科尔原来是一个爽朗中略带自卑，成熟中还显羞涩的一个人。

至于她和张明月破镜重圆，这还得感谢亚科尔。

亚科尔的房子收拾好以后，学校里的单身职工基本上都来过了，有人还来过不止一次，只是张明月却无动于衷。

有一次周末，张明月因为补课没有回家，亚科尔早早就邀请了张明月周六下午到自己家里来吃饭。

接到亚科尔的邀请，张明月左右为难，曾经为了央珍他做过的一些事很可耻，没有想到的是亚科尔竟然冰释前嫌，他认为他不去就更加小肚鸡肠了，至于以前做过的那些事他想有合适的机会一定会向亚科尔解释清楚的，到时候还得请求亚科尔对他曾经的冒失给予原谅。

周六下午放学后他到商店里买上了一对暖壶就来到了亚科尔家。

亚科尔对他的到来表示了热烈的欢迎，他来之后不久，央珍也来了，央珍的到来让他心里又忐忑了起来，他借口要走，被亚科尔拦了下来，说是请他吃饭的，饭都没吃怎么能走呢。

这顿饭，张明月吃得也是极其尴尬，吃过饭他又要起身离开，这次是央珍把他拦住的。央珍对他说："张老师，你可能还认为我和亚科尔老师有什么见不得人的事，今天你来了咱们就把话说明吧，免得你出去又说长道短！"

央珍看着张明月满脸愧疚地低头摆弄着自己的手，接着又说："今天你也来了，郑重地告诉你，亚科尔已经是我的弟弟了，我们之间曾经什么事也没发生过，以后也不会有什么事发生！"

当听到央珍的这句话后，张明月惊住了，本来他见到央珍来到了亚科尔家，他认为央珍已经和亚科尔住在一起了，可是听到这些话后事情来了个一百八十度大转弯，他一时有点懵了。

亚科尔看着他百思不得其解的样子，哈哈地笑了起来："张老师，以前我们之间可能是有些误会，今天我把你请来一是吃一顿饭，二是大家把以前的不愉快都抛开，央珍老师说的都是真的，请你相信我们！咱们一起共事能不互相来往吗？何况你还是我的大哥哥呢！"

这下子张明月完全明白了，眼前的亚科尔一下子在他的心目中高大起来了。

他也不急着回去了，三个年轻人在一起把亚科尔的家收拾停当后又说了半晚上的话，张明月和央珍才离开。

出了亚科尔家，张明月要送央珍回家，央珍没有拒绝。

不知是缘分到了还是岁数大了，央珍终是没有经得住张明月的再次追求便答应了他……

张明月和央珍的婚礼是陈书记主持的，暑假里学校没有外出的老师都参加了他俩的婚礼，大家给他们送上了美好的祝愿。

结婚后张明月也在祁裕县城里买了一套平房，这一次他是彻彻底底地留在祁裕了。

那年的教师节，县教委和学校隆重表彰了高三所有的任课教师，要说成绩，亚科尔两个高三班成绩名列前茅，难怪教委主任安江才让在表彰会上特意向主管教学的杨副县长又提了亚科尔的名字。

那年新学期开始亚科尔又担任了新一轮高一（1）班的班主任和语文课教学，兼任了学校教导处副主任职务。

也是同一年的七月，在陇原师大欣雅以优异的成绩硕士研究生毕业，同时取得了研究生学位证书。

离开陇原师大的那天她饱含热泪，整整七年，这所学校留给她的太多太多了，走过了七年她已从一个满脸稚气的青春少女成长为一名集才华和优雅于一身的青年女子，她身边的好多研究生同学除了已经结婚的，剩下的都已经成双成对了，而她还是孑然一身，对这，方啸天也许说对了：等研究生毕业了再说。

现在已经毕业了,她的青春也逝去了大半,可是她生命中的"白马王子"到底在哪里?

离开陇原师大的那天,田磊一直跟在她的身后,这时候的田磊看上去一点都不像她的导师了,就像离别前一筹莫展的情人。

田磊至今仍然是单身,自从欣雅来到他的班里后,他一直留恋于欣雅的美丽大方,在无数个梦里他都梦见了欣雅和他在一起,在田磊看来,三年的时光转瞬即逝,他心中的女神即将离开自己,这有点让他无法自拔。

毕业前一个月的时候他请欣雅去吃饭,欣雅欣然答应了,那次他又勇敢地向欣雅表白了自己对她的爱慕之情,只是欣雅依旧如三年前那样冷静而又从容地拒绝了他。

就算如此,在田磊的心中只要每天能见到欣雅,他就知足了!

只是这一次离别来得太残忍了,茫茫天涯路,这一别也许真应了柳永的那句"纵有千种风情,更与何人说"?

方啸天开着小车亲自到陇原师大来接女儿回家。

方啸天看到站在女儿一边的田磊,他下车和田磊打了个招呼,对田磊表示了诚恳的谢意。

以前欣雅给周雯提起过田磊对她的追求,周雯又把欣雅的话转达给了方啸天,方啸天还是那句话:一切顺其自然。

田磊去过欣雅家,所以方啸天早就认识了田磊,他和周雯都觉得田磊不错,可是女儿从来没有答应过田磊的追求。

这一次方啸天看到田磊站在女儿身边痴情的表情,他的心里也真不是个滋味,也许女儿还没有真正把亚科尔放下!

那次亚科尔最后一次来他家因为周雯无奈之下的一句谎言,也许彻底阻断了女儿和亚科尔的爱情之路,这到底是对是错,方啸天至今仍然没有答案。

八月底的时候,欣雅的叔叔方啸林从北京打来了电话,让欣雅赶紧去一趟北京,他已托朋友联系了北京市一家音乐学院,让欣雅去面试。

本来方啸天已经把欣雅的工作联系到了陇原师大附中，欣雅都已经准备好要去报到了，这突如其来的消息让他们又惊又喜。

方啸天和周雯接听电话后第一时间征求了女儿的意见，欣雅没有立即回复父母亲的征询，说给她一天时间再考虑考虑。

她拨通了班主任刘建军的电话，刘老师听后的意见是希望她能抓住这次机会到北京工作，以她的能力去了北京会有更好的发展前景。

她又给天宇打了电话，天宇听后在电话里半天没有回应。天宇反倒问起她有没有和亚科尔再联系，她告诉天宇和亚科尔两年多了再没有联系过，天宇听后在电话里似乎有点无奈，但说到最后还是希望她能去北京。

第二天她把自己的决定告诉了爸爸妈妈，方啸天和周雯听后非常开心，对女儿去北京面试的选择他们都很满意。

方啸天立刻给弟弟回了电话，紧接着给欣雅定好了第二天去北京的机票，那天下午他还选了一家档次很高的酒店订了一桌饭，一家人坐在一起庆祝了一番。

欣雅在北京的那家音乐学院的面试很成功，面试结束后学院和她签订了应聘协议，根据学院安排，她在九月中旬报到正式工作。

欣雅在北京陪着奶奶和叔叔一家人待了一天就急着赶回来了，她还有个心愿想在去北京前办完……

第十五章　爱人归来

回来之后欣雅想去一趟陇原师大附中把自己应聘到北京的情况做做解释，方啸天觉得这件事还是他办比较妥当，所以没让欣雅去，他的想法是女儿在家里好好待上几天，去了北京他们一家人见面的机会就少了。这几天里方啸天和周雯也做好了打算，再过五年他们就退休了，退休后就去北京一直陪在女儿身边。

周雯本来打算给欣雅准备行李的，被方啸天制止了，方啸天的意见是没有必要大老远的带行李去，所有的用品去了北京再买。

周雯只好听方啸天的意见，没有大张旗鼓地给欣雅准备行李。

一天晚上，欣雅告诉周雯她还想去一趟祁裕县。周雯听后惊奇地问道："都几年过去了，难道你还没有放下亚科尔？"欣雅说："不是那样的，我去不是找他，我想去他家的牧场上看看，顺便把亚科尔的奶奶送我的珊瑚项链和那只碧玉手镯送还给他们，我知道你们会反对我，但我真的要去一趟，以后想去也去不上了！"

看着女儿红着眼睛祈求，周雯无奈地点了点头。

女儿被北京的音乐学院聘用的结果下来时，周雯那颗悬了两年的心才安定下来，这才几天又生出这么一件事，周雯只能是无语了，她不知道这人世间还真有如此牵肠挂肚的爱情，而且就发生在自己女儿身上！

欣雅到达祁裕县城的那天正好是教师节。

她发现县城比以前有了明显的变化，县城里多了好多新楼，街道也比以前更平整了。

她还是住在了汽车站的旅馆里,她洗漱一番后来到了街上,她看见街上有几辆行驶的出租车,便拦下一辆出租车打听能不能去亚科尔家的夏牧场,听出租车司机介绍说去年就修好了一条牧道可以到达那片牧场,只是他不清楚亚科尔家,不过到了那儿再去牧户家应该不远了。

欣雅和那位出租车司机商量好第二天早上八点准时到达汽车站旅馆门口拉她去牧场,下午返回。

来之前她也想好了如果遇见亚科尔就见上一面,这可能是一生中最后一次了,好几年过去了她一点也不恨亚科尔,他在这个艰苦的环境里出生、成长和工作,亚科尔的这些经历都令她崇拜,也只有在这儿他不但可以照顾他的家庭还可以实现他的理想,一切的一切都不是亚科尔的错,至于亚科尔和央珍的组合也许更能说明这一点了。

她在街上转的时候不自觉地又来到了祁裕一中的校门口,征得保安同意后她走进了校园,她发现在之前的教学楼旁又建起了一座楼房,这栋楼门厅上方矗立着三个金色的大字"综合楼",她正打算再走近点的时候一群老师从那栋楼门口出来了,大家都穿着笔挺的正装,还有一部分老师肩上披着绶带,她明白了,祁裕一中肯定是刚开完教师节庆祝大会。

欣雅赶紧躲在校园里的一棵松树后面继续看着老师们陆陆续续从楼门口走了出来,她看见亚科尔了,亚科尔也披着一条绶带正满面笑容地走了出来,她又看见了央珍和另外一位男老师跟着亚科尔出了楼门。

老师们从综合楼出来后又去了教学楼,欣雅一直盯着亚科尔,亚科尔穿着蓝色的西服和白色的衬衫看上去还是那么帅,一头浓密卷曲的黑发好像还是以前的样子,她一直看着亚科尔和老师们走进了教学楼,她的眼泪止不住流了下来,她在心里默默念叨:再见了,亲爱的亚科尔,再见了,我的青春!

第二天欣雅早早起床了,她在汽车站附近吃过早餐后就在等出租车了,等出租车的时候她又临时决定让出租车返回到县城后直接送她去祁北火车站。

刚好八点的时候出租车准时到达，车子出县城行驶了一个多小时进入牧道，那条牧道她曾经和亚科尔骑马得走大半天，这次因为翻修了牧道车子走了不到一个小时就到达了亚科尔家夏牧场不远的地方。

九月的祁连山已经退去了大片的绿色，泛起了一层橘黄，远处的松柏依旧苍翠，只是近处的灌木叶子开始泛红，车子行驶到一条小河边已经不能再行驶了，出租车司机建议步行，欣雅带着出租车司机根据模糊的记忆顺着一条小路翻过了一座山梁，远远就看见了那熟悉的牛毛帐篷升起了一缕炊烟。

离帐篷越来越近了，欣雅的脚步却慢了下来，她不知道这次冒昧地来，亚科尔的阿爸和阿妈会怎样看待她，那年暑假她和亚科尔的歌声和笑声似乎还回荡在这片草原。

她看见了亚科尔的阿妈正从牛毛帐篷里走了出来，慢慢地向她走近、走近，她的泪水已经模糊了视线。

一个熟悉而又陌生的声音响起在她的耳边："欣雅，我的孩子，真的是你吗？我没有在做梦吧？"

她赶紧握住了赛利娅的手说道："阿姨，是我啊，您还好吗？"

赛利娅双手捧起她的脸庞仔细地看着、看着，口中喃喃自语："你可来了，你可想死我们了！"说完后拉起欣雅的手一同走进了帐篷。

等赛利娅的情绪稳定了，欣雅强装平静地说："阿姨，我这次来就是专门看看您和叔叔，还有爷爷奶奶，今天下午我就回去了，再过两三天我要去北京工作，我怕以后回不来……"说到这儿她哽咽了，低声啜泣起来了。

赛利娅一边给她擦眼泪一边问："你没去看看亚科尔吗？"

过了一会儿欣雅才回答："我去了学校，远远地看见他了，还有央珍，我觉得再去打扰他会不合适，所以他没有看见我。"

赛利娅听完欣雅的话说："无论如何你应该去看看他，这个孩子把事情都压在了心底，他给谁都不说，宁愿自己苦啊！"

欣雅说："阿姨，我理解亚科尔，他的心比谁都善良，我不怨他，只要他和央珍好好过日子，他们以后肯定会孝敬您和叔叔的！"

赛利娅听后脸色都变了，急忙说："孩子，你弄错了，那个央珍老师已经和学校的张老师结婚了，亚科尔亲口告诉我的，亚科尔的心里已经容不下别的姑娘了！"

赛利娅说完也掉起了眼泪！

这句话在欣雅听来犹如晴空一声雷，半天了她像一具塑像呆立不动。

原来，她一直活在自己的世界里！

她再也抑制不住自己的情绪，又一次放声大哭。

哎！这是怎么了？是上天不尽人意还是这缘分的天空不够宽广！

此时欣雅的耳际隐约传来了陈淑桦那首千古绝唱：

起初不经意的你

和少年不经世的我

红尘中的情缘

只因那生命匆匆不语的胶着

想是人世间的错

或前世流传的因果

终生的所有

也不惜换取刹那阴阳的交流

来易来去难去

数十载的人世游

分易分聚难聚

爱与恨的千古愁

……

帐篷门口，那位出租车司机看着这一幕也是莫名地有点动容。

好久了，欣雅终于止住了哭声，她对赛利娅说："阿姨，是我错了，我一直以为亚科尔和央珍好上了，尤其是那年亚科尔和央珍在省上培训我见到他们两人了，亚科尔还让央珍给我送了东西，有一只碧玉手镯这次我也带来了，我这次来就是打算把这只镯子还给他，还有奶奶的珊瑚项链我也带来了！"

赛利娅一听又抱怨起自己的儿子了："这个亚科尔就是没听我的话，我让他把东西亲自交给你，怎么他没去找你？""是啊，我认为他已经和央珍在一起了，他可能不好意思来找我，但是让我不明白的是他既然和央珍好上了，为什么还送东西给我？"

"傻孩子啊，那只手镯是我让他带给你的，那是亚科尔小时候捡的一块祁连玉做的手镯，你叔叔曾经说过要把这只手镯送给儿媳妇呢！"

欣雅听赛利娅这样说脸上一阵微红，有点撒娇地对赛利娅说："阿姨，那亚科尔这几年来一直没有谈女朋友吗？"

"哪有啊，我和你叔叔知道，他的心里一直放不下你，只是我们家条件差，亚科尔怕你吃苦，这孩子心地太善良了，他一直想着别人，心里从来没有自己啊！"赛利娅说完又是一阵唉声叹气。

他们正在说话间一阵哒哒哒的马蹄声由远及近，原来是道尔吉收拢完牛群回来了，本来他们已经准备转场了，今天把牛群收拢到一起清点完，明天再把零零碎碎的东西拾掇一下，计划后天一大早转到秋牧场上去。

道尔吉下马之后看见欣雅又一次只身来到了牧区，这让他万万没有想到。

听完欣雅讲了这次来的目的和下午她就要回去的情况后，道尔吉想到的第一件事就是让亚科尔回来，就算欣雅走，至少要让两个孩子再见上一面。

欣雅还说去北京工作可能再也不会到这儿来了，这也让道尔吉这位汉子感动不已，他对欣雅说："欣雅，你是我见过的最有情义的姑娘，你去北京工作叔叔要祝贺你，今天别走了，我让出租车去把亚科尔接回来，两个人把以前的误会都解开，开开心心地去北京，只是……"话说到这儿他停了下来望了望自己的妻子无奈地低下了头，此刻，赛利娅发现丈夫那张被岁月刻画过的脸看上去更沧桑了！

欣雅看着和蔼地道尔吉，她的眼睛又红了，她说："叔叔，我去北京时间很紧,而且亚科尔在忙工作,别去接他了,这次我去找他,我知道怎么说!"

听欣雅这样说,道尔吉和赛利娅也觉得合适,不过赛利娅也想陪着欣雅去县城,姑娘来一次不容易,不能冷落了她。

因为时间紧,道尔吉赶紧催促妻子做饭,吃完饭就去县城。

欣雅提出还想去看看爷爷奶奶,赛利娅告诉她:"爷爷奶奶已经和亚科尔的叔叔去了秋牧场,去一趟的话就算是开车也得大半天,先不去了,奶奶的珊瑚项链你拿着吧,如果你要还给奶奶,奶奶会生气的!"

欣雅听说爷爷奶奶不在,她又是一阵失落。

赛利娅和欣雅到了县城已经下午五点多了,赛利娅先带欣雅来到了他们在县城的家中。

欣雅细细端详起了这间房子,客厅里只有简单的几样家具,但是都被擦得油亮油亮的,地上铺的红砖一尘不染,左边卧室里的一张单人床上的被子叠得整整齐齐的,床的旁边有一个小书柜,柜子里摆满了书,欣雅在书柜里看见了她送亚科尔的那三本《平凡的世界》,她拿起一本,从里面掉下了一沓信,原来都是她写给亚科尔的,她打开一封信,那些亲切的关心和深深的思念犹如还在昨天,她的眼前又浮现出了难忘的一幕一幕……

欣雅又来到了另一间卧室,这间卧室里面除了一张双人床,还摆着一个橱柜,橱柜里的一个小盆里放着半盆剩菜。

她打开橱柜的最下面一层,里面放着几样蔬菜。

看着橱柜里的蔬菜,欣雅告诉赛利娅说自己想给亚科尔做一顿饭,赛利娅听后说:"孩子,你还是歇会吧,晚上还要赶到祁北市火车站,又得从祁北市连夜坐火车回省城,别把自己累垮了!"

这次她没有听赛利娅的话,倔强地开始择菜、洗菜、煮米……

这天下午放学后,张明月到亚科尔跟前说:"兄弟,我从老家里带来了一只鸡,请你下午到我家去吃饭,咱们抓住教师节的尾巴再庆祝庆祝?"亚科尔听后把张明月的好意推辞掉了,这天下午他的心里总觉得被啥牵住一样,他只想着回家,所以对张明月说:"我家里还有点剩菜要吃掉呢,不然浪费掉怪可惜的。"张明月只好说："也行，那就约明天或是有空的时候再吃，这只鸡反正有你的一份。"

和张明月说完话亚科尔就赶紧回家了。

到了家门口他发现院子的门开着，他觉得有点不对劲儿，阿爸阿妈这几天要转场没时间来县城，难道是牧业上的家里出事了？

他赶紧走进房间，先是看见阿妈，又看到了欣雅，欣雅正在盛米饭。

欣雅虽然一直侧着脸，但她从那阵急促的脚步声里就能感觉是亚科尔回来了，她先是停了停手中的活，接着把一碗米饭盛上端到了餐桌上，然后看着亚科尔，亚科尔也看着欣雅，两人都没有说话，赛利娅刚想说什么，又停了下来，她也看着亚科尔。

亚科尔站在门口愣了半晌后轻轻叫了一声："欣雅！"然后走上去握住了她的手，他看到欣雅那双大眼睛早已溢满了泪水。

欣雅情不自禁地用手摸了摸亚科尔的脸问道："你还好吗？这么久了你为什么不联系我？"

亚科尔又是一阵沉默。

欣雅接着说："如果这次我不来可能就永远不知道你还是孤零零的一个人，你为什么不告诉我，为什么？"

此时，欣雅再也忍不住自己压抑了好久好久的情绪，她不停地问着为什么，边问边哭。

亚科尔拉着欣雅的手让她先坐下来吃饭，欣雅摇摇头说她不想吃，让亚科尔先吃。

这个时候亚科尔哪有心思吃饭，这么久了欣雅突然从天而降，站在心爱的人面前，他的心潮难以平静，他尽量控制住自己的情绪没让眼泪流出来，他深情地看着欣雅问："你怎么来了？工作联系到哪儿了？"

欣雅止住了哭声开始把她去北京面试，即将赴北京工作的一切都告诉了亚科尔，最后又说："在北京的时候我突然想还要回祁裕县一次，如果这次不来以后可能就再也不来了，回到家妈妈也算是勉强同意了，我就赶回来了，昨天我还在学校见到你了！"

"你都到学校了,也不来看看我?"亚科尔有点委屈地问。

"我想我去了,央珍会怎么想,我怕她误会,阿姨告诉我央珍已经结婚了,那你咋还不联系我,难道早已经把我忘了吗?"欣雅目不转睛地看着亚科尔。

亚科尔回答说:"怎么会把你忘了,我以前就给你说过我和央珍之间啥也没有,你却一直不相信,央珍是关心过我,她就像是我的姐姐,她和学校的张明月老师已经结婚了!"

欣雅又追问着:"那你为什么不来找我,难道你是不喜欢我了吗?"

亚科尔这一次再也无法抑制自己藏了好久好久的心里话,伤心地说道:"我怎么能不喜欢你呢,两年前我去省里培训的时候去了你家,没有见到你,阿姨说你去你男朋友家了,自那以后,我……"亚科尔还没说完就停下了。

这是怎么了?欣雅觉得她真的是活在了自己的世界里,这件事她又是第一次听。

此刻,无须多言,她已经完全明白了这一切。

桌子上盛好的那一碗米饭早都凉了,赛利娅又把饭菜热了一遍,她催促欣雅赶紧吃饭,天都快黑了,她不知道欣雅今天还能不能赶上火车。

欣雅渐渐地冷静下来了,她对赛利娅说:"阿姨,我们先吃饭吧,今天我不回去了,我还要和亚科尔好好谈谈,我们刚见面,我真舍不得走,现在我终于知道了,亚科尔一直在等我呢!"

说完后,欣雅端起饭递给了亚科尔,此时,她感觉到眼前的亚科尔看上去那么亲切。

吃完饭,欣雅的情绪也渐渐好了起来,她又仔细端详了一番亚科尔的房间,还把亚科尔夹在书里的信都拿出来念了一遍。

亚科尔也给欣雅讲了自己参加工作以来的一些经历和事情。

两个人又像以前一样互相迫切好奇地问询着对方的一切,互相关心着彼此。

赛利娅看着这一对年轻人有说有笑了,她的心情也愉快极了,她找了个理由说是她来一趟县城不容易想去看看她的妹妹，说完就出门了，出门的时候她还交代他们别等她了，她想在妹妹家住上一晚。

赛利娅出门之后，欣雅的脸就红了起来，她装出一本正经的样子对亚科尔说："那我也该走了，我去住宾馆，你一个人在家待着吧！"

说完后她佯装出门，亚科尔赶紧走上去拉住她的手说道："这一次不让你走了，今天留下来让我好好看看可爱的欣雅姑娘！我不想失去你，我好想拥有你，你能答应我吗？"

看着亚科尔那双清澈的眼里流露出的渴望，欣雅使劲地点点头，直到这一刻，她才把亚科尔无所顾忌地紧紧拥抱住了。

她的那张娇羞的唇又一次深深地感受了心爱的人炙热的温度！

过了好久好久她才回过神来说："北京的音乐学院通知我在十五号报到，明天我就走了，离你越来越远了，你还会想我吗？"

亚科尔叹了口气说："我能不想你吗？我想你都想得麻木了！"

提起明天又要离别，两个年轻人都沉默了起来。

是啊！离别是一条过不去的河，从此天各一方，离别又是黑夜里燃烧的火，让人欲罢不能！这世间爱人之间的离别才是最牵动人心的，难怪从古至今留下了那么多凄婉伤心的爱情故事。

他们彼此都很清楚，他们经历过那么多的坎坷，这一次差点又是擦肩而过，但命运之神终于眷顾了他们，也许是他们对爱情的坚贞不渝感动了上天！

想到这里的时候欣雅终于鼓足勇气说道："亲爱的，我不去北京了，我要留下来陪着你，我不想再让你从我的世界里溜走！"

听欣雅这样说，亚科尔高兴地把她抱起来在屋子里转了几个圈，而后又有点忧郁地说："我也是这样想的，只是没敢说出来，我怕你爸和你妈不同意，我更怕耽误了你的前途！"

"就算前途充满辉煌和灿烂，如果没有你，我的世界就会变成一片黑暗！"此时，欣雅多么像一个哲学家，又像是一位诗人。

接着她像是对亚科尔说又像是自我安慰："最主要的就是去做爸爸和妈

妈的工作，我知道应该怎么说，你也别担心了，有谁家的爸妈会让女儿一个人过一辈子？肯定没有吧！"

此时亚科尔才呵呵地笑着说："谁家的爸妈都会疼自己的孩子，我想你肯定能说服你的爸妈，我现在想啊，如果我的阿爸和阿妈知道你要留下来那该多高兴啊，还有爷爷和奶奶！"

听亚科尔这样说的时候，欣雅的脸上又荡漾起一层幸福的微笑，她说："你可能不知道，这次来之前我想你已经是别人的人了，可能再不敢关心我了，但是你的阿爸和阿妈，还有爷爷奶奶会关心我、疼我的，所以我来了，打算还要办一件事就是把奶奶的项链和你的手镯也带来了，这些东西都交给你，以后谁也不欠谁的！"

"谁是别人的人了？你咋能这样想啊？"亚科尔轻轻捏着欣雅的鼻子说。

"那次培训谁让你和央珍一起从省教育学院里出来，又一起去超市买上礼品亲亲热热地坐车走了呢？"

亚科尔听完哈哈大笑起来说："我的宝贝，你咋这么鬼灵精怪呢，你在跟踪我们啊？我们去了央珍的姑姑家，晚上就回到宾馆了，第二天去你家时，只是你妈说了那样的话，我还以为是真的呢！"

欣雅在心底完全放下了之前的事，表面上只是和亚科尔开开玩笑而已。

两个人就这样乐呵呵地在一起手拉手说着说不完的话，两情相悦的时光如此宝贵，时间不知不觉已过午夜。

欣雅已经困得不住地打哈欠，但她还想和亚科尔说话，亚科尔把自己的单人床铺好，让欣雅先睡，他帮欣雅脱掉鞋子，给她盖好被子，自己坐在床的一侧，欣雅从床上坐起来又亲了他一下，才睡下。

过了一会儿欣雅就沉沉地睡去了，亚科尔看着熟睡的欣雅，心里一阵感动，他为欣雅一次次地往返省城和县城而感到心疼，他把盖在欣雅身上的被子又往上掖了掖，轻轻地在她的脸上吻了一下，然后回到另一间卧室里睡下了。

早上还不到六点钟亚科尔就起来了，他先打开炉盖把水烧上，然后又打了两个鸡蛋，等水开了后他煮了一壶奶茶，放在了炉子上，这样奶茶一直都是热的。

接下来他在盆子里用温水拌了一点面糊，面糊拌好后他把打好的鸡蛋放在面糊里继续搅拌，等鸡蛋和面糊完全均匀了，他又在面糊里撒了点葱花开始给欣雅烙煎饼。

快七点了欣雅还没醒，亚科尔自己先吃过了，吃完后他写了一张纸条让欣雅吃过早餐在家里等他，然后就去了学校。

欣雅醒来后发现了放在桌子上的纸条，她梳洗完毕，看着炉子上放着的煎饼还冒着热气，赶紧吃了一口，原来味道还挺不错的，看着盘子里色香味俱佳的煎饼，欣雅又开始佩服起亚科尔做饭的手艺了。

还不到八点的时候赛利娅也回到了家里，一大早她就想着早点来了送送欣雅，但她又怕来早了不方便，所以这时候才回来。

不过赛利娅也感觉到了欣雅的变化，同样作为一个女人她能感觉到欣雅的心里还有亚科尔，但是令她担心的是欣雅这一去还能不能再回来。如果欣雅去北京工作了，那么大的城市追求她的男生可就多了，这样的话亚科尔还是一个人，不知道这样的日子对于亚科尔来说何时才是头。

欣雅倒像是这个家的主人，她给赛利娅端了一碗茶，还亲手让给赛利娅一大块煎饼让她尝尝亚科尔的手艺。

赛利娅有点奇怪，欣雅昨天来的时候说是急着赶回去，但今天一点没看出她要回去的迹象，赛利娅只好问欣雅："孩子，你啥时候回去？不是说还要急着去北京吗？"

欣雅听完略略沉思了一下说："阿姨，我和亚科尔商量好了，我不回去了！"

这句话对于亚科尔和这个家庭来说来得有点晚了，但是这句话已经完全表明了她和亚科尔要在一起了，赛利娅听后又惊又喜地说道："善良的孩子，我们多么盼望你能留下来，就是以后要跟着亚科尔吃苦了，我们的条件哪能比得上省城，本来你还可以去北京，留下来的话会耽误你的大好前程，孩子，你想好了吗？"

欣雅听完后呵呵地笑了笑说："阿姨，这世上哪有两全其美的事呢，不管是在北京还是在省城，哪里不得付出辛勤的劳动？无论到了哪里都得努力，只有努力了才会有收获，才能得到别人的尊重，我喜欢亚科尔是因为他不但诚实、勤奋，他还是一个特别善良的人！"

赛利娅这回是真的开心了，她恨不得把这个天大的好消息立刻告诉给自己的丈夫，她还计划着把爷爷和奶奶接到县城来让他们也陪陪欣雅。

欣雅把房间收拾了一番后，告诉赛利娅她要到学校去看看。

两天前，她在这所学校里还是东躲西藏，今天她来到学校悠然自得，她似乎感觉到她也是这所学校的一分子。

她径直走进了教学楼，刚好到了下课时间，楼道里好多学生好奇地看着她，她面带微笑给这些学生打着招呼，向他们问了问亚科尔老师的办公室，几个孩子领着她来到了亚科尔的办公室。这是一个大办公室，办公室里有七八位老师，老师们刚下课回到办公室，欣雅一眼就看到了亚科尔，亚科尔似乎有点吃惊，但很快微笑着向她走来了，办公室里老师们的目光都聚焦到了欣雅的脸上。

央珍是第一个来到欣雅身边的，她拉住欣雅的手有点不好意思地说："欢迎你，欣雅！"

欣雅微笑着说："你好，央珍老师！这所学校里，除了亚科尔，你是我认识的第二个人，今天又见到你，我很高兴！"

老师们想都不用想，这位欣雅姑娘肯定是亚科尔的女朋友！

老师们都过来和欣雅打了招呼，欣雅始终保持着微笑和老师们一一握手，打完招呼后，欣雅让亚科尔到办公室外面听她有话说，原来她想去找一找校长。

校长办公室里，刘文青正在翻阅文件，忽然看见亚科尔带着一位漂亮姑娘进来了，刘文青赶紧让欣雅和亚科尔坐下说话，欣雅没有坐下而是彬彬有礼地对刘文青说："刘校长您好！我叫方欣雅，是亚科尔老师的大学同学，我这次来就是想问问您，能不能让我也到这儿来教学？"

欣雅的一番话说完，不光是刘校长有点诧异，就连亚科尔也没搞明白欣雅说这话是不是已经想好了。

刘文青看了看亚科尔又看了看欣雅说道:"方小姐,先请坐,有话慢慢说。"

看着眼前这位年过半百精神矍铄的老者,欣雅竟有一种亲切的感觉,她毫不拘束地说:"刘校长,我是亚科尔的女朋友,我们相恋整整七年了,这之前因为我们之间的一些误会令我差点去了北京,这次是我自己决定要留下来的,我想和亚科尔在一起工作,请您一定答应我的请求。"

刘校长一连说了三个"好",接着他又详细了解了欣雅的情况,得知她是陇原师大的硕士研究生,刘校长不住地夸奖起欣雅来,他想如果欣雅真要留下来,这可是祁裕一中建校以来的第一个研究生,他觉得这件事不能小视,容不得半点马虎,就对欣雅说:"方小姐,学校欢迎你啊,不知你对你的想法认真考虑了没有?年轻人啊,一定得想好!"

刘校长说完,欣雅坚定地说:"刘校长,请您放心吧,我都想好了!"

刘校长高兴地答应了欣雅的请求,他知道求贤若渴的艰难。

作为一名校长,尤其是一所偏远民族学校的校长,对于这么好的事一般求也求不来,欣雅主动找上来了,这件好事偏偏让他碰上了。他赶紧给欣雅倒上水关切地问:"方小姐,这是你第一次来祁裕吧,能不能习惯?"欣雅听刘校长这么说笑了笑回答:"刘校长,这已经是我第四次来祁裕了,我不但去过亚科尔家的夏牧场,我还去过他家的冬牧场呢,这儿的人很淳朴,虽然基础条件差了点,但其他方面都很好呀,我喜欢这儿!"

听欣雅这样一说,刘校长佯装带点责备的语气对亚科尔说:"好小子,女朋友的事还瞒着我了?我没看出啊,你还深藏不露呢!"说完又哈哈地笑起来。

亚科尔嗫嚅着小声说:"刘校长,这是私事嘛!"刘校长说:"好,算是私事,以后有啥困难可要对我说呀,我能给你们帮上的忙会尽量帮的!"

从刘校长办公室走出来,亚科尔赶紧问欣雅:"你怎么不提前跟我说一声呢?你真的想好了吗?"

欣雅拉了拉他的手说:"想好了,真的想好了!"

第十六章　投桃报李

欣雅离开省城去了祁裕县的那天下午，周雯把情况告诉了方啸天，方啸天对妻子说："去就去吧，孩子大了我们该听的时候还得听她的，女儿和亚科尔的缘分还没尽，这次去了她也就死心了，对她来说也许这是个好事，让孩子把以前的恩怨都放下后再轻轻松松去北京吧！"

周雯还是有点担心，她考虑欣雅去了之后如果亚科尔向欣雅提起她那次情急之下说谎的事，欣雅会怎么想，是不是会恨她这个当妈的？

不过她又想，这么久了亚科尔可能和那位央珍姑娘早都结婚了，女儿去把东西送下也许不会见亚科尔就回来了。

十三号的时候，欣雅还没有回来，周雯有点担心了，按欣雅临走时的计划应该十二号就回来的，可是去北京的时间越来越近了，这该如何是好？

又过了一天，欣雅还是没有回来，周雯和方啸天有点着急了，无奈之下，方啸天先给弟弟打了个电话，让他去欣雅应聘的音乐学院先给女儿请个假，至于欣雅他会尽快联系到。

又过了三天，还是没有女儿的任何消息，这一次方啸天和周雯真的着急了，两口子合计了一下，方啸天决定去一趟祁裕县。

这次他是自己开车去的。

一大早，他驾车从省城出发一路向西，他发现这一路上经过的几座城市较之十多年前有了很大的变化，因为时间紧他没有顾上细细留意，他主要的心思就是早点到达祁裕县看看女儿到底是怎么了。

经过十多个小时的长途跋涉和路途上的短暂休息,晚上八点多方啸天终于到达了祁裕县城,到达县城后他先找到了县一中,门房值班人员告诉他亚科尔正好在上晚自习。

亚科尔得知有人在找他,就把学生交代给了值周老师匆匆忙忙跑到了值班室,看到找他的人原来是方啸天。

方啸天见到他的第一句话就是:"欣雅呢?"

亚科尔有点胆怯地说:"叔叔,欣雅在呢,她已经在我们学校上班了!"

方啸天简直不敢相信亚科尔的话,又问了一遍:"你说什么?欣雅在这儿上班了?"

"是啊,叔叔,今天晚上我上晚自习,她在家里呢?"

这会儿方啸天完全蒙了,这到底演的是哪一出?他再没问什么,而是让亚科尔和他一起去见女儿,他想亲自问问女儿这到底是怎么回事。

在亚科尔的平房里,欣雅正在乐呵呵地洗衣服呢,看到爸爸风风火火走进屋来,她赶忙放下手里的活站了起来。

方啸天看着欣雅苦笑了起来,他一路上想到了欣雅没有回家的好多个结果,怎么也没想到自己的女儿竟然已经和亚科尔生活在了一起。

欣雅望着方啸天难堪的表情后说道:"爸爸,您可能误会了,不是您想的那样!"

方啸天终于克制不住自己的情绪了,怒气冲冲地说:"我怎么说你才好呢?去北京的时间都已经过去好几天了,你连一个电话都不打,我想祁裕县再落后,不至于连一部电话都没有吧,你到底怎么样才算能长大,你让我和你妈操碎了心,你这是怎么了?"

方啸天满脸通红地站在那里,亚科尔赶紧让座。

欣雅也拉着爸爸的手让他先坐下慢慢听她说。

方啸天还是一言不发地站在原地,这可难住了两个年轻人,实在无奈,欣雅拉着他的手硬是把他拽到了沙发上。

此时方啸天也真的有点累了,五十好几的年纪了开车一路颠簸,骨头都快散架了,他只好坐了下来,亚科尔端着水递到了他的手里。

看着爸爸的情绪慢慢平复了，欣雅才嗲声嗲气地说："本来给你和妈妈打电话，但是我的事情还没有完全定下来，所以没有打，这次是我的错，爸爸您就原谅我一次吧，以后再不这样了！"

在女儿的面前发这么大的脾气方啸天这还是第一次，看着女儿给他道歉，他的气早消了大半，不过他不明白女儿说的她的事情到底是啥事就问："你的什么事情没定下来？"

"我的事情您和妈妈听了肯定反对，所以先不告诉您了！"欣雅用满是恳求爸爸的眼神说。

亚科尔趁欣雅父女说话，这会儿正在忙着给方啸天做饭。

方啸天又问欣雅："之前你说的亚科尔和学校的女老师好上了，现在你俩又在一起，这到底又是怎么回事啊？"

欣雅接下来就把事情的原委一件一件地讲给了爸爸。

方啸天听完之后看着眼前的两位年轻人，心中突然涌出了颇多感慨，他也被女儿和亚科尔的故事深深感动了，他不由地对这对年轻人心生起一股佩服之情，他也为自己曾经对亚科尔刻薄的措辞感到尴尬。

是啊，只有经历过时间和磨难洗礼的爱情才能被称之为爱情，否则只是一纸空谈！

就在父女俩谈话间，亚科尔的饭也做好了，他恭恭敬敬地把饭端到了方啸天的手里说："叔叔，您这么远来一趟受累了，先吃饭吧！"

方啸天从学校值班室到现在还没有和亚科尔说上一句话，看着亚科尔把饭端到了自己的手里，方啸天才和蔼地说："孩子，谢谢你！以前是我错怪你了，叔叔和阿姨对不起你！"

亚科尔赶忙说："叔叔，您不能这样说，以前是我做得不好，说对不起的人应该是我，我知道以我的条件根本不能和欣雅相提并论，但是我能肯定的是这么多年来我对欣雅一直是真心的，以前想过好多次，即使欣雅不理解我，我也不会恨她，她是我这一生中遇见的最好的女孩！"

没想到他一口气说了这么多。

他又接着说："尤其是这一次，我知道您和阿姨担心欣雅，从欣雅来的那一天我就想给您打电话，欣雅说让我等一等再打电话，欣雅她想留下来，又怕您和阿姨不同意，就自己做主找到了学校校长要求到我们学校教学，校长也同意了，校长还亲自给教委主任汇报了这件事。"

欣雅赞许地看了看亚科尔，她本来不打算一下子全都告诉爸爸，没想到亚科尔一口气说了出来。

方啸天一边吃饭，一边陷入了沉思。

他首先想到的就是女儿在这儿工作也许就是一辈子了，作为一名教育工作者，他一直提倡教育是一项追求清贫和奉献的事业，真是一语中的，自己的女儿恰恰选择了他所谓的奉献，他的心里有很多不甘，本来女儿的前途已经清晰地唾手可得，这一次他有点迷茫了……

当晚，亚科尔和欣雅把方啸天送到了县宾馆住下。

第二天一大早，方啸天来到了县一中刘校长的办公室里。

当得知方啸天是欣雅的父亲，刘校长首先热情地和他握手致意，接着说："方教授，这件事就是有点匆忙了，欣雅这孩子打算到这儿教学的意志很坚定，我和学校的陈书记商量以后，又亲自去县教委把情况汇报给了安江才让主任，安江主任的意见是我们要尊重欣雅的选择，祁裕县需要这样的人才，安江主任也交代我们要积极与欣雅的家人联系，征求家人的意见，本来下周省上有个会我要去参加，我想亲自去找您，可是让您先来了，我们安排不周啊！"

方啸天听刘文青说完后说道："刘校长，这孩子从小就听话，她今年从陇原师大研究生毕业了，孩子的叔叔给她联系了北京的一所音乐学院，前几天她去面试后被正式录取了，她从北京回来后就来祁裕县了，好几天没音信，我和她妈着急，我专门来了看看情况，还是亚科尔告诉我欣雅要在这儿工作了，我是为这事来的。"

方啸天说话间，刘文青细细看了他一眼，突然说："方教授，我好像见过您！"听刘校长这样一说，方啸天细细端详了刘文青一会，感觉真的面熟，便问道："是啊，刘校长，我也觉得您面熟，十多年前我来过这儿，是不是那时候见过您？"

刘文青恍然大悟地说道："那是八二年吧，省教委来了几位同志调查民族地区的教育状况，大概在祁裕县待了一周，当时我是学校的教导主任，应该是那时候见过。"

方啸天似乎也记起来了说："对啊，我对这儿的印象最深的是当时考察的除了县城的几所学校和区上的学校，还有乡上和村上的学校，虽然跑了一周，但连五分之一的学校都没走完，当时省教委的王副主任在一所村上的小学看到学校条件极其简陋，他还动情地流泪了，大家回省城的路上心情都很沉重，说是回去积极向省教委主要负责同志汇报，大力支援牧区的教育事业，但是后来听说解决了一部分教学物资，在人才引进和基础建设工作方面力度不大啊！"

刘文青也接着方啸天的话说："方教授说得对，咱们祁裕县山大沟深，县上引进人才方面也出台了优惠政策，只是，大多数年轻人来干上几年就又陆陆续续回去了，我们留不住人啊！"

方啸天本来是说女儿的事来了，这会和刘文青两个人说起了教育这个关乎国家和民族千秋大业的话题时，两个人的想法多么相似啊！正因为两位都是具有家国情怀的一代教育人，他们把教育事业看得比什么都重要！

他们正在谈话间，办公室主任贺安斯科尔匆匆忙忙进了校长办公室告诉刘文青，一会儿县教委的安江主任要来

刘校长问贺安斯科尔："安江主任要来学校没给我们提前通知是啥事吗？"贺安斯科尔回答道："方教授来了以后，陈书记考虑到这件事很重要，他向安江主任汇报了，安江主任急着过来看看呢！"

原来是这样，刘校长笑了笑说："好啊，陈书记考虑得周到，我还想下午了去请请安江主任呢，他能来，真是不请自到啊！"

没多久，安江才让就到了刘文青的办公室，他一进门看见方啸天就走了上去紧紧地握住他的手说道："欢迎您啊，方教授！"

方啸天定睛一看这不是当年的安江校长吗？没想到安江校长还记着他。

刘文青上前一步，刚要向方啸天介绍安江才让时，方啸天说："刘校长，你不用介绍了，安江校长，不，我认识安江主任，那年就是他陪着我

们去县城的几所学校，没想到十多年过去了，又相逢了！"

安江才让哈哈大笑着说："是啊，人生何处不相逢呢，前几天刘校长向我汇报说来了个研究生想到一中教学，还说是亚科尔这棵梧桐树引来的金凤凰，我听后也慎重考虑了这个问题，告诉刘校长一定先和家里沟通，没想到方教授您亲自来了，我代表祁裕县教委谢谢您，谢谢您把这么优秀的女儿送到祁裕来，有了您和像您一样的家长的支持，祁裕教育的明天会更加灿烂！"

本来方啸天找刘校长是想探探欣雅还有没回去的可能，现在听到安江才让一番热情洋溢的措辞，他赶紧对安江才让说："谢谢安江主任夸奖，这都是孩子的意愿，我们做家长就得多多支持，到基层工作好呀，让年轻人发挥本领，早日成为国家的有用之才！"

这个时候，方啸天对欣雅去北京工作的事缄口未提。

安江才让对欣雅的工作提出了这样一个建议：他认为祁裕县刚刚在民族中学的基础上建成了职业中专学校，专业课师资很紧张，他的建议是想征求一下欣雅的意见，能不能先到县职业中专去工作几年，等职业中专的专业课教师配齐了再回到一中。

对于安江才让的这个建议，刘校长提出了反对意见，他说："欣雅老师是冲着亚科尔来的，所以把她的工作安排在一中最合适不过了，我们得尊重欣雅老师的想法，尤其是我们还得关心和支持她的工作，一位省城长大的姑娘来到祁裕一中真的是太不容易了！"

安江才让笑了笑说道："我理解，刘校长是惜才如命啊，他是舍不得欣雅离开一中，这样吧，从全局考虑，我们先征求一下欣雅老师的意见，如何？"显而易见，最后一句话他是说给刘文青的。

方啸天也插了句："我觉得安江主任的意见不无道理，欣雅一直学的是钢琴，还会其他的几样乐器，音乐理论和素养也很好，如果去了职业中专学校可能更适合她的专业！"

听方啸天这样一说，安江才让更加理直气壮地说："还是方教授有远见，刘校长，算上亚科尔，你祁裕一中来了两位优秀大学生，你可不能都独占喽！"

刘校长还想争执，但当着方啸天的面他只好说："这一回咱们征求欣雅老师的意见，她如果不想去职业中专学校，那咱可不能强求啊！"这句话他也是冲着安江才让说的。

"这个嘛，听欣雅老师的，你放心！"安江才让说完后看了看手表说，"时间不早了，我还有个会，我先去开会了，今天中午我请方教授和大家一起吃个饭，就在家里做吧，老刘、老陈还有亚科尔和欣雅都要来。"

安江才让说完匆匆走出了刘文青的办公室。

这时刚下课，欣雅和亚科尔也来到了校长办公室。

看着这两位朝气蓬勃的年轻人，刘校长是满脸的喜悦，只是刚才安江主任的一番话让他有点担心，他怕欣雅被教委调到职业中专学校，多么优秀的一位年轻人啊，如果留下来带一中的专业课，那一中以后的高考成绩肯定会如虎添翼，可是人才来几天就被职业中专学校盯上了，刘文青很想去找一找职业中专的秦一民校长。

中午的时候，在安江才让家里，刘文青和陈文海陪着方啸天在客厅里聊天。

安江才让要给大家倒水的时候被欣雅接过去倒了，亚科尔也帮着安江才让的夫人端菜端饭。看着这一对勤快的年轻人，安江才让不住地夸奖，欣雅对他说："这是我们年轻人应该做的，亚科尔曾经在酒店里还端过盘子呢，那年过年他没有回家。"

方啸天也跟着说："是啊，亚科尔那年假期里打工还赚了点钱，听欣雅说亚科尔没舍得花，留了点生活费，其他的钱都寄给了家里。"

听到这里，刘文青也说："牧区的生活条件就是苦啊，牧区的孩子也都争气，从小就帮着家里干活，这些孩子的自理能力很强，听说亚科尔还做得一手好菜，哪天了咱们去尝尝！"

刘校长说完，大家都呵呵地笑了起来。

吃完饭大家要出门的时候，方啸天说是他下午想请大家吃个饭，他已经让欣雅在县宾馆把饭订好了，他想和大家再聚聚，第二天一大早回省城。

对于方啸天的邀请安江才谦让了一番后说:"恭敬不如从命,至于吃饭呢我们一定去,我想下午陪方教授去牧区看看,这几年在党的好政策支持和引领下,我县的教育工作有了很大的发展,今年全县已经普及了九年义务教育,但比起其他兄弟县,我县的教育硬件建设还处在一个相对落后的局面,方教授回去了给我们搭个线,在省教委领导面前美言几句会比我这个县教委主任顶用呢!"方啸天连忙说:"承蒙安江主任厚爱,为祁裕县的教育出出力,那是应该的!"

下午两点半,县教委唯一的一辆吉普车停在了亚科尔家的门口,安江才让已经下车在等候方啸天了。

一下午,安江才让陪着方啸天去了基层的三所学校,方啸天凭着记忆发现,祁裕县的教育比起十五年前已经是另一番景象了,他去的那三所学校校舍基本上都是焕然一新的砖房,学校里也配备了一些简单的电教设施。

只是他发现去过的学校还没见到一台电脑,听安江才让介绍,祁裕县唯一拥有电脑的学校是职业中专学校,去年利用省上的助学贷款购买了十台电脑,这还是用来培训全县干部职工的,学生几乎没有学习使用电脑的机会。

说到这儿,安江才让又向方啸天叫苦:"职业中专学校是县城里唯一没有楼房的学校,学校领导和老师们对办学的积极性很高,就是基础设施条件太差了啊!"

和安江才让这一下午紧紧张张的考察,让方啸天感触颇多,他也在暗暗计划回去一定找找省教委的老同学谈谈,能扶持就扶持一下这儿,毕竟祁裕县以后可是自己的常来之地啊!

到了县宾馆,方啸天才发现这一整天忘了一件关键的事情,那就是给妻子周雯打电话。

他让亚科尔和欣雅先招呼着客人,自己赶紧用宾馆里的电话拨通了家里的电话,电话里传来周雯急切的声音:"你怎么不给我来个电话?欣雅怎么样啊?是不是遇到了什么事?"方啸天只好硬着头皮说:"欣雅一切都好啊,她和我在一起呢,她之前和亚科尔之间的矛盾都是误会,两个人又好上了，我们错怪亚科尔了！"周雯在电话那头好像沉默了一会儿接着又说："那你和欣雅什么时候回来啊，你把时间定好，我早点给姑娘买机票！"

方啸天听后苦笑了一声说："还买啥机票，姑娘不回去了，她已经把工作联系到了祁裕县，我这会正和祁裕县教委的安江主任还有县一中的刘校长、陈书记在一起呢，孩子留下来还得靠大家关照，我订了桌饭请他们一起坐坐！"

周雯听完在电话里抱怨了一句："老方啊，你真有本事，总算把女儿送到了县城……"话还没说完，电话挂了！

吃完饭，送走了安江主任他们后，方啸天和亚科尔、欣雅又坐在了一起。

方啸天先对欣雅说："刚才我给你妈打了电话，把情况都告诉了她，你妈心里还是忧虑，我罢了回去给她好好解释，你就别管了，既然自己决定留在祁裕县，爸爸听你的，以后要好好工作，常给家里来电话。"说话的时候方啸天拿出了一沓钞票交给了欣雅说："你来的时候啥都没拿，这些钱留下，买件厚点的衣服，牧区的天气变化大，早晚冷，还有需要的东西也都买上，别苦了自己。"

欣雅本来没打算要父亲的钱，但看着父亲那慈祥的面庞她把钱接了过来，刚要说话一阵心酸涌上心头竟低声哭泣了起来。

是啊，这世上最关心你的人也许就是你的父母！

方啸天看着哭泣的女儿说道："孩子，今后离开了爸爸妈妈自己要坚强起来，我和你妈会常来看你的，这次'十一'放假你要回趟家，把你该用的东西都带来。"

方啸天又看了看亚科尔说："孩子，叔叔和阿姨相信你和欣雅的感情，对于以前的误会你别往心里去，今后的路还很长啊，你要好好对待欣雅，至于你俩的事，你们先自己衡量，需要我和阿姨帮忙的我们义不容辞，我们就欣雅一个女儿，你们的事也是我们的事！"

听方啸天把话都说到了这个份上，亚科尔的感激之情自不言表，他用诚恳的目光看着方啸天说："叔叔，谢谢您对我和欣雅的关照，您说得对，在今后的日子里我要更加关心和支持欣雅，这您就放心吧！"

听完亚科尔的话，方啸天点了点头又说："今天听安江主任的建议是让欣雅去职业中专学校上班，这件事你是啥态度？"

亚科尔说："这我还没有想好，欣雅到一中的话可以带音乐课，咱们一中有两位音乐老师，只是专业水准不高，就得需要像欣雅这样的人，县职业中专学校建成不久，听说缺的专业老师不少，欣雅去的话可解燃眉之急，就是职业中专学校在各方面条件远远不如一中。"

欣雅听后望着亚科尔说："我愿意去职业中专学校，要说条件优越那我就去了北京，我来这儿不是讲什么条件的，如果刘校长同意，我就到职业中专学校上班，给孩子们教钢琴，我想这样的话真的不错！"

方啸天听完女儿的话说："欣雅说的也是，我赞同，明天你们到学校把我的意见向刘校长讲清楚，只要是欣雅能为祁裕县的教育作出贡献，我和你妈也就再没什么可说的了。"

这一刻，亚科尔因为方啸天这一席话，对他有了新的认识，他赶紧说："谢谢叔叔支持祁裕的教育事业，我和欣雅会努力工作的，请您和阿姨见证我们成功的那一天吧！"

欣雅也说："爸爸，谢谢您，您回去妈妈可能会抱怨您，我的事让您费心了！"

方啸天看着女儿一本正经的样子，禁不住呵呵地笑起来说："年纪不大越来越会说话了，如果爸爸这次不同意你留在祁裕，是不是你还要和爸爸一刀两断呢？"

欣雅听完爸爸的话抿嘴一笑："怎么会呢，就算您不同意，您也永远是我的好爸爸！"

方啸天听完哈哈大笑："真是个伶牙俐齿的丫头，以后爸爸听你的！"

亚科尔也跟着呵呵地笑了起来。

看着方啸天心情不错，亚科尔说："叔叔，我想留您再待上一天，明天让阿爸来见见您，等会欣雅给阿姨打个电话，让她别担心，您看行吗？"

既然亚科尔这样说，方啸天也同意了，孩子的一片心意嘛，那就留下来见见这位未来的儿女亲家。

听方啸天同意了,亚科尔急着去联系出租车了,他想最好赶在明早羊群出圈前到达,否则阿爸就出牧了。

欣雅也到宾馆前台去给周雯打电话了。

周雯接到欣雅的电话,刚开始一阵抱怨,后来还是疼爱起女儿来:"妈妈以前对亚科尔说那番话是实在没办法了,你别怨恨妈妈,我知道你的心里一直放不下亚科尔,亚科尔的心里也有你,既然你选择了留下来,妈妈也听你的,但你答应妈妈一定要照顾好自己!"

妈妈的一席话让欣雅不由地感动,原来,这世间的亲情才是激发一个人向往美好的动力。"妈妈您别担心我,我一切都好,再过十几天'十一'放假我就回去看您!"欣雅乖巧温柔地在电话里对周雯说。

母女之间原有的亲情瞬间更浓了,话语更是多了起来,周雯在电话里嘘寒问暖,知道了女儿住在亚科尔县城的家里,女儿更是神秘地悄悄告诉妈妈,她和亚科尔虽然住在了一起,但他们两个人之间并没有发生什么,她想等到结婚的那一天才把自己真正地交给深爱的亚科尔。

在道尔吉的秋牧场上,一大早喜鹊叫个不停。

天刚蒙蒙亮,一辆出租车停在了道尔吉帐篷前的空地上,出租车司机说明缘由,道尔吉手忙脚乱了起来,听说是欣雅的爸爸来了要见自己一面,他不知道会是什么结果。

他和赛利娅商量了一下,赛利娅的意思是牧业上宰一只羊了拿上去,无论如何人家大老远来一趟,得好好招待一下。

中午过后道尔吉到了县城的家里,他一进门,方啸天就迎上来和他握手,道尔吉看到眼前的这位中年人温文尔雅,赶紧伸出手来说道:"尊敬的方教授您好!草原人民欢迎您啊!"

方教授看到眼前的这位裕固族汉子年龄和自己相仿,但是脊背已经有些弯了,他也和气地回应:"您好!道尔吉兄弟,让你大老远来一趟我真是有点过意不去,本来今天要回去,亚科尔说是让咱俩见上一面,也好啊,以后来往就多了，今天我们先认识认识！"

两个人说完双双到了沙发上坐下，道尔吉发现桌子上的菜还没有动，欣雅赶紧端来了饭让给他说："叔叔，我们一直等您呢，赶紧吃饭！"亚科尔也给方啸天端来了一碗饭。

吃饭的时候道尔吉一直谦恭地招呼着方啸天吃菜，他说："牧区的生活条件不如城里啊，不过这几年政策越来越好，牧民们手上也有了几个闲钱，大的问题基本上是没有了，两年前我们给亚科尔买了这间房子，虽然是个平房，也算在城里有个落脚点了。"

方啸天听后说："虽然是平房，已经很不错了，欣雅对我讲过，你和亚科尔的阿妈都是好人啊，欣雅还说爷爷奶奶对她也好，遇上你们一家人也是我们方家的福气啊！"

他又接着说："对于孩子们的事我认可了，欣雅和亚科尔交往前后六七年了，两个人也遇到过坎坷，走到一起不容易啊！现在我们双方家长就得好好支持孩子们，你们家的情况我也有些了解，亚科尔和欣雅的岁数不算小了，男大当婚女大当嫁嘛，今年寒假里，我们张罗着把他俩的婚事给办了，孩子们有了依靠工作上也就更起劲了，你的意见我也听听。"

方啸天一口气说了这多而且这么爽快，这也是道尔吉没想到的，听完方啸天的话他连忙说："好事啊，我不知怎么感谢您，欣雅来了几次我们就知道她是个好姑娘，我和亚科尔他阿妈做梦都想要这个儿媳妇，今天听您这么一说我就放心了，欣雅能看上我们的亚科尔是我们杜曼家的荣幸啊！"

欣雅和亚科尔看着两位可亲的家长一见如故，他们也开心地笑着。

吃完饭上班的时间也快到了，亚科尔出门的时候，道尔吉给他交代放学后把刘校长和陈书记请到家里，让学校的两位领导来了一块陪陪方啸天，他觉得他一个牧民也没啥可说的。

欣雅和亚科尔上班去了，道尔吉开始忙碌起来，他把带来的整只羊肉按各个部位分好，又把羊肠子装上，卷了几个脂裹肝，开始煮肉，方啸天看着道尔吉娴熟的手法说道："亚科尔也做得一手好饭，看样子都是跟您学的。"

道尔吉呵呵地笑着说:"也没啥学的,我们家没姑娘,奶奶和他的阿妈从小就教亚科尔做饭,不管是在定居点上还是在牧业上,他一个人的时候只能自己做饭了,时间长了,也还像回事儿。"

道尔吉煮肉的时候,方啸天来到了街上买了一条鱼和一些蔬菜,回来他看着道尔吉的肉食都准备得差不多了,方啸天也自告奋勇地说炒菜的事交给他,他开始洗鱼择菜,到下午五点多的时候也准备了几样精致的菜肴。

那天下午方啸天和道尔吉聊了好多好多,两个人渐渐地亲密了起来。

下午六点半,亚科尔和欣雅陪着刘校长和陈书记来到了家中,除了他们还有一位不速之客。

前一天下午和方啸天等人吃过饭以后,安江才让就匆匆来到了秦一民家,把他想调方欣雅到职业中专学校的想法告诉了秦一民,秦一民听说是方欣雅的父亲亲自来到了祁裕县,而且有意让方欣雅到职业中专学校任教后他高兴得不得了,但是听说一中的刘校长不放人,他又着急起来,第二天早上因为有事耽误了,下午他就到了一中找到刘校长要人,但是刘校长一直不开这个口,刘校长不开口,秦一民也不回去,就这样他在刘校长的办公室里僵持到了下班。

快下班的时候,欣雅和亚科尔又来邀请刘文青和陈文海,秦一民听说欣雅的爸爸还没回去,他也跟着来到了亚科尔家。

这位不速之客正是职业中专学校的秦一民校长。

方啸天陪着道尔吉站在门口热情地迎接来客,此时他也有点像是这个家的主人。

待大家坐定后刘校长隆重地向方啸天和道尔吉介绍了职业中专学校的秦一民校长,秦一民客气地说:"很荣幸认识方教授和道尔吉兄弟,我这是不请自来,还得请两位海涵啊!"

刘文青听后哈哈大笑:"秦校长啊,您来了后,我的日子就不好过了!"

陈文海也说:"是啊,今天我们真是冤家要碰头啊,本来我们和两个年轻人的家长要在一起规划规划孩子们的未来,您这一掺和,真是半路里杀出个程咬金啊!"

陈文海说完也是哈哈大笑。

秦一民听完呵呵一笑:"两位领导还是大度啊,既来之则安之嘛,我很庆幸你们没把我拒之门外!"

方啸天赶紧打个圆场:"各位领导真是妙趣横生啊,来的都是客,你们来了,让孩子们的脸上有光啊!"

说话间,亚科尔和欣雅已经倒好了茶,把肉啊菜啊的都端上了桌子,道尔吉也热情地张罗着大家吃饭。

刘文青拿起一根肥美的羊肋骨用小刀将羊肋骨上的肉分成一段一段的让给了方啸天说道:"这可是咱们牧区地道的美食,方教授要多吃点!"

说完后他依次给其他人也让起来了,道尔吉赶紧接过刘文青手里的小刀说:"刘校长您先请,这个让我来吧!"

陈文海边吃肉边说:"没想到道尔吉兄弟还是个好厨子呢,满满一桌菜色香味俱佳,令人佩服啊!"

道尔吉听陈文海夸他,连忙说:"我可没那手艺啊,除了肉食,其他的菜都是方教授做的。"

刘文青听说这顿饭是道尔吉和方啸天一块做的,禁不住地赞叹:"缘分啊,这真是一次完美的珠联璧合!"

俗话说,三句话不离本行。酒过三巡,秦一民在席间又提起了欣雅到职业中专学校的事,刘文青说啥都不同意。

方啸天只好说:"昨天安江主任在的时候大家也都提起了这件事,当时安江主任和刘校长的意思是征求欣雅的意见,倒不如这样,咱们问问孩子是啥想法。"

秦一民听后连声说好,大家的目光都聚拢到了欣雅的脸上。

欣雅看着大家都在盯着自己,不紧不慢地说:"首先我要谢谢刘校长,我刚到一中刘校长就答应了我的要求,按理说我应该要留在一中,但是听说职业中专学校缺专业课老师,我和爸爸还有亚科尔也商量过了,我觉得我更合适去职业中专学校。"

秦一民听完赶紧站了起来握住欣雅的手说:"欣雅真是一位深明大义的

女孩，我代表职业中专学校欢迎你！"

他说完又看了看刘文青："刘校长，这一次我只能横刀夺爱了，请你谅解啊！"

既然欣雅都说了自己的意见，刘校长只能打个圆场了："我尊重欣雅老师的决定，何况咱们是兄弟学校嘛，我们都是为了教书育人，欣雅去了职业中专学校还请秦校长多多支持她的工作，等你的人马配齐了，还得给我送回来！"

秦一民满口答应，举起酒杯先干为敬，他的心里也酝酿好了欣雅的具体工作。

祁裕县职业中专学校建起刚刚两年，这所学校的宗旨是以职业技能开发和培训为主，为高一级学校培养和输送合格的中等专业人才。学校的校舍还是原民族中学的校舍，两年前民族中学的学生大部分被并入县一中，剩下的学生和从全县初三毕业生中招聘的学生进入职业中专学校学习，部分老师也调入了县一中，剩下的一部分老师随编制加入职业中专学校了，县教委又招聘了一部分专业教师，学校初具规模，只是秦一民清楚，真正有能力的专业教师还是寥寥无几，为这事他没少给安江主任反映，安江主任一直答应只要有人，首先会考虑职业中专学校。

秦一民在职业中专学校建成前是县教委副主任，起初县委县政府抽调他负责筹建职业中专学校，学校建成了，由于他出色的工作能力又被委任为第一任职业中专学校校长了。

建校两年来他和班子成员摸爬滚打，探索民族地区的职业教育办学思路，渐渐创办出了民族艺术、旅游、学前教育几个特色专业，可是问题的关键还是缺人。

欣雅刚到一中没几天秦一民就听说了这个消息，他赶紧跑到教委向安江才让要人，安江才让也很为难，一来欣雅到县一中是为了亚科尔，二来欣雅已经被县一中正式招聘了，安江才让告诉他只能等合适的机会了。

让他没想到的是这个机会竟然这么快就来了。

欣雅来到学校的第一天，发现职业中专学校的条件根本不能和县一中相比，教室和宿舍全都是平房，尤其是专业课教学设施根本无法满足教学需求，秦校长让音乐学科组的兰姬斯雅陪同她一起到学校的各功能室和教室里转了一圈，她发现学校里仅有三架钢琴，听兰姬斯雅介绍只有一架钢琴是新买的，其他两架还是县民族歌舞团捐助的。

欣雅来到职业中专学校那天下午，学校召开了全校教职工大会，会上秦校长向大家隆重介绍了欣雅，并且在会上宣布由欣雅老师担任学校音乐学科组组长，兼任一年级（1）班的班主任，同时担任一年级三个班的音乐教学。

在会上欣雅微笑着向各位老师点头致意。看到如此优雅美丽的一位女孩来到了职业中专学校，老师们啧啧赞叹，并且为她加入这个团队鼓起了热烈的掌声。

下午回到家里欣雅的心情还很激动，她告诉亚科尔自己已经喜欢上了职业中专学校，虽然她对学校还不熟悉，但她能感觉到她的归宿也许就是这所条件还很落后但正在百废待兴的学校。

亚科尔看着欣雅高高兴兴的样子，心里美滋滋的，这几天来发生了那么多的事，现在冷静下来想想这几乎就是一次命运大转折。

几天前，欣雅从天而降，而后又是方啸天的突然来访，一切都来得那样突然，而又来得那样和风细雨，至今他还没有完全转过弯来，尤其是方啸天提到了他和欣雅的婚事，这让他对生活的热情更加高涨了，他知道这世上没有从天而降的幸福，一切都来自自己艰难的奋斗，唯有奋斗的人生才会精彩！

欣雅正式上班了，她所在的音乐学科组共有四位老师。她已经认识的兰姬斯雅老师是一位年轻的裕固族女孩，两年前学校成立的时候刚刚从本省的一所民族师范大专院校毕业，大学里她学的是声乐专业，正好符合职业中专的民族艺术教学专业，她虽然已经工作两年了，但是岁数比欣雅小，所以见了欣雅第二面之后就叫起欣雅姐姐，那个亲热劲儿就好像亲姐妹一般。

音乐学科组的郝尼玛是一位中年藏族女老师，她本来是职业中专学校的前身民族中学的一位音乐老师，她也是本省民族师范大专院校的毕业生，后来通过中央电大的函授取得了本科学历，欣雅来之前她是音乐学科组的组长，因为她的儿子即将高考，她已经多次向学校提出过要求辞去学科组长职务，她觉得为了学校民族艺术教学专业的更好发展，学校应该提拔有能力的年轻人担任这个学科组长。

李新宇是音乐学科组的一位年过三十的汉族老师，李新宇毕业于祁北师范学校音乐选修班，后来通过自学考试从陇原师大毕业，从这层关系看他还是欣雅的师兄呢。

难怪欣雅刚到办公室时，除了兰姬斯雅，李新宇对她也是亲热得不得了，张口一个师妹闭口一个师妹的。为这还被兰姬斯雅数落了一顿，她说李新宇虽然拿着陇原师大本科毕业证，但他连陇原师大的门都没进去过，这让李新宇好不扫兴。

在职业中专学校上班一周后，欣雅基本上认识了大部分老师，原来这所学校只有三十多名老师，学生不足三百人。

欣雅了解到职业中专学校学生少的原因主要是职业教育刚刚起步，家长和学生还不了解职业教育的特点，所以摆在职业中专学校面前的困难还不只是缺老师，招生也是一大难点。这两个困难是相互影响，一个制约另一个。

对于这个难题，秦一民最清楚，他认为最主要的就是解决老师的问题，教学质量上来了何愁没有学生。

这一次欣雅的到来着实让他兴奋了好几天，他对办好职业教育的信心也更足了。

欣雅来到职业中专学校已经三个多月了，她从一名优秀的大学研究生完全变成了一位辛勤的教育工作者。

对于班里二十三名学生学习成绩参差不齐的情况她都了如指掌，根据职业教育的课程设置，文化课和专业课的比重各占一半，她也发现有些文化课跟不上的学生在专业课的学习上很用功，尤其是学习钢琴上，她就积极借助这个优势激发学生学习兴趣，通过专业课能力的提升带动学生文化课的不断进步。

欣雅一学期下来也是小有成就，班里的裕固族学生顾嘉苏柯尔和杨倩达娃已经被欣雅老师如行云流水般的钢琴演奏深深地吸引了，几个月来这两名学生特别用功地练习钢琴，在班里出类拔萃，当然他俩的文化课学习劲头也更大了。

刚到学校那会儿也有令欣雅头疼的事，班里大多数学生都是由于文化课基础差没有进入县一中的初三应届毕业生，所以这一班学生文化课奇差，她和语文老师赵波也探讨了好几次，可是赵波也很无奈，一下子补齐短板他可没这个本事；还让欣雅费心的是班里除了一小部分学生只有一点音乐基础，其他的学生连简谱都不会。

总之，孩子们很刻苦，这一点让她多少有点欣慰。

这三个月来，她又像教小学生那样拿起了音乐基础教材开始给学生恶补，好多次她都累得精疲力尽，但是看着牧区孩子们那一双双质朴和渴求知识的眼神，她还是坚持了下来……

赵波老师看着欣雅身上的那股子韧劲，他也投入了更多的精力给学生补习小学和初中落下的语文基础知识，他常常对学校其他老师提起欣雅时说：人家一个省城的高学历女孩子都能扑下身子吃苦，我们生于斯长于斯不加把劲儿的话，脸上挂不住啊！

职业中专学校在祁裕县城西南方向，离县城中心地带大概二点五公里，老师们都戏谑地说这儿是"郊区"，尤其是有晚自习的老师下午放学后都来不及回家，在学校职工灶上吃过晚饭稍做休息就开始上晚自习了。

欣雅每周有两节晚自习，她下午放学后也在职工灶上吃饭。亚科尔觉得欣雅上下班路途远，他就给欣雅买了一辆"飞鸽"牌的轻便自行车，欣雅学了几次没学会，亚科尔只好每天放学后骑自行车去接欣雅上下班，他没有晚自习的时候就早早到了职业中专学校等着欣雅，如果有晚自习的时候欣雅就在学校等他。

这样一来二往的，职业中专学校的好多老师都认识了亚科尔，大家觉得亚科尔和欣雅真正是郎才女貌的一对，也有年轻教师见了亚科尔会问他什么时候吃他的喜糖，亚科尔总是嘿嘿一笑：时间到了自然会请大家吃喜糖的。

这中间也有人抱着好奇的心理认为亚科尔已经和欣雅住在一起了，吃不吃喜糖已经无所谓了，时间久了这些话也传给了欣雅。

有一次回到家里，欣雅对亚科尔说："我想搬到学校单身职工宿舍去住，这样的话也省了你来来往往接我，等咱们结婚了再住在一起吧！"

听欣雅这样说，亚科尔一下子就明白了，但他无论如何也不愿让欣雅去住在宿舍里，他心疼她！

当欣雅亲口对他说"结婚"这个神圣的字眼时，他又一次百感交集，甚至说是喜忧参半，让他欣喜的是欣雅快就要成为自己的新娘了，让他忧虑的是他的条件实在是有些寒酸，寒酸得让他有点自卑。他心中的女神欣雅从小生活在一个条件优裕的家庭中，现如今却要跟着他过苦日子，他心里有一股说不出的酸楚。

就如欣雅告诉妈妈的那样，他们这几个月来虽然同住一个屋檐下真的什么也没有发生，但自己那种想和欣雅同床共枕的焦灼一直萦绕在心，如今欣雅先提出来结婚，他却有点犹豫了，为自己撑不起欣雅幸福的生活而生出一丝退缩的心绪！

欣雅看出了他的心思，故意跟他开玩笑："亚科尔同学，你最近的表现可不好啊，有啥心里话得给欣雅老师说啊！"

"亲爱的欣雅，你是我的天使，我永不分开的蓝天白云，我的涓涓细流，我梦中的新娘，我做梦都梦到咱俩手牵手走进了婚礼的殿堂，只是我在你的面前几乎一无所有，我拿什么来拥抱你走进我们的未来？"看着欣雅那俏皮可爱的模样，亚科尔终于把自己的心里话说出来了，倏忽间觉得心里轻松了许多。

欣雅听完亚科尔如诗如痴的表白，她真诚地回应："你就是我的蓝天，你就是我的大山，你诚实的价值无可估量，你就是我一生不变的梦想！亲爱的亚科尔，别再犹豫了，爸爸都已经把婚礼的时间大概定下来了，我不需要多么富足的生活，我只要你爱我，永远地爱我！"

亚科尔再也抑制不住自己深埋在心底的激情了，把欣雅拥入怀中，一直狂热地吻她，而后又把她抱上了那张自己曾经在无数个夜里辗转反侧思念她的小床。

欣雅似乎从刚才的激情燃烧中冷静下来了，她在亚科尔的耳边轻声说道："亲爱的，真的不能等到那一天了吗？我曾告诉妈妈我们要等到那一天，我会把自己的所有都给你！"

亚科尔这才放下怀中的欣雅，有点尴尬地笑了笑："我的宝贝，你无与伦比的美让我差点犯了人生的第一次错误，我听你的，我们等到那一天吧！"

第十七章　双宿双飞

一九九七年十二月中旬的一天,深圳玉龙居小区一幢别墅里的天宇接到了欣雅打来的电话,自那次天宇的婚礼举办完欣雅离开后,他们之间再也没有联系。

结婚不久,天宇被南江大学委派到英国皇家音乐学院留学进修了两年取得了硕士研究生学位,天宇刚刚回国不久,子怡也经过这两年商场上的历练,被他的父亲赵家瑞正式任命为家瑞集团公司的总经理。当然了,家瑞集团公司董事长还是赵家瑞,他考虑把全盘的人事财务大权全部交给女儿还为时尚早,他还得好好观察两年。

子怡和他父亲的家瑞集团公司是一家家族企业,公司以经营电子产品为主,兼营房地产业务,九十年代以来国内电子产品市场趋于饱和,家瑞集团公司面临的困境是如何成功转型,子怡首先看好房地产投资,她征求了父亲和集团公司其他老总们的意见后放手在深圳、广州等地投资房地产业务,将公司百分之八十的资金投了进去。

这一次对于刚刚接任总经理的子怡来说是背水一战。

天宇在英国留学的这两年里,子怡基本上每过两三个月就去看他一次,天宇回来后子怡只要一有空就黏在他的身边,这对年轻夫妇因为短暂的离别感情愈发深厚。

时隔两年,欣雅在电话里告诉天宇他就要和亚科尔结婚了,天宇听后为欣雅和亚科尔坎坷的爱情感慨不已,他记得两年前欣雅和亚科尔的感情好像走到了尽头，听到电话里熟悉的声音，天宇觉得这两年过得就如弹指一瞬间，说好的常联系原来只是一种最能安慰人心的借口。

欣雅和亚科尔的婚礼初步定在了一九九八年的元月期间，也就是学校刚刚放假不久，时间还很充裕，天宇和子怡商量到时候两人尽量都去。

天宇又和玉轩也取得了联系，玉轩说他也收到了欣雅和亚科尔的邀请，他和小菊也一定去。

十二月底，道尔吉把父母请到了自己的冬窝子里，还把弟弟和弟媳也叫了回来一大家子人开始筹划亚科尔的婚礼。

道尔吉的想法是让亚科尔和欣雅利用元旦假期再请两天假带着赛利娅去一趟省城先拜会欣雅的父母，这一躺赛利娅去也算是提亲，本来按裕固族的习俗，提亲是一件隆重的事情，男方家得准备丰盛的礼物，还要请上德高望重的长辈去女方家，但是考虑路途遥远乘车不方便，只能由赛利娅带上礼金去了。

道尔吉还计划让亚科尔和欣雅在省城顺带买两件衣服，如果来得及就算简单也得拍几张结婚照吧。

赛利娅的想法是既然去省城，就给亚科尔和欣雅买一台彩色电视机，由于常年在牧业上，他们家至今没有电视机。

道尔吉听赛利娅要买彩色电视机和欣雅犹豫了一会儿，这可不是一笔小数目，最后还是说："给亚科尔买房子贷下的款也还完了，我明天再去一趟信用社贷款去，买就买上吧，现在家家户户都有了电视机，亚科尔的新房里也没件像样的家具，就先把电视机买上，其他的再等等。"

赛利娅听后说："亚科尔房间里的沙发和茶几也换换吧，办这么大的事，咱们也不能太寒酸了，至于钱我向妹妹先借点，等明年羊毛剪了再还给人家。"

爷爷觉得这样也行，同意了儿子和儿媳妇的想法。

桑杰知道哥哥家前几年供亚科尔上学，后来又买房子，家里经济紧张，他说："买电视机的钱我出，你们看吧，将来能还就还，还不上别还了，等我们家的才楞长大了再说。"

俗话说，打仗亲兄弟，上阵父子兵，关键的时候自己人是第一个站出来的。

弟弟自告奋勇解决了大问题，道尔吉刚刚拧紧的眉头舒展了，他觉得既然桑杰把电视机钱出了，贷款还是要贷，赛利娅去省城多带点钱，人家方教授两口子培养出一个研究生多不容易，无论如何得拿出杜曼家的诚意。

第二天道尔吉和赛利娅把羊群委托给扎西就赶到了县城，他俩还要跟亚科尔和欣雅好好商量一下其他细节问题。

当欣雅听说了他们的计划，她很感动，她觉得把电视机买上也行，去省城她的家里不需要带太多的礼金，就算带上，她的爸妈也不会收的，但是道尔吉说啥也不同意，嘱咐赛利娅这个礼节一定要尽到。

赛利娅还问了欣雅结婚的时候能不能穿着裕固族服装，欣雅欣然应允，做衣服的事赛利娅安排给了她的妹妹，给欣雅做一套，还要给亚科尔做一套，亚科尔本来有一套，但已经有点旧了，既然是结婚就得穿得崭新崭新的，还要做成红底金花、金边的，这样才会大富大贵。

欣雅觉得自己如果在婚礼的那天穿裕固族服装，她就要戴上奶奶送她的珊瑚项链，还要戴上那只碧玉手镯。

对于当时流行的女孩结婚所谓的"三金"她缄口没提，她不想给这个家庭再带来丝毫的负担。

亚科尔的意见是除了让阿爸阿妈给他买一台电视机，其他的东西都由他来买，他攒的钱不够的话向同事再借点，不能让父母再为他操心了，欣雅也赞同亚科尔的想法，她说她这几个月也攒了点钱。

道尔吉听儿子和欣雅这样说，有点生气了："你们的那点工资都存下来，以后用的地方多，你俩结婚的钱我们出，我们就一个儿子，如果这件事我们不出钱，以后别人都会嘲笑我们杜曼家的！"

既然阿爸这样说了，亚科尔再没说啥，就按阿爸说的办。

方啸天提前就接到了女儿的电话，知道这几天女儿和亚科尔还有亚科尔的母亲要来，他和周雯也忙碌起来了。

他们首先是把欣雅结婚的事情告诉了方啸林。

那次欣雅直接去了祁裕县没回北京报到，让方啸林好不恼火，他在电话里给哥哥发了一顿脾气，说是他们也太惯着女儿了，为这他好久了没和哥哥一家联系，这次突然听哥哥说欣雅出嫁了，而且嫁到了那个小县城，他又是一阵数落方啸天。

无奈，方啸天只好把电话挂了。

方啸天本来是想借这个事情让弟弟一家陪老母亲来一趟省城，好多年了母亲一直在弟弟家，方啸天觉得过意不去，他也该尽尽孝道了，母亲岁数已经很大了。

这件事只能先放一放，等方啸林火气过去了再说。

他和周雯在自家附近选了一家宾馆先把赛利娅和亚科尔的房子给登记下了，周雯的意思是亚科尔住在家里，但方啸天觉得女儿还没过门这样不妥，这次先住宾馆。

他们又计划着女儿和亚科尔他们一行到省城的吃饭和行程等问题，总之该考虑的都考虑了。

周雯还计划了欣雅出嫁的陪嫁，她想给欣雅和亚科尔买一辆小车，就是觉得两个年轻人还没驾照不知道这样合适不合适，方啸天想得更周到一点，他说："还是先别买车了，把钱存在存折里交给女儿，他们只要能考上驾照就自己去买，这样更合适一点。"

周雯同意了方啸天的建议。

十二月三十一号的那天，欣雅和亚科尔还有赛利娅来到了省城。

方啸天开车直接把他们从火车站接到了家里，方啸天和周雯对赛利娅的到来表示了热情的欢迎，看到女儿和亚科尔回来周雯可高兴了，赶紧把事先准备好的点心和干果摆上了茶几，欣雅帮着周雯把水倒上，然后又跟周雯去做饭了。

在厨房里，周雯细细端详了一会欣雅说："这两个月没见，你好像瘦了，是不是生活还不习惯啊！和亚科尔两个人还好吗？"

欣雅看着妈妈关切的眼神说："我早都习惯了，您别担心我，我们两个人一直很好啊，您知道的，亚科尔的心地很善良，他总是怕我不习惯，一直呵护我,我坚强着呢!"

看着女儿自信的神态,周雯放心地点了点头。

周雯还问起了亚科尔家对婚礼的准备情况,欣雅说:"亚科尔的阿爸阿妈很重视我们的婚礼,虽然家庭条件差些,他们可是把所有的心思都用在了我们身上,我和亚科尔商量少点花他们的钱,但是亚科尔的阿爸不同意,为这事还生气了呢,他让我和亚科尔把工资存起来呢!"

周雯听欣雅这样一说,心里对亚科尔的父母有了一个基本的了解,她能感觉到亚科尔的善良品质来自他的家庭熏陶。

等饭菜上齐了,方啸天和周雯满面笑容地招呼大家吃饭,赛利娅让亚科尔把准备好的两瓶酒拿了出来,原来,这两瓶酒的瓶颈上用一根红色羊毛绳子连起来了,她又拿出了三个银酒杯,把那两瓶酒里的酒分别倒入了这三个银杯里,她端起两个酒杯欠身对方啸天和周雯说:"方老师,周老师,今天冒昧地到家里,我不知说什么好呀,亚科尔遇到了欣雅是他上辈子修来的福分,请你们喝下这杯酒,让亚科尔和欣雅的感情像祁连山延绵流长!我知道欣雅是你们的宝贝女儿,很快也是我们杜曼家的宝贝媳妇了,今天我们一同喝了这杯酒,就算是把儿女的亲事定下来了,有什么不周到,你们尽管吩咐,我会一定办好!"

说完后她先干为敬,方啸天和周雯也喝下了这杯酒。

一直不会喝酒的周雯第一次喝了一杯酒,周雯不知是酒的原因还是自己太兴奋了,瞬间她的脸上一阵红晕,一股热流从她的心间蔓延至全身。

方啸天又把酒倒入三个杯中先给赛利娅敬了一杯,他和周雯各端了一杯后说:"欢迎草原上来的赛利娅弟妹,您的心意我们全收下了,孩子们的事今天就定下了,我想说的是欣雅遇见亚科尔也是她的福气,我们家不求年轻人大富大贵,我们只希望两个孩子恩恩爱爱,在事业上大有作为!"

周雯也握住了赛利娅的手说:"赛利娅妹妹,你太客气了!以后我们就是一家人了,一家人不说两家话,有啥困难我们一起解决!"

看着贤淑端庄的周雯,赛利娅有点激动地说:"是啊,因为一对儿女把我们也连到了一起,我们欠你们和欣雅的太多太多了!"

赛利娅说完从亚科尔手中接过事先准备好的一个鼓鼓的红包交到了周雯的手里说："周姐姐，这是我和亚科尔他阿爸的一点心意，你们别嫌弃收下吧！"

周雯听后赶紧说："你可别这样，把红包留着，你们家的情况我也听欣雅说了，这可万万使不得！"

方啸天也说："周雯说得对，不能这样，你和道尔吉兄弟也不容易，这个钱我们不能收！"

赛利娅听完他们的话有点着急地说："这个礼节你们一定要收下，这可是我们裕固人千百年来传下的习俗，裕固人提亲本来是要带着马匹、赶着羊群和牦牛来的，我们考虑城里这样不方便，所以只能带上这一点点心意来到你们家，你们别再推辞了！"

周雯谦让了好久，赛利娅始终坚持要留下这个红包，实在无奈周雯只好收起来了。

欣雅和亚科尔一直静静地听大人们说话，两个人时不时互相看看对方后嫣然一笑，他们明白从这一次开始，两家人已经完全认可了他们的婚事。

最后赛利娅提出给孩子们把结婚的日子定下来。

方啸天这样认为："元月十号左右亚科尔和欣雅放假了，我和周雯也就放假了，我觉得把日子定在元月十五号比较合适，再迟点的话又快过年了，亲戚们都又忙起来了。"

赛利娅对于方啸天的建议没啥意见，她完全同意。

周雯也提出了自己的看法："元月十五号可能有点紧，我觉得再迟上几天也行，孩子们放假也能准备准备，然后到我们家，我们家定在十六号，亚科尔家定在十八号咋样？"说完她看了看方啸天，又看了看赛利娅。赛利娅觉得也合适，方啸天认为周雯的这个建议更合适，方啸天又征求了亚科尔和欣雅的意见，他俩觉得没问题，所以最终把亚科尔家举办婚礼的时间定在了一九九八年元月十八号，欣雅家举办仪式的时间定在了十六号。

第二天一大早，两家人全部出动，不但买上了电视机，欣雅和亚科尔的衣服也买上了，周雯还给赛利娅看上了一件中国红的大衣说是孩子们结婚的时候她穿，赛利娅在试衣服的时候觉得这么一件时尚的衣服不太适合自己的身份，欣雅说："阿姨，您来一趟不容易，还是买上吧，穿着显得年轻多了！"在欣雅的坚持下周雯给赛利娅把这件衣服买下来了。

赛利娅给爷爷和奶奶还有道尔吉也都各买了一件衣服，她说来了一趟省城，给家里人买件新衣服，回去也让他们乐呵乐呵。

下午的时候欣雅和亚科尔在一家照相馆里简单地拍了几张照片，摄影师看到这对年轻人不凡的气质，硬是让欣雅穿起了一件婚纱，让亚科尔穿上了一件礼服，给他们拍了一张三十寸的婚纱照，还给装裱了起来。

当天晚上，欣雅告诉周雯他们第二天就回去，周雯同意了，她知道孩子们除了工作还有很多事要办。

亚科尔和欣雅从省城回来之后就开始忙碌了起来。

他俩除了领结婚证请了半天假，同事们的请柬都是在学校里发的，亚科尔在县城的一些亲戚是在下班后去请的。

还没放假的时候，亚科尔喊来了扎西和他高中同学索吉两人给他把房子用涂料刷了一遍，道尔吉又到县城唯一的一家家具店买了一张茶几和几组沙发。

元月十号放假了，张明月没回老家，他和央珍每天跑前跑后给亚科尔和欣雅帮忙，刘校长和陈书记也给亚科尔嘱咐了，有啥需要帮忙的尽管向他们打招呼，亚科尔觉得麻烦学校领导也不好意思，就说没啥帮忙的，他想让刘校长在他的婚礼上给他当证婚人和主持人，刘校长欣然应允。

欣雅的同事兰姬斯雅这几天也成天跟着欣雅，她还说欣雅结婚的时候她给当伴娘呢。

元月十四号下午，欣雅和亚科尔赶回了省城。

方啸天和周雯把他们家的事情已经料理妥当了，他们夫妻把各自单位上关系要好的同事都请上了，欣雅的一些同学也都计划要来，所以女方家的这边亲戚朋友可能不比男方家的少。

晚饭后，有人敲门，欣雅开门后原来是天宇和子怡，还有玉轩和小菊。

亚科尔和他们已经三年多没见面了，欣雅也是两年多没见他们，见面的那一刻，大家互相拥抱，互相亲切地问候彼此，方啸天和周雯赶紧让他们坐下，这时大家才仔细地看看彼此都有没有变化。

天宇发现亚科尔还像学校里那样英俊稳健，那双曾经清澈的眼神里多了一分成熟，头发依旧那么浓密，亚科尔用那双有力的手握住天宇的手说："谢谢你这么远来参加我和欣雅的婚礼，听说你已经是音乐学院的教授了，祝贺你！"天宇还像当年那样戴着一副宽边的眼镜，长发半掩着镜框，他有点激动地说："咱们又见面了，我结婚的时候你没来，我感到很遗憾，想来找你，欣雅说等以后了再说，终于见到你了，我很高兴！"他边说边用手轻轻拍了拍亚科尔的肩头。

玉轩也紧紧握住亚科尔的手久久不曾松开，他发现亚科尔风采依旧，只是多了一分岁月的沧桑，他对亚科尔说："虽然远隔千山万水，但我们的友谊永远都留在了彼此的心里，这么久了，但也算是又见面了，这次咱们得好好聚聚！"

亚科尔望着这位曾经一直默默追随自己的小兄弟，他的心里涌上了好多感动，时光不老，那段最美好的青春岁月都会终生铭记。

小菊也拉着欣雅的手说："我知道你们彼此相爱，因为爱得太深才有了那些伤害，现在好了，你终于得到了你的'白马王子，我为你感到高兴！"

欣雅微笑着说："谢谢你，我的好妹妹，你也是啊，玉轩那么爱你，我希望今后咱们都要幸福，这次你们要好好玩几天，大家把这几年攒下的话都说完！"

欣雅和小菊说完又赶紧拉起子怡的手说："虽然我们相处得少，自从认识你的那一天起我就觉得我们也会成为好姐妹，我和亚科尔欢迎你来参加我们的婚礼！"

欣雅说完后向亚科尔介绍了子怡，亚科尔还是第一次见子怡，他和子怡握手互致问候，子怡看着亚科尔说："难怪欣雅非你不嫁，原来真是一位大帅哥呀！"

亚科尔听子怡夸奖自己，有点腼腆地说："什么帅哥呀，还是天宇潇洒，他有过一段谁都无法企及的经历，这一点上我恐怕今生都不会有了！"

子怡听亚科尔这样一说脸颊有点红了，她知道正是因为自己苦苦追求，才和天宇拥有了一段传奇般的爱情经历。

方啸天和周雯看着这些年轻人热情地在一起说话，他俩不知道该做些啥了，方啸天只好说请大家先去吃饭。

几个年轻人都说自己不想吃，就想在一起说说总也说不完的话。

快到晚上十二点了，天宇他们才离开，欣雅担心他们的住宿问题，子怡说她已经安排好了，原来在省城有她的合作伙伴，专门给她派了车接送他们，而且提前给他们订好了酒店。

亚科尔和他们一同住在了酒店里，天宇在酒店里点了菜和酒水，他们在一起又聊了很久。

当听说亚科尔没有准备婚戒，天宇和子怡商量了一下，打算第二天赶在婚礼前给他准备，天宇了解亚科尔的性格，他叮嘱子怡这件事先不能告诉他。

第二天一大早周雯就起来了，给家人做好早餐，等家人吃过早餐，她预约的化妆师也赶到了，周雯想把女儿打扮得漂漂亮亮的，经过化妆师的精心雕琢，一位旷世美人跃然眼前。

中午，欣雅和亚科尔在女方家的婚礼仪式如期举行。

欣雅穿着白色婚纱，亚科尔穿着深蓝色西服，一对新人站在酒店的舞台上熠熠生辉光彩照人，小菊和玉轩分别是他俩的伴娘和伴郎。

本来方啸天在女儿的婚礼上把交换戒指的仪式取消了，但是司仪临时把这个仪式又加上了，正在方啸天和周雯坐立不安时，亚科尔缓缓地拿出了一颗耀眼的钻戒单膝跪地戴在了欣雅的手上，这一刻，欣雅先是惊异而后又双目含情紧紧地与亚科尔拥抱在一起……

女方家的婚礼仪式亚科尔家没来人，因为他的阿爸和阿妈这几天正在县城忙婚礼前的一些事情，再说了路途遥远来去不便，方啸天和周雯也提前就和亚科尔协商后同意了，他们理解牧区的难处，该省的都省了。

那天婚礼举行到一半的时候，方啸林也匆匆赶到了，他觉得这一趟不来无论如何也说不过去，就算迟了点也算是赶到了，方啸天和周雯看到方啸林来了，他俩的心里总算踏实了。

关于这次送亲，提前商量好的方案是女方家的十几位亲朋好友坐火车到祁北，然后亚科尔家派去一趟中巴车接到县城。子怡的想法是大家都不用坐火车了，她安排五辆车请所有的人坐小轿车去。她还特意联系了一辆"虎头奔"给欣雅和亚科尔当婚车。

子怡觉得她有这个能力把欣雅和亚科尔的婚礼办得体体面面的。

对于子怡的这个提议，大家都同意了，欣雅和亚科尔觉得这样下来太让子怡破费了，子怡对他俩说："关于费用你俩就别操心了，你们虽然在偏远的牧区，但我知道你们是有理想的人，我为有你们这样的朋友真的感到荣幸，钱能办到的都不是个事，你们坚持的理想才值得我佩服呢！"

元月十七号下午，方啸天一行到达了祁裕县，道尔吉和桑杰等人早早到了两公里之外的山门迎接送亲的客人。

省城来的亲戚朋友们先到了亚科尔的新房里，赛利娅和兰倩吉斯，还有央珍和兰姬斯雅都已经在家里准备好了手抓羊肉、酥油奶茶和烧壳子等食物，送亲的客人们在家里吃了点肉和烧壳子之后又被请到了县宾馆，在县宾馆里准备了三桌饭，除了省城来的客人还有亚科尔家的主要亲戚，刘文青和秦一民也来了，他们觉得亚科尔和欣雅的婚礼一方面是道尔吉家的事，另一方面也是两个学校的事，他们也算是这件事的半个主人了。

在牧区，这一顿饭除了给远方的客人接风也有招待东家的意思，远方的亲戚客人们都会提前一天或两天就到了，主人家得提前准备好丰盛的肉食，客人少的话在家里就招待了，要是客人多的话在牧业上也是家里招待，但得借桌子借餐具，如果在县城里直接订到饭店里就方便多了。

在这顿饭上，主人家和东家一方面要热情招呼来客，另一方面总东家还要给帮忙的人详细分解任务，这样的话第二天的婚礼才能办得有条不紊。

亚科尔家的总东家就是刘校长，刘校长在县一中已经工作了三十多年，他对牧区的婚丧嫁娶的礼仪和习俗早已谙熟于心，亚科尔和欣雅提前就把他请上了，刘校长也很乐意。

在这顿饭上，刘校长对方啸天一行送亲客的到来发表了简短精彩的欢迎辞，道尔吉和秦校长等人对客人招呼热情有加，这一顿饭男女双方的客人从陌生到渐渐熟悉，在一起互相交流着各自的风俗习惯，还在一起猜拳喝酒，场面其乐融融。

饭后，大多数客人都回宾馆休息了，小菊和子怡陪着欣雅到宾馆的一套客房里住下了，这一晚，欣雅还是娘家人，明早婚车从这儿来迎接她。

方啸天和周雯来到了亚科尔家，两家人把第二天的有些细节事情又协商了一番。

周雯在亚科尔的房子里细细看了一遍，她的心里能感觉到欣雅嫁给亚科尔就是选择了清贫，这一次，欣雅的事也算是尘埃落定了，之前周雯觉得欣雅的未来可能在北京或者其他大城市，就算再不行也在省城，今后会过着富足安逸的生活，但是自从女儿认识了亚科尔之后到相依相恋和结婚，她知道女儿这辈子真正嫁给了爱情和事业。

第二天，县宾馆一派喜气洋洋的景象。

早上八点，欣雅的化妆师就来到了宾馆的客房开始给欣雅精心打扮，小菊和子怡一直陪着她，一个多小时后，欣雅在化妆师的打扮后真若一朵含苞待放的红玫瑰，更显楚楚动人。

九点多，亚科尔的婶婶兰倩吉斯也来到了宾馆客房帮着欣雅把裕固族服装穿好，用一块深红色的薄纱沿帽檐遮住了欣雅的脸。

十点半，天宇和玉轩已经带着车队陪着亚科尔一道来到了宾馆门口，亚科尔的小姨阿依吉斯受男方家的委托来娶亲，她和亚科尔一块来到欣雅的房间后朗声说道：

今天是个吉庆的日子
美丽的女孩就要取下头面
亚科尔家的大床缺个新娘
可爱的欣雅赶紧跟我出门
幸福的生活就在不远的前方

阿依吉斯说完牵起欣雅的手交给了亚科尔，亚科尔抱起欣雅走出了宾馆的房间。

这一刻，虽然是在宾馆，周雯看着亚科尔抱起欣雅离开的一瞬也禁不住抹了抹眼泪。

亚科尔和欣雅还有女方家的客人都从宾馆门口上了车，在"虎头奔"的带领下一行五辆小车沿着县城的两条主干道缓缓行驶了一圈，大街上的行人看着这些气派的小车都停了下来驻足观望。

十一点稍过，送亲的车子依次驶入县宾馆的大院，道尔吉和桑杰，还有刘校长和秦校长等人早就候在了宾馆门口。

一阵鞭炮声过后，"虎头奔"慢慢停了下来，司机打开车门，亚科尔先下了车，今天他穿了一身大红底色上绣着金黄色连理枝的裕固族服装，头戴火红的狐皮帽。

欣雅身着红底金边绣着紫罗兰色碎花的裕固族女装，头戴尖顶红穗裕固族帽子，胸前那串珊瑚珠子在阳光的映照下熠熠生辉，从帽檐垂下了一层深红色的薄纱，姑娘的容颜若隐若现，带给人无限的遐思和憧憬。

亚科尔下车后到了车子的另一侧，亚科尔将她抱了下来，款款向宾馆大门走来，玉轩和小菊紧紧跟在他俩身后。

亚科尔一直把欣雅抱到了宾馆大厅的礼台上，然后轻轻地取下了婚纱，整个大厅里爆发了一阵热烈的掌声，客人们都在夸赞台上的两位年轻人的结合天造地设。

尤其是亚科尔的奶奶看着这对年轻人走上了婚礼的殿堂，老人喜极而泣，脸上堆满了笑……

在婚礼仪式上，刘校长发表了简短热情的贺词："今天，欣雅女士和亚科尔先生的婚礼在这里隆重举办，出席今天婚礼的嘉宾有欣雅女士的家人和朋友、有家乡的各位亲戚和朋友，还有两位年轻人的同事，我代表亚科尔一家对各位亲朋好友的光临表示热烈的欢迎！俗话说，有缘千里来相逢，欣雅和亚科尔的结合表明了两位年轻人志向相同，可以说他们是当代年轻人的优秀代表，尤其是欣雅老师作为一名高级知识分子毅然决然来到牧区，投身牧区的教育事业，她的这种无私奉献的精神深深感动了我们，我再次对欣雅老师致以亲切的问候，我祝愿欣雅和亚科尔在今后的人生之路上恩恩爱爱，共同书写辉煌的教育事业新篇章，我也对方教授一家和道尔吉一家培养出这样优秀的孩子道一声：你们辛苦了！"

刘校长说完，一阵掌声激烈地响起。

他又接着说："今天各位来宾也都看到了，咱们祁裕县现在条件是有点落后，但我相信有了像欣雅和亚科尔这样的年轻人，我们不久的将来肯定会有很大的进步，等将来我还要请大家再来见证我们祁裕更加灿烂辉煌的明天！"

这一次刘校长说完后，掌声经久不息。

接着刘校长邀请双方家长上台。

在掌声里欣雅和亚科尔两家的父母双双来到了台上，按照礼节，在这个大喜的日子，年轻人不但在这儿叩谢父母的养育之恩，还要从今天就得改口称呼对方的父母"爸爸、妈妈"。

在刘文青的主持下，欣雅先款步走到道尔吉和赛利娅面前，深深鞠躬后轻轻叫了一声"爸爸""妈妈"，道尔吉和赛利娅同时给欣雅回了一声"好"，然后把准备好的红包塞到了欣雅的手中，乐呵呵地笑着，欣雅赶紧说道："谢谢爸妈！"接下来亚科尔来到了方啸天和周雯的面前也是深深鞠了一躬叫了声"爸爸""妈妈"，方啸天和周雯满面笑容，周雯从包中取出了一个存折交到了亚科尔的手中说："孩子，这是爸妈的一点心意，你收下，等学会开车了买一辆车，你和欣雅上下班就方便了。"亚科尔又深深鞠了一躬说道："谢谢爸爸妈妈！"

婚礼的主要仪式结束后，大多数客人都回去了，亚科尔家的主要亲戚留了下来，在宾馆又重新摆起了一溜方桌，开始和欣雅家来的亲戚朋友"会亲"。在这个仪式上，刘校长首先说道："尊敬的方教授、周教授和各位省城远道而来的亲戚，还有欣雅和亚科尔的同学们，我代表亚科尔一家对大家再次表示衷心的感谢，谢谢你们把美丽的欣雅交给了亚科尔，我相信，亚科尔会好好呵护和关心欣雅的，我会一直监督亚科尔的，请大家相信亚科尔!"

刘校长说完后方啸天也说道:"谢谢刘校长、谢谢道尔吉亲家一家的热情招待,从今天起,我们把欣雅交给了亚科尔,我们相信亚科尔和欣雅他俩会同心同德,勤奋工作,干好教学工作,努力成为对社会有贡献的一对年轻人。"

周雯也说道:"我们相信两个孩子在今后的日子里会关心老人,会互敬互爱的,我们把女儿交给亚科尔是很放心的,我和老方有空也会常来看看的。"

秦校长也对方啸天和周雯表示了深深的谢意:"欣雅老师到我们学校的这一学期各方面都很出色,我非常感谢方教授和周教授培养出这么优秀的孩子,孩子们今后有啥困难我们不会袖手旁观的,我希望欣雅老师和亚科尔老师从今以后在生活中恩恩爱爱,在工作上努力拼搏,为祁裕县的教育事业作出更大的贡献!"

这次"会亲"仪式似乎比以往的仪式少了男女双方家长叮嘱对方多多关心孩子之类的话题,而更多的是对欣雅和亚科尔未来的殷殷期盼。

"会亲"仪式一直到下午五点多才结束,无论是省城来的亲戚朋友,还是亚科尔家的亲戚,只要是能喝酒的人都醉意朦胧,在酒精的刺激下大家也更亲热了,似乎在这一刻两家人都熟悉得不能再熟悉了。

欣雅和亚科尔已经被天宇和央珍、兰姬斯雅他们几名年轻人簇拥着回到了新房。

在新房里,央珍给他俩煮了红枣桂花莲子粥,朋友们都催着让他俩喝下了这碗粥,大家都希望他俩早生贵子。

一般的婚礼上年轻的朋友们聚在一起要闹闹洞房,但在这一次,无论是天宇他们,还是央珍和同事们,大家好像一致地默契,谁都没有提起闹洞房的事,大家的心里明白,这一对年轻人走到一起已经很不容易了,在朋友们的眼中欣雅和亚科尔的爱情显得那么神圣。

张明月在客厅里和天宇他们一起也说了好久,大家觉得能和欣雅与亚科尔朋友们聚到一起也是一种缘分。

张明月好久以来一直想给欣雅把之前写匿名信的事说清，但总觉得没有合适的机会好开口，他想深埋心底，似乎也做不到，在今天欣雅和亚科尔的婚礼上他因为高兴也喝了不少酒，此时他竟然把这件事告诉了天宇，天宇听后为张明月曾经的心胸狭窄和这次的真诚坦率感慨不已。天宇告诉张明月："你的心情我能理解，我相信欣雅和亚科尔早已把这件事忘了，既然告诉了我，那就没必要再告诉欣雅了，这件事就让它永远过去吧，希望你和欣雅还有亚科尔的友谊像祁连山的松柏一样长青，我们都是好朋友，以后我和子怡也会常来看看欣雅和亚科尔，还有你和央珍！"

张明月握住天宇的手久久不放，他希望天宇能留下来多玩儿天。

玉轩和小菊这两天也是被亚科尔的亲人们浓郁的民族氛围包围着，这种经历他俩还是第一次遇见，小菊到来之后一直陪在欣雅的身边，本来欣雅的同事兰姬斯雅要当伴娘，小菊觉得她和玉轩做伴娘伴郎更合适，所以兰姬斯雅只能噘着嘴被晾到一边了。

玉轩从中午婚礼上就跟着当地人大块吃肉，豪爽地喝酒，他和亚科尔曾经的同学还有扎西等年轻人聊到了一块，到晚上喝醉后被扎西扶到宾馆的客房睡着了。

晚上十点多，亲人们都陆续离开了亚科尔的新房，最后走的是小菊和子怡，她俩和欣雅拥抱后又祝福了一遍离开了。

一天的喧嚣在这一刻完全静了下来。

欣雅还坐在床边，那块面纱也没有摘下来，亚科尔来到了她的身边，帮她摘下面纱，把她拥入怀抱对她一遍一遍地说着"我爱你，我的宝贝！"然后激烈地吻她，欣雅的娇唇一直迎合着亚科尔。

这一晚，欣雅和亚科尔爱的春天真的来临了。

方啸天在第二天就和送亲的客人们回了省城，周雯打算待上几天，然后和欣雅一起回省城，她想让欣雅今年到娘家过年，她的想法是亚科尔如果能来也来，实在来不了欣雅过完年就早点回来。

对于周雯的意见，亚科尔一家人都同意。

亚科尔和欣雅婚礼后的第三天，天宇、子怡还有小菊和玉轩也打算回去了。

亚科尔还想把他们留住,他觉得下一次相聚不知道又会是什么时候?只是相聚的时光真的短暂,每个人这一生都行走在匆匆忙忙的路上,路上有很多风景,能留下来驻足观望的人少之又少。

天宇告诉亚科尔,在深圳那边已经有很多人都用上了手机,他想很快手机就会普及每个人,有了手机将来朋友们联系就方便多了。

玉轩告诉亚科尔,可能他和小菊的婚礼就在今年的暑假举办,他邀请亚科尔和欣雅到时候一定要参加他俩的婚礼。

那天清晨,天宇他们要离开了,亚科尔和欣雅早早就来到县宾馆门口,他俩和天宇、子怡、小菊还有玉轩一一道别,几个女孩子都流泪了,一遍又一遍叮嘱以后要多多联系。

在寒风里,车子渐渐地驶远了,欣雅猛然间觉得一阵孤单,亚科尔看到欣雅脸上迷茫的表情,赶忙把她紧紧拥在怀中。

第十八章　大展宏图

亚科尔和欣雅结婚后一转眼过去了半年。七月初的一天晚上，欣雅在家里接到了一个电话，原来是子怡，子怡在电话里对她说："欣雅你好！那次我回到深圳后一直觉得你那里条件还不行，想帮帮你，你看需要什么尽管给我说！"

欣雅听后有一种感动涌上心头："子怡你好，谢谢你惦记我，我和亚科尔没啥需要的，我的爸妈在结婚的时候给我们买车的钱都还在呢，我们暂时也不需要买车了，等以后有了闲时间学会开车了再买！"

子怡又问："那你和亚科尔不打算买楼房了吗？你们住在平房里将来有了宝宝不方便！"

欣雅呵呵一笑："平房里也不错啊，我都适应了，你如果想帮我和亚科尔还不如帮帮咱们的学校！"

欣雅随口一句不经意的话，子怡听后似乎很爽快地说："那也行啊，学校需要什么？"

"学校需要的还挺多呢，我觉得眼前最需要的应该是电脑！"欣雅告诉子怡。

子怡在电话那头胸有成竹："原来是需要电脑呀，我也不给爸爸和其他董事说了，我想这点主我能做的起！你们需要多少台电脑呀？"

欣雅说："我们学校如果建一个微机室，可能得三四十台电脑，县一中也缺电脑！"

子怡听完哈哈大笑:"你还考虑得真周全,那就这样吧,给你们县的一中和职业中专两所学校各捐助四十台电脑,你看行不行?"

欣雅一听激动了大半天,拿着电话高兴地说:"你真是我的好姐妹,我和亚科尔代表祁裕县的孩子们谢谢你!"

子怡听到欣雅很高兴,她也乐滋滋地又在电话里给她交代:"你尽快和学校里商量,早点把微机教室准备好,争取在下学期开学前把电脑安装到位,到时候我就不去了,今年公司投资的房地产业务到了关键时期,我抽不开身,公司派个代表过去。"

子怡交代完这事又询问了她和亚科尔的情况后,把她和天宇的情况也说了个大概就挂机了,欣雅能感觉到她很忙。

接完电话,欣雅把这个好消息告诉了亚科尔,亚科尔听完也很高兴,开始夸奖欣雅:"还是老婆深明大义,不但考虑了职业中专学校,还考虑我们一中,我代表县一中向欣雅老师表示衷心的感谢!"

第二天,子怡要捐助学校电脑的消息就在县一中和职业中专学校传开了,刘文青和秦一民别提有多高兴了,县一中的综合楼腾出一间微机室不是大问题,但是职业中专学校为这也大费周折,把一间整体结构较好的教室腾了出来,专门找人重新粉刷了一番,欣雅说是子怡交代了把微机室要装修出来,可是秦校长有口难言,学校拿不出钱啊!

欣雅只好把这个情况告诉了亚科尔,她对亚科尔说:"我想把妈妈给我们买车的钱取出来,先把学校的微机室装修了,我们不买车的话暂且也不用钱,你看行不行?"

亚科尔完全同意欣雅的意见,他说:"我们需不需要再征求一下你爸爸妈妈的意见了?这个钱还是他们的。"

欣雅调皮地望了一眼亚科尔:"既然是爸妈给我们的钱,我自己做主了,学校用钱时间紧,我们不能再拖了!"

他俩商量好后,就到银行把三万块钱取了出来,一分不少地交到了秦校长的手中。

秦校长望着欣雅带来的厚厚几沓钱,他激动地说:"谢谢欣雅老师,这可为学校解决了大问题，等学校有钱了一定还你！"

"学校有困难，我们不能不管不顾，至于钱我和亚科尔暂时也不用，等以后再说！"

秦一民找来了县城里最好的木匠，用欣雅拿来的三万元钱彻底把两间四十多平方米的教室高标准地装修了一遍。

九月初，从深圳驶来的一辆大卡车停在了县一中门口。

在深圳家瑞集团公司派来的张副经理的指挥下，两名技术人员用一天时间先把捐助给县一中的四十台电脑安装好，第二天又把职业中专学校的四十台电脑也安装好了。

安装电脑一切工作就绪，在县教委的组织下，县一中和职业中专学校在一中的礼堂里举办了一场捐赠仪式，安江才让主任也参加了这个仪式。

安江主任对张副经理远道而来表示了深深的谢意，尤其是对子怡和深圳家瑞集团公司表示了诚挚的敬意，张副经理也在仪式上对祁裕县的教育事业给予了殷切的期望，他还表态说子怡和家瑞集团公司在未来还会一如既往地支持祁裕县的教育事业。

仪式结束后，安江才让和刘文青还有秦一民等人陪同张副经理分别参观了县一中和职业中专学校的微机室，尤其是在职业中专学校看到微机室虽然是平房，但装修一新，四十台电脑整整齐齐地摆放在桌子上，在场的人无不拍手称好。

这一年对于职业中专学校来说还真是好事不断。

由于方啸天多次去省教委找他的老同学反映祁裕县职业中专学校的需求和现状，省教委决定下派一个工作组赴祁裕县实地考察。

教师节过后不久，省教委考察组一行五人来到了县职业中专学校，安江才让陪同考察组把学校了解了个彻底，通过实地考察和召开座谈会等形式了解，考察组最后的结论是祁裕县职业中专学校的基础建设还很薄弱，他们回去后会向省教委主要负责同志汇报情况，积极争取项目资金，尽快解决祁裕县职业中专学校教学设施落后的现状。

十一月底，省教委的项目批复文件已经到了安江才让的手中，省里下达资金一百六十万元，解决职业中专教学楼的主体工程建设，教学楼的设备设施由县级政府分担解决。

安江才让拿着省教委批复文件找到杨副县长，把工作情况向杨副县长进行了详细汇报，通过杨副县长给县长汇报后，县级财政下拨教学楼配套资金三十二万元。

钱的问题解决了，接下来秦校长和学校分管后勤的郝副校长近一个月的奔波，教学楼所有前期手续都已办理完毕，计划在一九九月九年三月公开招标，四月开工建设。

一切都进展得那么顺利，同年十月，职业中专学校的教学楼主体工程顺利通过验收，十二月底所有的设备设施安装调试完成。

新的世纪，华夏大地发生了巨大的变化，祖国前进的步伐更快了，地处西北一隅的祁裕县也在祖国前进的滚滚潮流中迎来了新的面貌。

一座座五六层的楼房在小小县城拔地而起，县城里有近半数人都住进了干净舒适的楼房，还有一部分牧民在县城里买了楼房，他们还买了摩托车，来去县城方便多了。

道尔吉也心痒痒地想买一辆摩托车，赛利娅劝他先别买了，家里攒点钱给亚科尔和欣雅买小车，亚科尔知道阿爸的想法后，就用自己攒下的工资给他买了一辆"幸福250"摩托车。

道尔吉骑着新买的摩托车，整天乐呵呵的，他除了上县城，有时去看牛群也骑着摩托车。

二〇〇〇年以后，祁裕县已在县城里和各个乡镇建起了移动信号站和联通信号站，一部分人先用起了手机，他们觉得生活一下子变得更加便捷和美好起来了！

子怡给欣雅和亚科尔每人寄来了一部摩托罗拉移动手机，子怡帮他们把手机卡都装好了，亚科尔拿起手机打出的第一个电话就是给天宇的，他和天宇在电话里聊了很久；子怡给小菊和玉轩每人也寄了一部手机，欣雅打开手机不久也接到了小菊的电话，小菊在电话里没说几句话就哭了起来，欣雅问了半天，原来是小菊一直没有把工作联系到玉轩的家乡，她为这事苦恼呢，玉轩也很着急，但是着急有啥用，小菊问了她家乡的人事局，如果玉轩到这边来可以接受，可是玉轩也有自己的难处。

小菊不开心的是朋友们都结婚了，就她还是孤零零的一个人。欣雅在电话里劝她劝了好久，让她别着急，事情总会有解决的办法。

二〇〇〇年新学期，职业中专学校的师生都搬到了教学楼上，以前的教室一部分简单地粉刷了一下改为学生和单身职工宿舍，还有一部分改造成了实验室和各类功能室。

同年七月，亚科尔带的高三（1）班又一次取得了令人瞩目的成绩，这一次班里有六名学生考上了重点大学，比他上一届带的那个班多三名重点大学生，而且全班专科以上录取率达到百分之八十，如果单从他这个班的高考成绩来看，远远高于全市甚至是全省的录取率。

欣雅班里的二十三名学生，有十五名学生因为专业课成绩良好被省内外一些高职学校相继录取，裕固族学生顾嘉苏柯尔和杨倩达娃考入了陇原师范大学，这两位学生即将步入自己的母校，让欣雅激动了好久，她答应开学的时候亲自送他们去陇原师大。

欣雅知道取得的成绩来之不易，这三年来她起早贪黑把绝大部分的精力都用在了这二十三名学生身上，她也知道职业中专学校因为刚刚起步，学校发展压力很大，前几年除了少数学生考上大学，其他学生毕业后都就业了，就业的学生有人去了外省的旅游公司，有人被幼儿园聘为临时工作人员，还有些人到了一些景点上的歌厅去唱歌了，总之，虽然说是就业了，但并不理想。

所以自带上这个班，欣雅考虑的最多的是能让孩子们考上大学，将来就业的路子就更宽了。

这三年来欣雅还有一个任务就是培训学校的艺术专业老师，尤其是在音乐方面给同事们提供很多的指导，跟她学得最起劲的是兰姬斯雅，通过这三年跟欣雅学习，兰姬斯雅觉得自己进步很大甚至也想考研究生呢。欣雅就鼓励她，把自己曾经考研的书借给她学习，有不懂的地方她不厌其烦地给讲解，这年七月通过入学考试，兰姬斯倩真的考上了陇原师大音乐教育专业研究生，而且是脱产进修两年。

八月底，欣雅和兰姬斯倩带着顾嘉苏柯尔和杨倩达娃来到了陇原师大。

三年多时间没来，欣雅觉得陇原师大又发生了一些变化，特别是音乐学院新建了一幢音乐演艺厅，据说这座演艺厅在西北地区是档次最高的。望着这座金碧辉煌的演艺厅，欣雅在心里瞬间有一丝失落，曾经的她如果到了北京或者留在省城，她也是属于这种地方的，虽然心有不甘但她并不后悔，即使在祁裕县城，她的青春和她的热情也一直在奋斗的路上。

她从来没有丢弃自己在学校里学到的知识，她在给同事们培训的时候除了演奏钢琴，也开始谱曲，晚上回到家里以后又和亚科尔一块读书。

在陇原师大，欣雅去看望了刘建军老师，她详细给刘老师汇报了自己这三年的工作经历，刘老师先是抱怨："当初你研究生毕业后我听田老师说你去了北京，后来又听说你去了祁裕县，这几年你也不给我回个信！"欣雅告诉老师："我每次来省城都是假期里，一是怕打扰您所以没来，二是每次来都是匆匆忙忙，所以没来看您，请您别往心里去！"

刘老师知道欣雅是个上进的姑娘，他说这话更多的是因为想念曾经的学生，他也快要退休了，

最后刘老师叮嘱欣雅一定要好好工作，工作之余也不要把大学里学到的东西丢了，虽然在基层学校里，自己一直认为她的资质和能力并不亚于一名大学教授。

欣雅还去看了看田磊老师，田磊见她来看自己着实又激动了一番，这个曾经那么清纯又那么漂亮的女孩已经做了别人的新娘，他只恨缘分太浅，他告诉欣雅：有一位女孩走进了他的心扉，他们也快要结婚了。欣雅听说后高兴地祝贺了他。

欣雅办完所有的事回到家里已经是晚上了，方啸天和周雯做好饭还在等她呢！吃完饭周雯又对欣雅提起了要孩子的事，欣雅说："妈妈，您别着急，今年我的学生已经毕业了，亚科尔的高三学生也毕业了，我们已经计划着这件事呢！"

周雯还是不住地叮嘱："傻孩子，眼看着你都快三十了，不赶紧要的话，有点迟了，我和你爸退休后也没啥事了，等有了宝宝，我们给你带！"

欣雅听完嘿嘿地笑了："我听您的，我的好妈妈！"

方啸天接过妻子的话又是一顿嘱咐："咱们的宝贝姑娘已经取得了一定的成绩，这很不错，但是个人的事也得上上心，你妈说得对，等有了孩子我们帮忙带！"

同年新学期开始，亚科尔被任命为县一中的教导主任，欣雅被任命为职业中专学校的教研室主任。

除了干教导主任，亚科尔又带了一个高一新生班的语文课，还兼任了班主任工作，学校考虑让他把班主任工作放一放，但亚科尔主动承担起了高一新生班的班主任工作，他觉得他能做好这个工作。

这样的话，亚科尔不但承担了学校的教学管理工作，还承担着教学任务，他身上的担子更重了。

为亚科尔这次的工作安排，学校行政会上还发生了一些分歧，支部书记陈文海已退居二线，副校长贺才让被上级党委任命为县一中支部书记，教导主任徐进才被推荐为副校长候选人，这样，学校教导主任的人选上有了两种考虑。刘校长的意见是提拔亚科尔任教导主任，贺才让的意见是应该把亚科尔的工作重心放在班主任工作和高中语文课教学上，但刘校长认为亚科尔在抓教学管理的同时继续代课，从前两届高三毕业学生的成绩完全说明亚科尔在教学工作方面是学校的骨干力量，但是学校也得考虑把这样优秀的人才吸收到教学管理岗位上，这样的话可以带动学校教学质量的全面提高。

在两种意见相持不下时，徐进才认为，凭着他和亚科尔教导处工作的经历，他认为亚科尔可以胜任教导主任工作，而且应该代课。

班子成员一致同意徐进才的意见，把学校的意见及时上报县教委考察审批，没过几天，县教委的批复下来了，正式任命亚科尔为县一中教导主任。

对于欣雅任职业中专学校教研室主任一职也是众望所归，她和亚科尔不一样的是她是极力想推掉这个教研主任，她还是想带班主任和音乐课，秦校长和学校分管教学的刘小兰副校长给她做了多次工作她才勉强同意，当然这年的新生班她还是带了一个班的班主任，又带了三个班的音乐课。

自从上次省城回来，欣雅一直记着周雯对她说的话，她也和亚科尔商量了要孩子的事，亚科尔欣然同意。

子怡在那次房地产生意中赚了上亿元的利润，赵家瑞这一次完全对女儿的能力佩服得五体投地，家瑞集团公司的董事长交给了年轻的女儿，子怡掌控了公司百分之五十六的股份。

二十一世纪以来，子怡的眼光又盯上了手机市场，她考虑无论是国内还是国外未来会是一个巨大的手机市场，她把自己的想法告诉了父亲，赵家瑞觉得可行，前提是必须召开董事会，征求其他董事的意见，并派市场营销部的得力人员赴国内外各大手机市场调研。

通过近三个月的调研和董事会的决议，家瑞集团公司决定与中一天科技公司合作生产手机，手机品牌加上了子怡的"怡"叫"中怡天"，这次公司前期投入两个亿，子怡亲自上马，一个月后第一批"中怡天"手机上市。

天宇对子怡的做法给予了大力支持，不过他不懂经商，也从来没有想过参与到子怡的事业中，他的所有心思都在音乐研究和教学中。

二〇〇〇年，天宇已经被学院评上了副教授，他这个年龄能评上副教授的人可以说是凤毛麟角，他的好几篇论文都发表在了国家核心期刊上。但他的心里还有一个梦想就是能继续创作更加优秀的音乐作品，因为经过了这几年的积淀，他的音乐视野更加广阔了。

他创作的钢琴曲《新世纪交响乐》获得国家级奖项，他创作的歌曲《飞跃梦想》在这一年的全国歌曲比赛上获得了最佳词曲创作奖。

小菊和玉轩几年来一直过着"牛郎织女"般的生活，每年假期往返于北原县和秀水县，一年里只有两个假期支撑着他们的爱情。

玉轩为了能把小菊的工作联系到他的家乡费了好多周折，但是没有一点进展，最后他甚至打算到小菊的家乡北原县去工作，只是他已经在他家乡的实验中学取得了一定的成绩,也得到了学校领导的认可,放弃自己热爱的教学工作让他实在有些不舍,还有就是父母渐渐年岁大了,他不在身边,担心他们一旦有个三长两短该怎么办?因为家里就他一个独生子。

在现实的面前,有时爱情会显得无可奈何,小菊和玉轩终于下定决心先结婚,将那些苦恼事都留在婚后再说,小菊把自己的想法告诉了欣雅,欣雅觉得这样也行。

没过几天,小菊的电话又来了,她在电话里邀请欣雅和亚科尔一定要参加他俩的婚礼,婚礼定在了"十一"小长假期间。

在小菊和玉轩的婚礼上,这几位好朋友又聚在了一起。

这一次,大家见面还是那么亲热,因为有了手机,平时联系也多,大家对彼此的情况也都了解,刚一见面欣雅和子怡就开始谈论起关于孩子的话题。

子怡告诉欣雅:"朋友们里我和天宇是结婚最早的,理应我们先要孩子,可是这几年做生意耽误了,我和天宇商量好了,等过了这段时间,手机生产和销售稳定以后,一定先要孩子!"

欣雅说:"你这样想就对了,我和亚科尔也是因为工作忙没顾上,今年我们也打算好了,无论如何得先要孩子了,不然我的爸妈实在等不住了!"

小菊听她俩谈论孩子的事闷闷不乐:"你们都在一起,我以后和玉轩天各一方,怎么办呢?"

子怡说:"就是啊,如果一辈子都分开,这也太残忍了,实在不行就让玉轩去你那儿吧!"

小菊眼中带着忧虑:"我和玉轩也商量了好久,他如果过来的话,他的父母咋办啊?老人不适应北方的气候呀!"

子怡沉思了一会儿果断地望着小菊:"你和玉轩干脆辞职到我公司来上班吧,我的待遇不比学校里低!"

听子怡这样一说,小菊眼前一亮:"这是多么令人向往的事呀,就是我和玉轩到你的公司做什么呢?"

"这你先别担心,如果来的话能干的活可多了,不知你们喜欢做啥?"

子怡很自信地看了看小菊说。

欣雅听到子怡的这些话也是喜上眉梢："这可是好事情啊，以后你不但和玉轩在一起了，而且到了大城市，这让很多人想都不敢想呢！"

子怡又说："小菊到我的公司以后可以帮我处理文件，玉轩呢他想干啥就干啥吧！"

小菊把这个好消息告诉了玉轩，可是玉轩却没有多大惊喜，他认为他已经干了好几年的教学工作，他也热爱这个职业，如果到公司里他不知该干啥才好呢。

为了这事，大家又聚在一起专门讨论了一阵子，亚科尔认为玉轩应该好好干他的教学工作，但天宇考虑为了让玉轩和小菊到一起，他也赞成子怡的意见，欣雅也同意小菊和玉轩到深圳去，最后大家又劝了好一阵子玉轩，玉轩算是勉强答应了。

新婚后，小菊和玉轩双双辞了工作来到了深圳家瑞集团公司。

从此，他俩步入了另外一个社会行业……

这年冬至前一天，亚科尔敬爱的奶奶去世了。

葬礼是在亚科尔的叔叔桑杰家的冬牧场举行的，等亚科尔和欣雅赶到后，奶奶的遗体已经被包裹在了一个白布袋里，灵堂里点满了酥油灯，道尔吉和赛利娅红肿着眼睛，看到儿子和儿媳来了，互相拥抱在一起又哭了一场。

欣雅的眼前满是奶奶生前慈祥的笑脸，自她第一次来到牧区，奶奶就一直疼爱她，没想到奶奶走得这么快，她还打算在假期里把奶奶接到县城里来住一段日子呢，她还希望像以前那样让奶奶疼她呢，可是，这一切只能在梦中了！欣雅把奶奶给她的红珊瑚项链紧紧握在手里，任凭泪水模糊了双眼。

那个晚上，亚科尔跪在奶奶的灵前，从他记事起和奶奶在一起的一幕一幕都又在他的心里重现了一遍，他知道有一天奶奶会走的，没想到这一天真的到来了，那个晚上他跪在冰冷的地上一言不发地看着被白布包裹的奶奶，想着往事的时候一阵又一阵悲恸涌上心头使他情不自禁地一次又一次泪流满面。

阿爸和叔叔也在他的身边面向灵位跪着不时地抹眼泪，一个晚上他们都没有合眼。

第二天早上五点出灵了，在桑杰家冬牧场的一个山洼里把奶奶的遗体火化了。

奶奶走了，亚科尔看着阿爸和阿妈瞬间老了很多，他和欣雅让阿爸把牦牛卖了，光放羊就轻松些了，阿爸没同意，他还想再放几年牛，他计划等亚科尔买上楼房再说。

爷爷在奶奶走了一年后也去世了。

二〇〇一年六月，欣雅和亚科尔的孩子出生了，是个女孩，道尔吉和赛利娅高兴地给孩子起名杜曼·哈伊娜。

孩子还没出生，周雯就提前来了，孩子出生后的第二天方啸天也开车赶来了，他们把照顾母女的事都揽下来了。

岁月在无情地流走，时间在轮回中重生。

不知不觉间，亚科尔和欣雅结婚已经十年了，他们的孩子杜曼·哈伊娜已经七岁了。

亚科尔和欣雅还是住在原来的平房里，道尔吉一直打算给他们买楼房，两年前阿爸把牦牛全部卖掉了，亚科尔让他们把羊也卖了到县城里来享几天清福，但是道尔吉觉得到县城里不习惯，他把羊留下了。

道尔吉把卖牛的钱全部交给了儿子，让他尽快买楼房，亚科尔有自己的打算，他和欣雅这几年也攒了点钱，虽然买房子还差很多，他和欣雅商量后认为父母的钱原封不动地给存起来将来养老。

两年过去了，亚科尔的房子还没买，道尔吉有点生气了，说儿子不买，他给买，他觉得县城里上班的人都买了楼房，就亚科尔还住在平房里，就算他不考虑，也应该要考虑考虑欣雅和小孙女。多年来道尔吉一直觉得对不起欣雅，人家从省城到祁裕县这么多年了，至少应该把楼房买下来。哈伊娜已经上了小学，本来方啸天和周雯想把孩子接到省城上学，欣雅觉得孩子的教育得靠父母，所以哈伊娜就在县城的小学念书。

为买楼房的事道尔吉这一次来到县城把儿子训了一顿。他说："卖牛的钱放到银行都两年了，你舍不得买房子图个啥呢，你不心疼哈伊娜，我和你阿妈还心疼呢！你赶紧把楼房买上，不然的话你就不要认我这个阿爸了！"

道尔吉这次是动真格了，他又劝了一顿欣雅，欣雅只好和亚科尔商量赶紧看房子，先把房子买下来再说。

看到儿子和儿媳决定买房子了，道尔吉才放心地回了牧业上。

这年秋天，职业中专学校的公寓楼和综合楼相继完工，职业中专学校的办学设施基本上和县一中不相上下了。

随着各方面条件的不断完善，职业中专学校的学生已经突破了五百人，教职工也由建校初的三十多人发展到了六十多人，可以说学校的办学水平达到了一个空前的高度。

这一年秦校长即将退休，在退休前他向县教育局局长贺才让推荐欣雅作为他的接班人，贺才让把秦校长的意见向主管教育的安副县长做了汇报。

安副县长是了解欣雅的，她也是陇原师大的毕业生，她只在教育上干了短短两年，因为出色的管理能力，还不到三十岁的时候就被任命为县文化局的局长，之后五年就被提拔到副县长的位置上了。

安副县长听完贺才让的汇报后通知欣雅来了一趟她的办公室。

欣雅来到安副县长的办公室后，安副县长热情地给她倒了一杯水，让她坐下后说："方老师，你来到咱们祁裕县也十年了，这十年来你为职业中专学校作出的贡献大家有目共睹，今年秦校长要退休，秦校长和教育局的贺局长推荐你作为职业中专学校校长人选，我今天请你来就是先和你通个气，征求一下你的意见。"

欣雅听完安副县长的话连连摇头："谢谢秦校长和贺局长信任我，也谢谢安副县长的厚爱，我想我还是代课好一些，至于校长人选刘小兰副校长比我更合适，请安副县长能重新考虑！"

安副县长感觉到欣雅的态度很坚决，关于校长候选人这件事她没再去劝说，她和欣雅又说了说工作上的其他事，欣雅离开了副县长办公室。

欣雅又到教育局贺局长的办公室把自己的想法给贺局长说了一遍，贺局长觉得她干职业中专学校的校长应该比刘副校长更合适，贺局长希望她能再考虑考虑，欣雅说她除了做好教研室主任，她的主要精力还是要用在教学上，她带了三轮毕业班，她的班里考上重点大学的学生已经三十多人了，她还认为亚科尔不但干上了一中主管教学的副校长，还要带一个班的语文课，家里辅导孩子等等的杂务都得她干，所以希望局里能考虑考虑她的意见。

贺局长听欣雅这样说，也不再坚持自己的意见了，他觉得欣雅一家人不容易，只是这次提拔对于欣雅的工作是一种认可，欣雅拒绝了，他为欣雅感到惋惜。

不久，县委组织部的任命文件下来了，任命职业中专学校校长为刘小兰，欣雅被任命为主管教学的副校长。

任命文件下来后，刘小兰找欣雅谈了话，让她少带几节课，欣雅还是坚持带了三个班的音乐课，她的班主任工作由兰姬斯雅接替了，兰姬斯雅同时还兼任教研室主任。

秦校长在退休前还提起欣雅曾经给学校借的那三万块钱，他交代刘小兰在学校经费充足的情况下还给欣雅，但是欣雅坚决不要，她说自己的条件一年比一年好了，也不需要那些钱了，学校如果条件允许，她希望把这些钱用在一些贫困家庭的孩子身上。

这年亚科尔和欣雅都被评上了副高职称，他俩是祁裕县教育系统最年轻的具有副高职称资格的教师了。

历经十年的拼搏，小菊已经升任家瑞集团公司总经理助理了。"中怡天"手机进入市场以后可以说是一波三折，因为摩托罗拉、爱立信和诺基亚几大品牌占据着市场的主导地位，"中怡天"销售一直处于低迷，公司曾一度差点破产，在公司生死存亡的时候子怡一方面调整手机价格，大幅度降价，另一方面将手机市场的重点从东南沿海转移到中西部地区，两年之后，"中怡天"手机市场占有份额逐步扩大，在国内市场取得了一席之地。

只是，子怡认为公司打价格战不是长久之计，"中怡天"得转型，要想更好发展，就得杀个回马枪，不但在中西部地区继续稳定占有市场，还要逐步进军沿海地区。

接下来，家瑞集团公司与一家国外的手机生产企业签订了合作协议，引进了这家公司的核心技术，推出了"中怡天长城"系列手机。

"中怡天长城"手机从外观和性能上都处于国内领先水平，这为家瑞集团公司赚来了可观的利润。

子怡和天宇的儿子豆豆已经八岁了，小菊和玉轩的女儿雪儿也快七岁了，这两个家庭经常来往，两个小孩也是密不可分。

这十年来，小菊跟随子怡在商场里沉沉浮浮，子怡成功了，她也成功了。

玉轩在公司的文秘部工作，这么多年，他的工作没有多大变化，他的父母也随他们到了深圳，过上了安定幸福的生活。

天宇越来越深沉了，他这十年来带出的学生遍布大江南北，尤其是他作词作曲创作的几首歌曲捧红了他的学生鹏飞，虽然他已经沉寂了十多年，但是鹏飞的身上依稀可见他当年的影子，在音乐研究和创作方面他已经是一位成功者了。

家瑞集团公司越来越好，但是子怡和天宇在一起的时间越来越少。

一次，子怡处理完公司的事回到家里，发现天宇一个人在喝酒，她赶忙问道："天宇，以前你可没有这个习惯，怎么一个人在喝酒？"

天宇冷笑了一声："我不一个人喝酒，难道你愿意来陪我吗？"话里带着好多不满。

子怡觉得委屈，有点愠怒："你知道的，我为了公司付出了多少？难道我愿意吗？"

天宇看也没看子怡一眼："你愿不愿意也不关我的事，就让我一个人清净会吧，我可不想吵架！"

婚姻走过了十多年，这种不冷不热的情景在天宇和子怡身上还是很少见，子怡越发委屈，一个人走进卧室，把门狠狠地带上了。

因为他俩工作忙，豆豆在爷爷奶奶家住着，孩子今年上二年级，在班里学习情况不大乐观，老师专门找了天宇几次，子怡三天两头外出，一个月回到家的时间屈指可数，孩子在爷爷奶奶家学习又没人管，天宇想了很久，打算把豆豆接回家由他照顾。

在外人的眼里，他是大学知名教授，妻子是公司的董事长，他们的生活让多少人惊羡不已，可是在他的眼里似乎这一切还不如一个普普通通的家庭呢。他这十多年来的行为轨迹已经表明他的志趣并不是物质能满足的，他的理想是追求艺术的真谛。

尤其是在音乐艺术这条路上他可以说已经是功成名就，让多少人羡慕不已，但他还是不能满足自己，他了解得越深，越觉得自己只是在艺术的边缘徘徊。

实际上他不明白的一点是，子怡在商业帝国的打拼何尝不和他相似呢，在这条路上的追求没有退路可言，只有不断向前！

两个倔强的人，不知道在神圣的婚姻里会何去何从！

这一次，天宇潜意识里想让自己痛痛快快地醉上一场，然后先放下事业带孩子，希望不要耽误了孩子的学习。

夜已经很深了，他喝光了一瓶高度白酒，已经躺在沙发上睡着了，子怡听到客厅一点动静都没了，从卧室出来看到天宇已经沉沉地睡着了，她为自己的冲动感到后悔，她拿了一条毛毯盖在了天宇的身上。

第二天清晨两人面对面的时候竟然没有说一句话，子怡很想开口，但是她觉得自己委屈，匆匆忙忙洗漱后先离开了家，天宇到单位上请了假，然后到了父母那儿，把接孩子回家的情况和父母商量了一下。

这天下午起他给豆豆开始做饭、辅导功课。

对他的做法，子怡感到有点愧疚，短暂的愧疚之后被庞杂的公司事务渐渐冲淡了，她的重心始终在公司里。

玉轩的工作比较有规律，在他们家做饭是他的爸妈，接送孩子也是父母给他代劳了，他每天按时辅导雪儿的课业，在玉轩的精心辅导下，刚上一年级的雪儿经常受到老师的表扬，正好豆豆和雪儿在一个学校。

小菊虽然忙，但是她对这个家看得很重，因为有第一次失败的爱情，在她的心里一直是感激玉轩的，玉轩依旧像以前文文静静的，对她的话都是言听计从，玉轩和小菊在同一个公司上班，知道小菊忙，他理解她。

小菊明白，在深圳这片富庶的土地上，不知有多少人在为赚到大把的钱兴奋不已，不知还有多少人为赚不到养家糊口的钱愁眉不展，她的收入是玉轩的好几倍，他们一家的生活条件在深圳来说基本上处在中上的水平，她已经很满足了，她的理想是能干到五十岁左右积攒够一家人今后的生活所需就行了，在她的心中钱也不是那么重要，当然，所谓的事业在她看来只是自己谋生的职业，也许对于事业她没有子怡那么通彻。

这年哈伊娜已经九岁了，上小学二年级。

道尔吉和赛利娅一直在牧业上，老两口在牧业上还放牧着七八十只羊，亚科尔和欣雅这几年没少劝，让他们把羊卖了搬到县城里，可是这件事老两口一致地否决，他们说一辈子都在牧业上，住在县城里不习惯。因为孙女的缘故，他俩抽空也来县城，每次来都带着他们给孩子们精心制作的食品，多年来亚科尔和欣雅对二老一直是抱着感恩的心情的。

在牧业上，除了山大沟深的个别地方，其他大多数地方都有了手机信号塔，道尔吉和儿子一家人联系特别方便了，经过这几年县乡对基础建设项目的投入加大，道尔吉家的冬牧场也铺了一条沙子路，牧民家有车的也逐渐多起来了，道尔吉上县城方便多了，夏天天气暖和他还是喜欢骑着摩托车，到了冬天他就搭邻居的顺风车去县城。

看着邻居们车来车往的，他觉得自家有一辆车那多好啊，他和亚科尔也商量过，但是儿子和儿媳的意思是再等等，他就想要等到啥时候了，都四十岁的人了，再等还能学会吗？他也知道，那年欣雅把娘家的三万块钱都给了学校，本来他们家在这片草原上应该是第一家有车的，但孩子们有自己的想法，不像那年买楼房那么迫切，所以买车这件事他也不好再去逼孩子们。

让老两口欣喜不已的是哈伊娜不但学习好，小小年纪特别懂事，尤其是见到他们一口一个爷爷奶奶好，听着都那么舒心，他们觉得这辈子虽然苦，但也值了。

这几年，在国家退耕还林政策的大力倡导下，祁裕县一部分半荒漠化草原已经开始实行休牧奖补政策，道尔吉的草场属于高山草原带，虽然没有休牧，但根据政策实行"以草定畜"管理，刚开始大多数牧民们不理解政策，觉得从祖先那儿传下来的亘古不变的道理是牛羊都是放养的，圈起来养不可思议，牛羊多的几家牧户尝试着在春天的那几个月里圈养牲畜，不然的话草场压力大不符合国家的政策。

道尔吉现在只放牧着七八十只羊，以他的草场面积计算符合"以草定畜"的要求，所以他的羊群一直是在草场上放牧的，二〇〇〇年以来祁裕县绝大部分草原都进行了围栏，这让牧民们的放牧生活轻松了好多，基本上清晨把羊赶到围栏里，每天巡查羊群两三趟，傍晚的时候再把羊赶回圈。

由于"以草定畜"政策的实行，祁裕县的草原生态恢复较好，这二三十年里不多见的一些野生动物逐渐多了起来，最多的是岩羊在高山流石带和草甸带成群出没，甚至还到牧民的草场上和家畜一起出入了，祁连马鹿三五成群结伴而行，销声匿迹了好多年的麝也不时地像精灵般闪过人们的视线。

这年暑假，亚科尔和欣雅带着哈伊娜一块来到了他家的夏牧场。

这一次他和欣雅商量好了要在牧业上多住几天，多陪陪二老。

哈伊娜每次来到牧业上都很兴奋，尤其是夏牧场，她可以采野花，爷爷牵着马让她骑马，关于飞雪的故事爷爷已经给她讲了好多遍，飞雪还是很强壮，只要是亚科尔和欣雅来，它就跑到他们跟前亲热起来了。

看到飞雪，欣雅不由地想起当年那段如梦似幻的往事。

哈伊娜听说要在牧业上住几天，高兴地拉着欣雅和亚科尔的手，让他俩带她去牧场更远的地方看看，她觉得自己已经长大了，她也要像爸爸小时候那样做一个坚强的孩子。

前一天道尔吉就接到亚科尔的电话，第二天一大早他请扎西来帮他宰了一只羊，他要让儿子儿媳和小孙女吃上草原上最好的羊肉。

欣雅又想起了第一次来草原、第一次吃鲜美的手抓羊肉的情景，她对这儿是特别有感情的，她也想起了爷爷和奶奶，两位多么慈祥的老人，她每次到冬牧场都会去爷爷和奶奶的坟上看看，她和亚科尔也常常给哈伊娜讲讲爷爷和奶奶的往事。哈伊娜小时候总会好奇地问："阿爸，您说您的爷爷和奶奶都不在了，那将来我的爷爷和奶奶是不是也就不在了？还有姥爷和姥姥！"

听到哈伊娜天真地问，亚科尔告诉她："每一个人都是一颗星星，等他（她）不见了，他（她）就到了天上，星星一眨眼一眨眼的，就是离开我们的亲人在天上看着我们呢！"

幼小天真的哈伊娜对这倒没有觉得难受，可是自上了小学，她明白了人不在是永远离开了这个美好的世界，原来是一件悲痛的事。自那以后，她的阿爸阿妈一旦到了太爷爷和太奶奶的坟上，她的心情也跟着悲伤起来，她渐渐地也开始了解这个社会的喜怒哀乐。

下午羊群都赶回圈以后，道尔吉一大家、桑杰一家和扎西一家人都聚在了道尔吉的一大间砖混结构的房间里，原来亚科尔结婚后的第三年，道尔吉就在夏牧场和冬牧场上重新盖了房子，尤其是夏牧场盖起新房子以后，牛毛帐篷已经放在了一间空房子里，对于道尔吉和这片草原上的牧人来说，居住牛毛帐篷的历史一去不返了。

晚上的时候，道尔吉的太阳能电池板就开始发挥作用了，大家坐在亮堂堂的房子里吃肉、喝酒，聊着关于牧场上的故事，大家都很开心。

扎西带着点酒意对道尔吉说："大叔，您都这般岁数了，您和大婶还是去县城吧，亚科尔和欣雅会关照你们的。"

道尔吉说："孩子，你的心意我接受，但是我还没到七老八十呢，现在还能干得动，我和你大婶一辈子都在牧业上，不习惯县城里享清福，将来干不动了再说吧！"

亚科尔也趁机劝道："阿爸，扎西说得对，您和阿妈还是再考虑考虑，今年秋天把羊卖了就回县城吧！我们年轻人住在楼房上，让您二老还放牧，我和欣雅心里过意不去！"

哈伊娜也天真地劝爷爷和奶奶："爷爷奶奶，阿爸说得对，你们还是来县城吧，我们一大家人就能在一起了，那样太好了！"

赛利娅抚摸着孙女的头慈爱地说："我的小宝贝，奶奶能不想和你在一块吗！奶奶和爷爷还打算在牧业上放几年羊，等你长大了我们就去县城，看着你将来考大学！"

欣雅也诚恳地看着两位老人："阿爸、阿妈，哈伊娜说的对，您二老还是来县城吧，我和亚科尔省一省，再借点钱，给你们买上一套楼房，咱们一家人就团聚了。"

赛利娅笑了笑说："我的好孩子，阿妈懂你们的心意，我和你阿爸已经决定好了，我们再放几年羊吧，现在还能干得动，到了县城我们待不住，将来干不动了，你们不说，我们也得去！"

欣雅感到再怎么劝，两位老人也还是不去，所以，她想在牧业上多待几天，亚科尔放羊，她在家里做饭，让两位老人和哈伊娜也乐呵几天。

桑杰的儿子才楞已经大学毕业了，他在县水务局工作，已经有了心仪的姑娘，打算这年春节前结婚。

才楞从小学习就很出色，桑杰教育他的时候一直让他要像他的哥哥亚科尔一样，才楞上高中的时候，亚科尔就是他的班主任，他在自己哥哥的班里很争气，每次考试没下过前三名，高考时考到了省外的一所工业大学，毕业后回到家乡在县水利局工作。

才楞虽然是亚科尔的堂弟，但是哥哥有给自己当班主任的这段经历，他在哥哥的面前好像还是学生，经常一副恭恭敬敬的样子。

这一次，亚科尔回牧业，正好是周末，才楞开车带上亚科尔一家也来到了牧业上。

一晚上，才楞听着哥哥和嫂子等人都在劝大伯去县城，他也考虑到了自己的阿爸和阿妈，他心里默默想，等结婚以后，条件稍好些，也要把父母接到县城里。

第二天一大早才楞又回到了县城。

在夏牧场上，太阳的第一缕光芒洒上山头，亚科尔一大早牵着飞雪赶着羊群上山了，欣雅帮着赛利娅烙煎饼，等亚科尔回来已经烙了满满一盘煎饼。

　　哈伊娜早早起床了,她也帮着奶奶和妈妈烙煎饼,吃过早餐后,她催着爸妈带她去更远的草原上看看。

　　欣雅骑着飞雪,亚科尔和哈伊娜骑着大青马穿过了自家的草场,奔向了更为辽阔的天地……

第十九章　山重水复

历史的巨轮滚滚向前，时间到了二〇一八年。

祖国正在一位伟人的引领下焕发了前所未有的生机和朝气，党的春风化为细雨滋润了华夏大地的每个角落，祁裕县在生态环境保护和城乡基础设施建设方面都已经发生了翻天覆地的变化。

这一年国家脱贫攻坚任务进入了关键时期，祁裕县的教育脱贫工作在教育局局长亚科尔的精心安排下已经取得了显著的成果，但是最难啃的骨头也摆在了他的面前。

亚科尔是三年前离开县一中的，校长徐进才退休，组织上考虑让亚科尔担任县一中的校长，但是教育局局长贺才让建议亚科尔到教育局工作，并且担任副局长职务，因为他考虑自己很快就从一把手岗位上退下来了，他是想让亚科尔接他的班。

县委组织部部长高学海原则上接受了贺才让的建议，他一方面及时地向县政府和县委主要领导汇报，另一方面派工作组征求了县一中班子成员和教师意见并和亚科尔谈话后，上报县委常委会研究同意，正式任命亚科尔担任县教育局副局长职务。

亚科尔真的不想离开自己热爱的教学岗位，他虽然是学校的副校长，但这十多年来，高中语文课他一直没有放下，他带出的学生有去了外地工作的，还有回来在祁裕县工作的，那么多优秀的学生他都记得清清楚楚，这些已经让他够欣慰了。

有好几次他向校长徐进才建议把自己从学校领导岗位上撤下来，他想带上两个班的语文课，还想担任高中班主任。

对于亚科尔的这些要求，徐进才说啥都不同意，徐进才还想让他主持学校的全盘工作呢！

在县一中工作这么多年，亚科尔取得的成绩和获得的荣誉可以说是数不胜数，在听到他要到教育局去工作，所有的老师都不想让他走，可这是组织上经过慎重考虑的结果，也是上级的重要决策，大家虽然舍不得亚科尔离开一中，但是都明白，亚科尔到教育局是为了全县的教育事业，他就像是草原上的雄鹰，他的理想在广阔的天空，他孜孜不倦的工作态度和温润如玉的高尚品德如果仅仅局限在一所学校里，那就如雄鹰被捆缚了翼翅。

担任教育局副局长工作的第二年后，亚科尔升任教育局党工委书记和局长，这年他四十二岁，正是年富力强的时候，县委书记李文德找他谈了话。

在县委书记整洁而又简陋的办公室里，李书记对他开门见山地说："亚科尔同志，根据组织部的考察和县委常委会研究决定，大家一致赞同你担任教育局局长，首先我对你表示祝贺！目前，我县教育事业蓬勃发展，这是大家有目共睹的，近几年教育系统在'双培养、双促进'工作上取得了扎实的成效，县委计划把你们的这个成功做法作为典型在全县推广，希望你能把这项工作继续抓好；另外，除了持之以恒地抓好全县教育质量提升工作以外，摆在你面前的就是教育扶贫攻坚工作，这是我们教育系统今后这几年的一项重点工作，不能有一丝马虎，我希望你能亲自抓起来！"

听完李书记的话，亚科尔铿锵有力地说道："谢谢组织上信任我，谢谢李书记对咱们教育工作的认可，我在今后的工作中会一如既往地按照县委政府的安排部署做好工作的。"

最后，李书记又语重心长地对亚科尔说："亚科尔同志，听教育上的同志们介绍，你可是咱们祁裕县土生土长的民族干部，你在县一中带出的学生如今在各个岗位上担任重要职务的人不少啊，如果你早点从教学岗位上下来可能不只是现在这个教育局局长了，我佩服你！我知道，担任了教育局局长以后你不能再在讲台上发挥你的教学优势了，这对学校来说是一种损失，对你本人来说也是一个遗憾，但是，为了全县的教育事业，你的舞台更大了，今后你身上的担子更重了，希望你能把祁裕县的教育事业推向一个更高的层次，我期待你的成功！"

李书记说完走上前紧紧握住了亚科尔的手，亚科尔望着李书记坚定地说："祁裕是我的家乡，多少年来，我一直热爱这片土地，我没有任何理由不做好工作，请李书记相信我！"

看着亚科尔坚定自信的目光，李书记满意地点点头，把他送出了办公室。

亚科尔明白，祁裕县的教育事业经过一代又一代教育人的不懈努力，截至今天无论是教育基础设施建设，还是师资力量都已经走在了全市乃至全省教育的前列，尤其是全县"三免两补"政策从义务教育到高中和幼儿教育阶段全面实施以来已经十年了，实践证明这项政策的落实是真正涉及千家万户的一项惠民工程，这个项目赢得了全县城乡居民的交口称赞，对于这一点来说不光是亚科尔，祁裕县所有的教育人都感到自豪。

亚科尔明白，成绩只是属于过去，如何打赢祁裕县教育扶贫攻坚战才是他要面对的一次艰难的挑战。

他知道，全县有一百多户家庭是建档立卡户家庭，其中有近百名学生需要精准扶贫，除此之外，祁裕县有一万多名学生享受国家的各项补助和资助，怎样更好地掌握国家的惠民政策和怎样顺利地实施这些政策，他这个局长得先烂熟于心，然后才能指导基础教育工作办公室抓好这项工作。

在好多个深夜，亚科尔的办公室里灯火通明，他和教研室主任贺怀明彻夜解读各项政策，然后根据实际情况开会研究精准施策，出台了祁裕县教育局的各类文件，他不但时时记起县委李书记的谆谆教导，从小到大那么多父老乡亲渴求知识改变命运的迫切情景也都映现在他的面前在他的心灵深处，少年时好多辍学的同学那些无助的眼神也会出现在他的眼前，他下定决心一定要把国家的政策落实好，一定要把这些补助资金一分不少地交到家长和学生的手里，这样他才能安心。

亚科尔白天忙于各种会议和工作，只有在下班后，他静下心来再细细研究教育脱贫攻坚工作，还有好多个周末他也是在办公室里度过的。

为此，欣雅和他没少吵架，因为这年哈伊娜已经上了高中，到了学习的关键时期。哈伊娜的生活起居和学习上的事情都是欣雅在操心，好多时候欣雅有一种挺不住的感觉，何况她也是职业中专学校的副校长，不但忙于学校的管理工作，自己还要代课，她的担子也不轻啊！

亚科尔明白，欣雅为了这个家付出了很多很多，但是在工作和家庭之间，他选择了工作，他知道，为了全县一万多孩子，他只能把自己的宝贝女儿和家里的一大摊子事情交给欣雅。

在这期间，亚科尔还主动联系了东裕乡的黄建成家庭作为他的联系户，开展一对一的精准扶贫。

一个周末，亚科尔来到了黄建成家里，通过和黄建成交谈，他了解到这个家庭近年来经济一直没有发展的原因是黄建成这一辈姊妹多，家里的草场小，他家放牧的二十几只羊一年下来没多少收入，虽然孩子们上学的费用基本上都不用操心，只是前几年妻子生了一场大病花去了家里所有的积蓄还欠下了好多账，现在妻子还在病床上靠他护理。

黄建成有两个孩子，大儿子黄小强在县一中上高一，女儿黄小欧还在乡上的学校上小学，两个孩子的学习成绩倒也不错。

在黄小强上初三的时候，黄建成就打算让孩子毕业后回家帮他放牧，他觉得一个人实在忙不过来，村里的干部和他的亲戚做了不少工作才使他打消了这个念头，儿子得以继续上高中。

亚科尔知道，国家的各项补助一分不少地打到了黄建成家的一折通上，可是对于这个家庭来说，要想赶上别人的生活还是存在很大问题。

接下来的时间，亚科尔几乎每月都要去一趟老黄家，和他一块儿想办法解决脱贫致富的问题，他和老黄经过仔细斟酌和反复商量后决定在家里发展养殖业，这样老黄一方面可以发展生产，另一方面还可以照顾病床上的妻子，亚科尔觉得只有他的这些问题解决了，两个孩子上学问题就能完全得到保障。

可是发展养殖业得有牲畜，这是困扰黄建成的一个大问题。知道他的困境后，亲戚和邻居们给他捐了一部分钱，但还是差很多。

听到黄建成的家庭困难后，道尔吉决定把自家的一部分羊低于市场价卖给黄建成。黄建成的钱不够，打算到信用社贷点款把道尔吉的羊钱全部付清，被亚科尔拦住了，亚科尔对他说："建成老哥，剩下的羊钱你不着急还，好好经营这些羊，等将来有了收入再还也不迟。"

羊买好了，亚科尔自己花钱又给黄建成从农区买来了一车饲料。

亚科尔又一次来到老黄家的时候，黄建成高兴地告诉他："亚科尔局长，你的这个建议真的好，在家里喂羊不但解决了我照顾妻子的难题，喂的羊长得也快，照这样下去，过不了三年我们家也会大变样的！"

听黄建成称呼他局长，亚科尔说："建成老哥，以后咱们就是兄弟了，你叫我兄弟吧！"

这年，道尔吉和赛利娅都已经是年逾七旬的老人了，他俩还没有打算回县城，这一次亚科尔和欣雅坚决地在县城给他们买了一个小套的楼房，硬是把他们接到了县城。

道尔吉和赛利娅把自家剩下的羊一部分卖了，还留下了十几只带在了扎西的羊群里，他们考虑以后自家需要肉食的时候就不用花钱了，最主要的还是作为牧人来说他们觉得就算是把羊带给了别人，自家羊的根子还是留下来了，不至于完全绝种了。让道尔吉舍不得的是飞雪和他的大青马，这两匹马都已经很老了，陪自己走过了二十多年，他对这两匹马感情深，尤其是飞雪，这可是亚科尔和欣雅的定情之物，孩子们那时候都很年轻啊！这么多年过去了，飞雪老了，孩子们都不再年轻了。说起飞雪的故事，就连哈伊娜都是头头是道。

临走前，道尔吉老两口把飞雪和大青马托付给了扎西，两位老人希望扎西能好好对待这两匹马，至于喂养马的饲料钱他们给扎西留得很充足。

近年来，祁裕县一中的高考升学率大幅度上升，还考出了祁裕县历史上的第一个清华生和第一个北大生，重点大学和本科以上的录取学生越来越多。可以说，祁裕县一中的教学质量已经迈上了一个新的高度。

祁裕县职业中专学校这几年也是好事不断，学校多年来坚持的"高考促就业"战略取得了明显的效果。职业中专学校毕业的顾嘉苏柯尔同学在陇原师大毕业以后，在省城自己组建了一支民族乐队，历经十余年不懈坚持创作，现在已经在本省有了很大的名气，顾嘉苏柯尔每年都来一次祁裕县，他不但回到家乡去看看父老乡亲，也常常回到母校，他每次回母校都要先看看欣雅老师，在他的心目中一直认为，是因为欣雅老师对他孜孜不倦的教诲才有了他今天的辉煌成果。

杨倩达娃在陇原师大毕业以后也打算回到祁裕县职业中专学校任教，欣雅考虑后还是希望她继续深造，她又在陇原师大取得了硕士研究生学历，毕业以后在欣雅的鼓励下去了祁北师范专科学校音乐系任教，欣雅对她一直很满意，欣雅希望她走出去，到外面更广阔的天地书写自己的精彩人生。

祁裕县职业中专学校凭着这几年高考一路打红，来学校上学的不只是本县的学生，周边一些县市的家长也带着孩子慕名而来，学校的规模越办越大。

这一切成绩都是那么鲜活地摆在了教育局局长亚科尔的眼前。他不只是欣慰，他还有好多感慨，他清晰地记着二十多年前刘校长求贤若渴的眼神，他也记得职业中专学校秦校长因为欣雅同意去他的学校那喜形于色的言表，他还记得安江主任为了让欣雅到职业中专学校任教，想方设法来说服刘校长的情景。

老主任和老校长们早已退休，但是他们那一代人留下的艰苦朴素的作风和精益求精的工作态度正是激励亚科尔不断努力和奋进的精神支柱。

亚科尔明白，祁裕县的教育事业取得的巨大成就，是一代又一代教育人奋发图强、坚持创新的结果。

经过好几个月夜以继日的工作，他的工作局面完全打开了，一切都按他预定的思路进行着。

只是，他和欣雅之间的矛盾却越来越大，他心里非常明白，但是工作和家庭都不能亏欠，这该怎么办呢？

二〇一九年春，哈伊娜在高中阶段的学习越来越紧张，当然，孩子的学习成绩一向很好，欣雅觉得按照哈伊娜的资质，将来高考成绩应该在全县是数一数二的，所以她对孩子的要求也越来越严苛了，欣雅做的这一切在亚科尔看来觉得有点过分了，他劝欣雅的时候，欣雅反唇相讥："你是越来越不把这个家当家了，孩子的学习你一直不管，我知道你忙，这也罢了，但是你不能当作借口不让我管孩子的学习啊！"

亚科尔耐心地对欣雅解释："我的好老婆，过了这段时间，我把手头的工作放放，尽量抽时间关照哈伊娜的学习，我知道，这大半年来忙于工作，对家里啥都没做，我对不起你和孩子！"

看着亚科尔内疚的样子，欣雅只能无奈地摇摇头说："我看，关照孩子的学习只是你说说罢了，这几年来你关照过几次，你心里应该很清楚，别人也有当领导的，你这么忙的领导好像并不多，每天回来不是十二点就是凌晨两三点，这我就不说了，还有周末，你反而比平时忙了，我和哈伊娜盼着周末你能待在家里，可是哪个周末见过你？我把饭做好经常等你吃饭，可是哪一次咱们一家人吃过一顿团圆饭呢？"

欣雅越说越委屈，当着亚科尔的面像个孩子般的开始哭起来了。

亚科尔看着欣雅伤心的样子赶紧过来抚摸着她的肩膀，柔声说道："都是我不好，你骂我打我都行，可别让自己生闷气，那样对身体不好！"

欣雅索性大声哭了起来，她的心里真的委屈。

是啊！欣雅和亚科尔没结婚前经历了那么多误会，差点分道扬镳，但老天眷顾了他俩，到后来虽然工作忙，但也从来没有像现在这样忙过，他们的感情一直很好，这二十年来两个人相敬如宾，他俩在县一中和职业中专学校都是同事们心中的模范夫妻。但是这一次两人间的矛盾名义上是孩子的上学问题，实则是亚科尔为了工作忽视家庭这么久引起的，这一次，欣雅似乎失去了往日的耐心和贤淑，她也变得有些不可理喻了。

欣雅还把这件事在电话上告诉了自己的爸妈，方啸天和周雯听了之后急忙赶回了祁裕县。

他俩都是七十多岁的人了，来一趟真不容易，尤其是这几年他俩岁数大了越来越不适应祁裕县的高原气候，每次来住上几天呼吸道就出问题，欣雅和亚科尔劝他俩还是在省城住着，万一有事年轻人去看他们，说虽这样说，欣雅带着哈伊娜除了每次假期去待上几天，平时哪有时间去啊，尤其是亚科尔到了教育局工作以来，两三年了还没去过一次岳父母家。

方啸天和周雯也抱怨过亚科尔，亚科尔经常会打开手机视频跟二老说说话，亚科尔认为现在通信这么方便，打开手机就看到对方了，可是方啸天和周雯不这样认为，他们觉得只有面对面看见才算是真正地在一起了，这样隔着视频总不如孩子们到自己身边亲切，难道视频里还能和孩子们一起吃顿饭？这些总让两位老人耿耿于怀。

这次又听女儿说了吵架的事，所以他们没有过多考虑就匆匆赶来了，他们从省城坐高铁三个多小时先到祁北市，然后坐公交车近两个小时就赶到了祁裕县，这几年交通方面确实便利了，祁北市也建起了机场，如果从省城坐飞机还不到半小时就到祁北市了，有人还开玩笑说：如果从省城坐飞机去祁北市，屁股都没坐热就下了飞机。

不过，大多数人觉得坐高铁既经济实惠又便利，所以没有重要事的话一般人们选择高铁出行。

得知岳父母已经到了家里，那天下午，亚科尔放下了手里的所有工作先回到了家里，他顾不上做饭就在外面订了饭菜，把他的阿爸阿妈也请来了。

在饭店里方啸天刚想抱怨亚科尔几句，但是细细一看亚科尔那头浓密的黑发里已经有好多白发了，他的心里有点过意不去，他把自己的话压下去了。

周雯看着欣雅一句话也不说，就先开口问道："欣雅，你在电话上说你和亚科尔闹了矛盾，到底怎么了，你们都是四十多的人了，这么多年从来没听说你们有啥矛盾，这一次是不是亚科尔忙着没有顾上家里，你不高兴了？"

欣雅委屈地说："不是说这一次，这几年来他都忙于工作，至于忙工作我能理解，但是自从干上教育局的局长，他几乎整天在单位上，对我和哈伊娜不管不顾，我不知道这日子何时才是个头？"

亚科尔听妻子这样说也是满脸歉意："欣雅，我希望你还是能再帮我一把，等我把教育脱贫攻坚工作做完了，我想就不会这么忙了，到时候，我把这些年欠下的都给你和孩子补上！"

欣雅望了亚科尔一眼："我知道，教育脱贫攻坚工作很重要，这项工作二〇二〇年年底结束，到那时候哈伊娜都上了大学，难道你不明白这两年孩子的学习和生活才是关键吗？"

亚科尔沉默了好久才说："欣雅，你放心，今后我一定抽时间关心你和哈伊娜，我不会让你失望的！"

哈伊娜也心疼地说："妈妈，我知道爸爸都是为了工作，我在学习上的事情您就不要操心了，我会好好学习的，请您和爸爸相信我，我也希望爸爸能回家多陪陪妈妈，妈妈也很忙，除了上班，还要做饭、做家务，我不希望你们以后再吵架！"

哈伊娜说完望了望亚科尔和欣雅，欣雅的眼里已经溢满了泪水。

此时，方啸天只好委婉地说道："哈伊娜多懂事啊，你们两个人为了孩子别再闹矛盾了，你们有啥事我们也担心，以后都要好好的！"

道尔吉对男女亲家的到来首先表示了热情的欢迎，这二十多年了，两家的亲戚们见面少，但是感情还是很不错，方啸天夫妇每次来，道尔吉和赛利娅都要过来看看他们，前几年方啸天和周雯还去过道尔吉的牧场上。

道尔吉握着方啸天的手说："孩子们的事又烦两位亲家大老远来一趟，我这个做父亲的也有责任啊，孩子们都苦，苦归苦，两个人都是领导了，担子也重了，亚科尔当局长的这几年没少吃苦，欣雅也一样，不但忙学校的事，还忙家里的事，我们都看在眼里啊，我们想帮也帮不上忙，只能着急，还望两位亲家宽宏大度，我们以后要多多教育亚科尔，让他尽量把家里的事也放在心上。"

赛利娅也是连声向两位亲家致歉，她首先抱怨了亚科尔几句，还拉着欣雅的手让她一定要消消气。

见老人们都这样说了，欣雅也是无话可说，只能把心里的怨气又一次压了下来。

虽然是一顿团圆饭但是气氛一点也不融洽，刚吃完饭，亚科尔又急匆匆地去了局里，等回来时，欣雅和哈伊娜早都睡了。

方啸天还在客厅里，看到亚科尔回来了，他和女婿又聊起了工作上的事，方啸天虽然退休十多年了，但是对于教育上的事他一直在关注，他知道亚科尔忙的原因，他对亚科尔的工作一直是认可的，所以他又鼓励了一番自己的女婿，两个人聊到凌晨三点多才睡下。

接下来的日子，方啸天和周雯商量好多待几天，他们俩也担负起做饭的任务，欣雅算是稍稍轻松了一段时间。

只是欣雅和亚科尔之间的感情还是没有完全恢复，在方啸天和周雯的面前，他俩没有表现出任何的隔阂，但是他俩彼此心里明白，以前的那种激情渐渐少了很多。

在深圳，子怡的家瑞集团公司已经是数一数二的大企业了。"中怡天"手机也成为国产手机中的抢手品牌了，做到这一步子怡也算是功成名就，但是随着国内外市场竞争的加剧，她的工作压力似乎比以前更大了，小菊已经升任公司的副总了，她始终是子怡的左膀右臂，她好多次劝子怡放缓一下脚步，但子怡哪里能听得进去，她心里考虑的是家瑞集团公司的命运和前途，还有自己的上万名员工，毕竟公司是父亲一生的心血，她不能让公司毁在自己的手里。

他和天宇的婚姻也是若即若离，因为有了可爱的豆豆这个永远的纽带，他们的婚姻才维持到现在，他俩都明白他们在生活中只是名义上的夫妻了，以前那么多的浪漫时光似乎已经与他们无缘了。

豆豆这年上了初三，孩子的学习一直没有赶上来，在班里算是中等水平，天宇虽然在家带孩子，但不是每一天都能顾得上的，为了孩子的学习，他宁愿牺牲自己的时间和事业。

天宇认为孩子没有取得优秀的成绩与子怡没有尽到做母亲的责任有关，这些年来他对子怡是有很大的成见的，好几次他都想把豆豆送到私立学校，他一走了之，他不知道自己要去何处，但是这个家除了儿子他似乎再没有什么可留恋的了。

对于天宇的成见，子怡早就看在了眼里，但是她始终不明白的是天宇为什么这样想，她知道她所创造的财富他们一家人就算是十辈子都用不完，孩子将来也可以继承自己的事业，她对天宇的看法一点都不能接受，她甚至认为天宇是无理取闹。

有一天，子怡破天荒地早早来到了家里，亲手做了老公和孩子喜欢的一桌饭。

这天，天宇也是提前下班，他顺路买好了菜，回到家里刚进门就闻到了一股香味，子怡满脸笑吟吟地给他端上了一杯热茶，他竟然有点不自然起来了，他惊讶地看着自己的老婆忙忙碌碌，又看了看满满的一桌菜不知所措。

过了不久，豆豆也回家了，看着妈妈亲自做的饭菜可高兴了，不住地夸妈妈做的菜好吃，在饭桌上子怡不断地给豆豆和天宇夹菜，她知道，虽然自己辛苦，但是为了事业亏欠了老公和儿子，她想尽量抽时间在家里做顿饭，弥补自己对家庭的亏欠。

一桌亲手做的饭菜和一次温馨的团聚，这让天宇那颗冰冷了好久的心有了一点春潮涌动。

这几年来，天宇除了带孩子做饭，在好多个深夜还在苦苦研究音乐，他的得意弟子鹏飞成名后往返于深圳和北京之间，鹏飞演唱的歌曲大多数都是天宇作词作曲，鹏飞有几次做客电视台想要把天宇请去做特邀嘉宾，都被天宇拒绝了，他告诉鹏飞他只想安静地进行创作，对于抛头露面的事他再也不想参与了，因为二十多年前他从舞台上下来，就再也没有想过自己重新回到让人瞩目的地方。

也许，一名真正的学者就得摒弃耀眼的光环和高调的炫耀！

这么多年来天宇始终和欣雅一家保持着联系，尤其是在音乐创作方面，他和欣雅有着更多的共同语言，他们通过电话、网络等社交媒体一起探讨关于学术方面的问题，欣雅创作的好多首钢琴曲都被天宇推荐在深圳几家大学的学术期刊上了,还有几首优秀的曲子也被几所大学指定为学生演奏曲目。

对于欣雅,天宇一直觉得她应该在一个更加广阔的舞台上演绎她的精彩人生,可是欣雅似乎和他越来越相似了,她觉得她能在中等职业学校培养学生已经令她满足了,最主要的是她既然选择了亚科尔她这一生无怨无悔。

尤其是近期听欣雅说她和亚科尔之间因为工作的事发生了一些矛盾,天宇没少劝,他也专门给亚科尔打了电话,但是亚科尔只能无奈地告诉他工作一刻也闲不下来,亚科尔总是那句话:只要有一丝一毫的时间,他一定会照顾好欣雅和哈伊娜的。

天宇知道自己虽然在劝欣雅和亚科尔,但他想想这七八年来和子怡之间的矛盾,他又哑然失笑。

这真是:在别人的故事里感动,在自己的人生中迷茫!

小菊的女儿雪儿也是一名中学生了,她基本上是由玉轩一手带大的,因为玉轩的性格和她在深圳长大的缘故,她完全出落成一个性格温柔细腻的女孩了,她和豆豆在一个学校,豆豆比她高一级,他俩从小一起玩耍,成了初中生以后他俩也经常往来,在雪儿的心目中豆豆似乎就是她的哥哥。

因为两个孩子的关系更加拉近了两家人的距离。在深圳,天宇一家和小菊他们是来往最多的,有时候天宇和玉轩聚在一起的时候总不忘和亚科尔联系,虽然远隔千里,但是他们对亚科尔的思念却一直没有停止过。

二〇一九年暑期,趁着豆豆和雪儿放暑假,天宇和玉轩决定带着孩子们去一趟祁裕县,去看看亚科尔一家人。

当天宇和玉轩再一次踏上祁裕这片土地,他们被这个小小的县城震撼了。

他们第一次来是在二十多年前的冬季里,除了皑皑白雪,其他的一切都还在冬眠呢,而这一次,一切都好像焕发了巨大的活力。

远处的祁连山顶经年的积雪闪着银光,半山腰的松柏葱葱郁郁,紧挨着林带的草原苍苍茫茫,真有一种"风吹草地见牛羊"的意境。

祁裕县城在原来的基础上拓宽了马路，马路两边的松树不见了，取而代之的是海棠树、榆叶梅、侧柏等一些景观树木。在这些景观树的树池里竞相开放的花儿正艳，为这座北方县城增添了不少生气和活力。

　　县城的马路干净整洁，街上不但有本地的各个少数民族群众，还有一些外地游客，偶尔还能见到骑着单车的外国人。

　　虽然在视频上没少聊天，但是亚科尔在自己的县城见到久别的朋友，着实让他激动不已，哈伊娜见到豆豆和雪儿也很高兴，再过两三年这三个孩子都将步入大学，在孩子们面前，他们三位感觉时光如梭，也在不停地感慨韶华易逝。

　　欣雅即将步入中年妇女的行列，但是那张俊俏的脸庞依然靓丽，只是眼神里多了些许忧虑。

　　子怡和小菊提前在电话里告诉了欣雅，这次她们过不来，欣雅觉得有一点失望，她多希望这两个好姐妹能来，来了的话她想把自己的一些酸楚和忧愁都讲给她们听听。

　　那天晚上亚科尔选了一家最好的酒店，还把自己的阿爸和阿妈也请上和天宇他们吃饭。

　　在酒店里天宇和玉轩紧紧握着两位老人的手，他们发现道尔吉和赛利娅已经很苍老了。看到自己儿子的好朋友来了，两位老人很高兴，问长问短的，尤其是看到豆豆和雪儿两个孩子，赛利娅疼爱地抚摸着他们的头发说道："孩子们都这么大了，能来一趟牧区不容易啊，这回要和哈伊娜好好玩上几天，奶奶见到你们真高兴啊！"

　　看着婆婆慈祥的笑脸，欣雅又想起了亚科尔的奶奶，那年她第一次来到牧区，奶奶就把她当成个宝贝心肝，没想到恍惚间，婆婆也变得越来越老了，她多像二十多年前的奶奶啊！

　　一想到自己和亚科尔的矛盾，她的心里不由地又难过起来。

　　吃过饭以后，欣雅把公公和婆婆先送回家后又回来了，亚科尔他们已经开始喝酒了，这一次亚科尔准备的是祁裕县产的青稞酒，三个大男人刚开始谈笑风生，酒越喝越多，话题也渐渐地沉重了，亚科尔对天宇和玉轩说："本来我的心愿是做一名老师，这些年来也干出了一些成绩，当年学校提拔我干教导主任，我是带着两个班的语文课的，就算后来提拔成副校长了，也还能带一个班的课，这几年到了局里，完全和教学脱钩了，我总觉得有些遗憾，县上的领导们信任我，让我担任教育局局长，这个担子我也得扛，就是太忙了啊，有时候真想回到从前，但这人世间没有回头路，我对自己苦点累点无所谓，只是我对不起欣雅！"

天宇赶忙劝他："你和欣雅的事情我们都听了，因为你的工作太忙了，别自己怨自己，欣雅会谅解你的！"天宇说完又对欣雅说："今天除了子怡和小菊，我们又到一起了，有啥说的你也给大家说说，我还是希望你以后和亚科尔多沟通，至于家里的事，实在忙不过来就请个阿姨吧，至少把你们的家务做好，还能按时给你们做饭。"

欣雅还是无动于衷，实际上她忙归忙，但不是因为忙而抱怨亚科尔，她是太久了缺少亚科尔的陪伴和实实在在的关爱，她觉得这些美好的时光已经是回忆了。

她淡淡地说："我们的事也不算个啥事，你们来一趟不容易，大家好好聚聚，至于工作上的事和家里的事先不说了。"

在这个场合天宇也想给好朋友们诉诉他的苦，但听欣雅这样一说，也把想说的话压在心里了。

只有玉轩，他可是一直乐呵呵的，因为朋友们里数他思想最简单，他也看得开，家里的事大多数都是他忙活，小菊只要有时间也会帮他做家务，他觉得小菊已经够忙了，小菊都是为了这个家，他已经很满足了。

沉默了好久，欣雅觉得自己在朋友们面前有点失态，她努力克制了自己的情绪，不时地劝大家喝酒，还向豆豆和雪儿问起他俩学习上的事，雪儿说："阿姨，我来的时候我妈妈说您是她最好的朋友，她还说您是她大学同学里最漂亮的，今天见到您，我觉得您比我妈妈说的还漂亮！"

听着雪儿在夸自己，欣雅开心地笑了起来。

雪儿和哈伊娜见面不久就已经熟悉了，她俩一会儿说着学习上的事，一会儿又在憧憬自己的未来，豆豆只能在一边看着她俩亲热地交谈，因为他已经是个少年了，他虽然和哈伊娜也说了几句话，但他觉得和哈伊娜有点陌生，他第一次见到这么可爱的女孩：一双淡蓝色的眼睛，挺拔的鼻子，一眼就能看出是一位少数民族女孩，因为他和雪儿是从小玩到大的，在雪儿的面前，他一点都不觉得有男女之间的那种羞涩，但是在哈伊娜面前，他只是偷偷地看了她几眼。

晚上的时候，雪儿已经和哈伊娜商量好了，她们两人到哈伊娜家里去住，至于豆豆呢，则跟着他爸和玉轩叔叔就在这家酒店里住。

亚科尔他们一直聊到午夜时分才散开，玉轩已经喝醉了，豆豆把他搀扶到了宾馆的房间里。

第二天一大早，道尔吉就给扎西打了电话，让他在羊群里挑一只大羯羊宰了，早点准备肉食，他想请上亚科尔的朋友去牧业上转转。

早上七点多的时候，亚科尔来到了酒店，他已经在酒店里订好了早餐，大家早点吃过饭，他要和天宇一行还有阿爸和阿妈去牧业上。

天宇一行在亚科尔家人的陪同下，驱车向那片美丽的草原进发。

一路上，天宇透过车窗好奇地往外看，刚出县城不远就见到了一片火红的窗棂式丹霞地貌，天宇提议要下车去看看，大家下车后先是一阵惊叹，接着各自拿出了手机，把这一幅绚丽多彩的景色拍下来发在了微信朋友圈里。

过了这段丹霞地貌，牧草越来越茂密，亚科尔告诉天宇："这儿属于高山草地带，高山草地带是祁连山北麓最好的草场带，这几年来实行以草定畜政策，牧民在山上放牧的牛羊逐年少了，大多数牛羊都已经开始圈养了，所以草场压力小了，我们才能看见这么丰美的草原。"

豆豆也曾听爸爸讲起过问亚科尔的故事，他有点崇拜眼前这位大叔："亚科尔叔叔，听爸爸讲您小时候一直在牧业上，您是怎么考上大学的？"听豆豆这样问，亚科尔笑了笑说："那时候条件确实艰苦，我就想一定要好好学习，只有学习好才能考上大学，后来，就和哈依娜的妈妈、你的爸爸，还有雪儿的妈妈到了同一所学校。"说完后，亚科尔似乎又短暂地沉浸在好多年前大学校园里的那段美好年华中。

哈依娜的话打断了他的思绪:"爸爸,到了牧业上我想带雪儿和豆豆去捡蘑菇,还要教他俩骑马!"

亚科尔高兴地说:"好啊,希望你们将来也像我们一样永远保持深厚的友谊。"

车子沿着一条柏油马路继续向海拔更高的方向行驶,当车子行驶至一条宽阔的峡谷时,大家看到河谷里长着高大粗壮的杨树和挺拔俊秀的松树,河谷的阳面是翠绿的柏树林,河谷的阴面是葱葱郁郁的松树林,松树林里像地毯似的铺满了苔藓。

车子行驶半个小时之后出了峡谷,当车子跃上一座山梁的一瞬间,天宇的眼前豁然开朗,一片辽阔的草原出现在了他的视野里,还有漫山遍野流淌的小溪。他又让车子停了下来,大家都下了车,又开始拿起手机拍照,亚科尔给天宇和玉轩介绍着草原上的情况,哈依娜他们三个年轻人在一块平坦的草地上欢快地跳着、唱着。

在道尔吉的催促下大家继续乘车前行,这次没过半小时他们就到了扎西的牧业点,扎西远远地看到车子的时候,就从牧业点的房间里出来了,他和妻子还有儿子阿穆尔都站在门外迎接客人,虽然离上一次亚科尔结婚过去了二十多年,扎西对天宇和玉轩还是有点印象,他紧紧握着天宇和玉轩的手,不停地说着欢迎的话,热情地把大家让进了他牧场上的房子里。

虽然远在牧业上,但扎西的房子里面装修一新,在墙壁上挂着一台液晶电视机,沙发、茶几等一应俱全。

天宇惊叹道:"没想到在这偏远的西北牧区,现在发展得这么快,快要赶上城市了!"

扎西呵呵地笑着:"和城市里比还是有差距,但是和十几年前比现在确实是天上人间,这么好的生活还是党的好政策带来的!"

亚科尔也说:"最主要的是这几年的交通便利了,只要是牧民的牧业点上都可以通车了,牧民出行更方便了,还有外地的游客也能来到任何一处牧区里游玩了,尤其是第一次来这片草原的人都被这儿的风景和牧民淳朴的民风民俗吸引了,我们村上好几家人已经在夏牧场开起了牧家乐,来的人不但品尝了地道的牧区饮食,也为牧民们增加了收入。"

听亚科尔这样说,玉轩笑着说:"好啊,真是个好地方,将来我退休了就到这儿,亚科尔给我找块地皮,我盖两间房子,再放上一群羊,这种日子应该不错啊!"

玉轩说完,引得大家一阵哈哈大笑,道尔吉笑着说:"孩子,等你退休了,我和你阿姨可能就不在了,不然的话,我陪你一起放羊!"

虽然是一句玩笑话,道尔吉说完后,哈伊娜就开始嘟起小嘴抱怨了:"爷爷,您咋这样说话啊,您要一直活着,等我将来大学毕业了,我接您去大城市里住!"

道尔吉看着懂事的孙女心疼地说:"我的好孙女,爷爷听你的,我和你奶奶都要一直活着,我们看着你将来工作上,也像你阿爸和阿妈那样做个了不起的人!"

说话间,扎西和妻子已经把手抓羊肉、羊下水、酥油奶茶和野蘑菇揪面片端了满满一桌子。

道尔吉和赛利娅热情地招呼大家吃饭,在大家的眼里这两位慈祥的老人就像是他们的父母看到远行的孩子回到家里一样亲切,道尔吉用小刀把肥美的羊肋骨上的肉一片一片削下来,依次给每个人分上一份,扎西也把羊肠子切好用双手递给大家。扎西还说道:"今天的这只羊是道尔吉大叔和赛利娅大婶的,他们交代我一定要给你们准备最好的羊肉,两位老人对你们太好了!"

天宇和玉轩吃着鲜美的羊肉,满脸都是感激之情,还有雪儿和豆豆虽然是第一次来牧区,他俩对牧业上的肉食吃得也是津津有味。

吃完饭,扎西在酒杯里斟满青稞酒恭恭敬敬把酒盘端到了道尔吉的面前,道尔吉端起酒杯用无名指在酒杯里轻轻蘸了一下先敬天后敬地,然后在自己的额头上用蘸了酒的无名指点了一下,端起酒盘里的三杯酒一饮而尽。

扎西赶紧又在酒杯里斟满酒,这会儿道尔吉弯着腰把酒杯端到了天宇的面前说道:"孩子,谢谢你远道而来,请你喝了这杯酒!"天宇恭恭敬敬地用双手接过酒杯一饮而尽,接着又喝下了道尔吉端来的第二杯酒和第三杯酒。

道尔吉给玉轩也敬了三杯酒,接下来依次给所有的来客和扎西一家敬完酒,最后他又给自家人敬了酒。

道尔吉敬完酒,赛利娅也给大家敬了酒,等亚科尔和欣雅给客人们敬完酒,天宇和玉轩又给道尔吉一家和所有的客人回敬了酒。

就这样,在场的每个人都在热情地敬酒,在扎西的房间里,无论是草原上的牧人还是来宾都亲如一家。

豆豆和雪儿还是第一次见这么融洽的场面,他俩拿着手机不停地拍视频,她俩将视频分别发给了自己的妈妈,小菊看到这样热烈的场面时打开微信视频和欣雅说起了话,她还在视频里向道尔吉和赛利娅问好,她说因为忙没有前来而感到十分遗憾,赛利娅让她有空的时候一定来玩。

子怡看到豆豆发的视频也和欣雅在微信视频上聊了起来,她告诉欣雅她虽然没来,天宇和豆豆代表她来看看欣雅他们,她还劝说欣雅和亚科尔别再闹别扭了,希望他们还像以前那样恩恩爱爱,她也请欣雅照顾好天宇和雪儿,她希望丈夫和女儿在草原上无忧无虑地多玩几天。

赛利娅也和子怡聊了几句,她为亚科尔和欣雅有子怡他们这么好的朋友感到高兴,她邀请子怡能到草原上来。子怡在视频里告诉赛利娅,她想给他们二老买套大点的房子,被赛利娅拒绝了,赛利娅说:"孩子,现在生活条件这么好,我们有楼房,如果买套大房子,我和亚科尔他阿爸两个人用不上,你的好意我们心领了,千万别考虑给我们买房子!"

子怡被这位慈祥的裕固族阿妈感动了,她只能告诉欣雅:"我想帮帮你和亚科尔,被你拒绝了,想帮帮两位老人,他们也拒绝了,那我只能考虑帮助你们学校或是祁裕县教育上有需要的地方了,因为你们,我也热爱这片草原!"

欣雅又一次被子怡的这些话感动了,她告诉子怡,她想好了会告诉她的。

大家还在继续喝酒,扎西给客人们唱起了草原上的歌,扎西的妻子端着酒杯给客人敬酒，看着如此欢乐的场面，天宇也为大家唱了一首《青春的你》，他刚唱了几句，欣雅和天宇还有玉轩也跟着唱了起来，没想到二十多年了，大家把这首歌依旧记得清清楚楚，只是唱着唱着欣雅的眼里似乎有泪花在闪动。

也许，他们这个年龄已经真的不能再唱那年的歌了！

三个年轻人已经被扎西的儿子阿穆尔约上骑马去了，原来扎西一大早就把道尔吉家的飞雪和大青马从远处的牧场上牵到了附近的草地上，阿穆尔也把自家的一匹枣骝马准备好了。

飞雪的毛色愈发洁白，它看见哈伊娜的时候，眼睛一直盯着她，这匹马真的已经很老了，也越来越温顺了，哈伊娜骑着它在草原上缓缓地转了一圈，然后又让雪儿骑，雪儿不敢骑，只能让哈伊娜牵着马，阿穆尔把她抱到了马背上，然后哈伊娜牵着飞雪，在草地上自由自在地走着。

雪儿告诉哈伊娜："姐姐，听我爸爸说过，这匹飞雪刚出生是你阿爸给起的名字，他把这匹马送给了你的阿妈，这真是一段优美的故事，听着都令人感动！"

哈伊娜说："是啊，从我记事起，阿爸对阿妈一直很好，就是这几年阿爸特别忙，他忙得顾不上家里的事和我的学习，阿妈对他有了意见，他们的关系也没有以前那么好了！"

雪儿又说："我们家也是一样啊，和你们家相反的是我妈妈忙了公司里的事，我爸爸一直不高兴，看样子，谁家都有不开心的事呀！"

两个人一边说，一边走在草地上，忽然发现阿穆尔骑着他家的枣红马风驰电掣地掠过了她俩的身边，雪儿看着阿穆尔矫健的骑姿，大声呼喊起来："太棒了！阿穆尔！"

原来，豆豆也骑在枣红马的后面，紧紧地抱着阿穆尔。

这一刻，这个南方的小姑娘竟然对阿穆尔有了一种喜爱的冲动。

哈伊娜翻身上马，和雪儿骑着飞雪紧跟着阿穆尔的枣红马，只是飞雪带着两个人，走起路来吃力多了。

他们来到了一片长满格桑花的草地上，大家一起拍照、说话，四个年轻人渐渐地熟悉了,回来的时候阿穆尔和哈伊娜都牵着马,雪儿和豆豆在草地上欢快地奔跑着。

雪儿和豆豆拿出手机留下了阿穆尔的联系方式,他们希望以后还能见到阿穆尔。

特别是雪儿,已经把阿穆尔当作一个英雄一样看待。也是啊,草原上的男孩有一种与生俱来的粗犷和洒脱,难怪欣雅当年见到亚科尔也是一见钟情。

在扎西的房间里,大家还在兴致勃勃地喝酒和聊天,南北两种文化在融洽地交流和汇合。

美好的日子总是短暂的,黄昏渐渐来临,亚科尔一行就要回县城了,扎西一家人还在苦苦地挽留,尤其是玉轩半醉半醒,他真的想留下来和扎西彻夜长谈,不知为什么他们两人总是有缘分,第一次来祁裕县,玉轩喝醉酒是扎西把他送到宾馆的客房里,那次之后他的心里一直对扎西怀有一种感激和敬佩之情,这次两人也是难分难舍,在离别的时候他们紧紧拥抱,玉轩在扎西的耳旁说道:"亲爱的扎西兄弟,我已经深深地喜欢上你和你的草原了,希望下次咱们能在深圳见面,我诚挚地邀请你们一家和亚科尔一家到深圳来玩,我会等着你们!"

接下来,天宇又和扎西紧紧拥抱,互道离别的不舍和兄弟情深。

还有雪儿,在车子离开的那一瞬望着阿穆尔向她挥手的时候,眼睛一阵潮湿,她在心里也默默地念叨:希望下次还能来到草原……

也许父辈间的深厚友谊也传递到了这些年轻人的身上。

第二天,亚科尔因为开会,委托堂弟才楞开车陪天宇一行去了丹霞地貌公园和祁裕县最负盛名的百花掌草原。

下午回到县城后,亚科尔又定了一桌饭,他还邀请了他的忘年交朋友诗人雪剑和祁裕县原文联主席北峰。

在宴会开始前,亚科尔先向天宇和玉轩介绍了雪剑先生。

天宇发现雪剑先生长着一张棱角分明的脸庞,一对浓眉,一双眼睛深邃冷峻,身材消瘦,能看出来雪剑具有显著的西部裕固族特征,在交谈中,亚科尔告诉天宇和玉轩，雪剑先生近三十年来已经出版了三本诗集。

亚科尔说："雪剑先生的诗歌渗透着一种裕固人勇敢豪迈、睿智幽默的情感，在他的诗歌里有先辈们用眼泪和血水凝结的情感历程，更多的是对新时代以来裕固族人民幸福安康的赞美。"

听亚科尔这样介绍完，天宇不由地对眼前这位年近七旬的裕固族诗人多了几分钦佩。

天宇这几天完全了解了裕固族人民的待客之道，他首先端起了酒杯向雪剑先生敬酒，雪剑告诉天宇："我好几年都不喝酒了，年轻的时候喝得太多了，今天能荣幸地和黄教授相逢真是三生有幸，这个酒我喝了！"雪剑说完仰头豪爽地把天宇敬的三杯酒喝了个干干净净。

接下来亚科尔又向他俩介绍了北峰主席。亚科尔说："北峰主席的心灵早已飞出了祁连山腹地，数十年的文学考察之旅使他把浓厚的文学创作热情聚焦在了整个北方，他的人文情感包容了各个民族善良的根源和对北方草原的无限依恋。"

原来，亚科尔的这个宴会真是独具匠心，他想让天宇和玉轩先从了解祁裕县的文化名人开始，进而再更深入地了解祁裕县，因为雪剑和北峰代表了祁裕县文学创作的两个顶峰，他还告诉天宇和玉轩，祁裕县还有近百位默默进行文学创作的朋友，想要说的人太多了，可是也不能一一说完，总之这些在祁裕文学这条艰辛路上奋斗的朋友们，就像家乡夜空的繁星，有了他们，家乡才更加五彩斑斓，有了他们，祁裕才更像一幅精美绝伦的画卷。

亚科尔说了这么多，始终没有提到自己，还是雪剑告诉天宇："亚科尔局长也是咱们祁裕县的一位文学大家呢，他虽然没有正式出过文集，但他多年来创作的热爱家乡、亲近自然、人与自然和谐共处的故事层出不穷，他的故事就像是祁连山流淌的涓涓溪水，那么动人、那么悠扬，尤其是他具有深厚的文学功底，这些都是咱们祁裕县文学爱好者和文学创作者所推崇和值得学习的地方！"

天宇和玉轩以前就知道亚科尔一直没有放下手中的笔，这次听雪剑先生这样一说，他俩又被亚科尔的这种精神世界感动了，原来，在亚科尔的内心深处一直装着青年时期的那个"文学梦"。

整个晚上，天宇和祁裕县的两位老艺术家谈了很多，天宇对这个民族有了一次更深刻的认识，他在心里已经有了一个打算：搜集和整理有关裕固族的传统音乐和文学素材，他想创作一部有关这个民族古老而又神秘的历史和新时代奋发图强的音乐剧。

他把这个想法告诉了雪剑和北峰，两位艺术家对他的这个想法给予了很高的期望。

接下来的几天，雪剑和北峰又陪天宇一行去了祁裕县几处较为独特的风景区，这几天下来，天宇和玉轩惊奇地发现，在祁裕这个地方除了没有大海，其他自然景观几乎是一应俱全，他俩又一次被这块多彩的土地震撼了。

在外出的这几天里，雪剑和北峰还带着他们走访了一些文化名人和非物质文化遗产传承人，这为天宇计划创作的音乐剧提供了很多活生生的素材。

在家里，欣雅变着法儿地给豆豆和雪儿做一些民族风味的饮食，这两个孩子都情不自禁地说不想离开这儿了。

道尔吉和赛利娅三天两头来看他们，把他们几乎当成了自己的亲孙子一样看待，这几天也是亚科尔一家人最快乐的一段时光。

前后算算，天宇他们来到祁裕县也十几天了，分别的日子总是会来临，因为豆豆和雪儿的暑期补习班快开始了，他们要回去了。

八月初，在一个阳光明媚的清晨，天宇一行准备返程，亚科尔一大家人把他们送到了祁裕县城的山门口，道尔吉和赛利娅紧紧握着豆豆和雪儿的手，就好像自己的孙子要远行一般有点舍不得，这十几天的相处让两位老人和孩子们的感情越来越深了，一遍遍地叮嘱他们明年夏天再来。

天宇看着两位慈祥的老人，赶紧上去握住他们的手说："大叔大婶，请你们多多保重，只要有空我就会带着孩子们来看你们的，我真的想请您二老到深圳看看，我想，亚科尔忙过这两年应该就可以歇歇了，到时候他陪你们来!"

看着天宇真挚的目光,道尔吉说:"孩子,我和你大婶岁数大了,外出不方便,亚科尔也没个闲时间,我们等你们下次来草原,到时候一定让子怡也来,我们想她了!"

玉轩和两位老人道别后,又一次紧紧握住亚科尔的手说道:"亚科尔,我最好的朋友,以后你可要注意自己的身体,欣雅抱怨你也是有原因的,工作什么时候才能忙到头啊,哈伊娜明年就要高考了,多把心思用到孩子身上吧!"

亚科尔对玉轩的话连连称是,他把这位昔日的兄弟紧紧拥抱在怀里,似乎在这离别时刻任何语言都显得多余。

欣雅一直看着天宇和玉轩跟家里人打完招呼,最后她才和他们道别,在天宇的眼中欣雅和以前的那位活泼可爱的"小师妹"判若两人,也许是生活的过多琐碎让这位大学时期同学们眼中的"校花"失去了往日的风华。

近十年和子怡之间的感情危机使天宇不由地在心里又一次对欣雅产生了怜悯和爱意,也许这一生他都只能远远地看着欣雅,不能再近一步,他明白他的出现也许就和上个世纪初的金岳霖那么相似,金岳霖是用另一种冷静、理性的方式爱着林徽因,他认为,爱不是给予对方痛苦和压力,真正的爱是希望对方过得比自己好,而不是伤害!

当车子刚要启动的时候,远远地一辆出租车疾驶而来,原来是阿穆尔。

前一天他听说雪儿他们要走了,就连夜从牧业上赶回到县城,早上打电话一问,雪儿说他们已经到了山门口,他就赶紧打车追到了这儿,可是来了之后他又尴尬起来了,雪儿知道阿穆尔是专门为自己而来,瞬间,她激动的泪水模糊了双眼……

第二十章　初心不变

　　朋友们来了又去，总会在欣雅的心底留下一丝眷恋还会拂过些许忧伤。她想：自己的一生中能有多少次朋友间的聚聚分分啊！昨日风华正茂，自己的一切都交给了学校，为了学校发展，她不知付出了多少努力，唯一让她欣慰的是自己的好多学生都已经走上社会，成长为社会的栋梁之才，但生活的琐事羁绊了自己的双脚；还有明日，明日或许是一杯淡水，朋友见与不见都显得不重要了。

　　对于天宇的那点心思她早就发现了，她在二十多年前就明确地表明了自己的态度——她的全部的爱都给了亚科尔！虽然这几年和亚科尔过着不太协调的生活，但她的心里从没有留恋过亚科尔之外的第二个男人。

　　朋友们走了，她多想去看看自己的父母，但是总感觉走不开，亚科尔的工作似乎一刻也没停下来，因为陪天宇一行花费了好几个夜晚，这几天他更加忙碌了。

　　哈伊娜也快要开始补习功课了，对于欣雅来说这可是难得空闲的一段时间，亚科尔看出了欣雅思念父母的心情，他劝她去省城待上几天陪陪两位老人，欣雅冷冷地说："就算我不管你，我得管哈伊娜啊，孩子上补习班，一天三顿饭怎么办？难道你给做吗？"

　　亚科尔说道："你放心吧，我会照顾好哈伊娜的，趁着假期你去省城看看两位老人，顺带也散散心！"

　　欣雅感觉还是放不下这个心来，哈伊娜又给她做工作："阿妈，您就放心去吧，去姥爷和姥姥家多住上几天，我的事不用您操心了，早晨阿爸给我做早餐，中午和下午我会自己照顾自己的！"

经不住父女两人的劝，欣雅动身去了一趟省城。

方啸天和周雯终于把女儿盼来了，老两口欣喜了好一阵子，遗憾的是外孙女没能来上，他俩已经快八十岁了，这个年纪的人也越来越怀念自己的儿女了。他们一直都在家里，就连去一趟祁裕县也成了负担，所以只能盼女儿女婿和外孙女来省城了。本来亚科尔也到省城开过会，前几年每次来都探一头就回去了，这几年似乎还没来过呢，周雯也抱怨过亚科尔，但亚科尔每次都说是忙，他还说等忙完这阵子一定来多陪他俩几天。

周雯不明白了，他到底在忙什么呢？

欣雅这次来，方啸天给她拿出一张银行卡说："欣雅，我和你妈都是快八十的人了，我们不知道能走到哪一天，好的一点是我们还没个大病大痛的，趁现在头脑还清楚，把我们的后事给你交代一下吧！"

欣雅看着爸爸严肃的表情说："爸爸，您和我妈都很健康，至于后事以后慢慢说吧！"

周雯也对她说："孩子，你爸说得对，这个卡里是我们这辈子的积蓄，我们就你一个女儿，这里面有三十万块钱，你早点拿上，卡的密码是你的生日，这个钱你们如果不用就留给哈伊娜吧！"

听着妈妈也这样说，欣雅的眼睛湿润了，她忍不住哭了起来。

接下来的几天，欣雅把两位老人所有的衣服、床单和被套等等都洗了一遍，还带着父母在省城里转了几处他们曾经工作过的地方，她自己又去了一趟陇原师大。

陇原师大好多以前的楼房都在，校园里也添了不少现代元素，只是因为假期的缘故，校园里没有多少人。欣雅来到了自己曾经住过的那栋宿舍楼，还是以前的楼房，不过装修一新，门前马路边的那棵大槐树依旧展开了巨大的树冠，恰好在树下有一对年轻人卿卿我我，欣雅的思绪又回到了那个年代，她又看见亚科尔在大槐树下等她的情景……

她把陇原师大校园里她曾和亚科尔常去的那些地方都拍了下来，在微信上传给了亚科尔，可是好久也没收到亚科尔回复的只言片语。

欣雅又把这些图片发给了天宇和小菊。

天宇是第一个回复欣雅的，他在感慨时光易逝的同时也对欣雅留恋青春表示了理解和尊重，他还说他自出国前去了一趟之后再没回过母校，他感到有点遗憾，除了谈论关于母校的回忆，天宇和欣雅也交流了各自家中的事情，尤其是个人感情问题，似乎在这个话题上他们有了共同语言。

小菊随后在微信上也发来了回话，不过就几句话，看样子她很忙碌。

到了深夜的时候，欣雅才收到了亚科尔的信息，关于母校他只字未提，他更关心的是这几天哈伊娜的学习和生活情况，他说他刚给孩子做了点晚餐，他还在准备明天的早餐和午餐呢，说了短短几句话，再没有了信息。

等亚科尔把这些活都做完，大概到了凌晨一点多了，他给欣雅在微信上发消息让她在岳父母那儿多待几天、自己把家里的事都能做好之类的话，等了一会儿见欣雅没回复，他想她已经睡着了，自己赶紧睡了。

是啊，欣雅离开的这几天亚科尔真够忙的，早上不到五点他就得起床，起来后先给哈伊娜准备早餐，父女俩一块吃完，哈伊娜去学校，他再把中午的米放在电饭锅里蒸好，把头一天晚上洗好的菜炒好，等中午哈伊娜回到家再热一热就能早点吃饭，吃完饭，哈伊娜还得休息一个小时。

欣雅在父母亲的一再挽留下这一次待了十几天，八月中旬她回到了家里。

回到家后让她吃了一惊，亚科尔和哈伊娜的卧室都是一派凌乱不堪的样子，客厅里的茶几上竟然有一层灰，除了餐具是干净的，其他地方让欣雅目不忍睹。

欣雅回到家后就给亚科尔打了电话，让他下午回家吃饭，亚科尔听说她回来了，说他晚上加班回来再吃饭，正好他有个文件需要加班处理，欣雅一听几乎到了崩溃的边缘，虽然在电话上没有说，但她心里责怪起了亚科尔。

这天晚上欣雅一直在等亚科尔回家，到了十一点多他终于回来了，欣雅没好气地说："我们家的大局长还记得这个家啊，下午回来吃个饭能把你的多少工作耽误了？我看你是成心不把这个家当家了！"欣雅说完后仔细看了亚科尔一眼，发现他这几天瘦了一大圈，看着丈夫疲惫的眼神后欣雅又后悔了。

亚科尔似乎早就感觉到欣雅会这样说的，他只是淡淡地回了句："你先睡吧，吃完饭我收拾家！"

听到亚科尔的这句话，欣雅再也忍不住自己的情绪了，她边哭边说："你现在还把我当作你的妻子吗？你的工作忙这我理解，我回来了你也不问一声我出去这几天都在干什么，你也不问问我爸妈的情况，你还有没有心啊……"

这时候哈伊娜从自己的房间里出来了，她又一次听妈妈发这么大的火，知道是他俩又在吵架了，哈伊娜赶紧劝着妈妈，欣雅看到孩子出来了，就再也没说什么，让孩子回到卧室后，自己也回到卧室把门带上了。

亚科尔吃完饭把餐桌餐具收拾好后，也回到了卧室，欣雅背对着他睡着，她实际上根本没睡着，离开家十几天了，俗话说，小别胜新婚，一般的夫妻亲热都来不及，可是亚科尔却没有对自己的回来表示一丝惊喜，这让她一直耿耿于怀，她虽然躺着，但并没有睡着，她在等亚科尔。

也许是实在太累了，亚科尔躺到床上不一会儿就呼呼地睡着了，欣雅一直没有睡意，任凭委屈的泪水沾湿了枕巾……

对于欣雅来说，二〇一九年的暑假就这样结束了，别人都在微信圈里晒自己假期里的幸福时刻，对她来说，真的没有一件能让自己称心的事。

不过让她欣慰的是，她带的学生高考录取都很成功，因为祁裕县职业中专学校这一年的高考又一次爆红，在秋学期附近周边县市的近百名学生在家长的陪同下慕名而来，学校择优录取了六十多名学生后因为住宿条件有限而无法全部录取。

为此，刘小兰校长和学校班子成员在开学不久后开会研究向教育局书面报告申请新建一幢公寓楼。

职业中专学校新建公寓楼的报告很快被送到了亚科尔的手中。

亚科尔首先肯定了祁裕县中等职业教育取得的丰硕成绩，但是要修建一幢价值七八百万元的公寓楼，至少得报请县政府，县政府开会研究同意后转批县发改局立项再积极向上争取项目资金。

亚科尔召开了局委会议专题研究了职业中专学校申请新建公寓楼的报告和方案，局里的大多数同志同意了这个方案。

根据这次局委会研究，决定由亚科尔先向分管副县长央珍同志汇报。这位央珍就是曾在祁裕县一中教学的央珍，她是这二十年来祁裕县从教育系统提拔到县上为数不多的女干部，她的经历也富有传奇色彩。

我们上次提到她还是亚科尔结婚的那一年了，也就是一九九八年。

二〇〇八年以后亚科尔担任了县一中的副校长以后，学校的教导主任由央珍担任，她在教导主任工作岗位上干了三年之后被任命为县城小学的校长，县城小学校长没干上两年，她就到了县政府办公室工作了，到了二〇一四年她已经升任为县政府办公室主任了，二〇一六年县政府换届选举，祁裕县县级领导需补充一名藏族女干部，央珍当选为祁裕县政府副县长。

亚科尔来到县政府把职业中专学校计划新建公寓楼的方案汇报给了央珍副县长，央珍说她先要向安县长汇报，必须征求安县长同意后，县政府还要召开会议研究，让亚科尔等她的消息。

大概一个多月以后，央珍给亚科尔电话通知说是县政府已经同意职业中专学校新建一幢学生公寓楼，县政府已批复县发改局立项，积极向省上争取专项资金，赶在二〇二〇年春季完成招投标后动工建设。

亚科尔把这个消息第一时间告诉了欣雅，欣雅又及时汇报给了刘校长，职业中专学校的老师们听到这个消息后都很高兴。

二〇一九年年底的时候，祁裕县的教育脱贫攻坚工作已经经过了市上的全面验收，取得的成绩得到了市县相关部门的一致认可。当然了，亚科尔清楚，还有十几名学生家庭虽然这几年在政府和各级部门的大力扶持下脱了贫困的帽子，要想让他们走上致富的路子这还得加大工作力度，为这事他往返于这些学生的家庭已经好几趟了。

几年下来，亚科尔在教育局的工作已经得心应手了，他没有松懈，好多事情还在等着他，他也毫不畏惧。

只是，这年冬天欣雅和亚科尔的关系也像寒冷的天气一样尘封了好久，在家里短暂的那点时间里两个人不冷不热，这样的日子一直在延续，别人眼中的他们一直是恩爱夫妻，就连道尔吉和赛利娅也没能看出来他们在外人面前强装热情背后那颗冰冷的心。

他们的情况也许只有他们自己最清楚。

二○二○年的春节如约而至，辛劳了一年的人们都在憧憬这一场温馨团圆的春之盛典：老人们期待已久的团圆和儿孙满堂、年轻人盼望的朋友同学聚会、孩子们向往的"压岁钱""红包"、乡邻们计划好的走村串户，尤其是公务人员更加珍惜这金贵的春节长假，对春天的期盼和"过年"的美好向往在每个人的心中都是那么鲜亮……

在祁裕县，亚科尔一大家人吃过团圆饭，聚在电视机跟前。年三十的春晚依旧喜气洋洋，但是每个人的心中多少有些忐忑，武汉传来的疫情消息已是日益严重，能感觉到全国人民此时心中已经开始默默牵挂武汉，过年的喜悦暂且压在心底，期待新年的来临能安康幸福……

殊不知二○二○年的春节如此寂静，寂静得竟听不到一只鸟叫……

亚科尔在心里暗暗思量：这可爱的歌唱家难道也与我们人类一道悲伤着这场突如其来的灾难吗？

远在祁连山腹地的小小山城每一次脉搏跳动起伏都和祖国息息相关，多年来在党和政府民族好政策的阳光沐浴下，这座小城如春蕾般散发着蓬勃的朝气，放眼望去一座精致的小城既富有民族典雅特色又极具现代时尚气息。

截止二○二○年元月二十一日二十四时，亚科尔打开手机上的权威发布看到了这样几组数据：全国新型冠状病毒感染的肺炎患者确诊四百四十○例，报告死亡病例累计九例，新增三例，全部为湖北病例。

此时他心中不免咯噔了一下，眼前依稀又浮现出了十七年前预防"非典"的场景，虽然那时没有智能手机，但远在牧区的人们按照政府的要求戴着厚厚的口罩，在牧区的主要路口设卡严格检查来村的外地人员，那时常在电视上、报纸上了解到，担任"非典"防控治疗的专家组长是钟南山院士，时隔十七年后，已是八十四岁高龄的钟院士在这场突如其来的新型肺炎疫情面前又一次临危挂帅，让国人心中不免唏嘘：老骥伏枥，志在千里……

一月二十三日上午，省城出现首例疑似病例，此时，亚科尔已经觉得疫情离自己越来越近；一月二十七日，祁北市确诊第一例新型冠状病毒感染的病例，这时亚科尔明显感觉到身边的人们有点恐慌，祁裕县大街上稀疏的路人行色匆匆；一月二十九日祁北市确诊第二例新型冠状病毒感染病例……

新型冠状病毒就如幽灵般在华夏大地肆虐，而此时从北京传来了坚强的声音：生命重于泰山，疫情就是命令，防控就是责任；坚定信心、同舟共济、科学防治、精准施策；坚守工作岗位、靠前指挥、守土有责、守土尽责……

二〇二〇年的大年初一是终究会被载入史册的！

一月二十五日十四时起全省启动重大突发公共卫生事件一级响应，省委书记批示强调：加强联防联控、群防群控，全力遏制疫情扩散蔓延……

也是在一月二十五日，祁裕县新型冠状病毒感染的肺炎疫情防控工作领导小组会议召开，为全县的防疫工作做了周密的部署；紧接着祁裕县教育系统的领导小组会议也紧锣密鼓地安排"十项措施"，确保全县师生及家长的生命安全。

疫情就是命令，防控就是责任。教育局亚科尔局长数十日总是把从党中央到地方权威发布的最准确信息传达给每一位教师，从疫情战斗的第一刻起教育局就是一座坚强的堡垒，严密把控，科学安排，使全县教育系统在这一场没有硝烟的战斗中稳如坚石、有条不紊。尤其是亚科尔在这场战斗面前身先士卒，这个春节可能给他留下了好多遗憾：为了全县一万多名学子的安全、为了八百多名教职员工的安全，他不知付出了多少心血，即使阿爸阿妈同在一个县城，他都没有去见一面，父亲道尔吉在电话里告诉他："孩子，我支持你的工作，待到家乡春天来临我们还会在一起的！"

是啊，亚科尔在全县教职工疫情防控动员会上斩钉截铁地说："即使疫情的火焰还没燃烧在我们身上，但我们更有责任在它到来之前让自己固若金汤，百毒不侵，师生的生命安全重于一切，我们不能给政府和社会拖后腿……"

这就是党员！这就是人民教师！这就是亚科尔最强有力的口号！

在疫情期间缺少口罩的情况下，子怡从深圳给亚科尔寄来了三万只口罩和五百支测温仪，这些紧缺物资也为亚科尔解了燃眉之急，亚科尔对子怡的无私帮助表示了诚挚的谢意。

疫情即将结束，亚科尔却病倒了，这一次医院给他的诊断结果是过度劳累引起的脑供血不足并发有心肌缺血，医生的建议是必须住院治疗修养观察一周，可是在第二天病情稍微缓和的情况下，他死缠硬磨说服医生又回到了工作岗位上。

因为他知道，这场突如其来的疫情打乱了全县的教育秩序，他要细致地安排好开学工作和进一步的疫情防控，他不敢有丝毫大意，多少年来，他已经形成了这种工作作风。

还有一件事也始终在他的心里，那就是教育脱贫攻坚已经到了最后阶段，他绝不会草率收尾！

当看着丈夫从医院里出来他那羸弱的身体时，欣雅好心痛，似乎之前的所有不理解已经化作微风在艰难的人生之路上渐渐远去……

她含泪责怪亚科尔："你这人就是一根筋，医生让你要住院观察一周，你刚待了一天就出院，万一有个闪失，怎么办呢？"

看着欣雅因为关切自己而责备的眼神，亚科尔嘿嘿地笑了笑说："你还不了解我吗？我可是当年的篮球健将，这点病吓不倒我的，况且，自己感到身体没问题就会没事的，医生大多数时候分析病情是有点夸张的。"

亚科尔说完后反而关心起欣雅来了，说她最近忙于学校的疫情防控工作，也没有好好休息，让她别担心他，一切都会好起来的。

欣雅走了上去紧紧握住丈夫的手一块儿回了家。

下午，哈伊娜回到家里发现阿爸和阿妈都在，还做了好几个菜等她呢，哈伊娜瞬间感觉到了一股温馨在这间太久没有欢歌笑语的小屋里重新弥漫开来。

孩子能感觉到自己父母之间的那种默契，但她不明白的是什么让他俩回到了过去的幸福时光。

那天晚上，亚科尔和欣雅缠绵了好久才相拥入睡，这一刻，时隔三年之后，两个人又一次完全敞开了心扉。

受疫情影响，高考整整推迟了一个月。

这段时间以来，欣雅和亚科尔在一起说说笑笑的，这对于哈伊娜来说才是她在学习中努力拼搏的动力，她的学习劲头更大了，每天晚上复习功课到凌晨两点才睡，欣雅好几次看着孩子刻苦的样子，有点不忍心了，但是哈伊娜一直坚持了下来，欣雅感觉到，孩子的这股韧劲全都跟了她阿爸。

这几个月里欣雅一边忙着学校里高考学生的学习，一边操心着哈伊娜的学习，她简直快要忙疯了。

孙女要高考了，道尔吉和赛利娅也忙碌了起来，赛利娅每天都来帮欣雅做饭，晚上她再回去，她考虑儿子儿媳这一段时间忙得快要撑不过来了，她也跟着着急，虽然这几年手脚不利索了，欣雅做饭的时候她可以给搭把手，哈伊娜高考，这可是他们杜曼家的大事，她和道尔吉来了也是对儿子和儿媳精神上的支持。

一天中午吃饭的时候，赛利娅问哈伊娜："我的宝贝孙女，你快要上大学了，将来去哪里啊？"

哈伊娜告诉奶奶："奶奶，还是等成绩下来再说吧，我想去北京！"

奶奶高兴地说："咱们的哈伊娜有出息，如果到了北京就比你的阿爸和阿妈还要强呢，只是，去了北京，奶奶以后见你的机会就少了！"

听奶奶这样说，哈伊娜噘着嘴说："奶奶，现在通信这么发达，就算我走得再远，只要打开手机随时都能看见您，您别再说见面的机会少了，上了大学我每天给您发视频，和您聊天，好不好？"

孙女这样说，道尔吉和赛利娅又哈哈大笑了起来。

亚科尔和欣雅也笑了起来，亚科尔还说："哈伊娜，你阿妈当年也差点去了北京，她如果去了北京就没有你了！"

亚科尔说完呵呵地笑着，欣雅的脸上掠过了一丝自豪的神情，是啊，这件事她一直记着，当年如果不是亚科尔，也许她的归宿就在北京。

赛利娅接着说："孩子，你阿爸说得没错，你阿妈没去北京都是为了你阿爸，你阿妈委屈了自己啊！等长大了你就明白了，以后你也要好好学习，像你的阿妈一样学好多多知识，做一个对社会有用的人！"

哈伊娜望着亲爱的奶奶说："奶奶，请您相信您的孙女，我一定好好学习，像阿爸和阿妈那样，将来不但做一个对社会有用的人，而且要做一个能帮助别人的人！"

这一次谈话后，哈伊娜对自己的理想又有了新的看法。

六月中旬，职业中专学校总投资八百万元的公寓楼项目如期开工，发改局争取中央项目资金六百万元，剩余部分由县政府自筹解决，为这事央珍副县长专门向安县长做了汇报，但根据县财政的实际情况，只能拿出一百万元的职业教育专项资金，其他一百万元暂时还没着落。为这事央珍也很着急，她给亚科尔通报了这个情况，她的意思是教育局能不能从其他项目资金里先行垫付这一百万元，等下一年的教育专项经费下拨后再补回去，但是亚科尔考虑到全县的教育项目都正在建设中，这种可能几乎没有。

回到家的当天，亚科尔把这件事告诉了欣雅，说是央珍副县长让教育局想想办法，但他真的没有办法。

此时，欣雅想到了子怡，她想问问子怡能不能帮助学校解决这个问题，因为之前子怡曾对她说过这种意愿。

子怡的电话接通了，子怡听到欣雅说话有点吞吞吐吐，她明白了欣雅的意思，在电话里她直接问欣雅需要多少钱。

当听到欣雅说需要一百万元，子怡让欣雅把学校的银行账户发给她。

刚过了三天，刘小兰惊喜地告诉欣雅，学校账户收到了深圳家瑞集团公司的一百五十万元转账资金。

欣雅赶紧给子怡打电话："学校只需要一百万元，你咋多打了五十万元？"

子怡在电话那头笑了笑说:"傻妹妹,资金充足点不好吗?我考虑学校公寓楼建好后还要购置,花钱的地方多着呢,你们统筹用,在选择设备上一定要选好的,孩子们可是祖国的未来呀!"

当央珍听说了子怡为职业中专学校捐款的事,她心里的一块石头终于落地了。她问亚科尔要了子怡的电话号码,在电话里代表祁裕县政府向子怡和深圳家瑞集团公司表达了最诚挚的谢意,她也以个人的名义邀请子怡能在空闲的时间来祁裕县玩几天。

高考的日子如期而至,欣雅请了三天假专门陪女儿高考,亚科尔也打算请一天假,欣雅说:"我陪着女儿就行了,这几天高考,你还有考场巡视等一大摊子工作,你还是操心工作上的事吧!"

听到欣雅这样说,亚科尔的心里暖暖的,他觉得自己有了欣雅的支持,浑身都有使不完的劲儿。

虽然亚科尔没有像其他家长那样整天陪着孩子,但这几天他按时下班回到家里帮着欣雅做饭,还和哈伊娜谈论着试卷的难易程度,也适时地给哈伊娜做做心理疏导工作。

这几天爷爷和奶奶每天过来一趟,他们小心翼翼地陪哈伊娜说话,因为好几个有高考学生的邻居告诉他们,孩子高考期间是家长格外小心的时候,千万不能惹孩子生气,孩子面前说话的声音都要轻轻地。

哈伊娜看着爷爷奶奶的那个小心劲儿,她差点没忍住笑出来:"爷爷奶奶,你们最近好像变了个人似的,我都不担心,你们担心啥呀!"

听孙女这样说了,两位老人绷紧的心才放松了下来。

道尔吉舒了口气说:"我就说嘛,我们家的哈伊娜肯定会考出个好成绩的,现在有些家庭也太玄乎了,孩子考试一大家人都跟着,到底是考孩子呢还是考家长?"

亚科尔也知道这种现象不太正常,但有啥办法呢?家长们在这件事上都近乎疯狂,为了孩子能多考几分,想尽一切办法讨孩子高兴,但是,孩子们的成绩来自扎实的基本功和自己的临场发挥能力,作为好多年的高三把关教师，亚科尔和欣雅都明白这个道理。

不过，作为父母他们觉得也不能亏欠孩子，时代发展了，这几天给孩子好好做几顿饭，也是应该的，因为孩子的高考一辈子只有一次，做父母的不疼自己的孩子那是假的。

对于高考的家长来说，这三天时间过得比平时要长，难怪好多家长说：现在的高考就是在考家长。

扎西的儿子阿穆尔也在参加高考，他和哈伊娜互相打气，他的理想是能考到南方去，也许是一年前见到雪儿后他才做的决定，那次雪儿离开后几乎每天都给他在微信上留言，渐渐地两个人无话不谈，似乎从那一面之后，让两颗年轻的心有了一种彼此牵挂的温暖。

雪儿希望他在剩下的一年时间里发奋学习，考到南方的城市，这样他们的距离就会越来越近，雪儿的这种激励真的很有效，阿穆尔这一年的成绩一直在进步，按欣雅和亚科尔的判断，他考重点大学那是稳稳地没任何悬念。

高考结束了，家长和考生都在急切地等待公布成绩的那一天，似乎家长的期待更为迫切。

七月下旬高考成绩公布，短短的一两个小时，所有的考生都通过手机查询到了自己的成绩。

那天中午刚刚吃过饭，哈伊娜惊喜地告诉父母，她考了六百二十八分，这个成绩在近几年的祁裕县可以说是少之又少，亚科尔看着女儿因为高兴而涨红的脸，他激动地说："哈伊娜尽心了，这是我这辈子除了遇见你妈妈之外最高兴的事了，赶紧给爷爷奶奶打电话，让他们也高兴高兴！"

欣雅激动得不知道说什么好，作为一名教育工作者，自己的孩子高考成功了，这又一次完全说明了她是一位优秀的教师，因为女儿的优异成绩，她也感到一种自豪油然而生。

哈伊娜给爷爷打了电话，不久爷爷奶奶就赶来了，赛利娅高兴地拉着哈伊娜的手说："哈伊娜真是我们杜曼家族的骄傲啊，亚科尔和欣雅准备一下，我们把亲戚和朋友们都请上，定下个酒店，给孩子好好庆贺一下！"

道尔吉也附和着老伴说:"哈伊娜的奶奶说得对,这么多年了,我们家还从来没有摆过酒席,这一次也热闹热闹!"

亚科尔听完两位老人的话说道:"爷爷奶奶说得也有道理,只是我觉得我们就把哈伊娜的叔叔一家请上,自己在家里给孩子庆贺一下,其他人还是算了吧!"

道尔吉听儿子这样说也觉得有道理,就随了儿子的意思。这么多年了他懂自己的儿子,啥事都不想拖累大伙儿,虽然当局长也几年了,他对自己要求一直很严,从来不允许别人为他办事什么的。道尔吉知道,自己的儿子要想把事业干出成绩,走得更远,这样做是完全正确的。

正在一家人沉浸在幸福中的时候,方啸天的电话也打来了,哈伊娜已经把成绩告诉了他和周雯,他们正高兴地打算赶过来呢!

时值草原上最美的季节,道尔吉提议还是去夏季牧场上,一是亲家要来了,他还想陪亲家再去看看草原,这一次不论是亲家还是他和赛利娅也要再去一趟牧业上转转,以后能不能去得上也就难说了;二来是他带在扎西羊群里的大羯羊已经膘肥体壮了,作为牧人他还是想用牧区待客的仪式招待亲戚们。

阿穆尔的高考成绩也上了六百分,他第一时间把成绩发给了雪儿,雪儿看到他的成绩激动得又笑又跳,她觉得再一次见到阿穆尔的时间也许很快就到了。

黄建成的儿子黄小强的高考成绩也上了本科录取线,黄建成是第一个把这个好消息告诉亚科尔的,亚科尔听后在电话里向黄建成表示了祝贺。

八月初,哈伊娜收到了陇原师范大学的录取通知书,她身边的好多同学都觉得很惊奇,但是她一点都没感到意外,因为填报志愿的时候,她的理想就是像阿爸和阿妈一样考师范大学,将来也做一名光荣的人民教师,她征求了父母的意见,亚科尔和欣雅都同意她的决定,当然了,以哈伊娜的成绩,报考陇原师范大学那是百分百地有把握。所以这个录取结果对哈伊娜来说就是意料之中的事。

阿穆尔的录取通知书也收到了,他被深圳科技大学录取了,他也实现了当初想要去南方的理想。

这个录取结果对雪儿来说简直比她自己想要实现的梦想还重要，情窦初开的少女情感是最真诚的，也是最纯洁的，就是那么一次短暂的相见，让她痴迷于一个大草原上的男孩，这人世间的爱情确实让人难以琢磨！

哈伊娜和阿穆尔双双考上了各自理想的大学，两家人都是喜气洋洋，道尔吉想和扎西两家人一起请上两家的亲戚们来庆贺哈伊娜和阿穆尔的这件大喜事。

道尔吉在电话里问扎西："孩子，哈伊娜和阿穆尔的事情我想合在一起办，你觉得行不行呀？"

扎西一听高兴地说："大叔，这可太好了，我们家完全同意，两个孩子的事情一起办，我是沾了你们家的光啊！"

道尔吉呵呵地笑着说："我的好侄子，啥沾光不沾光的，我还得求你呢，我想把亲戚们请到牧业上，又得麻烦你了！"

扎西听到尔吉这样说有点怨言了："大叔，你这话说得就不对了，你还把我当外人？"

道尔吉赶紧解释道："好侄子，大叔那就啥也不说了，肉食嘛就宰上我的两只羊，酒啊啥的让亚科尔准备去！"

扎西又说："大叔，您的羊还是留着吧，每年的小羊羔也给您管护好着呢，我准备两只大羯羊，亚科尔准备点酒和蔬菜啥的，就这样说好了！"

道尔吉还想争执，扎西说啥也不行。

八月八日的这一天风和日丽，早上十点多亚科尔一大家人和方啸天夫妇还有才楞一家三口从县城来到了夏季牧场，桑杰和兰倩姬斯早早就到了扎西夏牧场的家里等候他们了。

扎西家的亲戚们也都到了，附近的好多牧民也来了，本来扎西没有邀请，但是大家听说道尔吉一家要来，他们都是自发来的，况且这片草原上又出了两个优秀的大学生，大家也都赶来庆贺。

方啸天和周雯刚下车，草原上的人们就给他俩献上了洁白的哈达，他们也给道尔吉和赛利娅献上了哈达，这两位老人在这片草原上一直被人们爱戴，这几年虽然不和大家在一起，牧民们都在一直念叨他俩呢！

方啸天和周雯感激地和牧民们握手，望着每个人和蔼可亲的面庞，他俩被这浓厚的民族亲情感动，眼睛不由地湿润了。

这一刻，四十多年前来到牧区的情景在方啸天的眼前又浮现了出来，那时候牧民的生活还很艰苦，这一次他看到无论是老人还是年轻人，每个人的脸上扬起的都是自信和幸福，他为这巨大的变化而感到高兴，他也为自己的女儿扎根牧区默默奉献感到自豪，他和这群可爱的人一点都不陌生，此时，他能感觉自己似乎也是这其中的一员。

这年春天以来，飞雪基本上咬不动草了，扎西从冬牧场到夏牧场一直把飞雪拴在家门口，每天都给喂玉米糊和青稞面糊，道尔吉也从扎西那儿听说了飞雪的情况，他知道飞雪可能过不了这个冬天。

飞雪远远看到道尔吉一家人就开始嘶鸣了，和所有的客人打完招呼，道尔吉一个人来到了飞雪跟前，他爱怜地抚摸着飞雪的脖鬃，飞雪的眼里掉下了几滴硕大的泪珠，一直注视着眼前已是暮年的主人。

不一会儿，亚科尔和欣雅也来到了飞雪的身边，欣雅看着飞雪苍老的身躯，不禁一阵悲哀掠过了心头，她让阿爸先回屋去，说是客人们都在等他呢。

道尔吉先回去了，亚科尔和欣雅牵着飞雪向着浓密的草原走去，他们谁也没有说话，就这样一直走着……

中午时分，扎西的宴席准备好了，在宴席开始前，亲戚们不但给哈伊娜和阿穆尔送上了美好的祝愿也给他们送上了洁白的哈达，两个年轻人恭顺地向每个长辈鞠躬致敬。

八月的草原各色鲜花更加浓艳了，近处的羊群和远山上的牛群悠闲地啃食牧草，到处一片祥和丰满，蓝天上有几只雄鹰盘旋了一会，随着几声惊空遏云的嘶唳越过山峰向着远方飞去……

黄昏的时候牧场上的客人们都已回去了，亚科尔他们也要回县城了。

道尔吉一个人还站在草地上久久地凝望着草原和群山，在夕阳的余晖里，他的身上一层橘黄，此时他与这片金色的草原已经是浑然一体了。

八月底,亚科尔和欣雅陪哈伊娜到了陇原师大报到。

把女儿安顿好以后,亚科尔夫妇分别看望了李鑫教授和刘建军教授。

两位老师都已是耄耋之年,他们分别回忆了亚科尔和欣雅在大学期间的表现,两位老师为他俩在工作中取得的成绩给予了极高的评价,也为他们又一次来到母校感到欣慰,两位老师听说他们把孩子也送到了陇原师大,又是一阵唏嘘不已。

在母校他们只是匆匆过客,但是他们曾经奋斗过的青春却永远留在了这座百年老校的每个角落。

由于紧张的工作还在等着他们,在省城只短短停留了一天他俩又赶了回来。

回到家里,欣雅觉得有点不大习惯了,这近二十年来哈伊娜还是第一次离开自己,她心里空落落的,每天晚上都要和女儿在视频上说会儿话。

亚科尔虽然嘴上不说,他对女儿的思念都藏在心里呢。

九月,又是一个开学季,学校里的老师们又开始投入紧张的工作中了,教育局的干部们也跟着忙碌了起来。

这年全县的高考成绩又有了一次巨大的突破,对于全县的每一位教育工作者这都是至高无上的荣誉,因为大家知道学生的成长离不开每一个阶段的学习积累,这份功劳属于从小学到高中所有的老师。

十月前,祁裕县的脱贫攻坚工作已经圆满地接受了省级评估验收组的考核,特别是教育脱贫攻坚工作以百分之九十九的优秀率赢得了省市验收组专家的盛赞,县委李书记对教育局和全县教育系统近年来的工作成果给予了高度赞扬。

这次对于祁裕县脱贫攻坚工作的省级验收又一次激发了全县广大干部职工的激情,在县委政府的再次动员部署会上李书记号召大家继续保持艰苦奋斗的工作作风和干事创业的激情,进一步巩固和扩大脱贫攻坚工作成果,使全县的每一个老百姓都过上幸福富裕的生活,以更加饱满的热情迎接国家脱贫攻坚领导小组的全面验收。

亚科尔明白,脱贫摘帽不是终点,而是新生活、新奋斗的起点。接下来的日子里他还会利用周末时间和贺怀明走访全县大部分乡镇的学生家庭，他到牧民家里了解这几年学生受助情况，同时听取群众对教育脱贫工作的建议和意见，尤其是他一户一户地走访全县一百多户建档立卡户家庭这几年在教育方面的受益情况和家庭生活现状，他要亲自了解这些情况，踏踏实实地向国家和社会交上一份满意的答卷。

十一月底，亚科尔终于走完了这一百多个家庭，调查的结果令他很满意，这些家庭不仅享受了当地乡村两级的惠农资金，还享受了教育"三面两补"补助资金，所有的家庭一致反馈：党的政策好，我们的国家是世界上最温暖可亲的国家，没有之一！

亚科尔调查的最后一家就是黄建成家，对于黄建成他已经熟悉得不能再熟悉了，这三年来他至少去过十几趟老黄家，截至今年也正如老黄当初梦想得那样：已经有了一些储蓄，而且还养了一百多只羊，真正过上了和别人家一样的生活。

黄建成今年"十一"国庆节的时候去了一趟县城，专门拜访了道尔吉老两口，左一个大叔右一个大叔地叫个不停，看那场景他在两位老人的面前好像是失散多年的一个儿子一般。

临走的时候，黄建成把欠下道尔吉的羊钱悄悄放到了老人的桌子上，后来道尔吉又把这个钱给了亚科尔，让他还是交给黄建成，道尔吉说："老黄这几年虽然挣了点钱，眼看着孩子上大学了，这个钱一定交给他，就算是我和你阿妈的心意吧！"

回到家里，亚科尔就用微信转账的方式把这笔钱发给了黄建成，可是黄建成死活不收。

这一次亚科尔来到黄建成家带上了阿爸交给他的那笔现金，他要亲手交给黄建成。

来到东裕乡的这一天恰逢周末，亚科尔乘坐贺怀明的小车来到了那条熟悉的山道，阳光依旧灿烂，只是十一月末的山区已经是一片白雪皑皑，阳光照在大地上映射着耀眼的光芒，使人的眼睛直打晃。

通往东裕乡的山路上也结了一层薄薄的冰，车子行驶在上面直打滑。

早上十点过一点的时候,黄建成接到了亚科尔的电话,说是半个小时就到他家了,问他在不在家。

黄建成接到电话后对躺在床上的妻子说:"这个亚科尔,每次来都是快到家的时候才打电话,让人措手不及,这三年来,他在我们家还没吃上顿像样的饭呢,今天无论如何我得好好做顿饭,就算他不吃,也得让他看见!"

老黄的妻子说:"亚科尔是个好人啊,心里一直想着我们,你赶紧杀上两只鸡,中午炖上一只,亚科尔走的时候给带上一只,让弟妹也尝尝我们自己喂的鸡!"

老黄听完妻子的话赶紧杀鸡去了。

十一点的时候老黄的鸡已经炖在了锅里,可是亚科尔还没有来,他想也许亚科尔去了村上的谁家,老黄知道,亚科尔每次来村上都会去其他人家看看,顺带了解了解孩子们上学的情况和家里的收入以及补助资金发放等情况,来的次数多了,老黄的左邻右舍都和亚科尔很熟了,大家也都喜欢和他聊天,和他聊生活和生产情况。

正在老黄思量着亚科尔到底去了谁家的时候,他的电话响了,原来是村上的老刘,老刘在电话里慌慌张张地说:"不好了,老黄!你赶紧来啊,亚科尔局长出事了!"

老黄一听,飞一般地出了门,沿着马路向村口的方向跑去。

他远远看见一辆白色的小车翻倒在一处距马路边二三十米的小沟里,已经有好几个人在那里忙活着。

等他到了的时候,乡上的救护车也呼啸而来,他连滚带爬地跑到小车旁看见亚科尔已经被老刘和村里的人抱出了车子,头上一直在流血,人已经昏迷了。

他还看见贺怀明也斜躺在车子旁的草地上,他的脸上在流血,正在痛苦地呻吟,不过,看情况他还是清醒的。

黄建成看着这一幕,眼泪瞬间流了下来,他赶紧去抱着亚科尔大声地喊着、喊着,只是亚科尔一点反应也没有。

医护人员带着担架迅速把亚科尔和贺怀明送到了救护车上，黄建成正要上救护车的时候，被老刘一把拉住了，老刘指着小车的方向对黄建成说："老黄，你把亚科尔局长的东西收拾一下吧！"

顺着老刘的手势，黄建成看到一张张人民币撒了一地，他把这事匆匆忙忙交代给老刘，然后冲上去坐上救护车走了。

短短十几分钟时间欣雅也接到了电话，电话是教育局的副局长贺安斯科尔打来的，他已经开车来到了欣雅家的楼下，他没多说什么，让欣雅赶紧下楼。

欣雅的心里猛地一颤差点摔倒，她已经感觉到是亚科尔出事了。

她跌跌撞撞地下了楼，贺安斯科尔赶紧过来把她扶上了车，车里还有一位是教育局办公室的小李，上了车欣雅发现小李的脸上有流过的泪痕，好久了谁都没有说话。

她的意志在这一刻近乎垮塌，她歇斯底里地问贺安斯科尔："到底是怎么了？你告诉我！"

贺安斯科尔痛苦地说道："刚刚接到东裕乡卫生院打来的电话，亚科尔局长半个小时前发生了车祸，人一直昏迷不醒，据卫生院初步诊断是脑出血，情况很危险，现在救护车正在前往市医院！"

欣雅完全崩溃了，她大哭一声软软地瘫在了车座上。

小李大声喊她，半天她才醒了过来，浑浑噩噩地说了一句："赶紧走！"然后痛苦地闭上眼睛，再也没有了一丝生机。

中午一点半欣雅一行到了市医院急救科，当医生听说欣雅是亚科尔的家人时就告诉她：亚科尔脑颅大面积出血，已经处于极危重状态，没有自主呼吸，完全靠呼吸机维持呼吸，现在血压又低了下来，这是一种病情恶化的表现，片子还显示有脑积水了，病人的病情一直在加重，如果血压维持不住就很困难了……

听着医生这样说，欣雅哭着央求："大夫，我求求您了，请你们一定救活我的丈夫，他是个好人啊！"

欣雅说完后又一次号啕大哭。

不久，才楞赶来了，紧接着央珍和张明月也到来了。

大家望着进出急救室的医生匆忙的身影都是束手无策，央珍跟着欣雅哭了起来，此时她似乎也变成了一个柔弱的女子，在遇到生命之重的时刻她一点办法都没了。

过了一个多小时，一位身材不高的中年男医生从急救室出来了，他告诉欣雅，经过和省上专家联合会诊抢救，亚科尔的脑颅出血算是止住了，生命体征暂时稳定了，但这不排除出现突发情况，他的建议是希望家属做好思想准备，医院会尽全力进一步观察治疗，他还告诉欣雅，亚科尔就算能保住命，将来也许再没有思想意识了。

当听到这儿的时候，欣雅伤心欲绝，她明白医生说的话，如果没有思想意识，就是所谓的"植物人"，在这生命倏忽之间欣雅再次苦苦央求医生：哪怕是亚科尔成为植物人，只要能活着，请你们一定要救救他！

下午四点多，县委李书记也赶来了，他先询问了亚科尔的病情后紧紧握住欣雅的手说："方欣雅同志，请你一定要坚强，亚科尔同志倒在了脱贫攻坚的路上，对这样的同志，只要有一丝希望，我们就要全力抢救！"

整个晚上，欣雅都守候在急救室的门口，医生传出的每一个信息都牵动着她全身的神经，在这个夜晚，她的记忆那么清晰地把从大学时代一直到现在和亚科尔的所有瞬间都重现了一遍，她满脑子都是因为他们之前的矛盾和亚科尔那张内疚的脸庞，她对自己之前的做法感到那么后悔，想着想着眼泪夺眶而出，到天亮的时候她才在医院楼道的长椅上靠着央珍睡着了。

在梦中，她恍恍惚惚地又看见亚科尔在他家的冬牧场上牵着飞雪孤零零地走在风沙弥漫的草原上……

二〇二一年二月二十五日，全国脱贫攻坚总结表彰大会在北京隆重召开。习近平总书记在这次大会上做了重要讲话："今天，我们隆重召开大会，庄严宣告，经过全党全国各族人民共同努力，在迎来中国共产党成立一百周年的重要时刻，我国脱贫攻坚战取得了全面胜利，现行标准下9899

万农村贫困人口全部脱贫，832个贫困县全部摘帽，12.8万个贫困村全部出列，区域性整体贫困得到解决，完成了消除绝对贫困的艰巨任务，创造了又一个彪炳史册的人间奇迹！这是中国人民的伟大光荣，是中国共产党的伟大光荣，是中华民族的伟大光荣！"

"中国共产党从成立之日起，就坚持把为中国人民谋幸福、为中华民族谋复兴作为初心使命，团结带领中国人民为创造自己的美好生活进行了长期艰辛奋斗。"

"时代造就英雄，伟大来自平凡。在脱贫攻坚工作中，数百万扶贫干部倾力奉献、苦干实干，同贫困群众想在一起、过在一起、干在一起，将最美的年华无私奉献给了脱贫事业，涌现出许多感人肺腑的先进事迹。"

……

从首都到全国各地，这个古老又历经磨难的民族群情激昂，人们沉浸在了幸福的生活中，也更加激发了对祖国美好未来的憧憬和向往……

欣雅在电视机前看着一位位受到表彰的脱贫攻坚先进个人，亚科尔那张满是忧郁和内疚的脸庞又浮现在了她的眼前……

哈伊娜望着阿妈那双迷茫无助的眼睛说道："阿妈，如果不是那场车祸阿爸他也应该站在这个颁奖台上……"

听到女儿这样说，欣雅止不住的伤心又一次涌上了心头，她把哈伊娜搂在怀里说："是的，我的好女儿，你阿爸应该站在这个颁奖台上，只是……"

话还没说完，她已经悲恸地不能自已，想说的话被一阵胜似一阵的哽咽止住了。

五月初，祁连山历经大半年的风霜雨雪又迎来了一次生命的新生，各条溪流汇入玉水河，玉水河彻夜轰鸣，浩浩荡荡地奔涌向东方。

山顶的积雪依旧银光闪闪，半山腰的松柏已经焕发了巨大的生命力，正在赶赴一场夏季的盛会，近处山坡上的小草崭露头角、蠢蠢欲动，生命竟然如此坚强不息！

在省城，马路边、公园里各色鲜花竞相开放，到处一片欣欣向荣的景象。

全省脱贫攻坚表彰大会如期召开，来自全省各行各业的扶贫攻坚先进单位代表和个人意气风发地步入了陇原国际宾馆大礼堂。

在这次表彰会上，祁裕县的人们惊奇地发现亚科尔的身影——在欣雅的搀扶下他正在从受表彰的代表中缓缓地走上了颁奖台……

这个消息就像一阵微风一样在祁裕县的大街小巷飘荡。人们奔走相告：亚科尔没有离开大家，他还活着，他还活着……

故事又回到了五个多月前亚科尔出车祸的那段时间。

亚科尔在市医院虽然病情稳住了，但一直昏迷了十几天还是没有醒来。

道尔吉和赛利娅是第二天才得到亚科尔出事的消息的。

这就像是一个晴天霹雳沉重地降临到了这个家庭，赛利娅当时就昏倒了，被邻居送到了县医院进行紧急抢救才缓过来，道尔吉也难以接受这个飞来横祸，他的精神世界似乎在这一瞬间也坍塌了。

他俩接到消息后，桑杰和兰倩姬斯第一时间赶到了他们家，弟弟和弟媳强撑着精神安慰他俩。

道尔吉决定无论如何得去一趟市医院，去看看儿子到底是怎么了。

四个老人在当天下午就赶到了市医院。

在市医院急救室走廊里，欣雅看到最亲的人后又一次泪崩，她抱着赛利娅号啕大哭，赛利娅也跟着她哭道："孩子，亚科尔的命咋就这么苦啊，还没过上几天好日子，咋就这样子了，亚科尔如果没了，我也不活了！"

赛利娅看到一名女医生走了过来，她一下子跪倒在那位医生面前苦苦哀求："救苦救难的医生啊，请您一定救救我的儿子，我们不能没有他！"

这位年轻的医生赶紧扶起赛利娅说："奶奶，我们会尽力的，您别太伤心了，这样对身体不好！"说完她的眼睛也湿润了。

这天晚上，方啸天和周雯也赶来了，他们来之后欣雅又是一阵悲痛和伤心流泪。

天宇和玉轩两家知道这个消息是半个月之后了。

亚科尔在医院里进行了脑颅清血手术后已经过了半月还没有醒来，大家的心情都很沉重，欣雅决定把这个消息告诉天宇和玉轩，想让他们也过来再看看亚科尔，毕竟他们既是同学又是三十年的朋友。

天宇得到消息后就立即通知子怡，子怡决定和天宇一块过来，玉轩和小菊也要来。

他们一行四人第二天就乘飞机从深圳赶到了省城，又坐高铁在傍晚的时候抵达了祁北市，下车后风尘仆仆地前往市医院。

病床上的亚科尔就像沉沉地睡着了一般，除了均匀的呼吸，再没有任何活着的迹象。

玉轩半蹲在床边，用手轻轻抚摸了一下亚科尔的脸颊，一声声地呼唤着他的名字。

天宇看到亚科尔那头曾经浓密的黑发已经掺杂了好多白发，他的心头一酸眼泪扑簌簌地直流了下来，他说的第一句话就是：我们不能再等了，去深圳找最好的医院！

小菊和子怡拥抱着欣雅在一旁低声啜泣，三个好姐妹又聚在了一起，但是这一次却是因为欣雅遇到了人生中第一次不能承受之重聚在了一起！

经过征求医院的意见，医院同意送亚科尔去外面的大城市接受更好的救治。欣雅又征求了公公和婆婆的意见，道尔吉对欣雅说："孩子，我和你妈完全同意你们的决定，去吧，到最好的医院把亚科尔救活，只要亚科尔好好的，我和你妈走的时候才能安心地闭上眼睛！"

欣雅和天宇他们陪护亚科尔来到了深圳回天医院，子怡专门拜访了脑外科许主任，许主任是国内顶级脑外科专家。根据核磁共振检查和专家会诊得出的结论是亚科尔之前的手术比较成功，出血部位血肿清除都符合医学标准。

这就是说，亚科尔的这种情况再进行外科手术已经没有必要了，不过许主任的最后结论始终没有提到不可逆昏迷的概念，许主任建议让亚科尔继续住院观察。

欣雅和天宇他们又陷入了巨大的痛苦中，许主任都没办法，只有等待，等待奇迹能在亚科尔的生命中出现!

在深圳的这几个月里,欣雅一直在医院里,小菊和子怡轮流去医院给她送饭,洗衣服。

子怡把公司里的事交给了总经理负责管理和运营,她一方面帮忙照顾欣雅,另一方面把精力用在了家里,豆豆这年已经高三了,到了升学的关键时期,这一次因为亚科尔意外车祸这件事子怡完全想明白了:这一生和家人相处的时间并不多,自己努力奋斗了这么多年,最终却忽视了生命中最亲的人,在余生里一定要多陪陪家人,这样的话她才能心安理得。

这段时间以来,天宇一直看着妻子给亚科尔联系医生,到去医院照顾欣雅,还要在家里忙得团团转,他对妻子的怜惜和呵护又一次像剧烈的火焰般充斥着全身,他一点儿都没有停歇,在家里帮着妻子做饭和关照豆豆的学习,子怡去医院的时候他主动开车去送。

这个家庭历经十年的沉默和冷淡,这一次又重新散发了亲人间的那种和谐和温馨,让小菊和玉轩都暗暗羡慕。

亚科尔昏迷期间,才楞陪着道尔吉和赛利娅来了一趟深圳。本来欣雅不让他们过来,可是怎么也拗不过二老思念儿子的迫切心情,还是让他们来了。

短短几个月时间道尔吉的头发全白了,这期间县上和教育局的领导去他们家看望了好几次,领导们对他们能培养出亚科尔这样优秀的干部表达了深深的敬意。

虽然大道理说不上,但道尔吉知道他的儿子做的都是为别人着想的事情,他为自己的儿子一直自豪,这几个月里他和赛利娅常常想起亚科尔从小到大的经历,这孩子这么多年了从来没有在工作中出过一次差错,可是这一次却没有躲过这场车祸,事已至此道尔吉只能安慰老伴说:"孩子太优秀了,就连老天都在嫉妒他,我觉得孩子会醒过来的,他怎能忍心让我们白发人送黑发人呀!"虽然道尔吉强忍着悲痛劝慰自己的老伴,可是说着说着也忍不住老泪纵横。

草原上的人们都轮番来看望他俩,无论是认识的还是不认识的人们都在祈祷亚科尔早日康复，重新回到他热爱的工作岗位上！

黄建成来的次数最多，每次来都要带上些肉食和烧壳子。他好几次对道尔吉说："大叔，不！阿爸，以后您就当我是您的儿子，这辈子我伺候您和阿妈！"

两位老人看着眼前情真意切的黄建成，又是一阵泪眼滂沱。

在深圳回天医院里，赛利娅强打精神对欣雅说："孩子，这段时间让你受累了，亚科尔遇到你是上天安排的缘分，我和你阿爸要谢谢你！"

"阿妈，您不要这样说，我会一直陪着亚科尔，他会好起来的，请您二老一定保重身体，我们一起加油，等待这一天到来！"欣雅流着泪对自己的婆婆说。

在医院里，道尔吉还专门拜会了许主任，许主任通过天宇已经了解了亚科尔的事迹，他对这位草原上来的干部也是怀着一种敬佩的感情，许主任告诉道尔吉："大叔，您的儿子是一位值得我们尊敬的人，医院已经和国内这方面的专家共同研究制定了一套治疗方案，我们大家一起期待奇迹的出现！"

……

整整五个月了，亚科尔真的醒过来了，他创造了一个人间奇迹，也许是上天这一次终于开眼了，也许是他这一生的坚强和永不放弃的信念，在四月底一个阳光明媚的清晨，他微微睁开了眼睛，他那双清澈如水的双眼好奇地看着身边的一切。

这五个月来，欣雅一刻不离地陪伴在他的身边，每天给他按时擦洗身体，每天对他说话，即使他没有一点知觉，在欣雅的心中，他还是之前的那个亚科尔，每天清晨，欣雅只要听到他还有呼吸，就有一种莫大的力量在支撑着她，因为唯有亚科尔才是她一生不变的至爱！

亚科尔的视线从天花板缓缓地移了下来，他看见了欣雅，欣雅正在出神地看着窗外，他努力地想把手抬起来，可是没有抬起来，他想开口说话，似乎说出来了，但是声音很小很小，因为欣雅还在望着窗外，窗外蓝蓝的天空正在浮过几片白云。

过了很久之后，欣雅把目光从窗外收了回来，她的目光缓缓地移到了心爱的人的身上。

亚科尔一直在看着她，眼里那么多的依恋，欣雅看见那双清澈的眼睛时猛然间大声哭了起来，原来生命竟然如此坚强！

她扑倒在亚科尔的身上，用手爱抚地托起亚科尔的脸颊，然后用自己的唇吻了吻亚科尔的眼睛，自从亚科尔生病以来她几乎很少和别人说话，这会，看着亚科尔依旧没有说话，两双眼睛久久地互相注视、注视……

此时，医生走进了病房，看到这一幕后匆匆地跑了出去。

楼道里传出了一声惊喜的叫声："亚科尔醒了！"

第二天清晨，哈伊娜从陇原师大赶来了，她把一捧新鲜的康乃馨送给了亚科尔，深情地说道："阿爸，您是我的骄傲，您是我的太阳，您是我这一生中最敬佩的英雄！"

六月末的一天在亚科尔家的夏牧场上举办了一场特殊的新书发布会，原来，北峰先生的报告文学《雄鹰飞过的地方》已出版发行。

这部报告文学的主人公就是亚科尔。

在发布仪式上天宇也来了，他又一次朗诵了多年前创作的那首《理想的天空》：

> 为什么还在叹息
> 理想天空有你一席之地
> 擦干眼角的泪滴
> 你是大地之子
> 不管这年华易逝
> 明天是你的必经之地
> 乘着银色的翼翅
> 奔向蔚蓝的天际

报告仪式结束后，扎西牵来了一匹洁白的骏马。看到欣雅和亚科尔惊讶的表情，扎西说："飞雪已经在亚科尔出车祸的那天就永远离开了这片草原，这匹马是东裕草原上的牧民为了感激亚科尔专门送他的，牧民们给它起名'追雪'，扎西这几个月里精心喂养着追雪，他和所有的人等着亚科尔回到草原的这一天！"

亚科尔望了望欣雅，两人相视一笑，翻身上马，马蹄声响，他俩迎着灿烂的阳光向着草原更远的地方飞奔而去……

——完——

问渠哪得清如许 为有源头活水来

李国生

　　日月穿梭，时光不老，一年前，来自四面八方的爱好文学的朋友们因为对文学的热爱，在古城甘州聚在了一起。在这里，大家重拾多年前的梦想，在陈玉福教授的引领下继续拿起了手中的笔，每个人都开启了一段艰难坎坷的创作心路历程，怀揣文学梦想的朋友们默默鼓励自己，希望有一天能在文字的天空里诗意翱翔。

　　多年前，我一个人走遍河谷、走遍山川对捡石头付出了极大的热情，历经十数年一直在苦苦发现和追寻大自然的美，认为发现了美就是发现了价值，孰不知走过了万水千山后才顿然醒悟：原来，最美的心情和风景在最初的心底！

　　我明白，我所追求的，也许在某一天会出现，也许永远不会实现，但努力地去追寻和付出了，即使结果不尽人意，自己也会问心无愧！

　　我希冀的这一天终于来了。一天晚上，和一帮文友们相聚，大家自然而然的就谈起了文学。成文告诉我，铁彬开始写长篇小说了。这话一出来，大家都非常惊讶。诗人铁彬写诗还可以，怎么可能写小说呢？而且还是长篇小说？这真是奇哉怪也！再一聊，才知道这几个家伙竟然参加了"讲好张掖故事"的作家提高班，成了大作家陈玉福教授的弟子……这样的消息把我们轰的外焦里嫩……我也是个有心人，既然最美的心情和风景到了眼前，哪有错过的道理？于是，我下定了参加作家提高班的决心。几次真诚的拜会之后，我终于如愿以偿，成了"讲好张掖故事"作家提高班的一名后补学员。

快乐的日子过的总是很快，不知不觉间，我跟陈教授学习并尝试文学创作的日子已过了大半个年头，有一种感觉是痛和快乐相伴，还有一种收获是抛弃了浅显的认识，多了一份责任和担当。以前喜欢文字是随心所欲一吐为快对生活的点滴记录，这一次在陈教授的悉心指导下大处构建，细微处落笔，在好多个深夜痛苦地煎熬，纠结在自己讲述的故事里不能自拔……如今，我和大家一样，坚持下来了，感觉也有一种前所未有的超越在激励着自己向着更高的方向眺望。

这多像平淡的生活中激起的浪花，这浪花多了，便有了一条绚丽之河在心间涓涓流淌。原来，生命因为努力和坚持不懈总会奔流不息。

有时候，我为自己感到惊奇，我也为身边的学员惊叹。

我是一名普普通通的学校后勤工作者，因为一直怀揣着文学的梦想，虽然在这二十多年来坚持记录了一些生活中的点点滴滴，曾经也写过不少散文和杂记等难以登上大雅之堂的所谓作品，像这一次在教授的激励下竟然开启了长篇小说的创作，并且完成还通过了教授和出版社的审读，即将出版。这对我来说是一件很不可思议的事情。刚开始，我只是抱着试试看的心情，能不能把这条路走下去，或者说我的创作之路究竟能走多远，都是未知数。但是，既然选择了，或者说已经开始走了，就要坚持下来。因为，开弓没有回头箭。再一寻思，教授就是我们的榜样，他当年也是一位乡村的民办教师，几十年前也是一位苦苦在文学之路上跋涉的一位文学爱好者，他虽然下定了决心要走文学之路，大概也不知道自己能走到今天吧。他下定决心后，一步一步的、艰难的在文学之路上坚持，到了今天，他著作等身。文学理论、文学评论、长中短篇小说、报告文学、影视剧本、诗歌等都取得了不小的成绩。尤其是近十年来，他的作品时不时的在全国获奖，尤其是影视剧本，获得的奖项让我们这些初学写作者眼花缭乱。全国优秀电视剧本奖、中国作家优秀电影剧本奖、40年优秀国产电视剧选集第一名、中国电视剧十大国产电视剧第一名、中宣部五个一工程奖、中国电视剧"飞天""金鹰"双奖。最近,他的电影《八步沙》刚刚在中央电视台播出,在引起极大反响的基础上,30集电视剧《八步沙》又获得了国家级扶持和资助。教授的这一切难道是从天上掉下来的吗?他是这样告诉我们的。人活在世上,唯一不能忘记的是父母的养育之恩,他报答他母亲养育之恩的途径就是当作家成名成家。知道教授成长经历的我们都知道,教授的母亲走的时候教授才14岁,那个时候教授虽然考上了中学,但因为政审不合格而辍学了。彼时,教授父亲因为是地富反坏右分子正在接受一场一场的批斗,哥哥在大墙里边,姐姐也因为没有嫁上个好人家而闹离婚,教授妈妈就在这样的时候离他而去了。弥留之际,母亲拉着教授的手说:"娃子,我们陈家能不能出人头地,就看你了!"教授知道母亲的话是啥意思,母亲最大的愿望就是希望儿子跳出农门,给陈家顶门立户。教授面前跳出农们所有的路都堵死了:当兵政审通不过,招工连煤矿工人都轮不上他,上大学是推荐,你学习再好也没有用,"因为你是狗崽子"!"既然所有的路都走不通,那就只有当作家一条路了"!教授给我们上课时如是说。一个小学文化的农村娃,为了报答母亲的养育之恩,他奋斗成了作家、大学的教授!真的是不可思议啊!这时候,我们所有的学员在心里都是一句话:教授能做到的,我们也一定能够做到!于是,我下定了创作长篇小说的决心,直到今天。

今天早上,我在微信里发现了农民诗人、作家提高班师兄杨生伟写的一段话:

……谁说我们的文字没有实现经济价值?我告诉大家:民乐县文联,录用了我这次作家提高班创作完成的长篇小说《盛开的金露梅》,在县刊《祁连风》连载刊出,将会产生8000元稿费;文联已向市宣传部推荐农村文化人才,奖励2万元;给我评定农村文化人才副高级职称,县政府奖励2万元。所有的种种,都拜导师陈玉福所赐,拜作家提高班所赐。

一个农民,过去只会在网上发些诗歌,居然也能在作家提高班创作出长篇小说来,这难道不是因为陈玉福教授,不是因为作家提高班吗?

时至今日,回头看看来时的路,因为坚持不懈,发现自己也走得很远很远了！这一切都与教授孜孜不倦、无私地传道授业解惑是分不开的。和我一块儿参加陈玉福教授作家提高班的学员们之前全部都是没有长篇小说创作经历的业余文学爱好者，在作家提高班的这近一年里，学员们你追我赶，并驾齐驱，已经完整创作完长篇小说的学员就有七位，继续创作的人也紧随其后，这些不能不令人佩服，更让人瞠目结舌！

陈玉福教授已是著述等身，他谆谆教导学生创作的作品要经得住时间的考验，要摒弃低俗下流之类，一定要扎根生活，弘扬社会主义核心价值观的主旋律。作家提高班为期只有一年，但是陈教授的教诲将一直影响着学员今后的创作之路，陈教授不但教导学生怎样去潜心创作，还殷切希望大家要明白做人的道理，在他的讲堂上，讲得最多的就是教学生如何用文学的形式弘扬社会正能量，在文学作品里怎样树立英雄主义观念等等。

也许这才是一个文化人最真挚的家国情怀！

学员们来自平凡的工作岗位，像杨生伟学员还是个农民，就是这样一群普通的人在陈教授的引领下因为勤奋刻苦和笔耕不辍，已经显得不再那么平凡了，在这里，我要为追求梦想的朋友们喝彩。但这一切都和我们的陈教授是分不开的。在这里，我们道一声：老师辛苦了！

时至八月，甘州府城已是硕果累累，丰收的喜悦弥漫在作家提高班师生的脸上，待来日同贺杏坛情深，共话国泰民安！把也是今天民乐县滕好栋作家在网上的留言借来结束我这篇短文吧：

闻张掖作家培训班业绩斐然有感：晨起拜读祁连文/清风扑面耳目欣/家乡本是文明地/鸿儒造访化而新/巧教善引谆谆意/妙推细敲拳拳心/教学相长初见芒/甘州府城起风云。